ULLA GARDEN

Frau Kaiser
und der Dämon

novum ⬦ pro

Dieses Buch ist auch als
e-book
erhältlich.

www.novumverlag.com

Bibliografische Information der Deutschen Nationalbibliothek:

Die Deutsche Nationalbibliothek verzeichnet diese Publikation in der Deutschen Nationalbibliografie. Detaillierte bibliografische Daten sind im Internet über http://www.d-nb.de abrufbar.

© 2021 novum Verlag

ISBN 978-3-99107-878-4
Lektorat: Susanne Schilp
Umschlagfotos: Tartilastock, Kseniia Ivanova, Yauheni Hastsiukhin | Dreamstime.com
Umschlaggestaltung, Layout & Satz: novum Verlag

Gedruckt in der Europäischen Union auf umweltfreundlichem, chlor- und säurefrei gebleichtem Papier.

www.novumverlag.com

1

Johannes stöhnte kurz auf und schüttelte den Kopf. Er saß mit seiner Mutter Susanne und seinem Bruder Maximilian, den alle nur Max nannten, in einem Warteraum vor dem Operationssaal und hoffte, dass seine Frau Leni die Hirnblutung, die sie erlitten hatte, überleben würde. Zunächst war er voller Selbstmitleid und machte sich laut Vorwürfe, bis seine Mutter ihn anherrschte, dass seine Jammerei jetzt auch nichts helfen würde. Mal knetete er seine Finger, dann wieder drehte er an seinem Ehering, oder er fuhr sich mit der Hand durch das dunkelblonde, leicht wellige Haar, das er links gescheitelt und nach hinten gekämmt trug. Von Zeit zu Zeit nahm er den Ring vom Finger und betrachtete die Gravur, die sich darin befand:
Auf ewig Deine Kaiserin
War dieses *„ewig"* vielleicht schon vorbei? Er hielt es einfach nicht mehr aus. „Wie lange dauert das denn noch?", fragte er halblaut vor sich hin.
„Fuck!!! Halt einfach die Schnauze, Alter!!!", brüllte sein Bruder ihn wütend an. „Ich dachte wirklich, du machst sie glücklich", fuhr er anklagend fort.
„Aber sie ist doch glücklich", erwiderte Johannes leise.
„Bis heute Morgen war sie das ja vielleicht, aber du Idiot machst doch wirklich alles kaputt", eiferte sich Max. „Hast du sie vielleicht auch noch geschlagen? Hat sie deshalb die Hirnblutung bekommen?" Max war jetzt total aufgebracht.
Johannes schüttelte energisch den Kopf. „Nein, natürlich nicht, ich schlag doch meine Lene nicht."
Max sprang mit geballten Fäusten auf. „Nein, aber vergewaltigen tust du sie, du Drecksack! Meinst du denn, das ist weniger schlimm? Vor allem in ihrem Zustand! Und dann lässt du sie auch noch alleine da liegen." Er war so wütend, dass er am liebsten auf seinen Bruder eingeschlagen hätte.

„Ich wollte das doch gar nicht", sagte Johannes resigniert. „Wir hatten einen kleinen Streit und ich war schon ins Gästezimmer gegangen, um dort zu schlafen. Danach hatte ich einen kompletten Filmriss. Als Lene dann aber so geschrien und mich so entsetzt angeschaut hat, hab ich gemerkt, was ich da mache und habe sofort aufgehört." Er schüttelte erneut den Kopf. „Diesen Schrei und diesen Blick werde ich mein Leben lang nie wieder vergessen." Er war entsetzt über sich selber. „Ich wollte dann eine Runde Laufen gehen, um den Kopf freizukriegen, aber ich kenne mich in der Gegend noch nicht so gut aus und habe mich total verlaufen."

„So blöd kannst doch wirklich nur du sein", meinte Max immer noch total aufgebracht.

„Jungs, es bringt doch nichts, wenn ihr aneinander hochgeht", ermahnte Susanne von Moeltenhoff die beiden. „Wir sind doch alle angespannt. Aber es dauert eben so lange, wie es dauert. Wir können einfach nur hoffen." Sie fuhr an Johannes gewandt fort: „Leni gibt sich selber die Schuld, aber sie meint, dass du da etwas falsch verstanden hast."

„Was gibt es da falsch zu verstehen?", erwiderte Johannes gequält. „Sie nimmt einfach keine Rücksicht auf ihre Schwangerschaft und ist dann auch noch unzufrieden, wenn ich rücksichtsvoll bin." Weiter wollte er sich nicht äußern, da er keinerlei Details ihres Sexuallebens preisgeben wollte. Für seine Verhältnisse hatte er schon viel zu viel gesagt.

Gegensätzlicher als diese beiden Brüder konnte man eigentlich nicht sein. Während der wortkarge und oft ernst wirkende Jurist Johannes die hellen Haare, die graublauen Augen und die stämmige Statur eindeutig von der Mutter geerbt hatte, war der schlanke Max schwarzhaarig und hatte dunkle, fast schwarze Augen. Seinen Schnurrbart hatte er an den Enden aufgezwirbelt, was ihm, zusammen mit seinem Lockenkopf, ein etwas verwegenes Aussehen gab. Zudem war er absolut kein Kind von Traurigkeit. In Gegenwart von Frauen hatte er stets ein Lächeln auf den Lippen und einen flotten Spruch auf Lager.

Sie hatten aber auch einige Gemeinsamkeiten, sie waren beide ungefähr eins achtzig groß und die regelmäßigen Besuche im Fitnessstudio sah man ihnen an. Aber vor allem – sie liebten dieselbe Frau, die zierliche, rotblonde, von allen Leni genannte Architektin Helene Kaiser. Nur Johannes fand, dass Leni kindisch klang und nannte sie Lene. Max, der normalerweise nichts anbrennen ließ, war der Meinung, dass er für Leni sogar monogam geworden wäre.

Leni hatte sich aber in Johannes verliebt, obwohl der sie zunächst mit der Begründung, dass er noch um seine Frau und seinen Sohn trauere, die bei einem Autounfall ums Leben gekommen waren, zurückwies. Da sie von Natur aus eher scheu und zurückhaltend war, ließ sie viel Zeit vergehen, genauer gesagt fast ein Jahr, bevor sie den Mut aufbrachte, ihn ansprach und um eine Verabredung bat. Er hatte zunächst zugesagt, sich bei ihr zu melden, ging ihr daraufhin aber aus dem Weg und gestand ihr eines Tages, dass er eine neue Beziehung habe und nach Hamburg ziehen werde. Für Leni brach eine Welt zusammen. Aus Verzweiflung ließ sie sich einige Monate später mit Oliver ein, der war ihr dann aber zu pervers und sie trennte sich nach einigen Wochen wieder von ihm.

Auch die Beziehung von Johannes mit Jessica war nicht das, was er sich erhofft hatte. Auf Anraten von Max und seinem neuen Hamburger Freund Henrik, der Jessica kannte, beendete er diese Beziehung, bald nachdem er nach Hamburg gezogen war. Sein Chef war zwar außer sich, da er ihm die Nachfolge der Kanzlei versprochen hatte, wenn er seine Tochter Jessica heiraten würde, aber das Opfer war Johannes doch zu groß und zudem konnte er Leni nicht vergessen.

Obwohl Max sich vom ersten Augenblick an in sie verliebt hatte, war er es, der Leni vor etwas über einem Jahr drängte, zu Johannes nach Hamburg zu reisen, was sie dann auch tat. Seitdem waren Johannes und Leni ein Paar. Sie hatten im

März standesamtlich und im Juni kirchlich geheiratet, wohnten jetzt zusammen am Stadtrand von Leipzig und freuten sich auf die Zwillinge, die im November zur Welt kommen sollten.

Eine Pflegerin kam in den Raum und brachte den Wartenden etwas zu trinken.

„Wissen Sie, wie es meiner Frau geht?", fragte Johannes und schaute sie erwartungsvoll an.

„Nein, es tut mir leid, ich kann Ihnen nichts sagen, soviel ich weiß, wird sie immer noch operiert", erwiderte sie verständnisvoll lächelnd.

So saßen sie alle drei weiterhin da und hingen ihren Gedanken nach, bis endlich die Tür aufging und ein Arzt, der einen ziemlich müden und angespannten Eindruck machte, hereinkam.

„Wer von Ihnen ist denn der Ehemann?", fragte er und schaute zwischen Johannes und Max, die es beide nicht mehr auf ihren Stühlen gehalten hatte, hin und her.

„Das bin ich", meldete sich Johannes. „Und das sind meine Mutter und mein Bruder", sagte er, indem er auf die beiden anderen Wartenden zeigte.

„Wie geht es meiner Frau?", fragte er verzweifelt. „Und was ist mit den Babys?"

„Sie hatte ein Aneurysma und hat die Operation zunächst mal überstanden, aber wir mussten sie in ein künstliches Koma versetzen, weil der Druck im Gehirn noch zu hoch ist", erklärte der Arzt. Er sah alle drei der Reihe nach sehr ernst an und fuhr leise fort: „Wenn Sie gläubig sind, dann beten Sie, und wenn nicht, versuchen Sie es trotzdem." „Den Ungeborenen geht es den Umständen entsprechend gut, die haben das bis jetzt alles gut überstanden", fügte er beruhigend hinzu.

Alle drei atmeten erleichtert auf.

„Kann ich zu ihr?" wollte Johannes dann wissen.

„Ja, gut, einverstanden, aber, wie gesagt, sie liegt im Koma."

„Und Sie beide", sprach er Susanne und Max an, „gehen am besten nach Hause. Sie können hier jetzt wirklich nichts ausrichten."

„Hat Ihre Frau einen Unfall gehabt oder sich heftig den Kopf gestoßen?", wollte er dann noch von Johannes wissen. „Nein, nicht dass ich wüsste", meinte er und schüttelte leicht den Kopf. „Aber sie hat die letzten zwei Tage über heftige Kopfschmerzen geklagt", fiel ihm dann noch ein.

Nachdem eine Pflegerin ihn abgeholt und ihn mit Schutzkittel, Haube und Mundschutz eingekleidet, sowie seine Hände desinfiziert hatte, saß er nun am Bett und betrachtete seine Frau, die mit allen möglichen Kabeln und Schläuchen verbunden war. Man hatte ihr das Kopfteil des Betts ziemlich hochgestellt, so dass sie fast saß. Unzählige Monitore und Geräte blinkten, piepten oder zeigten irgendwelche Daten an. Am meisten irritierte ihn das Beatmungsgerät. Dieses Geräusch ging ihm durch Mark und Bein.

„Oh, meine liebste Lene, wie konnte das nur passieren?", flüsterte er, legte eine Hand auf ihren gewölbten Bauch und weinte. Durch die dünne Bettdecke konnte er die Bewegungen der ungeborenen Zwillinge spüren. „Bitte, bitte, lieber Gott, lass sie nicht sterben", flehte er. „Wir haben doch noch unsere ganze Zukunft vor uns."

Hin und wieder kam jemand in den Raum, schaute auf die diversen Monitore und nickte ihm verständnisvoll zu. Nach ein paar Stunden versuchte man ihn zu überreden, nach Hause zu gehen, aber er weigerte sich: „Ich kann sie doch jetzt nicht alleine lassen. Sie braucht mich doch."

„Aber sie liegt im Koma und es kann unter Umständen noch Tage dauern, bis wir sie aufwecken können, irgendwann müssen Sie doch schlafen."

Johannes schüttelte nur müde den Kopf und nahm Lenis Hand in seine und hauchte durch den Mundschutz einen Kuss darauf. Er sah die Blutergüsse auf ihren Unterarmen, die er ihr beigebracht hatte und bat sie leise um Verzeihung. „Lene, Schätzchen, ich wollte das nicht. Das war ganz bestimmt keine Absicht." Er sprach dieses Schätzchen nicht abwertend, sondern sehr liebevoll aus, wobei er beide Silben betonte, so dass es wie Schätz-chen klang. Er weinte und irgendwann schlief er im Sitzen ein. Plötzlich schreckte er wieder hoch. Ein Pfleger betrat den Raum und brachte ihm einen Kaffee und eine Flasche Wasser. Als der Arzt am nächsten Morgen kam, fand er Johannes, vornübergebeugt auf dem Stuhl sitzend und mit dem Kopf auf dem Bett liegend, schlafend vor. Er zog die Augenbrauen kurz hoch, schüttelte leicht den Kopf und sah sich dann die diversen Daten an.

„Schicken Sie den Mann endlich nach Hause", wies er die diensthabende Pflegerin an.

„Das haben die Kollegen schon die ganze Nacht versucht, aber er weigert sich standhaft", erwiderte die Frau. „Vielleicht tut es der Patientin gut, wenn sie spürt, dass er da ist", fügte sie leise hinzu. Der Arzt schüttelte nochmals den Kopf und verließ dann den Raum.

Es war also doch kein Alptraum, dachte Johannes, als er aufwachte. Er fühlte sich total steif und er musste dringend zur Toilette. Er ging auf den Gang und suchte nach jemandem, der ihm den Weg zeigen konnte. Danach schickte ihn die besorgte Pflegerin in die Cafeteria, um zu frühstücken. Er musste zugeben, dass das Frühstück ihm gut tat. Zwischendurch hatte er mit seiner Mutter telefoniert, um ihr zu sagen, dass Lenis Zustand unverändert sei. Zum Glück hatte seine Mutter ihm, bevor sie ging, die Tasche von Leni ihn die Hand gedrückt, so dass er jetzt Geld hatte, um sein Frühstück zu bezahlen. In der Hektik war er ohne Geld und Papiere aus dem Haus gegangen. Er kam sich allerdings etwas seltsam vor, als er in die Tasche seiner Frau griff, um den Geldbeutel rauszunehmen. Er hatte ihr immer ihre Privatsphäre gelassen, ebenso wie sie ihm seine. Auch in so kleinen Dingen. Es wäre ihm normalerweise nie in den Sinn gekommen, ihre Tasche zu öffnen. *Aber was war seit gestern Morgen schon normal?*

Und Johannes tätigte noch einen Anruf. Seine Mutter hatte ihm nach seiner Ankunft in der Klinik die Visitenkarte einer Psychologin in die Hand gedrückt. Er war zunächst verwirrt, aber seine Mutter bestand darauf, denn sie war überzeugt davon, dass ihr Sohn jetzt professionelle Hilfe brauchte.

Leni hatte am vorherigen frühen Morgen, nachdem Johannes sich an ihr vergangen hatte, verfrühte Wehen bekommen. Da Johannes nicht da war und sie wegdrückte, als sie ihn anrufen wollte, rief sie in ihrer Verzweiflung ihre Freundin Sarah an. Sarah Fischer war Gynäkologin und wohnte in Lenis Heimatstadt Freiburg. Sie befahl ihr, sofort den Notarzt zu rufen, was Leni dann auch machte. Außerdem verständigte Sarah die Familie von Johannes, die auf einem Gutshof im Münsterland lebte, worauf die Mutter und Max sofort nach Leipzig fuhren. Ihre eigene Mutter wollte Leni nicht behelligen, da diese immer sofort in Panik verfiel und das konnte sie in dieser Situation absolut nicht gebrauchen.

Während der Untersuchung stellte der Gynäkologe fest, dass Leni Gewalt angetan worden war und da Leni das zuerst nicht zugeben wollte, schickte er die Psychologin zu ihr ans Bett. Dort war inzwischen auch schon ihre fassungslose Schwiegermutter eingetroffen. Susanne von Moeltenhoff hatte ihrer ersten Schwiegertochter nicht geglaubt, als die sich bei ihr über Johannes beklagt hatte und von Vergewaltigungen sprach. Umso entsetzter war sie, als sie erfuhr, was er mit Leni gemacht hatte. Sie konnte das absolut nicht verstehen, denn die beiden schienen doch so glücklich miteinander gewesen zu sein. Sie hatte ihren Sohn bisher nie so oft lächeln sehen. Leni schien ihn irgendwie verzaubert zu haben.

Die Psychologin hatte nach ihrem Gespräch mit Leni ihre Visitenkarte auf den Nachttisch gelegt, mit der Bitte, dass Leni und ihr Mann sich am besten gemeinsam bei ihr melden sollten. Einen Moment später war Leni dann mit einem Griff an ihren Kopf zusammengesackt. Während Leni sofort zum CT gebracht wurde, hatte Susanne Lenis Tasche, ihr Handy und die Visitenkarte an sich genommen, denn sie ahnte schon, dass es etwas Ernstes war und dass Leni nicht auf die Gynäkologie zurückgebracht werden würde.

Nach dem Frühstück ging Johannes zurück zur Intensivstation, wo er wieder eingekleidet wurde. Er verlangte den Arzt zu sprechen, aber der konnte ihm nichts Neues berichten. „Wir müssen abwarten Herr von Moeltenhoff, wir haben alles getan, was wir konnten", sagte er seufzend. „Sie ist noch jung und bis auf die Schwangerschaft doch auch sehr fit und gesund, das sind schon mal gute Voraussetzungen", fügte er beruhigend hinzu. „Gehen Sie nach Hause und schlafen Sie sich erst mal aus. Wir informieren Sie, sobald sich ihr Zustand verändert", riet er Johannes.

Der schüttelte aber nur den Kopf. „Ich lasse meine Frau jetzt nicht wieder im Stich. Ich will bei ihr bleiben, bis sie wieder aufwacht."

Der Arzt wurde jetzt etwas ungeduldig: „Hören Sie, das kann unter Umständen noch Tage dauern, wir rufen Sie ganz bestimmt an, bevor wir Ihre Frau aufwecken."

„Ich möchte aber nicht, dass sie hier alleine ist", beharrte Johannes störrisch und ging wieder in den durch große Glasscheiben abgetrennten Raum zu Leni. Dort setzte er sich ans Bett und beobachtete sie eingehend. *Wäre dieser blöde Beatmungsschlauch nicht, dann würde sie richtig friedlich aussehen*, dachte er. Er griff unter die Bettdecke und streichelte ihren Bauch, wie er es sonst zu Hause auch immer tat. Er wusste, dass sie das gern hatte. Er lächelte ein wenig, als er daran dachte, dass sie sich dann immer an ihn gekuschelt und wohlig geseufzt hatte. Wäre sie eine Katze gewesen, dann hätte sie sicher geschnurrt. *Ob es je wieder so harmonisch werden würde?*

„Es tut mir leid, Sie können nicht zu Ihrer Schwiegertochter, die Infektionsgefahr ist viel zu hoch." Die Pflegerin versuchte alles, um Susanne von Moeltenhoff daran zu hindern, dass sie zu Leni in die Intensivstation ging.

„Aber ich bin doch gestern stundenlang an ihrem Bett gesessen, als sie noch auf der Gynäkologie lag, dann hätte ich sie ja gestern auch schon mit irgendwas anstecken können." Susanne gab nicht so schnell auf. „Außerdem muss mein Sohn mal nach Hause, um sich auszuschlafen."

Die Pflegerin seufzte. „Gut ich frage nach, ob wir eine Ausnahme machen können. Aber eigentlich ist es auch nicht in Ordnung, dass Ihr Sohn die ganze Zeit dasitzt. Und wenn dann noch eine weitere Person da ist, das können wir momentan kaum verantworten." Die Stationsleiterin war dann auch nicht besonders erfreut über das Anliegen, gab schlussendlich aber ihr Einverständnis dazu, dass Susanne ihren Sohn ablöste. „Das scheint eine besonders hartnäckige Familie zu sein", meinte sie zu der Pflegerin.

„Aber so was von", bekräftigte diese. „Aber verständlich ist es doch schon, die sind so frisch verheiratet und freuen sich auf den Nachwuchs und dann passiert so was", fügte sie verständnisvoll an und ging dann davon, um Susanne einzukleiden und zu Leni zu führen.

„So mein Junge, du gehst jetzt nach Hause und schläfst dich aus und ich bleibe so lange hier bei Leni. Max wartet draußen und fährt dich." Susanne ließ gar keine Widerrede aufkommen, sondern schob Johannes zur Tür. Der fügte sich fast widerspruchslos und trottete zum Ausgang, wo Max schon ungeduldig auf und ab lief. Schweigend fuhren die beiden dann zur Wohnung von Johannes und Leni, wo Johannes sich augenblicklich ins Schlafzimmer zurückzog. Er hatte keine Lust auf weitere Diskussionen mit Max. Es war ihm bisher nie so richtig bewusst gewesen, dass Max offensichtlich mehr für Leni empfand als für einen Schwager üblich. Er legte sich aufs Bett, hing seinen Gedanken nach und schlief kurz darauf tatsächlich ein. Ein paar Stunden später schreckte er von Alpträumen geplagt wieder auf. Er ging ins Bad und duschte ausgiebig. Max hatte in der Zwischenzeit Pizza bestellt und sie aßen beide zunächst schweigend.

„Ich habe Lenis Bruder verständigt und ihn gebeten, es ihrer Mutter schonend beizubringen", brach Max das Schweigen. „Ich hab aber gesagt, dass es keinen Wert hat, wenn sie jetzt sofort herkommen. Wir werden sie informieren, wenn es etwas Neues gibt."

Johannes nickte kauend. „Ja, gute Idee, danke", brachte er dann mühsam hervor und seufzte. Worauf sie erst mal wieder schweigend weiteraßen.

„Sag mal, hab ich da was verpasst?", fragte Max unvermittelt.

„Wieso redet ihr denn in Bezug auf Lenis Schwangerschaft in der Mehrzahl? Wie viele Kinder bekommt ihr denn?", wollte er dann wissen.

„Zwei", erwiderte Johannes kurz angebunden.

„Waaaas? Zwillinge? Oh verdammte Scheiße, wie hast du das denn wieder hingekriegt, Alter?" Max schüttelte den Kopf.

„Eins hat dir wohl nicht genügt? Dass du auch immer übertreiben musst", foppte er seinen Bruder.

„Das haben wir uns auch nicht ausgesucht. Aber es ist nun mal so", Johannes zuckte die Schultern.

„Und, wisst ihr, was es wird?" wollte Max dann wissen.

„Nein, aber sie sind jedenfalls zweieiig und wir hoffen auf ein Pärchen", gestand Johannes mit einem kleinen Lächeln.

„Na, dann hoffen wir, dass Leni und die Kleinen das gut überstehen", meinte Max mit einem ernsten Gesicht.

Kurze Zeit später meinte er zwinkernd: „Zwei Jungs könnt ihr ja Max und Moritz und zwei Mädchen Hanni und Nanni nennen."

Johannes lächelte jetzt auch leicht und meinte: „Da ist uns wohl doch was Besseres eingefallen." Er stöhnte leise auf: „Mein Gott, vor zwei Tagen sind wir gemütlich auf dem Balkon gesessen und haben die Namen festgelegt."

„Und, wie wollt ihr sie nennen?", bohrte Max weiter.

Johannes zuckte die Schultern: „Lene hat das alles aufgeschrieben, da wir ja nicht wissen, was es wird, haben wir jeweils zwei Erst- und Zweitnamen für Jungen und Mädchen ausgesucht. Sie hat in den letzten Wochen oder sogar Monaten alles aufgeschrieben, was ihr in den Sinn kam und vorgestern haben wir uns dann entschieden."

14

„Mach's doch nicht so spannend, Mann, also wie sollen sie heißen?" Max konnte seine Neugier nicht mehr verbergen.

„Ich weiß es nicht genau, frag Lene", da fiel ihm ein, dass sie nicht ansprechbar war und er seufzte tief. „Ein Junge soll Viktor heißen, nach unserem Urgroßvater, aber an alles andere erinnere ich mich nicht. „Dafür haben wir ja den Zettel gemacht", meinte er achselzuckend.

Max schüttelte den Kopf: „Du weißt nicht mal, wie deine Kinder heißen sollen, Alter. Das gibt's doch nicht."

„Oh Mann, versteh doch", Johannes wirkte leicht gereizt. „Lene hat mir so viele Namen genannt, dass mir der Kopf schwirrte. Ich hab dann einfach zu allem, was mir einigermaßen gefiel, genickt und die anderen Namen hat sie dann wieder gestrichen. Schlussendlich hat sie dann aufgeschrieben, was ihr am besten gefiel."

Sie aßen daraufhin wieder schweigend und ohne großen Appetit zu Ende.

„Ich fahr wieder zur Klinik, Mutti ablösen", sagte Johannes einige Minuten später, während er sich die Schuhe anzog.

„Ich fahr dich, dann kann ich Mutti wieder mit zurücknehmen", bot Max an.

Johannes nickte und sie machten sich auf den Weg.

2

„Guten Tag, Herr von Moeltenhoff. Es ist gut, dass Sie sich
bei mir gemeldet haben", wurde Johannes von der Psychologin Martina Reimers begrüßt. Sie wies auf einen Stuhl, der
ihr gegenüberstand „Nehmen Sie doch bitte Platz." Nachdem
Johannes sich gesetzt hatte, fuhr sie fort: „Ich hatte gestern
noch Gelegenheit, mit Ihrer Frau zu sprechen, bevor sie bewusstlos wurde. Wie geht es ihr?"
„Sie liegt noch immer im Koma", erwiderte Johannes kurz
angebunden.
„Das tut mir leid, aber sie ist hier in den besten Händen", versicherte sie ihm. Er nickte nur kurz.
„Ja also", begann sie das Gespräch. „Wie gesagt, ich habe mit
Ihrer Frau gesprochen und die kann nicht richtig verstehen,
was da passiert ist. Bis jetzt scheinen Sie doch eine sehr harmonische Beziehung gehabt zu haben. Wie sehen Sie das denn?"
Johannes druckste rum und wusste nicht, wo er beginnen
sollte. „Also, ähm, ja, ich liebe meine Frau über alles und
wir haben in jeder Hinsicht eine wunderbare Beziehung. Ich
weiß selber nicht, wie das passieren konnte", begann er zögerlich. „Wir hatten eine kleine Meinungsverschiedenheit,
ich war wütend, weil sie einfach keine Rücksicht auf ihre
Schwangerschaft nimmt. Ich bin ins Gästezimmer gegangen,
um mich dort hinzulegen, bis sie zur Vernunft gekommen
ist. Was dann passiert ist, weiß ich selber nicht so genau. Als
ich wieder zur Besinnung kam, lag ich auf ihr, ähm, na ja,
also, ich war in ihr und sie hat furchtbar geschrien und mich
so entsetzt angeschaut."
„Und dann?" fragte die Ärztin behutsam nach.
„Dann hab ich mich sofort zurückgezogen. Danach habe ich
meine Sportsachen angezogen und bin Laufen gegangen, um
den Kopf freizukriegen. Leider habe ich Lenes Anruf nicht an-

genommen, als sie versucht hat, mich zu erreichen und dann hab ich das Handy einfach ausgemacht", gab er kleinlaut zu.

„Sie können sich also nicht an die Vergewaltigung erinnern?" fragte die Ärztin nochmal nach.

„Nein, absolut nicht, nie im Leben würde ich ihr etwas antun", erwiderte er kopfschüttelnd.

„Hatten Sie schon öfters solche Aussetzer?"

„Früher, als Junge, ja. Da hab ich wohl andere Kinder fürchterlich vermöbelt, weil sie meinen Bruder gemobbt haben", erzählte er. „Das ist, wie wenn jemand einen Schalter umlegt. Ich versteh das doch auch nicht." Johannes zog die Schultern hoch.

„Waren Sie deshalb schon mal in Behandlung?"

„Ja, meine Mutter hat mich damals, als sich die Beschwerden über mich häuften, zu einem Psychologen gebracht und ich habe eine Zeitlang Tabletten bekommen. Ich habe aber keine Ahnung, was das war."

„Wurde es dann besser?"

„Hm, na ja, eine gewisse Zeit schon, bis das mit den Mädchen anfing."

„Mit den Mädchen?"

„Na ja. Also, es ist so, meine Familie hat einen großen Gutshof und die Mädchen aus dem Dorf waren ständig hinter mir und meinem Bruder her. Max hat das gefallen und er hat alle genommen, die das wollten." Er stockte, denn er hatte noch nie darüber gesprochen, welche Probleme er als Jugendlicher und auch noch als Student gehabt hatte.

„Und Sie?"

„Hm, na ja, ich mochte das nicht. Ich fand diese Mädchen nur doof und lästig." Er holte tief Luft. „Ich mag Frauen, aber keine, die sich mir aufdrängen, verstehen Sie, was ich meine?", ergänzte er.

Die Ärztin nickte und forderte ihn auf weiterzusprechen.

„Ja, also, ähm, es ist so, nein, es war so, dass ich mich lange nicht getraut habe, mit einem Mädchen zu schlafen. Und wenn eine dann einfach nicht lockergelassen hat, dann wurde ich wütend und hab sie wohl ziemlich grob genommen." Er verstummte, weil er nicht wusste, wie er dieser Frau sein Problem beschreiben sollte.

„Gut, ich denke, wir beenden unser Gespräch hier", erlöste ihn die Ärztin. „Ich bin ja eigentlich nur für die Patienten in dieser Klinik zuständig und Sie scheinen ein tieferliegendes Problem zu haben. Ich würde Sie gerne an einen Kollegen überweisen, der Ihnen besser helfen kann als ich. Wenn es für Sie in Ordnung ist, informiere ich den Kollegen und vereinbare einen Termin für Sie", schlug sie vor.

Johannes nickte, bedankte und verabschiedete sich.

Die Ärztin sah ihm besorgt nach.

Nachdenklich ging Johannes zur Intensivstation zurück. *Was ist mit mir nicht in Ordnung?*, überlegte er. *Ich bin doch mittlerweile erwachsen. Ist es möglich, dass der Dämon, von dem ich mich früher so oft bedroht gefühlt habe, wieder zurückgekommen ist?*

Immer noch in Gedanken versunken saß er am Bett und betrachtete seine Frau. „Liebste Lene, du bist das Beste, was mir je passieren konnte. Wie soll das mit uns weitergehen? Liebst du mich noch, nach dem, was ich dir angetan habe?", sprach er leise mit ihr. Er begann wieder, ihren Bauch zu streicheln und spürte sofort die Bewegungen der Kinder. „Ich liebe euch und hoffe so sehr, dass wir eine glückliche Familie werden", fuhr er fort und hoffte, dass seine Stimme Leni irgendwie erreichte. Er blieb wieder die ganze Nacht bei ihr am Bett sitzen, bis seine Mutter morgens kam und ihn nach Hause schickte. Als er am späten Nachmittag wieder in die Klinik zurückkehrte, sagte ihm der Arzt, dass sie nochmals ein CT gemacht hätten und keine Blutungen mehr festgestellt werden konnten. Der Druck im Gehirn habe nachgelassen, so dass sie am nächsten Morgen anfangen wollten, die Sedierung runterzufahren, um Leni langsam aufwachen zu lassen. Johannes nickte erleichtert. Der Arzt machten ihn darauf aufmerksam, dass wahrscheinlich mit neurologischen Störungen, wie etwa Sprach- oder Gleichgewichtsstörungen, zu rechnen sei. Man werde aber sofort mit

Rehabilitations-Maßnahmen beginnen, um die Beeinträchtigungen so gering wie möglich zu halten.

Nachdem der Arzt aus dem Raum gegangen war, überlegte Johannes, was für Beeinträchtigungen er wohl gemeint hatte und wie sich das auf das Leben von Leni auswirken würde. *Was heißt „so gering wie möglich"? Wird sie behindert sein?,* fragte er sich. Wie sollte sein Leben weitergehen mit zwei Babys und einer behinderten Frau? Er seufzte verzweifelt und schüttelte den Kopf. „Oh Lene, Schätz-chen, bitte, bitte werde wieder gesund. Nicht für mich, aber für die beiden Kiddies. Die brauchen doch ihre Mutter." Er ging nochmals nach draußen, um seine Mutter anzurufen. Er berichtete ihr, dass Leni am nächsten Morgen aufgeweckt werden sollte und dass er deshalb bei ihr blieb. Er würde sich melden, wenn es etwas Neues gäbe. Er wollte keinesfalls, dass Leni beim Aufwachen in das Gesicht seiner Mutter schaute und meinte, so lange würde er schon durchhalten.

Aber es kam wieder mal alles ganz anders als gedacht. Über den ganzen Tag verteilt wurde die Sedierung langsam runtergefahren, aber Leni zeigte keinerlei Reaktion. Man machte ein EEG und stellte fest, dass Gehirnströme vorhanden waren. Dann entfernte man vorsichtig den Beatmungsschlauch und alle waren erleichtert darüber, dass Leni selbständig atmete. Aber sie reagierte auf nichts, sie lag im Wachkoma. Die Ärzte versuchten, Johannes zu beruhigen und meinten, dass das nach einem künstlichen Koma nichts Ungewöhnliches sei. Auf die Frage, wie lange der Zustand anhalten würde, konnte ihm aber niemand eine Antwort geben, man sprach von Stunden, Tagen oder länger. Als sich Lenis Zustand am nächsten Morgen nicht gebessert hatte, legte man ihr eine Magensonde, um sie künstlich zu ernähren. Im Laufe des Tages öffnete sie die Augen, blickte aber nur ins Leere, sie reagierte weder auf Ansprache noch auf Personen. Sie wurde von der Intensivstation auf ein normales Zimmer verlegt und man riet Johannes, so viel wie möglich mit ihr zu reden oder ihr Musik vorzuspielen. Außerdem gestatte man ihm, sich auf das zweite Bett, das im Zimmer stand, zu legen, falls er müde sei. Er rief Max an und bat ihn, etwas Musik für Leni zusammenzustellen, was dieser liebend gern tat. Ein paar Stunden später kam er und war schockiert, als er Leni so teilnahmslos in ihrem Bett liegen sah. Er legte seinem Bruder die Hand auf die Schulter und sagte leise: „Arme Leni, das hat sie wirklich nicht verdient."

„Wird sie wieder gesund?", wollte er dann wissen.

Johannes zuckte die Schultern: „Darauf kann mir keiner eine Antwort geben. Aber wie ich zwischen den Zeilen rausgehört habe, wird sie wohl, selbst wenn sie wieder aufwacht, behindert sein."

„Verdammte Scheiße", entfuhr es Max. „Die süße Leni behindert, das möchte ich mir lieber gar nicht vorstellen", sinnierte er weiter. „Und wenn es wirklich so kommt, dann zieht ihr am besten zu uns auf den Hof", schlug er vor.

Johannes nickte und legte den Zeigefinger auf den Mund.

„Pst, wir wissen nicht, was sie mitkriegt", forderte er seinen Bruder auf, leise zu sprechen.

„Wie ich gehört habe, hast du deinen Job geschmissen?", wollte Max, jetzt leiser sprechend, wissen.

Johannes nickte. „Diesen Job anzunehmen war ein echter Griff ins Klo. Die wollten einen Rechtsberater, halten sich aber an nichts, was ich ihnen rate. In dieser Firma stehe ich ständig mit einem Bein im Bau. Das kann ich doch meiner jungen Familie nicht antun."

„Und jetzt? Wie soll es weitergehen? Hast du schon was in Aussicht?"

„Nein, bis jetzt nicht. Ich bin noch bis Ende Oktober bezahlt. Ich versuche, wieder in einer Kanzlei unterzukommen. Aber im Moment ist Lene wichtiger."

„Ja schon, aber überleg nicht zu lange. Denn so wie es aussieht, wird sie vielleicht nie mehr arbeiten können. Und eure schöne, große Wohnung ist sicher nicht gerade billig", gab Max zu bedenken.

„Ja, das stimmt, die Miete ist ziemlich gesalzen", gab Johannes zu. „Ich habe zwar für das nächste Semester einen Vertrag als Gastdozent an der Uni, aber leider nur eine Vorlesung pro Monat. Und in den letzten Wochen habe ich auch einige Artikel für Fachzeitschriften verfasst, das bringt auch ein paar Euro ein. Aber ohne vernünftigen Job, und vor allem ohne den Verdienst von Lene, würde das Geld natürlich hinten und vorne nicht reichen", bestätigte er. „Es sind ja noch zwei Monate, da wird sich schon was finden", versuchte er, optimistisch zu klingen.

In den nächsten Tagen änderte sich am Zustand von Leni nichts. Sie wurde zwar intensiv betreut und von einer Physiotherapeutin und einem Ergotherapeuten behandelt, aber ohne erkennbaren Erfolg. Was Johannes besonders mitnahm, war die Tatsache, dass sie gewindelt werden musste wie ein Baby. Er hatte von zu Hause das Öl mitgebracht, das Sarah Leni gegen das Auftreten von Schwangerschaftsstreifen empfohlen hatte. Liebevoll ölte er täglich, so wie er es in den vergangenen Monaten immer getan hatte, ihren Bauch, ihre Brüste und ihre Oberschenkel und, soweit es möglich war, ihren Po damit ein und hoffte, dass sie es spürte.

„Na, wie geht es unserem Dornröschen heute?", fragte der junge Pfleger, der das Krankenzimmer betrat. Johannes zuckte die Schultern und murmelte: „Unverändert." Als der junge Mann anfangen wollte, Leni zu waschen und die Windeln zu wechseln, bat Johannes ihn, das zu unterlassen.

„Aber warum denn? Das ist doch mein Job", meinte der Pfleger verblüfft.

„Weil ich meine Frau kenne und ich weiß, dass es ihr furchtbar unangenehm wäre, wenn Sie das machen. Sie ist nun mal sehr schamhaft. Haben Sie denn kein weibliches Personal?", fragte er. „Selbst in diesem Zustand sollte man ihr doch ihre

Intimsphäre bewahren. Holen Sie bitte eine Kollegin", forderte er dann mit Bestimmtheit in der Stimme.

Der Pfleger ging schulterzuckend aus dem Zimmer und Johannes hatte das Gefühl, dass Leni ihm hinterhergeschaut hatte. Auch wenn der junge Pfleger nicht mehr zur Körperpflege von Leni eingesetzt wurde, sollte ihr der Name Dornröschen erhalten bleiben.

Einige Zeit später kam dann tatsächlich eine Pflegerin und versorgte Leni. Johannes machte sie auf seine Beobachtung aufmerksam und sie bat ihn, doch mal ein paar Schritte zur Tür zu machen, wobei sie feststellte, dass Leni tatsächlich versuchte, ihm mit den Augen zu folgen.

„Das ist gut, es scheint, dass sie in die nächste Phase gekommen ist. Ich werde gleich die Ärzte informieren", meinte sie aufmunternd zu Johannes. Der schaute zwar noch etwas ungläubig, freute sich aber doch über diesen minimalen Fortschritt. Als später die Physiotherapeutin kam, stellte sie Leni unter Mithilfe von Johannes auf die Füße.

„Halten Sie sie gut fest", ermahnte die Therapeutin ihn.

„Hallo, Frau Kaiser", flüsterte Johannes seiner Lene ins Ohr, „hör mal die Musik, du hast doch so ein gutes Rhythmusgefühl." „Komm, wir tanzen jetzt", flüsterte er weiter und wiegte sie ganz sachte im Rhythmus der Musik.

„Ja, das ist sehr gut, machen Sie weiter", ermunterte ihn die Therapeutin. „Ich glaube, sie versucht, die Arme zu heben". Sie legte Lenis Arme um Johannes, der so gerührt war, dass ihm Tränen in die Augen traten.

Nach einigen Minuten legten sie Leni wieder ins Bett, der das aber gar nicht zu gefallen schien. Sie bewegte unkoordiniert ihre Arme und drehte den Kopf hin und her. Johannes beugte sich zu ihr. „Na, mein Schätz-chen, hat dir das gefallen?", sagte er leise und lächelte sie an. Sie sah ihn groß an und er hauchte ihr einen Kuss auf den Mund. „Das machen wir jetzt öfters", versprach er ihr und streichelte sanft ihre Wange. Als die Therapeutin gegangen war, setzte er sich wieder an das Bett seiner Frau und hing seinen Gedanken nach. Da die Ärzte ihm gesagt hatten, dass er so viel wie möglich mit ihr reden sollte, sprach er, entgegen seiner Gewohnheit, seine Gedanken leise aus:

„Weißt du noch, wie wir uns kennengelernt haben? Damals auf der Baustelle, als ich euch das Leben so schwer gemacht habe? Ich fand das so süß, wie du mich trotzig angeschaut hast mit deinen schönen grünen Augen und mir gesagt hast, dass ich als Kunde zwar der König, du aber die Kaiserin bist", begann er seinen Monolog. „Du hast keinen Zweifel daran gelassen, dass ich von nichts eine Ahnung habe und du hattest verdammt Recht damit", fuhr er mit einem kleinen Lächeln fort. „Die Visitenkarte, die du mir damals gegeben hast, habe ich immer noch." Er machte eine kurze Pause, bevor er fortfuhr: „Und ich Idiot habe nicht erkannt, dass das junge Mädchen, das in meine Nachbarwohnung eingezogen war, dieselbe Person ist. Du hast mir aber auch keine Gelegenheit gegeben, dir in die Augen zu schauen, dann hätte ich es sicher gemerkt. Diese strahlenden grünen Augen und die süßen Sommersprossen über den Wangen sind ganz bestimmt einmalig." Er schaute ihr ins Gesicht und streichelte sanft ihre Wange. „Du weißt ja, ich mag chic gekleidete Frauen", fuhr er dann mit seinem Monolog fort. „Junge Mädchen und dazu noch im Schlabberlook, in dem ich dich auf dem Balkon oder im Treppenhaus öfters mal gehen habe, das ist nun wirklich nicht meine Kragenweite und deshalb habe ich dich auch gar nicht weiter beachtet. Und außerdem hatte ich den Eindruck, dass du was gegen mich hast und mir aus dem Weg gehst." Wieder machte er eine kurze Pause und beobachtete, ob sie irgendeine Reaktion zeigte. Sie sah ihn mit großen Augen an und er redete leise weiter: „Tja, und als deine Freundin uns dann zu deiner Geburtstagsparty eingeladen hatte, da musste Max mich schon mit Gewalt zu dir rüberziehen. Freiwillig wäre ich wirklich nicht gekommen. Aber meinem lieben Bruder hast du auf Anhieb gefallen und ich wollte nicht, dass er was Dummes anstellt, deshalb bin ich dann doch mitgegangen. Und du hast es dir nicht nehmen lassen, mich so richtig vorzuführen, du kleine Hexe, du", fuhr er fort und streichelte ihre Hand. „So blamiert habe ich mich in meinem ganzen Leben noch nicht wie an diesem Abend. Du hättest dich ja wirklich mal früher zu erkennen geben können", flüsterte er vorwurfsvoll. „Für Max war das natürlich ein gefundenes Fressen. Zuerst mache ich der Architektin das Leben schwer und dann erkenne ich sie nicht wieder." Er lachte leise. „Ich glaube, das hab ich wohl verdient und zugegeben, deine Wohnung ist wirklich viel schöner geworden als meine. Obwohl du mich mit deiner Hartnäckigkeit wohl noch vor dem Schlimmsten bewahrt hast. Ich wollte es halt einfach nur zweckmäßig haben, ohne viel Schnickschnack. Und als ich erfahren habe, dass du noch gar nicht ganz fertig warst mit dem Studium, sondern dass deine Wohnung ein Teil deiner Masterarbeit war, da war ich ziemlich beeindruckt. Du hast echt was drauf, mein Schätz-chen", lobte er seine Frau. „Nachdem ich nun wusste, wer du warst und mir auch dein Bruder noch so einiges über dich erzählt hatte, wollte ich es nicht zulassen, dass der aufreißerische Max dir zu nahe kommt. Ihr habt fast den ganzen Abend miteinander geflirtet und getanzt. Aber dass du keine Frau für einen One-Night-Stand bist, das hat sogar Max erkannt." Er machte eine kurze Pause, küsste sie sanft auf die Lippen und redete weiter: „Und dann hab ich meinen ganzen Mut zusammengenommen und dich zum Tanzen aufgefordert. Du hast so was von distanziert und kühl zugesagt, dass mir angst und bange wurde und ich fast einen Rückzieher gemacht hätte", wieder lachte er leise und streichelte sie. „Aber was ist dann passiert, meine liebe Frau Kaiser? Dein Blick sagte mehr als tausend Worte und ich war total überrumpelt von dem, was da in den nächsten Minuten mit uns passiert ist." Er schwieg für einen Moment. „Und trotzdem habe ich dich zurückgewiesen", er schüttelte leicht den Kopf. „Was ich dir gesagt habe, stimmte schon, ich hatte kurz zuvor meine Familie durch einen Unfall verloren und um den Kleinen habe ich wirklich sehr getrauert. Deshalb haben mich wohl meine plötzlichen Gefühle so verunsichert. Aber warum ich es nicht geschafft habe, über meinen Schatten zu springen und mich stattdessen mit Jessica eingelassen habe, verstehe ich bis heute nicht." Er zuckte die Schultern. „Ich konnte es kaum ertragen, wie du mit Max geflirtet hast, wenn wir drei uns getroffen haben, aber trotzdem war ich irgendwie gehemmt. Vielleicht hatte ich damals schon Angst, dir weh zu tun? Lene, Schätz-chen, ich weiß echt nicht, was in mich gefahren ist", er schüttelte betrübt den Kopf. „Ich hoffe wirklich sehr, dass der Therapeut mir helfen kann. So etwas darf nie wieder passieren. Ich möchte dich auf keinen Fall verlieren. Ich liebe dich so sehr." Ihm traten Tränen in die Augen und er war erleichtert, als wenige Minuten später seine Mutter kam, um ihn am Bett abzulösen. Er berichtete ihr von Lenis Fortschritten und dass sie beide „getanzt" hätten und ging, nachdem er sich liebevoll von Leni verabschiedet hatte, zum Ausgang und ließ sich wie jeden Tag von Max nach Hause fahren. Auch dem erzählte er natürlich von Lenis Fortschritten.

In den letzten Tagen war Max nicht untätig gewesen. Da er sich wieder um seinen Job als Eventmanager kümmern musste und auch seine Mutter nicht ewig in Leipzig bleiben konnte, hatte er Freunde und Verwandte von Johannes und Leni angeschrieben oder angerufen, mit der Bitte, sich doch für ein paar Tage Zeit zu nehmen, um Johannes bei der Betreuung von Leni zu unterstützen und sich um die Wohnung und die beiden Katzen Lilli und Mäxle zu kümmern. Alle fanden sich sofort bereit dazu und anhand der Termine, die ihm genannt wurden, erstellte er einen Einsatzplan für die nächsten Wochen. An den wenigen Tagen, an denen niemand da sein konnte, würden sich die Nachbarn aus dem Erdgeschoß um die beiden Stubentiger kümmern und auch jeweils die Schlüssel übergeben.

In der Klinik war man zwar nicht sehr erfreut, dass so viele verschiedene Menschen zu Besuch kamen und Johannes wurde ermahnt, auf die Einhaltung der Hygieneregeln zu achten und vor allem darauf, dass die Besucher Leni möglichst nicht zu nahe kommen sollten. Denn eine Infektion wäre eine Katastrophe für sie gewesen.

Als Erstes kamen Lenis Mutter und Bruder für eine Woche und lösten Max und Susanne ab. Stéphanie Kaiser war entsetzt, als sie ihre Tochter in diesem Zustand sah. „Mon Dieu, ma puce", weinte sie und, wie befürchtet, brachte sie ziemlich viel Unruhe in das Krankenzimmer. Dafür tat es Johannes aber gut, mit Tobias zu reden und ihm seine Zukunftsängste anzuvertrauen. Die beiden hatten sich von Anfang an gut verstanden und führten lange Gespräche miteinander.

Ganz allmählich verbesserte sich der Zustand von Leni und nachdem der Ergotherapeut mit ihr das Schlucken geübt hatte, wurde die Magensonde entfernt und sie konnte gefüttert werden. Johannes war dankbar für jeden kleinen Fortschritt, den man sah, machte sich aber große Sorgen um die Zukunft und um die Kinder. Wie sollte er eine behinderte Frau und zwei Babys versorgen? Mit dem Vorschlag von Max, dass sie ins Münsterland auf den Gutshof ziehen sollten, machte er sich immer mehr vertraut, denn dort könnten ihn seine Mutter und seine Schwester unterstützen. Aber vor allem fragte er sich, ob die Kinder das alles problemlos überstanden hatten. Er hatte große Angst davor, dass die Kinder auch behindert sein könnten. Auf seine Fragen hin konnte keiner der Ärzte ihm sagen, was auf ihn zukommen würde. Vorsorglich wurde nochmals eine Ultraschalluntersuchung durchgeführt und so wie es aussah, waren die Ungeborenen gesund. Es wurde überlegt, Leni nach Hause zu entlassen, aber wegen der fortgeschrittenen Schwangerschaft sah man vorerst davon ab, denn für eine Geburt wäre es doch noch einige Wochen zu früh gewesen. Solange sie in der Klinik weilte, konnte man ihr sofort einen Wehenhemmer geben, falls verfrühte Wehen einsetzen sollten.

Die Wochen vergingen und allmählich erkannte Leni ihre Besucher, Pfleger und Ärzte. Sie wurde jedes Mal sehr unruhig, wenn Johannes für ein paar Stunden nicht an ihrem Bett war. Er hatte mittlerweile eine Therapie begonnen und um den Kopf etwas freizubekommen, ging er hin und wieder zum Laufen oder ins Fitnessstudio. Zudem musste er sich auch endlich um einen neuen Job kümmern und noch dazu machte sich bei ihm das Schlafmanko bemerkbar, so dass er einfach nicht mehr Tag und Nacht bei ihr sein konnte. Dank des ausgeklügelten Plans von Max war fast immer jemand bei Leni, so dass sie selten alleine war. Die jeweiligen Besucher redeten viel mit ihr oder lasen ihr vor. Sie selber war aber immer noch nicht in der Lage, richtig zu sprechen, obwohl die Logopädin bereits angefangen hatte, mit ihr zu üben.

3

Für Lenis Geburtstag Anfang Oktober hatte Max sich etwas ganz Besonderes ausgedacht. Er war am Abend zuvor angereist, kam gleich morgens in die Klinik und stellte den Fernseher an. Er hatte mit Hilfe von Lenis Bruder Tobias ein Video zusammengestellt, in dem alle Freunde und Verwandte Leni zum Geburtstag gratulierten. Die beiden Brüder setzten sich zu Leni aufs Bett, wobei Johannes den Arm um sie gelegt hatte, und sie warteten gespannt auf ihre Reaktion. Zunächst schien sie nicht zu verstehen, was da vor sich ging, dann liefen ihr plötzlich Tränen über das Gesicht und sie versuchte, etwas zu sagen. Johannes nahm sie ihn den Arm, küsste sie sanft und gratulierte ihr zum Geburtstag und auch Max ließ es sich nicht nehmen, sie zu drücken und ihr zu gratulieren. Sie zeigte auf sich, schaute die beiden ungläubig an und versuchte „Geburtstag" zu sagen.

„Ja, Frau Kaiser, mein liebes Schätz-chen, heute ist dein Geburtstag", bestätigte Johannes und nahm sie erneut in den Arm. Leni gab den beiden zu verstehen, dass sie das Video nochmals sehen wollte und Max tat ihr den Gefallen natürlich gerne. Sie versuchte, die Personen, die jeweils auf dem Bildschirm erschienen, zu erkennen und zu benennen. Aber ihre Sprachfähigkeit war immer noch sehr eingeschränkt.

Max war so begeistert von diesem erneuten Fortschritt, dass er ein Foto von Leni machte. Leider hatte er nicht viel Zeit und musste sich bald wieder verabschieden. Aber er schickte das Foto an alle Freunde und Verwandte von Leni und schrieb dazu: *Dornröschen ist aufgewacht und bedankt sich für eure Glückwünsche.* Worauf sein Handy noch stundenlang piepste und er unzählige Fragen beantworten musste.

Leni zeigte auf ihre Finger und versuchte zu fragen, wo ihre Ringe seien. Johannes überlegte und ihm fiel ein, dass seine

Mutter bei Leni gewesen war, als sie bewusstlos wurde. Er rief daraufhin sofort seine Mutter an und die bestätigte, dass sie die Ringe an sich genommen und in das kleine Seitenfach von Lenis Tasche gesteckt hätte. Dort fand Johannes sie dann auch und streifte Leni mit feierlichem Gesichtsausdruck sowohl den Verlobungsring als auch den Ehering über den jeweiligen Ringfinger und küsste sie liebevoll, worauf sie ihn anlächelte. Er konnte nicht mehr an sich halten, nahm sie fast stürmisch in den Arm und flüsterte ihr ins Ohr: „Oh, meine süße, kleine Lene, ich liebe dich so sehr."

Kurze Zeit später gab sie ihm zu verstehen, dass sie eigene Kleider anziehen und nicht mehr in diesem Krankenhaushemd rumliegen wollte. Johannes überlegte einen Moment und sah dann auf seinem Handy nach, wen Max als Nächstes eingeteilt hatte.

„Du hör mal, heute Nachmittag kommt Sarah. Die weiß sicher besser als ich, was du gebrauchen kannst. Ich ruf sie an und sag ihr, dass sie dir ein paar Sachen einpacken soll, wenn sie angekommen ist." Leni nickte zufrieden, machte dann aber ein nachdenkliches Gesicht. Sie konnte sich an nichts erinnern und fragte sich, warum sie an ihrem Geburtstag im Krankenhaus lag. Johannes gab sich große Mühe zu verstehen, was sie sagte, aber sie sprach so unverständlich, dass ein Gespräch fast nicht möglich war. Er erzählte ihr, dass sie eine Hirnblutung gehabt hatte und seit sechs Wochen in der Klinik lag. Sie weinte und tastete nach ihrem Bauch. „Den Kiddies geht es gut, mein Schätz-chen", beruhigte er sie. Sie atmete erleichtert auf. Während der nächsten Stunden kamen immer wieder mal Ärzte und Pfleger ins Zimmer, um Leni zum Geburtstag zu gratulieren. Alle waren begeistert über den munteren Eindruck, den Leni machte. Und wenn sie versuchte, sich für die Glückwünsche zu bedanken, hatte der ein oder andere Tränen in den Augen. Im Laufe der vergangen Wochen hatten alle Anteil an ihrem Schicksal genommen und freuten sich über diesen großen Fortschritt bei ihrer Genesung.

Am späten Nachmittag erschien dann Sarah mit einer Reisetasche voller Kleidung für Leni. Und da war er wieder, dieser verführerische Blick zu Johannes. Leni war von Anfang an aufgefallen, wie Sarah ihren Johannes anschaute. Zunächst war sie so verliebt gewesen, dass sie dachte, sie hätte sich getäuscht. Sarah war Gynäkologin und zudem um einiges älter als sie. Deshalb hatte sie dem keine weitere Beachtung geschenkt. Trotzdem hatte sie bei der jetzigen Schwangerschaft, solange sie noch in Freiburg wohnte, die ersten Untersuchungstermine ohne Johannes wahrgenommen. Nur beim letzten Termin, bevor sie zu ihm nach Leipzig gezogen war, hatte Johannes sie begleitet und da war sie sich ganz sicher, dass sie sich nicht getäuscht hatte. Und später hatte Sarah ihr doch tatsächlich während eines Telefonats gebeichtet, wie sexy sie Johannes findet. Aber da Freiburg weit weg von Leipzig war, fand Leni das eigentlich nur amüsant und hatte es Johannes sogar erzählt. Als sie vor ein paar Monaten wegen des Prozesses gegen ihren Entführer in Freiburg gewesen waren, war sie so schlecht zuwege, dass Sarah dachte, Leni hätte nicht bemerkt, wie heftig es zwischen ihr und Johannes geknistert hatte. Doch obwohl Leni voller Beruhigungsmittel war, hatte sie trotzdem einiges davon mitbekommen und ihr Verhältnis zu Sarah war merklich abgekühlt.

Im Moment konnte Leni sich zwar an keine Einzelheiten erinnern, aber die Funken, die zwischen Sarah und Johannes sprühten, bemerkte sie auch jetzt. Und dann besaßen die beiden doch noch die Unverfrorenheit, hinter der Schranktüre beim Einräumen von Lenis Kleidung heftig miteinander zu flirten. Sie konnte nicht reden, aber ihre Ohren funktionierten ganz gut und sie regte sich mächtig auf. Wenn sie gekonnt hätte, wäre sie aus dem Bett gesprungen und so versuchte sie, so gut sie konnte, nach Johannes zu rufen. Aber der war so vertieft in das Geplänkel mit Sarah, dass er ihr wiederholtes „Jo", das eher wie „oh" klang, lange nicht hörte. Dann kam er aber an ihr Bett, sah sie fragend an und fragte dann relativ barsch: „Was ist los?" Kein Schätz-chen oder sonst ein liebes Wort. Das brachte Leni mächtig auf die Palme und sie zeigte erst auf ihn und dann auf Sarah und drohte mit dem Zeigefinger. Sie gab ihm zu verstehen, dass sie hören konnte und zeigte zudem mit dem Zeige- und Mittelfinger auf ihre Augen und dann auf ihn. Johannes verstand und es war ihm furchtbar peinlich. *Was mach ich da und dann noch vor ihren Augen?,* fragte er sich selber. Er nahm sie zärtlich in den Arm und küsste sie sanft. Leni weinte und wollte Sarah nicht mehr sehen. Die jedoch tat, als wenn nichts wäre und fragte Leni, was sie denn jetzt anziehen wolle. Aber Leni blieb bockig und als Sarah Johannes bat, mit auf den Gang zu kommen, hielt Leni ihn fest. Sie gab Johannes, indem sie die Hand über ihren Kopf hielt und ein rauschendes Geräusch von sich gab, zu verstehen, dass sie duschen wollte. „Hm, ja, wie soll ich das anstellen. Ich rufe eine Pflegerin." Die suchte dann zusammen mit Leni etwas zum Anziehen aus und mithilfe von Johannes brachte sie Leni ins Bad, zog sie dann aus und setzte sie auf einen Duschhocker. Leni war selig, als sie das Wasser auf ihrem Körper spürte. Dabei entging ihr, dass Sarah immer noch da war und wieder versuchte, mit Johannes zu flirten. Der blieb dieses Mal standhaft und schickte sie zu sich nach Hause, bat sie aber, am nächsten Morgen zu Leni zu kommen, da er einige Termine hatte.

„Und du?", wollte Sarah wissen, trat ganz nah an ihn ran und legte ihm die Hand auf die Brust und hielt ihm ihren Mund entgegen. „Kommst du nicht nach Hause?", fragte sie und sah ihn wieder mit diesem verführerischen Blick an.

„Ich weiß noch nicht", wich er ihr aus und löste sich von ihr, obwohl die Versuchung groß war. Aber er hatte nicht vor, seine kranke Frau mit einer ihrer Freundinnen zu betrügen. Er liebte Leni sehr und wollte sie gar nicht betrügen, egal mit wem. Aber Sarah machte es ihm nicht leicht, standhaft zu bleiben.

„Am besten, du gehst jetzt", sagte er mit belegter Stimme. Er hatte Mühe, sich zu beherrschen. „Verdammt noch mal, geh endlich", sagte er jetzt aufgebracht.

Zum Glück rief ihn die Pflegerin, weil sie seine Hilfe brauchte, um Leni aus dem Bad zu bringen und fertig anzuziehen. Und als die beiden mit Leni ins Zimmer zurückkamen war Sarah zum Glück verschwunden. Leni schaute ihren Mann nachdenklich an. Der nahm sie in den Arm und sagte leise: „Hmm, Frau Kaiser, Sie riechen aber fein heute", und lächelte sie an. Als Leni ihn weiterhin vorwurfsvoll ansah sagte er: „Keine Angst Schätz-chen, Sarah ist gegangen, sie kommt erst morgen früh wieder. Da bin ich dann aber nicht da, ich habe einige Termine." Leni nickte und zeigte auf das zweite Bett und gab ihm zu verstehen, dass er in der Nacht dort schlafen solle. „Ja sicher, das mach ich. Hör zu, Liebes, ich liebe dich und zwar nur dich." Er nahm sie in den Arm und küsste sie zärtlich und war erstaunt, als Leni den Kuss erst sanft und dann heftiger erwiderte. „Na, Frau Kaiser, was wird denn das?", fragte er scherzhaft und lachte sie an. Als er sie wie gewohnt nach dem Abendessen einölte, nahm sie seine Hand und legte sie zwischen ihre Beine. Er war total überrascht und wusste nicht, wie er sich verhalten sollte. Da lag sie, ziemlich abgemagert und immer noch mit einer Windel unterhalb des dicken Bauchs und zeigte so etwas wie Verlangen. Er fragte deshalb ziemlich unsicher: „Lene, was willst du?" Sie nahm seine Hand und bewegte sie auf ihrem Venushügel hin und her. „Das ist jetzt aber nicht dein Ernst", Johannes war schockiert. *Will sie wirklich befriedigt werden? Das kann doch nicht sein,* dachte er. Er deckte sie wieder zu und murmelte: „Also Lene, das geht doch wirklich nicht. Werd erst mal wieder gesund, Schätz-chen". Leni blieb hartnäckig, fummelte an seiner Hose rum und versuchte, den Reißverschluss zu öffnen.

„Lene, bitte lass das", keuchte Johannes mit belegter Stimme. Aber irgendwie schaffte sie es tatsächlich, sein mittlerweile erigiertes Glied aus der Hose zu befreien und sie dirigierte ihn so, dass er neben ihrem Kopf stand und dann nahm sie „Little Joe", wie sie sein Glied in intimen Stunden nannte, tatsächlich in den Mund und begann, daran zu lecken und zu saugen. Zunächst versuchte er, sich dagegen zu wehren, aber der Genuss war zu groß und er kam relativ schnell, wobei Leni sich fast verschluckte hätte.

Er sah sie danach erst mal ganz verdutzt an. Alles hätte er erwartet, aber nicht *das*. Sie konnte nicht richtig laufen und sprechen, aber Gefühle hatte sie trotzdem und das Verlangen nach ihm war zurückgekehrt, vermutlich war es aber auch die Eifersucht, die sie dazu angestachelt hatte.

„Lene, Lene, du bist doch immer wieder für eine Überraschung gut", er lachte leise, zog sich wieder richtig an und nahm sie fest in den Arm. Sie kuschelte sich, so gut es ging, an ihn und bat ihn, die Nacht bei ihr zu bleiben.

„Ja klar, mein Schätz-chen, ich war doch sonst auch immer da. Ich lass dich nicht allein", beruhigte er sie.

Als es am nächsten Morgen Zeit für ihn war zu gehen, um zu Hause zu duschen und seine Termine wahrzunehmen, war Sarah noch nicht da. Er verabschiedete sich von Leni und erklärte ihr, dass er einen Termin beim Therapeuten und in der Uni hätte. Da sie sich an nichts, was in den letzten Monaten geschehen war, erinnern konnte, versprach er, ihr am Nachmittag alles zu erklären. Außerdem versicherte er ihr, dass Sarah jeden Moment da sein müsste.

In dem Moment, als er zu Hause ankam, huschte Sarah fast nackt ins Gästebad und behauptete, dass sie verschlafen habe. Sie blieb kurz im Flur stehen und sah ihn herausfordernd an. Johannes tat, als hätte er es nicht bemerkt und ging ins Schlafzimmer, um sich frische Kleidung rauszusuchen. Dort bemerkte er, dass sie wohl im Bett auf ihn gewartet haben musste. „Das gibt's doch nicht", murmelte er kopfschüttelnd. „In unserem Ehebett, die schreckt ja vor nichts zurück", und er wurde wütend auf diese Frau.

Er ging ins Bad und zog sich aus, um zu duschen. An das, was danach geschah, konnte er sich nicht richtig erinnern.

Sarah stand lange unter der Dusche, in der Hoffnung, dass Johannes doch zu ihr käme. Schalt sich dann aber selber eine dumme Kuh und bekam fast ein schlechtes Gewissen, weil sie mit dem Mann ihrer kranken Freundin schlafen wollte. Als sie nach dem Handtuch griff, um sich abzutrocknen, stand er plötzlich da. Als sie ihn so nackt und mit erigiertem Glied vor sich stehen sah entfuhr ihr ein „Wow". Und sie fuhr bewundernd fort: „Du bist wirklich in jeder Hinsicht ein Prachtkerl, Johannes." Dann sah sie in sein Gesicht und seine Augen und bekam plötzlich Angst. *Mit dem stimmt was nicht,* dachte sie noch, als er sie auch schon gepackt und an die Wand gedrückt hatte. Er versuchte, im Stehen in sie einzudringen, aber sie konnte noch rechtzeitig ihr Knie hochnehmen und ihm zwischen die Beine stoßen. Sie hatte ihn zwar nicht voll erwischt, aber er ließ von ihr ab und krümmte sich zusammen. Als er wieder zur Besinnung kam, spürte er Schmerzen im Genitalbereich und die kalte Dusche, die Sarah ihm über den Kopf hielt.

„Du verdammtes Dreckschwein", schimpfte sie.

„Warum? Genau das hast du doch gewollt, oder etwa nicht?," fragte er verwundert.

„Aber nicht so!", schrie sie wütend. „Leni hat mir immer von ihrem liebevollen, zärtlichen Mann vorgeschwärmt, aber davon kann ja wohl keine Rede sein."

„Du bist ja auch nicht Lene und wenn du mich die ganze Zeit scharfmachst, dann sollst du deinen Lohn dafür haben", erwiderte er sarkastisch. Dann wurde er laut: „Am besten du packst sofort deine Sachen und verschwindest, ich will dich hier nie wieder sehen, du verdammte Nutte."

„Verdammt Johannes, du bist krank. Du brauchst Hilfe", versuchte sie einzulenken.

„Das weiß ich selber", knurrte er. „Ich bin schon in Behandlung", gab er kleinlaut zu.

Johannes war zum einen entsetzt über sich selber, aber auch verdammt sauer auf Sarah, die es darauf angelegt hatte, mit ihm zu vögeln. Zum Glück hatte er gleich einen Termin bei seinem Psychotherapeuten. Er hoffte inständig auf dessen Hilfe, denn weitere solche Aussetzer konnte und wollte er sich nicht erlauben.

Der Therapeut hörte Johannes dann lange aufmerksam zu und stellte nur ein paar kurze Fragen, wenn Johannes verstummte und riet ihm zum Schluss der Sitzung, sich in stationäre Behandlung zu begeben. Dies lehnte Johannes aber vehement ab, mit der Begründung, dass er seine Frau jetzt nicht alleine lassen könnte. Der Arzt verstand die Situation und verschrieb ihm daraufhin ein Medikament, machte ihn aber darauf aufmerksam, dass es zunächst zu Potenzstörungen führen könnte. Da seine Frau krank und zudem hochschwanger war, wäre das wohl im Moment das kleinste Problem, meinte Johannes und verabschiedete sich. Er fuhr anschließend zur Uni, um in die Technik des Hörsaals eingewiesen zu werden, da die Vorlesung, die er in der kommenden Woche halten sollte, digital übertragen werden sollte.

Danach machte er sich sofort auf den Weg zur Klinik und hoffte, dass Sarah nicht mehr dort war. Er öffnete vorsichtig die Zimmertür und sah, dass Leni mit dem Ergotherapeuten beschäftigt war. Erleichtert stellte er fest, dass sonst niemand im Raum war.

„Ihre Frau hat aber mächtig Fortschritte gemacht", begrüßte ihn der Therapeut und Leni lächelte ihn stolz an. Bisher hatte sie alle Therapien mehr oder weniger passiv über sich ergehen lassen. Aber jetzt hatte sie der Ehrgeiz gepackt, denn sie wollte so bald wie möglich wieder nach Hause.

Später fragte Johannes Leni, ob Sarah denn nicht gekommen wäre. Wie er aus ihrem Gestammel entnehmen konnte, war sie nur ganz kurz dagewesen und dann nach Hause abgereist.

Leni spürte, dass mit Johannes etwas nicht in Ordnung war, aber er wiegelte ab und murmelte etwas von müde und Kopfschmerzen. Sie kannte ihn gut genug, um zu wissen, dass er ihr auswich, aber im Moment machte es keinen Sinn, weiter zu bohren, das wusste sie auch.

Sarah war mächtig sauer auf Johannes und aus Wut und Enttäuschung rief sie bei Max an und berichtete ihm, was vorgefallen war, verschwieg aber wohlweislich, wie sie Johannes angemacht hatte. Daraufhin informierte Max seine Eltern und sie beschlossen, nach Leipzig zu fahren, um mit Johannes zu reden. So konnte es absolut nicht weitergehen. *War denn jetzt keine Frau mehr vor ihm sicher,* fragten sie sich bang. Sie kamen gegen Abend in Leipzig an und während die Eltern in der Wohnung blieben, fuhr Max zur Klinik.

Johannes sah erstaunt zur Tür, als Max in das Krankenzimmer kam. „Was machst du denn hier?", fragte er deshalb auch verwundert.

„Komm mit auf den Gang", forderte Max ihn auf. Johannes hatte keine Ahnung, was das zu bedeuten hatte, merkte aber, dass Max ziemlich wütend war und folgte der Aufforderung. „Also, was ist los?", fragte er nochmal.

„Sarah hat mich angerufen", zischte Max. „Sie hat mir erzählt, was du dir schon wieder geleistet hast".

„Sarah?" Johannes schaute seinen Bruder erstaunt an.

„Fuck! Tu doch nicht so unschuldig, Alter!", Max war kaum noch zu bremsen. „Erst Leni, jetzt Sarah. Sag mal, hast du sie noch alle?"

Johannes schüttelte verzweifelt den Kopf. „Die wollte das doch, die hat mich die ganze Zeit scharfgemacht", verteidigte er sich.

„Ich kann mir gut vorstellen, dass du ziemlich Hochdruck hast, jetzt wo Leni schon so lange außer Gefecht ist, aber kannst du dir nicht selber einen runterholen?", entgegnete Max seinem Bruder vorwurfsvoll. „Ich hätte nie gedacht, dass du Leni betrügst, was hast du dir nur dabei gedacht, Alter?"

Johannes seufzte tief und zuckte die Schultern. „Ich weiß doch auch nicht, es war nicht meine Absicht." Er sah seinen Bruder hilflos an.

„Fahr jetzt nach Hause, Mutti und Vati sind da und wollen mit dir reden". Max gab seinem Bruder die Autoschlüssel. Als Johannes protestieren wollte, sagte er mit einer Stimme, die keinen Widerspruch duldete: „Hau endlich ab, ich bleibe bei Leni."

Johannes verabschiedete sich noch von Leni und schlich wie ein geprügelter Hund zum Ausgang. Zum einen hatte er Schmerzen im Genitalbereich und vor allem graute ihm vor dem Gespräch mit den Eltern. Auf dem Parkplatz fand er nach einigem Suchen den Wagen seines Vaters und fuhr langsam nach Hause. Leni spürte, dass irgendwas im Gange war, aber keiner wollte ihr sagen, um was es ging. Sie sah Max fragend an, aber der wollte ihr nicht sagen, was Johannes getan hatte, das sollte er ihr schon selber beichten. Er sagte ihr nur, dass die Eltern da seien, um mit Johannes zu reden, man müsse sich ja überlegen, wie es in Zukunft weitergehen solle. Sie nickte, aber diese Information stellte sie keinesfalls zufrieden. Sie spürte, dass es um etwas Ernsteres ging, dachte aber, dass es wohl mit ihr und ihrer Behinderung zusammenhing und dass man ihr nicht die Wahrheit sagen wollte.

4

Johannes trat langsam ins Wohnzimmer, wobei er sich verlegen mit einer Hand durch die Haare fuhr und sah seine Eltern, Susanne und Paul von Moeltenhoff, die dort saßen und auf ihn gewartet hatten, kaum an.

„Guten Abend", begrüßte er sie leise. Da ihm nichts Besseres einfiel, sagte er: „Max sagte mir, dass ihr da seid. Aber ihr hättet wirklich nicht herkommen müssen." Auch die Eltern wussten nicht richtig, wie sie das Gespräch beginnen sollten und sahen ihn vorwurfsvoll an.

„Was hast du dir nur dabei gedacht, Junge", fing Susanne dann doch an zu reden. Es half ja alles nichts, sie waren nicht die ganze Strecke gefahren, um sich ihren schweigsamen Sohn anzusehen, dem das schlechte Gewissen förmlich aus dem Gesicht sprang. Und dass er nicht von sich aus reden würde, das war ihnen auch klar. Er war schon immer sehr wortkarg gewesen und hatte ihnen selten seine Probleme anvertraut, obwohl sie ein sehr gutes Verhältnis zueinander hatten.

„Ja, also, ähm, ich weiß ja nicht, was Sarah Max erzählt hat, aber die Frau hat mich wirklich provoziert", begann Johannes dann zögernd zu sprechen. „Könnt ihr euch vorstellen, dass die doch tatsächlich in unserem Ehebett lag, um auf mich zu warten?" Er wurde lauter und betonte jedes Wort: „In dem Bett, in dem ich mit Lene schlafe!"

„Das gibt es doch nicht!", regte sich jetzt auch Susanne auf.

„Doch und das hat mich total wütend gemacht, denn eigentlich hätte sie schon längst bei Lene in der Klinik sein sollen, als ich nach Hause kam", fuhr er fort. „Als sie hörte, dass ich komme, ist sie schnell nackt ins Bad gehuscht und hat mich auffordernd angesehen."

„Hör zu, Joe", meldete sich jetzt Paul zu Wort: „Das ist zwar nicht akzeptabel, was diese Sarah da gemacht hat, aber das ist doch kein Grund, ihr Gewalt anzutun. Hast du dich tatsächlich so wenig im Griff?"

„Scheinbar", antwortete Johannes zerknirscht. „Ich merke ja selber, dass etwas mit mir nicht stimmt, denn es war wirklich nicht meine Absicht, Sarah etwas anzutun." Er schwieg einen Moment betreten, bevor er begann, sich seine Probleme von der Seele zu reden. „Damals mit den anderen Kindern, die ich verprügelt habe, war es genauso, aber ihr wolltet mir einfach nicht glauben, dass es nicht meine Absicht war." Er versuchte zu erklären, was in solchen Situationen mit ihm passierte: „Das ist, als wenn plötzlich ein Dämon über mich herfällt und mich Dinge tun lässt, die ich normalerweise nie tun würde. Ich kann mich dann einfach nicht mehr beherrschen."

Die Eltern waren erschüttert und schwiegen betroffen.

„Weiß Leni darüber Bescheid, was du mit ihr gemacht hast?", unterbrach die Mutter leise sprechend die Stille.

Johannes schüttelte den Kopf: „Nein, sie kann sich an gar nichts erinnern, ich habe noch nicht rausgefunden, wie weit sie sich zurückerinnern kann. Sie scheint offenbar zu wissen, dass ich ihr Mann bin und in dem Video, das Max an ihrem Geburtstag abgespielt hat, konnte sie bis auf Henrik, meinen Hamburger Freund, alle Personen beim Namen nennen."

„Irgendwann wirst du es ihr sagen müssen", meinte Susanne vorsichtig. „Sonst wird es dich noch mehr belasten."

„Ja sicher, aber nicht in dem Zustand, in dem sie jetzt ist. Mein Therapeut meinte, dass sie, sobald sie sich stabilisiert hat, an einer Sitzung teilnehmen sollte, damit er ihr erklären kann, wie es um mich steht." Er seufzte tief. „Arme Lene, ich hoffe, sie verkraftet das."

„Sie liebt dich abgöttisch, das wird ihr helfen", sagte Susanne und nach einer kurzen Pause fuhr sie fort: „Demnach bist du also in Behandlung?"

„Ja, ich habe mit der Psychologin in der Klinik gesprochen und die hat mich dann an einen Kollegen überwiesen. Der

Therapeut hat mir heute ein Medikament verschrieben und ich hoffe, dass mir das helfen wird." Johannes war sichtlich unglücklich und die Eltern spürten, dass er sich mal so richtig aussprechen musste.

„Ich dachte, Leni macht dich glücklich und ich habe das Gefühl, dass sie dir gut tut. Warum dann plötzlich dieser Wandel?", versuchte Susanne, ihren Sohn zum Sprechen zu animieren.

„Ja Mutti, Lene ist genau die Frau, die ich gesucht habe", bestätigte er und ein kleines Lächeln huschte über sein ernstes Gesicht. „Sie macht mich unendlich glücklich und ich hatte gehofft, dass alle meine Probleme damit gelöst wären."

„Was denn für Probleme, Joe?", fragte Paul jetzt vorsichtig nach.

Johannes seufzte und hatte sichtlich Mühe, sich zu überwinden, mit seinen Eltern über das, was ihn schon seit seiner Jugend belastete, zu reden. Die Eltern sahen ihn auffordernd an und nach einigem Zögern begann er zu erzählen: „Na ja, ihr wisst doch selber, dass Max schon als kleiner Junge festgestellt hat, dass meiner", er deutete auf seinen Schritt, „um einiges größer ist als seiner". Die Eltern nickten. „Ihr habt ihm damals noch erzählt, dass ich ja älter und größer sei und seiner sicher noch wachsen würde, aber mit dieser Erklärung gab er sich natürlich nicht lange zufrieden. Als wir dann älter wurden, hat er immer so getan, als wäre ich abnormal, bis ich es wirklich geglaubt habe." Die Eltern schauten sich betreten an und nickten wiederum.

„Als uns dann später die ganzen Mädchen nachliefen, hat er eine nach der andern flachgelegt, das wisst ihr ja auch. Mir hat er dauernd erzählt, dass ich mit meinem Riesending die Mädchen kaputt machen würde und deshalb habe ich mich lange gar nicht getraut, es mit einer zu versuchen".

Er sah jetzt seinen Vater vorwurfsvoll an: „Und du warst mir ja auch keine große Hilfe. Hättest du mir mal gesagt, dass ich ganz normal bin, dann hätte ich vielleicht keine so mächtigen Komplexe aufgebaut."

Susanne sah ihren Mann vorwurfsvoll an: „Der Junge wollte mit dir reden?", fragte sie ihn dann.

Paul wand sich: „Na ja, ich bin in solchen Sachen wohl auch nicht der große Ratgeber", meinte er leicht verlegen.

Susanne schüttelte leicht den Kopf: „Wenn ich gewusst hätte, mit was für Problemen du dich rumplagst, mein Junge. Warum hast du denn nichts gesagt?", wandte sie sich an ihren Sohn und fuhr fort: „Ich hätte eher gedacht, dass Max Minderwertigkeitsprobleme bekommt, weil er nicht so gut ausgestattet ist wie du." Nach kurzem Überlegen meinte sie nachdenklich: „Die hatte er vielleicht auch und hat das kompensiert, indem er dich als abnormal bezeichnet und die Mädchen der Reihe nach vernascht hat."

„Aber das kann doch nicht die ganze Erklärung für deine jetzigen Aussetzer sein", forschte Paul weiter.

Johannes schwieg eine Weile betreten und fuhr dann fort: „Diese Aussetzer waren fast immer da, außer während der Zeit, als ich die Tabletten genommen habe. Ich hab euch nur nichts gesagt. Aber die dämlichen Mädchen haben einfach nicht lockergelassen und haben mich ständig bedrängt. Vielleicht waren sie auch neugierig, ob das stimmt, was Max rumerzählt hat." Er atmete kurz durch, bevor er weitersprach. „Obwohl ich vielleicht nach außen so nüchtern wirke, bin ich doch sehr romantisch veranlagt und habe auf die große Liebe warten wollen. Jedenfalls, die ein oder andere hat sich mir angeboten wie eine Nutte und das hat mich dann doch so wütend gemacht, dass ich sie mir genommen habe. Hinterher waren sie natürlich schockiert und sauer, aber ich habe ihnen dann gesagt, dass sie es doch so gewollt hätten und dass sie nicht das Gegenteil beweisen könnten, da alle anderen gesehen hatten, wie sie mich angemacht hatten." Er schwieg betreten und war trotzdem froh, dass er es seinen Eltern gebeichtet hatte.

„Also wenn ich das recht verstehe, dann hast du diese Aussetzer immer dann, wenn du wütend bist?", fragte Susanne nach und sah ihren Sohn forschend an.

„Ja genau, wenn ich wirklich so richtig wütend bin. Dann habe ich das Gefühl, jemand legt einen Schalter um und ich kann mich hinterher oft auch nur bruchstückhaft daran erinnern." „Und was war mit Melanie?", wollte Susanne dann wissen. Wenn sie ihren Sohn schon zum Reden gebracht hatten, dann sollte er auch alles erzählen.

„Na ja, also Melanie, die hat das etwas schlauer angestellt als die anderen. Sie hat mich nicht bedrängt, sondern regelrecht umgarnt. Erst nach unserer Hochzeit hab ich erfahren, dass sie mit ihren Freundinnen gewettet hatte, dass sie mich rumkriegt und ich sie heirate. Jedenfalls hat sie dann später meine plumpen Versuche, mit ihr zu schlafen klaglos über sich ergehen lassen und sie hat mir dann auch das ein oder andere beigebracht. Aber als sie dann nach ein paar Monaten von heiraten sprach, war mir das doch zu früh. Ich wollte erst mein Studium beenden, bevor ich mich binde. Ich mochte sie zwar irgendwie, aber die große Liebe, die ich mir gewünscht hatte, war sie nicht. Ich sagte ihr, dass ich gerne eine Familie gründen möchte, aber erst wenn ich in der Lage bin, sie zu ernähren. Aber sie hatte damals schon Pläne gemacht und gemeint, dass sie ja bald mit ihrer Ausbildung fertig sei und wenn wir bei euch auf dem Hof leben könnten, dann würde ihr Verdienst für unseren Lebensunterhalt ausreichen. Da hab ich dann die Reißleine gezogen und bin nach Freiburg gezogen, um meinen Fachanwalt zu machen. Ich dachte, da wäre ich weit genug weg." Er zuckte die Schultern und fuhr fort mit seinem Monolog: „Aber sie hat mich ständig angerufen und mir erzählt, wie sehr sie mich liebt und vermisst und dann ist sie mir, nachdem sie ihren Abschluss in der Tasche hatte, tatsächlich gefolgt und da hab ich dann eben nachgegeben und sie geheiratet." Er hielt inne.

„Ja gut, das wissen wir ja, aber was ist dann passiert?", wollte Susanne wissen. „Dass ihr nicht wirklich glücklich wart, war nicht zu übersehen und sie hat sich mehrmals bei mir beklagt, aber ich habe ihr nicht geglaubt."

„Kaum hatte sie den Ring am Finger und meinen Namen im Pass, da war von Liebe keine Rede mehr. Als ich ihr sagte, dass ich Kinder möchte, hat sie mich ausgelacht. Sie hat mich nicht mehr rangelassen. Und manchmal war ich halt so wütend, dass ich sie mir mit Gewalt genommen habe. Wäre der Kleine nicht gewesen, dann hätte ich mich längst scheiden lassen. Aber ihr wisst, wie sehr ich meinen Sohn geliebt habe. Und nachdem er zur Welt gekommen war, hab ich Melli auch nicht mehr angerührt." Alle drei schwiegen und hingen einen Moment ihren eigenen Gedanken nach.

„Aber sag mal", führte Susanne das Gespräch weiter, „wie war das mit Leni? Du hast sie doch kennengelernt bevor du das mit Jessica angefangen hast und nach Hamburg gezogen bist?"

„Ja natürlich, ich habe sie ja in Freiburg auf der Baustelle kennengelernt, als sie mir trotzig ins Gesicht geschaut und mir erklärt hat, dass ich als Kunde zwar der König, sie aber die Kaiserin sei", er lächelte, als er an ihre erste Begegnung dachte. „Sie war so süß. Und als sie mir dann ihre Pläne erklärte, wie wir meine Wünsche und ihre Vorstellungen einigermaßen unter einen Hut bringen könnten, da hat sie mir echt imponiert und ich habe zu allem ja und amen gesagt." Er grinste verlegen. „Dann hab ich sie aber aus den Augen verloren und ich hatte auch keinen Kopf dafür, denn das war ja kurze Zeit nach dem Unfall und außerdem hatte ich angefangen, meine Doktorarbeit zu schreiben".

„Aber ich dachte, ich hättet dann im selben Haus gewohnt?", warf Susanne ein.

Johannes erzählte seinen Eltern von dem Schlabberlook, den sie in ihrer Freizeit trug und von der Party, auf der Leni sich zu erkennen gab. „Das war echt peinlich", endete er.

Die Eltern grinsten sich an, denn sie konnten sich gut vorstellen, wie unbehaglich ihr so korrekter Sohn sich gefühlt haben musste. Außerdem hatte Max natürlich gleich nach seiner Rückkehr aus Freiburg die Geschichte im Familienkreis zum Besten gegeben. Sie sahen ihn erwartungsvoll an.

„Ja, also, ich hatte mich fast den ganzen Abend mit Tobias, also dem Bruder von Lene, unterhalten und zugeschaut, wie Max sie angebaggert hat. Ich wollte sie vor ihm warnen und habe sie deshalb zum Tanzen aufgefordert, was sie mir ziemlich frostig gestattete. Sie war wohl immer noch sauer wegen des Ärgers, den ich ihr und dem Bauleiter gemacht habe." Sein Blick wurde weicher, als er leise fortfuhr: „Kaum hatte ich sie im Arm, da hatte ich plötzlich das Gefühl, dass ich diese Frau ewig im Arm halten und streicheln und liebkosen möchte. Ich hatte so ein Verlangen nach Zärtlichkeit, das hat mich fast umgehauen. Und als ich in ihre schönen, grünen Augen sah, merkte ich, dass sich auch bei ihr etwas getan hatte. Sie war plötzlich nicht mehr abweisend, sondern sah mich verwirrt an. Meine Gefühle haben mich so überwältigt, dass ich damit nicht umgehen konnte und mir fiel nichts Dümmeres ein, als sie zurückzuweisen." Er schüttelte den Kopf über seine eigene Dummheit. „Max hat Recht, ich bin ein Idiot. Ich habe einfach nicht die Kurve gekriegt, aber ihm habe ich verboten, sie anzufassen", wieder grinste er verlegen und fuhr sich mit der Hand durch die Haare. „Ja, und dann kam Jessica. Wie ihr wisst, habe ich sie und ihren Vater auf einem Kongress in Hannover kennengelernt und der Alte hat mich immer wieder während der drei Tage in Gespräche verwickelt und mich dann wohl für geeignet als Schwiegersohn befunden. Jedenfalls hatte er Jessica befohlen, mich zu verführen, was ihr auch bestens gelungen ist. Sie sah ja super aus und wenn eine Frau mich so richtig umgarnt, da werde ich schwach." Er hob entschuldigend die Schultern. „Ihr habt sie ja kennengelernt und gemeint, dass sie gefühlskalt ist. Das Problem ist, dass sie lesbisch ist. Da ihr Vater aber unbedingt einen Nachfolger für die Kanzlei haben wollte, hatte sie sich auf das Spiel eingelassen. Aber sie hat sich jedes Mal vor dem Sex betrunken. Das hat echt keinen Spaß gemacht und außerdem konnte ich Lene nicht wirklich vergessen."

Er machte eine Pause und trank einen Schluck Wasser, das Susanne mittlerweile eingeschenkt hatte.

„Den Rest wisst ihr ja. Max hat Lene gedrängt, zu mir nach Hamburg zu fahren, mir ist er mächtig auf die Füße getreten und hat mich eindringlich gebeten, es nicht wieder zu versauen und sie auch wirklich zu treffen." Er lächelte bei dem Gedanken an ihr Treffen in Hamburg und die schöne erste Nacht, die sie zusammen verbracht hatten. Wieder entstand eine lange Pause.

„Wie war das eigentlich, warum hat Tante Elisabeth sich damals das Leben genommen?", wechselte Johannes dann plötzlich das Thema.

Die Eltern zögerten, bevor Paul antwortete: „Meine Schwester war psychisch krank und sollte in eine Anstalt eingewiesen werden und da hat sie sich vor einen Zug geworfen. Warum willst du das wissen?"

„Mein Therapeut hat mich gefragt, ob es in unserer Familie psychische Erkrankungen gibt oder gegeben hat. Ich war ja noch klein, als das mit Tante Elisabeth passiert ist und deshalb war ich mir nicht sicher, was die Ursache war. Ich hab nur so Gerüchte gehört, von wegen gemütskrank, konnte mir aber nichts darunter vorstellen. Meint ihr, das ist erblich?", wollte er dann wissen.

„Keine Ahnung", antwortete Susanne, „das muss dir dein Arzt doch sagen können."

„Hm, ja klar, ich werde ihn auf jeden Fall das nächste Mal fragen. Ich dachte nur an die Kinder, ich hoffe inständig, dass die gesund sind."

Susanne nickte. „Ja, das hoffen wir auch. Aber wenn es wirklich vererbbar ist, dann gilt das ja auch für die Kinder von Gabi und falls Max doch mal Nachwuchs produzieren sollte, betrifft es ihn ebenfalls. Ihr habt ja alle denselben Vater." Sie seufzte tief und meinte dann: „Hoffen wir das Beste. Das Wichtigste ist jetzt erst mal, dass du deine Probleme endlich in den Griff bekommst und dass Leni wieder gesund wird."

Währenddessen dachte Leni weiter darüber nach, was wohl mit ihr sein könnte und hatte Angst, dass sie behindert bleiben würde. Sie versuchte, Max zu erklären, dass sie jetzt fleißig ihre Übungen machte und auch das Sprechen ging schon ein wenig besser. Außerdem versuchte sie ihre Schließmuskeln zu kontrollieren, damit sie bald keine Windeln mehr brauchte. Max sah sie erstaunt an, als sie nach einer Pflegerin klingelte und sie erklärte ihm, dass sie aufs Klo müsse. Als die Pflegerin ins Zimmer kam und Leni es ihr gesagt hatte, wollte die ihr eine Bettpfanne bringen. Dies lehnte Leni aber vehement ab, denn das wäre ihr doch wirklich zu peinlich gewesen. Also bat die Pflegerin Max um Hilfe und gemeinsam brachten sie Leni in das angrenzende kleine Badezimmer. Max hatte diskret das Badezimmer wieder verlassen und Leni schickte die Pflegerin ebenfalls vor die Tür. Sie saß dann stolz wie eine Königin auf dem Thron und freute sich, dass sie dieses Mal ihren Stuhlgang beherrscht hatte.

Die Pflegerin lobte sie anschließend, indem sie meinte: „Na Dornröschen, Sie machen jetzt aber mächtige Fortschritte", was Leni dankbar lächelnd zur Kenntnis nahm.

Nachdem sie wieder in ihrem Bett war, bemühte sich Max, sie abzulenken, indem er versuchte, rauszufinden, an was sie sich erinnern konnte. Der Dialog war wegen ihrer Sprachstörung schwierig, aber er gab nicht so schnell auf. Er fragte sie nach ihrem Namen.

„Leni, also Helene Kaiser."

„Und weiter, das ist doch nicht dein ganzer Name."

Sie sah ihn verwundert an und versuchte es nochmal: „Helene Marie Kaiser."

Max zeigte auf ihren Ehering: „Nun?" Aber Leni verstand nicht, was er ihr sagen wollte.

„Du heißt doch Helene Kaiser-von Moeltenhoff. Hast du das etwa vergessen?"

Leni schaute betrübt und kramte in ihrem Gedächtnis, dann lächelte sie.

„Hm ja" sie versuchte Max zu erklären, dass sie seinen an ihren angehängt hatte, weil Johannes so unglücklich war, als sie ihm gesagt hatte, dass sie ihren Namen behalten wollte." Max hatte große Mühe sie zu verstehen, aber da er die Geschichte weitgehend kannte, nickte er.

„Gut und was bist du von und Beruf?" Sie strahle ihn an und versuchte, das Wort Architektin auszusprechen. Als er sie aber fragte, wo sie wohne, antwortete sie prompt: „In Freiburg."

„Überleg mal, Leni, wo sind wir hier?" Sie sah ihn mit großen Augen an und zuckte die Schultern. „Ich dachte, in der Uniklinik," stammelte sie. Max schüttelte den Kopf. „Ist dir nicht der Dialekt des Personals aufgefallen?"

„Hm, ja schon, aber polnisch und sächsisch hört man bei uns ja auch viel", versuchte sie zu sagen.

Max lachte. „Erinnerst du dich nicht, dass du zu Joey nach Leipzig gezogen bist?"

„Leipzig?" Sie schüttelte den Kopf und Tränen traten ihr in die Augen.

„Erinnerst du dich an eure Hochzeit?", wollte er dann wissen. Wieder sah Leni ihn groß an und er deutete auf den Ring an ihrem rechten Ringfinger. Sie lächelte und sagte: „Jo."

„Ja, Leni, er ist dein Mann." Sie nickte glücklich lächelnd und er zeigte ihr auf seinem Handy ein Bild von ihrer kirchlichen Trauung vor wenigen Monaten. Sie schaute es lange an und zog die Stirn kraus. Er merkte, wie es in ihr arbeitete und ließ es für diesen Tag gut sein.

„Ich denke, wir sollten jetzt schlafen oder was denkst du?" Sie sah ihn zunächst erstaunt an und wollte dann wissen, ob er in dem Bett von Jo schlafen werde.

„Wenn es für dich okay ist, dann bleibe ich heute Nacht hier. Ich weiß ja nicht, wie lange der Familienrat tagt." Als sie nickte, schrieb er seinem Bruder eine kurze Nachricht, nicht dass der doch noch auf die Idee kam, mitten in der Nacht in der Klinik aufzutauchen.

Leni schlief schlecht in dieser Nacht. Sie machte sich Gedanken, warum Max bei ihr war und nicht ihr Mann. Zudem war es ihr irgendwie unangenehm, dass Max mit ihr in einem Zimmer schlief. Aber ganz alleine sein wollte sie wiederum auch nicht. Um auf andere Gedanken zu kommen, versuchte sie, sich an die Hochzeit und ihren Umzug nach Leipzig zu erinnern. An die standesamtliche Trauung in Freiburg konnte sie sich jetzt erinnern, vor allem daran, wie sehr Johannes sich gefreut hatte, als sie ihm nach der Trauung ins Ohr geflüstert hatte, dass sie schwanger sei. Aber alles andere lag noch ziemlich im Nebel.

Am nächsten Morgen war das Pflegepersonal zunächst ziemlich erstaunt, als sie einen fremden Mann in dem zweiten Bett vorfanden. Max erklärte, dass sein Bruder aus familiären Gründen mit den Eltern zu Hause bleiben musste und dass er sich deshalb um seine Schwägerin gekümmert habe. Während Leni frisch gemacht wurde, ging er in die Cafeteria, um zu frühstücken. Als er zurückkam, war gerade die Physiotherapeutin mit ihr beschäftigt und er bewunderte ihre Fortschritte und den Eifer, mit dem sie bei der Sache war. Wegen ihrer fortgeschrittenen Schwangerschaft war es nicht so einfach, sie auf die Füße zu stellen, um ein paar Schritte mit ihr zu laufen, aber als Max dann mithalf, ging es schon ganz gut. Als er ihren zarten Körper so nah spürte, wurde ihm wieder bewusst, wie sehr er diese Frau liebte und er fragte sich, wie schon so oft, warum er sie seinem Bruder überlassen hatte.
Nach der Therapie war Leni ziemlich erschöpft und machte für einen Moment die Augen zu. Max konnte nicht anders, er streichelte zärtlich ihre Wange.
„Jo?" Leni öffnete die Augen und sah verwundert in die dunkeln Augen ihres Schwagers.
„Entschuldige Leni, ich wollte dich nicht stören", sagte Max leise. „Hör zu, Leni, ich kann einfach nicht mehr anders, ich

muss dir jetzt etwas gestehen", begann er geheimnisvoll. Sie schaute ihn erstaunt an und fragte: „Was denn?" Es nahm ihre Hand in seine und sprach etwas verlegen weiter: „Ja also, Leni, es ist so, ich liebe dich mehr als alles andere auf der Welt", er sah sie mit großen bittenden Augen an.

„So, jetzt ist es draußen", meinte er erleichtert.

In dem Moment kam Johannes zur Tür herein und hörte, wie Leni seinem Bruder beteuerte, dass sie ihn zwar möge, aber nur Jo liebe und niemand anderen. Er räusperte sich und trat ans Bett, wo Leni ihn strahlend begrüßte und einen Kuss verlangte, den er ihr lächelnd gewährte. Leni wollte noch etwas zu Max sagen, aber sie brachte die Worte nicht raus, was sie fürchterlich aufregte und plötzlich ließ sie ein lautes, deutliches „Scheiße" vernehmen, worauf die beiden Brüder sie erst erstaunt ansahen und dann fingen alle drei an zu lachen.

„Einige Wörter klappen doch schon ganz gut", feixte Max, der es bedauerte, dass sein Bruder im falschen Moment ins Zimmer gekommen war. Kurz danach wurde Lenis Frühstück gebracht und Johannes half ihr geduldig beim Essen. Kaum hatte sie fertig gefrühstückt, wurde Leni mit dem Rollstuhl abgeholt und zur Logopädin gebracht.

„Was hast du Leni erzählt?", wollte Johannes von seinem Bruder wissen, als die beiden allein im Zimmer waren.

„Nichts, warum? Also, weißt du, beichten musst du schon selber, das nehm ich dir ganz sicher nicht ab. Ich habe ihr gesagt, dass Mutti und Vati da sind, um mit dir zu besprechen, wie es in Zukunft mit euch weitergehen soll."

Johannes nickte zustimmend.

„Außerdem hab ich versucht, ihr Gedächtnis aufzufrischen, aber sie kann sich nicht an ihren Umzug nach Leipzig erinnern, sie lebt geistig immer noch in Freiburg."

Johannes fragte weiter: „Und vorhin, als ich gekommen bin? Was hast du ihr da gesagt?"

Max schob seine Hände in die Hosentaschen und schaute verlegen auf seine Schuhspitzen. „Na ja, sie sah so süß aus, als sie so friedlich dalag und geschlummert hat, da konnte ich einfach nicht anders. Ich hab sie gestreichelt und ihr gesagt, dass ich sie liebe. Es ist nun mal so und das weißt du auch. Sie hat mir vom ersten Augenblick an gefallen und ich versteh wirklich nicht, warum sie sich ausgerechnet in dich Griesgram verliebt hat."

„Vielleicht weil ich zuverlässiger bin", meinte Johannes nachdenklich. „Du musst wissen, Lene ist rasend eifersüchtig. Die hat mir vorgestern Abend ganz schön die Hölle heiß gemacht, nachdem Sarah so intensiv mit mir geflirtet hatte. Außerdem hat sie …", er stockte, denn intime Dinge wollte er vor seinem Bruder ganz sicher nicht ausplaudern. „Jedenfalls ist so ein Casanova wie du nicht der Richtige für sie, da müsste sie ja ständig Angst haben, dass du fremdgehst."

Max hatte immer noch die Hände in seinen Hosentaschen versenkt und hob leicht die Schultern. „Weißt du, ich denke mit einer Frau wie Leni braucht man doch gar nicht fremdzugehen. Ich könnte mir durchaus vorstellen, ihr treu zu bleiben", meinte er und sah seinen Bruder verträumt an.

Johannes lachte: „Vergiss es, Bruderherz, du und Treue, das sind zwei Welten, du weißt doch gar nicht was das ist."

„Aber jetzt sag schon, was hat sie vorgestern Abend gemacht?" Max war jetzt natürlich total neugierig.

„Ich denke, das geht nur Lene und mich was an. Sie würde mich steinigen, wenn ich darüber sprechen würde. Du weißt, wie sie ist und ich mag auch nicht über unser Intimleben sprechen."

„Du hast sie doch nicht etwa in diesem Zustand gevögelt?"

„Nein, natürlich nicht!", entrüstete sich Johannes, war aber nicht bereit, weiter über dieses pikante Thema zu sprechen und überließ es der Phantasie seines Bruders, sich auszudenken, was da wohl geschehen war.

„Also hat sie dir einen runtergeholt oder vielleicht sogar einen geblasen?" Max wollte nicht so schnell aufgeben.

Johannes gab keine Antwort, sondern grinste seinen Bruder nur vielsagend an.

„Mannomann, was hat sie mit dir gemacht? Sie hat dich ja total umgekrempelt. Das hätte es bei dir früher nie im Leben gegeben, dass dir eine Frau in dieser Umgebung an die Hose geht." Max hatte mal wieder seinen Spaß. Es gab für ihn nichts Schöneres, als seinen steifen Bruder aufzuziehen.

„Hör zu, Max, ich denke, es ist besser, wenn du jetzt gehst", sagte Johannes nach kurzem Schweigen. „Mutti und Vati warten auf dich, die wollen wieder nach Hause zurückfahren." Er gab seinem Bruder den Autoschlüssel und verabschiedete sich nachdenklich von ihm.

„Verdammte Scheiße, warum muss er Lene ausgerechnet jetzt mit seinen Gefühlen belästigen?", brummte Johannes grimmig vor sich hin, während er seinem Bruder vom Fenster aus nachschaute und auf die Rückkehr seiner Frau wartete.

Als Leni wieder ins Zimmer zurückgebracht wurde, wollte er helfen, sie ins Bett zu legen, aber sie meinte, dass sie erst zur Toilette müsse. Er sah sie erstaunt an und klingelte dann nach einer Pflegerin. Als längere Zeit niemand kam, wurde Leni unruhig, denn so gut konnte sie ihre Schließmuskeln doch noch nicht beherrschen. Als Johannes merkte, dass es wohl dringend war, nahm er sie kurzerhand auf den Arm.

„Oh Mann, sie sind aber ganz schön schwer geworden, Frau Kaiser", stöhnte er. Sie kicherte und kuschelte sich an seine Brust. Im Bad stellte er sie vorsichtig auf die Füße und in dem Moment kam die Pflegerin, die es übernahm, Leni aus ihrer Windel zu befreien und auf die Toilette zu setzen.

„Wie haben Sie sie denn alleine hier reingebracht?", wollte die ziemlich korpulente Pflegerin von ihm wissen.

Er lachte: „Ganz einfach, ich trage meine Frau auf Händen."

„Oh, das ist aber schön. Bei meinem Gewicht hätte mein Mann ganz schön was zu schleppen", meinte sie dann lachend.

Als Leni rief, dass sie fertig sei, kam die Pflegerin wieder zu ihr und hatte eine kleinere Vorlage und einen von Lenis Slips in der Hand. „Ich denke, die Windel brauchen wir jetzt nicht mehr", meinte sie und zog Leni ihren Slip mit der neuen Vorlage an. Leni lächelte sie glücklich an und freute sich, dass sie schon wieder einen weiteren Schritt in ein normales Leben geschafft hatte. Unter Mithilfe von Johannes wurde Leni wieder in ihr Bett gebracht.

„Na, alles klar, Schätz-chen?" fragte er zärtlich. Leni nickte, nahm seine Hand, legte sie auf ihren Bauch und sagte: „Ich liebe dich, Jo."

„Ja, ich dich auch, meine süße Kaiserin." Er strich ihr über den Kopf, wobei er feststellte, dass ihre wegen der Operation kurz geschorenen Haare schon wieder etwas gewachsen waren und küsste sie zärtlich.

„Jo, ich will nach Hause", sagte Leni unvermittelt.

„Das kann ich nicht entscheiden, Schätz-chen, da müssen wir die Ärzte fragen", meinte er nachdenklich. Leni machte jetzt ebenfalls ein ernstes Gesicht, denn sie dachte daran, dass Max ihr erzählt hatte, dass sie jetzt in Leipzig wohnen würde.

„Na, was überlegst du?", fragte Johannes nach.

„Wo?", fragte sie und Johannes spürte, dass sie noch mehr sagen wollte.

„Du willst wissen, wo wir wohnen?"

Leni nickte mit Tränen in den Augen. Es machte sie traurig und wütend zugleich, dass sie nicht wusste, wo sie jetzt lebte.

„Wir haben eine wunderschöne, große Wohnung am Stadtrand von Leipzig gemietet", erklärte er ihr, worauf sie ihn nur ungläubig anschaute.

„Lilli und Mäxle?", fragte sie daraufhin.

Er lächelte sie an. „Ja, deine beiden Katzen sind auch dort. Denen geht es gut. Sie lieben den großen Balkon, den wir haben."

Leni konnte sich immer noch keinen Reim darauf machen, was er ihr erzählte. In Gedanken sah sie immer noch ihre, von ihr selbst entworfene Freiburger Wohnung vor sich, wo sie auch einen schönen großen Balkon hatte.

Nach dem Mittagessen schlief sie und Johannes arbeitete an seinem Laptop, bis die Tür aufging und die Psychologin Frau Reimers hereinkam.

„Ich war gerade in der Nähe und wollte mal nachsehen, wie es unserem Dornröschen geht", sagte sie lächelnd und trat an Lenis Bett. Die schlug die Augen auf, wusste aber nicht, wer die freundliche Frau war.

„Sie erkennen mich nicht?", fragte sie, worauf Leni den Kopf schüttelte.

„Sie kann sich nicht an die letzten Monate erinnern", erklärte Johannes dann. „Aber sie hat schon große Fortschritte gemacht und heute Morgen hat sie den Wunsch geäußert, dass sie nach Hause möchte", erzählte er weiter.

Die Ärztin nickte. „Also, wenn sie das will und medizinisch nichts dagegen spricht, dann sollte das doch machbar sein", meinte sie dann. „Man kann einen Pflegedienst engagieren, der Ihnen hilft. Ich werde mit den Kollegen reden", versprach sie. Dann nahm sie Johannes beiseite und fragte: „Dann weiß sie also auch nicht, was passiert ist?"

„Ich habe ihr erzählt, dass sie eine Hirnblutung hatte", antwortete Johannes ausweichend.

„Das meine ich nicht. Ich meinte, ob ihre Frau darüber informiert ist, was Sie ihr angetan haben", erwiderte sie mit Nachdruck.

Johannes schüttelte den Kopf. „Soll ich sie wirklich in diesem Zustand damit belasten?", fragte er. „Sie ist doch gerade dabei, wieder ins Leben zurückzufinden." Er sah die Ärztin fragend an.

Sie nickte: „Hm, ja, ich verstehe, aber warten Sie nicht zu lange. Und Sie, haben Sie jetzt eine Therapie begonnen?", wollte sie von ihm wissen.

„Ja, das habe ich, bei dem Psychotherapeuten, den Sie mir empfohlen haben. Ich habe das Gefühl, er versteht meine Probleme und ich hoffe wirklich, dass die Therapie mir hilft."

Die Ärztin trat nochmals an Lenis Bett und versuchte, ein wenig mit ihr zu reden. Nach einem Blick auf die Uhr verabschiedete sie sich wieder, versprach aber, ihre Kollegen über Lenis Wunsch zu informieren.

Am späten Nachmittag kam dann auch tatsächlich der Chefarzt ins Zimmer.

„So Frau Kaiser-von Moeltenhoff, ich habe gehört, Sie haben Heimweh", begrüßte er Leni.

„Ja, ich will nach Hause", bestätigte sie. Er nahm sein Tablet zur Hand und sah aufmerksam alle Einträge in ihrer Krankenakte durch, wobei er mehrmals kurz nickte. „Das sieht doch schon alles ganz gut aus. Aber eigentlich müssten Sie noch in eine Reha." Leni sah ihn daraufhin total entsetzt an und schüttelte energisch den Kopf. „Nein, keine Reha", bat sie und Tränen liefen ihr über die Wangen. Sie dachte voller Schrecken an die Rehaklinik, in der sie nach ihrer Entführung und dem anschließenden Trauma gelandet war. Sie wollte einfach nur bei Johannes und ihren Katzen zu Hause sein und auf die Geburt ihrer Kinder warten. Egal wo dieses Zuhause auch war, Hauptsache zusammen mit ihrem geliebten Mann.

Der Arzt tätschelte ihr die Schulter und sagte: „Ich werde mich morgen früh mit meinen Kollegen und Ihren Therapeuten besprechen. Vielleicht können wir die Therapien ambulant fortführen." Leni lächelte ihn dankbar an.

Die Vorstellung, bald die Klinik verlassen zu können, machte sie fast euphorisch und wenn sie gekonnt hätte, wäre sie aus dem Bett gehüpft und durch den Raum getanzt. Johannes lächelte, als er sah, wie aufgeregt sie in ihrem Bett rumzappelte. Er setzte sich zu ihr auf das Bett und zog sie in seine Arme. „Das klingt doch ganz gut", meinte er zuversichtlich und Leni nickte zustimmend.

„Ich freu mich so", stammelte sie aufgeregt. Er war froh, dass sie vor kurzem umgezogen waren und das Haus, in dem sie jetzt wohnten, einen Lift hatte. So sollte es kein Problem sein, Leni in die Wohnung und auch wieder zum Auto zu bringen. Am Abend half er ihr aus ihren Kleidern und zog ihr das Nachthemd an, danach ölte er ihr wieder wie gewohnt den Bauch ein. Sie nahm seine Hand, legte sie zwischen ihre Beine und sah ihn bittend an.

„Lene, Schätz-chen, das geht doch nicht", wehrte er ab. „Was machen wir denn, wenn jemand kommt? Du musst doch gleich noch deine Spritze kriegen", fügte er erklärend hinzu, als er ihre Enttäuschung sah. Er sah, wie ihre aufgestellten Brustwarzen fast das Nachthemd durchbohrten und fühlte, wie sich auch bei ihm eine Erregung bemerkbar machte. Er flüsterte ihr ins Ohr: „Lass uns warten bis heute Nacht, da stört uns niemand."

„Versprochen?"

Er nickte ihr verschwörerisch zu: „Versprochen."

Johannes hatte die Schuhe ausgezogen und sich zu Leni aufs Bett gesetzt. Er küsste und liebkoste sie zunächst sanft, dann schob er ihr Nachthemd hoch und streichelte ihre Brüste, während ihre Hände unter seinem Sweatshirt sanft über seinen Rücken wanderten. Er wollte gerade anfangen, ihre Brustwarzen mit dem Mund zu bearbeiten, als die Tür aufging.

„Guten Abend, es tut mir leid, dass ich so spät komme, aber wir hatten noch einen Notfall", sagte der Arzt, der jetzt das Zimmer betrat. Leni wurde rot und zog sich schnell die Bettdecke bis zum Hals hoch und Johannes fuhr sich verlegen mit der Hand durch die Haare. Der Arzt beäugte ihn kritisch und trat dann an das Bett.

„Ich habe gehört, Sie möchten nach Hause?" Er sah Leni fragend an.

„Ja bitte", wisperte Leni noch immer etwas verwirrt. Mit dieser späten Störung hatten sie beide nicht gerechnet.

„Na dann schaun wir doch mal. Gewisse Reflexe scheinen ja schon wieder ganz gut zu funktionieren", meinte er zweideutig und zwinkerte ihr zu. Worauf Leni erneut die Röte ins Gesicht schoss.

Er leuchtete ihr in die Augen und testete alle möglichen Reflexe, wobei er jedes Mal zufrieden nickte. Er animierte sie zum Sprechen und meinte dann, dass man daran wohl noch arbeiten müsse, aber dass das ambulant gut machbar wäre.

„Na und wie steht es mit dem Laufen?", wollte er dann wissen. Leni hob resigniert die Schultern.

„Wegen ihrer Schwangerschaft traut man sich nicht, sie richtig laufen zu lassen. Man hat zu viel Angst, dass sie stürzen könnte", warf Johannes ein.

„Ja schon, aber mit einem Rollator sollte es doch gehen." Zu Leni gewandt sagte er dann: „Es ist wichtig, dass sie sich bewegen. Ich werde dafür sorgen, dass man Ihnen einen Rollator bringt."

Er verabschiedete sich und wünschte eine gute Nacht, wobei er Johannes streng ansah. Als er gegangen war, sahen die beiden sich an wie Kinder, die man bei etwas Verbotenem erwischt hatte und Johannes meinte: „Na, da haben wir aber Glück gehabt, dass er nicht noch später kam." Leni nickte und kicherte verlegen. Er setzte sich wieder neben sie, legte ihr den Arm um die Schulter und sie ließ ihren Kopf an seine Brust sinken.

„Ich will endlich nach Hause", jammerte sie nach einigen Minuten.

„Ja, mein Schätz-chen, ich weiß, ich hätte dich auch gerne wieder zu Hause."

Ganz allmählich begannen sie sich wieder zu liebkosen. Als die Berührungen leidenschaftlicher wurden, zog er seine Hose aus und legte sich zu ihr auf das Bett.

„Pscht, Lene, nicht so laut", bremste er sie, als sie anfing zu stöhnen. „Man hört dich sicher in den Nachbarzimmern und auf dem Gang." Daraufhin machte Leni den Fernseher an und stellte ihn relativ laut ein. Als sie dann wieder anfingen mit dem Liebesspiel, grub sie ihren Mund in seine Schulter, um nicht gehört zu werden. Er brachte sie ganz allmählich, mit dem Mund an ihrer Brust und der Hand, die mittlerweile den Weg in ihren Slip gefunden hatte, zum Höhepunkt. Danach zog sie ihren Slip ganz aus und legte ihren Unterleib quer über seinen.

„Lene, was wird das jetzt wieder?", fragte er und lachte leise. Sie nahm sein Glied, hielt es vor ihre Vagina und begann ihre Hand rauf und runter zu bewegen.

„Bevor du kommst, will ich Little Joe aber haben", flüsterte sie erregt.

„Lene, das geht doch nicht", wollte er abwehren.

„Nur ein ganz kleines Stückchen", bettelte sie und kurz bevor er explodierte, führte er dann auch die Spitze behutsam in sie ein. Sie drückte sich fester an ihn, so dass er noch etwas tiefer in sie eindrang.

„Lene, du bist eine Hexe, weißt du das?", schalt er sie leise, als er wieder zu Atem gekommen war.

„Warum denn, das macht doch nichts, wir bewegen uns doch gar nicht. Ich wollte ihn einfach mal wieder spüren", flüsterte sie entschuldigend. „Nach der Entbindung gibt es eine lange Durststrecke", fügte sie erklärend hinzu.

Sie blieben eine Zeitlang eng umklammert liegen, bis es Johannes zu unbequem wurde, da das Bett eindeutig nicht für zwei Personen ausgelegt war. Zudem brauchte Leni für ihren dicken Bauch einiges an Platz. Als er sich von ihr lösen wollte, protestierte sie maulend.

„Hör zu Schätz-chen, ich hänge halb in der Luft und habe mittlerweile einen ganz kalten Hintern", sagte er leise lachend und stand auf. Er machte den Fernseher aus, umarmte und küsste sie nochmals und legte sich in das andere Bett. Nachdem sie ihm nochmals bestätigt hatte, wie sehr sie ihn liebte, schlief Leni selig lächelnd ein.

Als die Nachtschwester am frühen Morgen in das Zimmer kam, fand sie eine glücklich lächelnde Leni vor. Als sie an das Bett trat, meinte sie einen gewissen Geruch zu bemerken, dachte aber, sich getäuscht zu haben.

„Könnten Sie mir bitte helfen, Schwester Sonja, ich muss mal zur Toilette", bat Leni sie.

„Ich weiß nicht, ob wir beide das alleine schaffen", zögerte die Pflegerin. Aber mittlerweile war Johannes wach und half mit, Leni ins Bad zu bringen. Die Pflegerin blieb noch bei Leni, bis diese sicher auf der Toilette saß und als sie die Vorlage wechselte, wusste sie, dass sie sich nicht getäuscht hatte. Sie sah Leni an, die daraufhin rot wurde und den Finger auf die Lippen legte.

„Bitte nicht weitersagen."

„Kann ihr Mann sich denn nicht zurückhalten?", fragte die Schwester vorwurfsvoll.

„Er schon", gestand Leni und wurde erneut rot.

Die Pflegerin lächelte wissend und als Leni fertig war, brachte sie sie zusammen mit Johannes wieder ins Bett.

„So ein Mist, sie hat es gemerkt", flüsterte Leni, als die Pflegerin gegangen war. Nachdem Johannes kapiert hatte, was sie meinte, lächelt er sie verlegen an. Leni zuckte die Schultern und meinte: „Na ja, vielleicht schicken sie mich ja jetzt gleich nach Hause."

„Oh Lene", Johannes schüttelte lachend den Kopf.

Nachdem Leni gefrühstückt hatte, fuhr Johannes nach Hause, um die Katzen zu versorgen und um selber zu duschen und zu frühstücken. Als er zurückkam, hatte Leni gerade ihre Physiotherapie beendet.

„Na, wie geht es dir, mein Schätz-chen?" Er streichelte ihr über den Kopf und küsste sie zärtlich.

Sie strahlte ihn an: „Blendend."

Kurz darauf kam ein Pfleger ins Zimmer. „Dornröschen, ich soll Sie in die Gynäkologie zur Untersuchung bringen." Er setzte sie in einen Rollstuhl und unter Begleitung von Johannes wurde sie in den gynäkologischen Untersuchungsraum gebracht und auf eine Liege gelegt.

„So, Sie wollen also nach Hause?", fragte der Gynäkologe. Leni nickte bejahend und lächelte den Arzt an. Er bat sie, den Bauch frei zu machen und betastete ihn. „Wir machen jetzt erst mal ein Ultraschall und dann legen wir den Wehenschreiber an."

„Die Kinder liegen nicht richtig, sobald die Wehen einsetzen, kommen sie in die Klinik, dann müssen wir einen Kaiserschnitt machen", sagte er und schaute sie ernst an. „Da ist aber Leben in der Bude", meinte er lachend, als eines der Kinder wie wild rumzappelte.

„Wem sagen Sie das", stöhnte Leni.

„Haben Sie eine Hebamme?", wollte er dann von ihr wissen.

Da Leni sich an nichts erinnern konnte, nannte Johannes ihm den Namen der Hebamme und sagte dazu in welcher Klinik sie sich zur Entbindung angemeldet hatten.

„Ja gut, informieren Sie die Hebamme, sobald Sie wissen, wann Sie entlassen werden, damit sie regelmäßig nach Ihnen sieht. Entbinden können Sie selbstverständlich in der von Ihnen gewünschten Klinik."

Der Wehenschreiber zeigte keine Wehen an und als dann auch noch die Herztöne zu hören waren, sahen sich Leni und Johannes glücklich an.

„Kann ich Sie einen Moment sprechen?" Der Arzt nahm Johannes, der ihn verunsichert anschaute, beiseite, während Leni selig den Herztönen ihrer Kiddies lauschte.

„Weiß Ihre Frau Bescheid?", wollte der Arzt wissen. Johannes schaute ihn verwirrt an.

„Hören Sie, ich habe Ihre Frau untersucht, als sie hier eingeliefert wurde, spielen Sie also nicht den Unschuldigen. Ich habe wirklich Bedenken, sie zu Ihnen nach Hause zu entlassen."

Johannes fuhr sich verlegen mit der Hand durch die Haare.

„Nein, sie weiß es nicht, sie kann sich nicht an die letzten Monate erinnern."

„Außerdem war das nicht so, wie es ausgesehen hat", versuchte er, sich zu verteidigen.

Der Arzt hob die Augenbrauen und meinte: „Ich habe wirklich Mühe, das zu glauben. Ich würde Ihnen vorschlagen, es ihr zu sagen, bevor sie sich von selber daran erinnert. Und dann kann sie immer noch entscheiden, ob sie wirklich nach Hause will."

Johannes nickte: „Ja das hab ich vor."

„Haben Sie denn jemanden, der sich zu Hause um sie kümmert?"

„Ich bin da, ich arbeite momentan im Homeoffice. Ich halte nur nächsten Freitag eine Vorlesung an der Uni. Aber da werde ich schon jemanden finden, der so lange bei ihr bleibt."

„Gut, auch wenn ich gewisse Bedenken habe, werde ich grünes Licht geben", beendete der Arzt das Gespräch.

Johannes brachte Leni alleine zurück ins Zimmer und sie wollte wissen, was der Arzt mit ihm zu besprechen hatte.

„Na ja, er wollte halt wissen, wer dich versorgt, wenn du zu Hause bist", wich Johannes aus.

Leni runzelte die Stirn. „Und warum muss er dich das unter vier Augen fragen?"

Johannes seufzte leicht: „Lass uns bitte darüber sprechen, wenn wir im Zimmer zurück sind."

Leni saß auf ihrem Bett und drängte Johannes. „Jo, du wolltest mir was sagen."

Johannes setzte sich ihr gegenüber auf das zweite Bett und sah sie ernst an, dann sah er auf den Boden. „Ich weiß echt nicht, wie ich dir das sagen soll", begann er zögernd. „Also, ähm ich habe da was gemacht, was nicht okay. ist." Er atmete tief durch: „Du hast mich so wütend gemacht, da hab ich dich mit Gewalt genommen." Erleichtert atmete er aus.

„Du hast was?" Leni verstand nicht, was er meinte.

„Lene, Schätz-chen, ich habe dich vergewaltigt."

Er sah sie jetzt an und nahm sanft ihre Hände in seine. Leni schüttelte den Kopf, das konnte sie nicht begreifen. Ihr liebevoller, zärtlicher und rücksichtsvoller Mann sollte sie vergewaltigt haben?

„Das kann ich nicht glauben", sagte sie leise.

„Es ist leider so. Wenn ich derart wütend bin, dann kann ich mich nicht mehr kontrollieren. Ich weiß, dass das nie wieder passieren darf und ich bin deswegen jetzt auch in Behandlung."

Leni nickte stumm. Irgendwie konnte sie das Gesagte noch nicht so richtig einordnen.

„Aber warum warst du denn so wütend?", wollte sie dann wissen.

Johannes atmete wieder tief durch. „Lene, du nimmst einfach keine Rücksicht auf deine Schwangerschaft und willst ständig richtigen Sex haben. Das geht doch nicht." „Natürlich nehm ich Rücksicht", beharrte sie und entzog ihm ihre Hände.

„Hör zu, Lene, unsere Mütter liegen mir ständig in den Ohren, dass ich Rücksicht nehmen soll und wenn ich rücksichtsvoll bin, dann bist du unzufrieden. Und das kotzt mich so langsam an."

Leni merkte, dass er anfing, sich aufzuregen, was sie an ihm sonst eigentlich gar nicht kannte. Normalerweise war er die Ruhe selbst und deshalb erwiderte sie nichts mehr.

„Da ist noch was, das ich dir beichten muss", fuhr Johannes nach einer kurzen Pause fort. Leni sah ihn groß an. *Was kommt denn jetzt noch, schlimmer kann es doch kaum noch werden,* dachte sie und musste gleich darauf feststellen, dass sie sich getäuscht hatte.

Er sah wieder auf den Boden und versuchte, die richtigen Worte zu finden.

„Also, ähm, es ist so", er fuhr sich mit der Hand durch die Haare. „Als ich neulich morgens nach Hause kam, ist Sarah nackt ins Bad gehuscht und hat mich wieder mit diesem auffordernden Blick angesehen." Er schwieg für einen Moment und Leni atmete deutlich hörbar ein. Sie meinte zu ahnen, was jetzt kommen würde.

„Als ich ins Schlafzimmer kam, hab ich gesehen, dass sie in unserem Bett geschlafen hat. Diese Frechheit hat mich derart wütend gemacht, dass ich zu ihr ins Bad gegangen bin und versucht habe, sie brutal zu nehmen." Er schwieg betreten und Leni meinte, nicht richtig gehört zu haben.

„Was hast du gemacht?", fragte sie schockiert.

„Ich hab versucht, sie mit Gewalt zu nehmen, aber sie hat mir in die Eier getreten und mich kalt abgeduscht, da bin ich wieder zur Besinnung gekommen", gestand er kleinlaut.

Leni fand keine Worte mehr, das Gehörte war zu schrecklich. Sie war total schockiert und fing an zu zittern.

„Bitte verzeih mir, Lene. Ich liebe dich und will dich keinesfalls verlieren", flehte er sie an und versuchte, ihr in die Augen zu sehen, aber sie sah zur Seite. Er setzte sich zu ihr aufs Bett und versuchte, sie in den Arm zu nehmen, doch sie wehrte ihn ab. „Lass mich", sagte sie leise und begann zu weinen.

Er kniete sich vor sie hin und bat: „Lene, Schätz-chen, ich hab das nicht mit Absicht getan. Ich würde dich nie im Leben betrügen." Er legte jetzt beide Hände auf ihre Oberarme und sah sie eindringlich an. „Bitte, bitte, verzeih mir." Als sie nicht reagierte, setzte er sich mit hängenden Schultern wieder auf das andere Bett und sie schwiegen beide. Leni legte ihre Hände auf ihren Bauch und weinte leise. Sie hatte das Gefühl, als hätte ihr jemand den Boden unter den Füßen weggezogen. Sie waren doch so glücklich und jetzt das. Sie verstand die Welt nicht mehr.

Als das Mittagessen gebracht wurde, sah Johannes auf die Uhr. Er half dem Pfleger, Leni an den Tisch zu setzten und schnitt ihr Fleisch klein, damit sie einfacher essen konnte.

„Lene, ich lass dich wirklich nicht gerne alleine, aber ich muss jetzt zum Bahnhof fahren und Laura abholen."

„Laura?"

„Ja, deine Freundin Laura aus der Pfalz kommt dich besuchen. Sie bleibt bis Sonntag da."

Ein Lächeln huschte über Lenis Gesicht. Mit Laura hatte sie als Studentin zusammen in einer WG gewohnt und die beiden waren immer noch gute Freundinnen. Während des Essens dachte Leni nach und konnte immer noch nicht verstehen, was mit ihrem Mann los war. Nach dem Essen ließ sie sich wieder zum Bett bringen, sie legte sich auf die Seite und begann plötzlich, heftig zu weinen.

5

„Hey Leni, was ist los, warum weinst du denn?" Laura war entsetzt, ihre Freundin derart in Tränen aufgelöst vorzufinden. „Oh Laura", schluchzte Leni. „Weißt du, wie das ist, wenn man mit einem Schlag aus dem siebten Himmel geworfen wird?"

„Was ist denn passiert, Leni? Johannes war schon so eigenartig bedrückt, aber er ist ja oft so ernst und wortkarg und du heulst dir hier die Augen aus dem Kopf. Ist mit dem Baby alles in Ordnung?", wollte sie wissen.

„Ja, ja, es ist alles in Ordnung", antwortete Leni.

„Und warum heulst du dann Rotz und Wasser?"

„Jo, er hat …", sie stockte. „Sarah hat …", sie stockte wieder und sah ihre Freundin hilflos an.

„Willst du damit etwa sagen, dass dein Musterehemann fremdgegangen ist?"

Leni nickte nur.

„Krass, das hätte ich nie von ihm gedacht", sagte sie. „Hat er dir das selber gestanden?", wollte sie dann wissen.

Wieder nickte Leni nur stumm.

„Na immerhin hast du es nicht von anderen erfahren."

„Was hätte das geändert?", fragte Leni verwirrt.

„Ich finde es ist besser, wenn er so ehrlich ist und es gesteht, als wenn er so tut, als wenn nichts wäre und irgendwann erfährst du es vielleicht trotzdem."

„Ich weiß überhaupt nicht, was ich jetzt machen soll. Ich bin total durcheinander." Leni seufzte tief. „Es ist schön, dass du da bist." Sie lächelte ihre Freundin unter Tränen dankbar an.

„Wo ist er überhaupt?", wollte sie dann wissen.

„Er hat gesagt, dass er noch einkaufen gehen muss, der Kühlschrank ist wohl leer. Aber er kommt nachher." Wieder nickte Leni nur stumm.

Als der Kaffee gebracht wurde, ließ Leni sich wieder an den Tisch setzen. Der Pfleger brachte Laura auch eine Tasse und sie versuchte jetzt, ihre Freundin aufzumuntern, indem sie ihr dies und jenes von gemeinsamen Bekannten erzählte. So verging die Zeit und Leni wurde wieder etwas munterer.

„Ich habe hier einen Rolls-Royce und ein Sportcoupé für eine Frau Kaiser-von Moeltenhoff abzugeben." Ein Mitarbeiter eines Sanitätsgeschäfts war ins Zimmer gekommen und brachte einen Rollstuhl und einen Rollator für Leni. Die beiden Hilfsmittel sollte sie mit nach Hause nehmen und wenn sie sie nicht mehr brauchte, wieder an das Geschäft zurückgeben. Nachdem der gut gelaunte junge Mann ihr die Funktionalität erklärt hatte, quittierte sie den Empfang und erklärte ihrer Freundin: „Ich darf vielleicht bald nach Hause."

„Echt? Das ist ja super!"

Plötzlich wurde Leni wieder traurig. „Ich weiß ja gar nicht, wo mein Zuhause jetzt ist", schluchzte sie und Laura legte ihr tröstend die Arme um die Schultern.

„Du wirst sehn, wenn du erst mal in eurer Wohnung bist, dann weißt du es wieder", versuchte Laura ihre Freundin aufzumuntern.

Johannes ließ sich viel Zeit beim Einkaufen und blieb noch einige Zeit zu Hause, ehe er sich wieder auf den Weg zur Klinik machte. Er hatte keine Ahnung, wie Leni auf seinen Anblick reagieren würde. Unzählige Gedanken gingen ihm durch den Kopf. *War sie sauer oder enttäuscht? Liebte sie ihn noch? Konnte sie ihm verzeihen? Was, wenn nicht? Würde sie sich von ihm trennen wollen?* Das war eigentlich seine größte Angst, denn ein Leben ohne seine Lene konnte er sich nicht vorstellen und dann waren da ja auch noch die beiden Kiddies, die nächsten Monat zur Welt kommen sollten und auf die sie sich beide so sehr freuten. *Dass er sich aber auch nicht beherrschen konnte!* Er war sauer auf sich selber. Er betrat das Krankenzimmer mit einem unsicheren Lächeln.

„Hallo Mädels, alles klar?", begrüßte er die beiden Freundinnen etwas linkisch. Er sah die rotgeweinten Augen seiner Frau und trat zu ihr, um ihr ein Küsschen zu geben, aber sie drehte den Kopf zur Seite, was ihn noch mehr verunsicherte. Betretenes Schweigen füllte den Raum und die Spannung zwischen dem Paar war fast greifbar.

„Johannes, könntest du mich jetzt zu euch nach Hause fahren?", brach Laura nach einigen Minuten das Schweigen. „Es war ein langer Tag für mich."

„Ja klar, mach ich." Er war froh, eine Aufgabe zu haben und dem vorwurfsvollen Blick seiner Frau zu entkommen.

Während der Fahrt waren sie zunächst schweigsam, bis Johannes fragte: „Sag mal, stimmt es, dass du jetzt mit Fabian zusammen bist?" Fabian war sein Freund aus der Zeit, als er in Freiburg gelebt hatte.

„Ja, wir haben uns an eurer Hochzeit kennengelernt und Leni und Max haben uns sozusagen verkuppelt", lachte sie. Johannes hatte zwar etwas Mühe, den Pfälzer Dialekt, den sie sprach, zu verstehen, meinte dann aber, dass er sich für die beiden freuen würde.

„Fabian ist ein prima Kerl, er hat so eine nette Frau wie dich wirklich verdient." Zum ersten Mal seit Stunden zeigte sich ein kleines Lächeln auf seinem Gesicht.

Zu Hause angekommen zeigte er Laura alles, was sie wissen musste und sagte ihr, dass er über Nacht wie immer in der Klinik bleiben würde.

„Ja mach das, auch wenn sie im Moment etwas zickig ist. Sie muss das ja erst mal verdauen", bestätigte ihm Laura. „Ich komme schon zurecht, auch wenn ich mich am Anfang vielleicht in dieser großen Wohnung verlaufe", fügte sie lachend hinzu.

„Was hat sie dir denn erzählt?", fragte Johannes vorsichtig nach.

Laura zuckte die Schultern. „Nicht viel, soviel ich verstanden habe, war da was zwischen Sarah und dir. Mehr hat sie nicht gesagt. Aber deine weiße Weste scheint doch einige Flecken abbekommen zu haben und sie ist offensichtlich sehr enttäuscht."

Er nickte. „Ja klar, ich hab da einen kapitalen Bock geschossen, aber ich habe nicht wirklich mit Sarah geschlafen."
Laura sah ihm an, wie unangenehm ihm das Thema war und meinte: „Das geht mich ja auch nichts an, das müsst ihr untereinander ausmachen. Ich versuche nur, sie zu trösten, so gut es geht."
Er nickte wiederum und fragte dann: „Wie machen wir das morgen früh? Soll ich dich zur Klinik fahren?"
„Hat Leni ihr Fahrrad da?"
Er überlegte kurz. „Hm, ja, das müsste im Keller sein. Der Möbeltransporter hat alles mitgebracht, was sie bei ihrem Bruder untergestellt hatte."
Zusammen gingen sie in den Keller und stellten fest, dass das Rad zwar etwas verstaubt war und wenig Luft in den Reifen hatte, aber sonst ganz gut aussah.
Johannes schaute etwas ratlos und Laura musste lächeln, denn sie wusste von Leni, dass er absolut kein handwerkliches Geschick hatte.
„Das ist doch kein Problem. Eine Pumpe ist ja da. Aber ich putz es vielleicht erst mal."
„Bist du sicher?"
„Ja klar, ich habe doch den ganzen Abend Zeit", erwiderte sie lachend. „Wann soll ich morgen da sein?"
„Ich bleibe normalerweise bis sie gefrühstückt hat und fahre dann nach Hause, um mich zu duschen und die Katzen zu versorgen, und erledige, was sonst so zu erledigen ist. Nach dem Frühstück hat sie dann meistens irgendeine Therapie. Also es reicht vollkommen, wenn du gegen neun Uhr da bist."
„Gut, dann hau jetzt ab und lass sie nicht so lange allein. Nicht dass sie auf noch mehr dumme Gedanken kommt."
Nachdenklich fuhr Johannes zurück zur Klinik. Er hatte keine Ahnung, wie er das wiedergutmachen konnte, was er da verbockt hatte. Offensichtlich hatte sie die Tatsache, dass er sich an ihr vergangen hatte, weniger erschüttert als die dumme Geschichte mit Sarah.

Als er ankam, saß sie gerade am Tisch und quälte sich alleine mit ihrem Abendessen ab. Er wollte ihr helfen, sie wies ihn aber ab.

„Wenn ich nach Hause will, dann sollte ich doch zumindest alleine essen können."

„Wenn du meinst. Aber ich kann dir ja zu Hause auch helfen."

„Ich bin doch kein Baby", meinte sie trotzig.

„Laura macht dein Fahrrad wieder flott und kommt dann morgen mit dem Rad, dann brauche ich nicht so oft hin und her zu fahren", versucht er, das Thema zu wechseln, aber Leni nickte nur. Johannes sah schweigend zu, wie sie fertig aß. Als sie dann aber versuchte, alleine mit ihrem Rollator zum Bett zu gehen, half er ihr, obwohl sie auch jetzt versuchte, ihn abzuwehren.

„Hör zu, Lene, ich kann verstehen, dass du sauer bist, aber lass mich dir wenigstens helfen. Oder willst du vielleicht hinfallen?" Sie schüttelte resigniert den Kopf.

Er setzte sich zu ihr auf das Bett und wollte sie in den Arm nehmen, aber sie ließ es nicht zu.

„Lass mich in Ruhe, Jo", sagte sie barsch. Er setzte sich wieder ihr gegenüber auf das andere Bett.

„Ich kann doch nicht mehr tun, als dich um Verzeihung zu bitten. Was soll ich denn noch tun?"

„Lass mich einfach in Ruhe, ich muss das doch alles erst mal verdauen", bat sie ihn mit leiser Stimme und sah ihn mit traurigen Augen an.

„Soll ich wieder gehen?", fragte er unsicher. Sie schüttelte den Kopf.

Aus den Frauen soll einer schlau werden, dachte er und sah sie lange schweigend an.

„Hör zu, Lene, du kommst das nächste Mal mit zur Therapie und dann wird dir mein Therapeut erklären, was mit mir los ist. Ich kann nur wiederholen, dass das alles keine Absicht war und dass es mir unendlich leid tut." Wieder nickte sie nur stumm.

Er seufzte. „Mann Lene, mach es mir doch nicht so schwer."
Sie blickte ihn an und er sah, dass Tränen in ihren Augen
schimmerten. Daraufhin versuchte er, sie wieder in den Arm
zu nehmen und dieses Mal wehrte sie sich nicht, sondern fing
laut an zu weinen. Er hielt sie im Arm und streichelte sie sanft.
Zwischendurch hauchte er ihr kleine Küsschen auf die Stirn.
Er fühlte sich total hilflos.
„Du warst für mich immer wie ein Fels in der Brandung. Ich
dachte, ich könnte mich auf dich verlassen", schluchzte sie.
„Ja, normalerweise kannst du das ja auch. Ich bin wirklich
sehr glücklich mit dir und dachte nicht, dass dieses alte Problem mich wieder einholt." Er hob ihren Kopf und hauchte ihr
einen kleinen Kuss auf die Lippen, was sie, ohne irgendeine
Reaktion zu zeigen, geschehen ließ. Fürs Erste war er schon
mal froh, dass sie ihn nicht wieder abwehrte.

Bis es Zeit wurde, Leni fertig für die Nacht zu machen, schwiegen sie sich an und jeder hing seinen Gedanken nach. Dann
half er ihr wieder wie gewohnt aus ihren Kleidern und sie
zog sich ihr Nachthemd über. Sie gestattete ihm auch, sie einzuölen, was er, wie ihr schien, besonders liebevoll machte und
sie seufzte leise. Er sah sie fragend an.

„Jo, ich liebe dich, aber ich habe keine Ahnung, ob ich das jemals vergessen kann."

„Kannst du wenigstens versuchen, mir zu verzeihen?", bat er
sie, worauf sie mit den Schultern zuckte. „Ich weiß im Moment überhaupt nichts. Ich fühle mich total leer." Als sie sich
beide zum Schlafen in ihre Betten gelegt hatten, hörte er plötzlich, wie Leni stöhnte.

Er stand auf und kam zu ihrem Bett. „Was ist los Lene? Hast
du Schmerzen?"

„Da ist eine Revolution im Gange", sagte sie. Er legte seine
Hand auf ihren Bauch und spürte heftige Bewegungen darin. Er schlüpfte zu ihr unter die Decke und strich über ihren
Bauch, was die Kleinen normalerweise beruhigte. Aber dieses
Mal schienen die außer Rand und Band zu sein.

„Vielleicht spüren die unseren Streit?", fragte er.

„Hm, ich weiß nicht, so wild waren sie noch nie. Das tut echt weh." Als die Nachtschwester ins Zimmer kam, wies sie Johannes zurecht, dass es wohl nicht sein könnte, dass er hier im Bett seiner Frau liege.

„Ja sicher, aber ich versuche gerade, eine Revolution zu beenden", erklärte er. „Normalerweise mögen sie das, wenn sie meine Hand spüren und geben Ruhe. Aber heute sind sie wie aufgedreht." Er schob Lenis Decke nach unten, so dass ihr Bauch sichtbar wurde. „Schauen Sie sich das mal an", sagte er zu der Pflegerin. Die Bewegungen der Kinder waren deutlich zu sehen.

„Oh Gott, ich habe das Gefühl, die haben zehn Hände und Füße", stöhnte Leni.

„Tja, da müssen sie wohl durch." Die Pflegerin zeigte wenig Mitgefühl und wies Johannes an, sich in das andere Bett zu legen, sonst müsse sie ihn leider nach Hause schicken.

Der streichelte nochmals Lenis Bauch und meinte: „Hey, ihr Rasselbande, jetzt macht mal halblang und lasst eure Mutter schlafen." Seufzend legte er sich wieder in sein Bett. Die andere Schwester hatte wohl gepetzt, dass sie vergangene Nacht Sex gehabt hatten. *So ein Mist, ausgerechnet jetzt, wo Lene sich nicht mehr gegen mich gewehrt und mich in ihr Bett gelassen hat, musste diese dumme Kuh auftauchen,* dachte er frustriert. Er hätte gerne noch eine Weile mit Leni gekuschelt.

„Lene, ist alles in Ordnung? Haben die beiden sich wieder beruhigt?", fragte er nach ein paar Minuten.

„Jo, kommst du wieder zu mir? Ich brauch dich", bekam er zur Antwort. Er stand auf und setzte sich auf ihr Bett und nahm sie in den Arm.

„Was ist denn los, Schätz-chen?", fragte er, als er bemerkte, dass sie wieder weinte.

„Ich weiß nicht. Ich kann das einfach alles nicht verstehen. Es ist im Moment alles zu viel für mich." Sie fing heftiger an zu weinen und er versuchte, sie zu trösten, aber mit wenig Erfolg.

„Sch, sch, beruhig dich doch." Er kroch wieder zu ihr ins Bett und nahm sie fest in den Arm, aber erfolglos. Sie steigerte sich immer mehr in den Weinkrampf hinein und weil er sich nicht mehr zu helfen wusste, klingelte er nach der Schwester und fragte nach einem Beruhigungsmittel.

„Das kann ich ihr nicht so einfach geben. Ich hol den Bereitschaftsarzt."

„Was ist denn passiert?", fragte die Ärztin, die wenige Minuten später kam und die mittlerweile hysterisch schluchzende Leni vorfand.

Johannes zuckte die Schultern. „Wir hatten heute Nachmittag eine kleine Auseinandersetzung, aber inzwischen hatte sie sich eigentlich wieder beruhigt. Vorhin haben die Kinder in ihr ziemliche Randale gemacht. Ich denke, das ist die ganze momentane Situation."

Die Ärztin studierte ihre Krankenakte.

„Hm, ja, da kann es schon mal zu depressiven Verstimmungen kommen, aber das scheint mir doch ernster zu sein. Lassen Sie mich mal mit ihr alleine", bat die Ärztin Johannes und die Pflegerin, die im Zimmer stehen geblieben war. Sie versuchte behutsam, mit Leni zu reden, aber die stammelte nur wirres Zeug. Leni war total durch den Wind. Sie lauschte ihr trotzdem aufmerksam und hörte heraus, dass sie bald entlassen werden sollte, aber gar nicht wusste, wo ihr Zuhause war und dass der Mann wohl fremdgegangen war. Außerdem schien sie nicht mehr zu wissen, welche Namen sie sich für die Kinder ausgesucht hatten. Da schienen wohl mehrere Ursachen vorzuliegen. Die Ärztin untersuchte Lenis Bauch, aber da schien alles in Ordnung zu sein.

„Haben Sie Schmerzen?", fragte sie.

„Ja, nein, ich weiß nicht. Die Kleinen haben mir die ganzen Eingeweide traktiert", jammerte Leni.

Die Ärztin rief nach der Pflegerin und ließ sie ein Beruhigungsmittel holen, das sie Leni dann spritzte.

„So, jetzt versuchen Sie zu schlafen, morgen sieht die Welt dann schon wieder ganz anders aus." Sie blieb noch einen Moment am Bett sitzen und wartete, bis die Wirkung der Spritze einsetzte.

„Sie sollte jetzt eigentlich bis morgen früh schlafen. Versuchen Sie, sie so wenig wie möglich aufzuregen", sagte sie zu Johannes. „Sind Sie vor kurzem umgezogen?", fragte sie dann noch.

„Ja, Ende Juli, also kurz bevor es passiert ist."

„Versuchen Sie, in den nächsten Tagen intensiv daran zu arbeiten, dass sie sich wieder erinnern kann, die Amnesie scheint ihr sehr zu schaffen zu machen. Zeigen Sie ihr Fotos, vielleicht kann sie sich dann an das ein oder andere erinnern. Vor allem zeigen Sie ihr Bilder von Ihrem Zuhause. Sie scheint Angst davor zu haben, in eine fremde Umgebung zu kommen."

„Ja klar, das können wir machen."

Johannes war froh, eine Hoffnung auf die Lösung für mindestens eins von Lenis Problemen zu haben.

Als er merkte, dass Leni endlich tief und fest schlief, legte er sich in sein Bett und nahm sich vor, gleich am Morgen bei Laura anzurufen, um sie zu bitten, das Haus und die Wohnung zu fotografieren. Dann hätten die beiden eine schöne Beschäftigung, bis er wieder da war.

Am Morgen wollte Leni gar nicht wach werden, aber die Pflegerin war erbarmungslos und so ließ sie sich seufzend ins Bad bringen, aber sie hatte das Gefühl, dass ihre Arme und Beine ihr nicht gehorchen wollten. Auch bei der anschließenden Bewegungstherapie war sie ziemlich kraftlos. Sie wollte einfach nur schlafen, was sie anschließend auch tat, so dass Laura keine Gelegenheit hatte, die Fotos, die sie auf Bitte von Johannes von der Wohnung und dem Haus mit ihrem Handy gemacht hatte, mit ihr anzuschauen. Auch als Johannes gegen Mittag kam, schlief Leni noch. Er weckte sie zum Mittagessen, aber sie hatte kaum Appetit und wollte nach dem Essen gleich wieder ins Bett.

„Was ist los, Lene? Geht es dir nicht gut?", fragte er besorgt.

„Ich bin einfach nur hundemüde."

„Na, dann schlaf dich aus. Ist es okay, wenn Laura und ich in die Cafeteria gehen, um auch eine Kleinigkeit zu essen?"

Leni nickte und schon waren ihr die Augen zugefallen.

Während des Mittagessens erzählte Johannes Laura, was in der Nacht vorgefallen war und dass die Ärztin Leni eine Spritze gegeben hatte, die wohl noch nachwirkte. Sie zeigte ihm die Fotos und sie beschlossen, Leni auf jeden Fall damit zu konfrontieren, damit sie eine Vorstellung von ihrem Zuhause hatte.

„Irgendwann wird sie ja mal ausgeschlafen haben", meinte Laura lachend.

Zur Kaffeezeit war Leni dann auch so munter, dass sie die Fotos betrachten konnte. Sie erkannte ihr Bett und ihren Kleiderständer, die jetzt im Gästezimmer standen, und freute sich, als sie auf einigen Bildern ihre Katzen entdeckte. Als sie die Fotos von dem Kinderzimmer sah, hatte sie wieder Tränen in den Augen. Sie konnte sich einfach nicht vorstellen, dass sie das alles eingerichtet hatten und sie sich nicht daran erinnern konnte.

„Bin ich denn so doof?", wollte sie wissen.

„Aber Leni, das hat doch nichts mit doof zu tun, du warst schwer krank. Dein Gedächtnis kommt schon irgendwann wieder", versuchte Laura, sie zu beruhigen. Leni sah sie zweifelnd an und ein paar Tränen liefen ihr über die Wangen. Kurz darauf lächelte sie unter Tränen: „Ich darf morgen nach der Therapie wirklich nach Hause."

„Das ist doch schön für dich", freute sich Laura mit ihr. Sie vereinbarten, dass Johannes Laura in die Klinik fuhr, nachdem er geduscht hatte, und er dann seinen Arzttermin wahrnehmen würde. Laura sollte Lenis Sachen einpacken, während sie ihre Therapie hatte, und er würde die beiden dann abholen kommen.

Leni war plötzlich total aufgeregt und zappelig. Endlich keine Pfleger und Ärzte mehr, kein Wecken am frühen Morgen. Sie konnte schlafen, so lange sie wollte, und essen, was und wann sie wollte. Und trotz allen Kummers, den Johannes ihr in den letzten Tagen bereitet hatte, freute sie sich darauf, wieder mit ihm zusammen in ihrem Bett zu schlafen. Sie hatte Sehnsucht nach seinen Zärtlichkeiten und sah ihn lächelnd an. Erstaunt lächelte er zurück und fragte sich, was wohl im ihrem Kopf vor sich ging. Als er sah, dass sie sich die Hände auf den Bauch legte, wollte er wissen, ob die beiden denn schon wieder Randale machten.

„Ja, aber nicht so schlimm wie gestern Abend."

„Also wenn ich das so sehe, dann frage ich mich, ob ich wirklich mal Kinder kriegen möchte", meinte Laura nachdenklich.

„Aber warum denn nicht, die meiste Zeit sind sie ja ziemlich friedlich und an den dicken Bauch gewöhnt man sich auch. Der kommt ja nicht von heute auf morgen und es brütet ja auch nicht jede gleich Zwillinge aus."

„Oh, du bekommst Zwillinge. Das ist ja süß. Wisst ihr, was es wird?"

Leni und Johannes schüttelten gleichzeitig den Kopf.

„Wir hatten zwar vor ein paar Tagen eine Ultraschalluntersuchung, aber wir haben nicht gefragt. Für uns ist die Hauptsache, dass sie gesund sind und das ist offenbar der Fall", erzählte Johannes.

„Oh, es wird ja schon dunkel, dann schwing ich mich mal aufs Rad. Dann also bis morgen früh. Ich wünsch euch was." Und schon war Laura aus dem Zimmer gerauscht.

„An was hast du vorhin gedacht, als du mich so angelächelt hast?", wollte Johannes wissen.

„Verrat ich nicht", mehr wollte Leni nicht preisgeben. Ein bisschen wollte sie ihn schon noch zappeln lassen, denn so richtig hatte sie ihm noch nicht verziehen.

Als Johannes sie später wieder liebevoll einölte, sah sie ihn nicht mehr so vorwurfsvoll an und er erlaubte es sich, sie zu küssen. Zunächst zeigte sie keine Reaktion, hielt das aber nicht lange durch und erwiderte den Kuss. Als er dann aber ihre Brüste liebkosen wollte, schob sie seine Hand weg.

„Bitte nicht", flüsterte sie.

„Lene, wie oft soll ich dir noch sagen, dass es mir leid tut?"

„Gar nicht, deine dauernden Entschuldigungen machen auch nicht ungeschehen, was passiert ist. Lass mir einfach Zeit. Ich muss das wirklich erst mal verdauen." Sie war jetzt etwas lauter geworden und er zog sich schweigend auf sein Bett zurück.

Er verschickte eine Nachricht an die Gruppe, die Max zusammengestellt hatte, mit der Information, dass Leni am nächsten Tag nach Hause könnte und dass der Betreuungsplan somit nicht mehr gebraucht würde. Allerdings bat er, dass jemand am Donnerstagabend kommen sollte, um Leni am nächsten Tag zu ihrer Therapie in die Klinik zu bringen, da er seine Vorlesung an der Uni halten musste.

Leni versuchte zu lesen, stellte aber fest, dass es keinen Sinn machte, denn ihre Gedanken waren überall, aber nicht bei ihrer Lektüre. Deshalb stellte sie den Fernseher an, aber auch das konnte sie nicht wirklich ablenken.

„Sag mal, haben wir eigentlich schon Namen für unsere Kiddies ausgesucht?", wollte Leni plötzlich wissen.

„Ja, das haben wir gemacht, kurz bevor du in die Klinik kamst. Du hast das alles auf einen Zettel geschrieben."

„Hm, ich habe keinen Schimmer, was wir da ausgesucht haben", gestand sie.

„Also, ganz ehrlich, ich hab das auch nicht im Kopf, aber das können wir ja morgen nachsehen, wenn du wieder zu Hause bist. Es sind auf jeden Fall Namen, die uns beiden gefallen haben", meinte er.

„Ja gut. Aber ich möchte, dass Tobi und Max Taufpaten werden. Oder hast du eine bessere Idee?"

"Das ist schon okay", meinte er etwas zögerlich. „Aber nimmt man nicht einen Mann und eine Frau?"

„Ja klar, aber es sind doch zwei Kinder, da können wir ja zwei Paare zusammenstellen. Ich dachte zum Beispiel an deine

Schwester. Gabi könnte ja vielleicht mit Tobi zusammen für ein Kind Patin werden und dann brauchen wir noch eine Patin für das zweite Kind. Ich dachte da an meine beste Freundin Romy."

„Na, dann hast du doch schon alles geklärt", erwiderte er lachend.

„Ja, aber du musst damit einverstanden sein", erklärte sie ihm ernsthaft.

„Es ist wirklich okay so für mich, dann haben wir für jedes Kind jemanden von deiner und von meiner Seite. Das hast du dir geschickt ausgedacht."

Mittlerweile piepsten ihre beiden Handys um die Wette. Einige Leute hatten auf die Nachricht von Johannes geantwortet und andere hatten direkt an Leni geschrieben und ihre Freude darüber ausgedrückt, dass sie endlich nach Hause konnte.

„Hör mal, Schätz-chen, ich habe angefragt, wer nächsten Freitag da sein könnte, um dich zur Therapie zu bringen, und es haben sich gleich mehrere Leute gemeldet. Wen hättest du denn am liebsten?"

„Wer hat sich denn gemeldet?"

„Max, Romy, Tobi, Henrik und Vati." Dass Sarah sich tatsächlich auch gemeldet hatte, quittierte er mit einem Kopfschütteln und verschwieg es Leni gegenüber lieber.

„Hm, am allerliebsten wäre mir Romy, aber dann sollte sie ein paar Tage bleiben, denn sonst ist der Weg zu weit. Sie für einen Tag von Freiburg hierherfahren zu lassen, wäre doch zu viel verlangt."

„Gut, ich frage sie an."

Romy sagte spontan zu und wollte dann über das Wochenende bleiben. Johannes bedankte sich bei den anderen für ihre Hilfsbereitschaft und versprach, sie zu kontaktieren, falls er nochmals Hilfe bräuchte. In einer separaten Nachricht bat er Max, Sarah aus der Gruppe zu entfernen, was dieser auch sofort erledigte.

Leni war dann erst mal einige Zeit damit beschäftigt, alle ihre Nachrichten zu lesen, was sie wirklich auf andere Gedanken brachte. So viele Freunde und Verwandte hatten ihr so lieb geschrieben, dass sie ganz gerührt war. Allerdings ärgerte sie sich über die Nachricht von Sarah, die ihr so nett geschrieben hatte, als wäre nichts geschehen. Ihr antwortete sie deshalb spontan: „Lass mich in Ruhe, du falsche Schlange." Danach blockte sie die Nummer von Sarah, so dass sie nicht mehr bei ihr anrufen oder ihr schreiben konnte. Anschließend beantwortete sie alle anderen Nachrichten und fühlte sich danach viel entspannter.

„Ich kann es noch gar nicht glauben, dass ich morgen Abend nicht mehr in diesem Bett liegen muss", sinnierte sie leise.

„Dem Foto nach muss das ja ein Superbett sein, das wir da zu Hause haben", meinte sie mit einem kleinen Lächeln.

„Hm, ja, das ist das Bett aus meiner Freiburger Wohnung. Ich hatte es zusammen mit den anderen Möbeln eingelagert, als ich nach Hamburg gegangen bin. Bis jetzt habe ich ja nur in diversen Ferienwohnungen gelebt", versuchte er, ihren Erinnerungen nachzuhelfen und sie nickte mit dem Kopf. „Du hast das Bett ausgiebig bewundert, als die Möbelpacker es aufgestellt hatten", meinte er augenzwinkernd.

„So, hab ich das?" Sie sah ihn spitzbübisch an.

Er lachte: „Ja, hast du, und du hattest auch keine Einwände dagegen, es sofort auszuprobieren."

„Ich freu mich so." Sie war schon wieder ganz zappelig.

„Auf was? Auf das Bett?" Er setzte sich auf ihr Bett. „Oder vielleicht auch auf den Inhalt?" Er nahm sie in den Arm.

„Na, ein Glück, dass du nicht eingebildet bist", zog sie ihn lachend auf. Sie schmiegte sich an ihn, aber als sie merkte, dass er mehr wollte, wies sie ihn ab.

„Nein, bitte, ich kann nicht. Kuscheln ist okay, aber mehr geht wirklich nicht."

Johannes war enttäuscht und ließ sie los, versuchte aber, sich die Enttäuschung nicht anmerken zu lassen.

„Hast du Schmerzen?", fragte er vorsichtig, denn so ganz konnte er die Abfuhr doch nicht wegstecken.

„Hm, nicht direkt, aber die beiden haben mich gestern ganz schön traktiert, ich habe das Gefühl, meine ganzen Innereien haben blaue Flecken."

Er nahm sie wieder zärtlich in den Arm. „So eine Bande, ich denke, ich muss mal ein ernstes Wort mit ihnen reden", murmelte er in ihr Ohr.

6

Nach einer unruhigen Nacht erwachte Leni, kurz bevor die Nachtschwester ihre Morgenrunde machte. Sie sah auf den friedlich schlafenden Johannes und lächelte. Sie liebte ihn trotz allem und freute sich darauf, in wenigen Stunden nach Hause gehen zu dürfen. Sie hoffte, dass die Babys sich noch etwas Zeit lassen würden, damit sie noch einige schöne Wochen mit ihm alleine verbringen konnte. Danach würde es sicher stressig werden und sie war froh, dass ihre Schwiegermutter zugesagt hatte, nach Leipzig zu kommen um sie die erste Zeit zu unterstützen. Endlich war es so weit, sie hatte die Termine für ihre ambulanten Therapien, einen Brief für die Hebamme und einen Bericht für den Hausarzt bekommen. Vorsichtig hatte Johannes ihr geholfen, sich in den Rollstuhl zu setzen. Laura hatte alle ihre Sachen in die Reisetasche gepackt und diese auf den Rollator gestellt. Nachdem sie sich herzlich vom Pflegepersonal verabschiedet hatten, ging es erst mal zum Parkplatz, wo Johannes ihr half, sich ins Auto zu setzen. Unter Mithilfe von Laura schaffte er es, Rollstuhl, Rollator und Reisetasche im Auto unterzubringen.

„Als Nächstes müssen wir uns erst mal ein größeres Auto kaufen, für Kinderwagen, Kindersitze und was noch alles ist dieses gute Stück wirklich zu klein. Ich fürchte, wir brauchen einen Kombi", stöhnte er. Leni nickte bestätigend.

Zu Hause angekommen staunte Leni nicht schlecht, an der Wohnungstür hing ein Schild mit der Aufschrift „Herzlich willkommen", geschmückt mit einer bunten Girlande und auf dem Wohnzimmertisch stand ein Strauß dunkelroter Rosen. Sie hatte Tränen in den Augen, als sie sich bei ihrem Mann und ihrer Freundin bedankte.

Als Laura meinte, dass sie jetzt zum Bahnhof wollte, um nach Hause zu fahren, protestierten beide.

„Du wolltest doch bis Sonntag bleiben. Ich freu mich so, dass du da bist. Bleib bitte noch", bat Leni ihre Freundin.

„Ja gut, aber dann entspannt ihr beide euch und ich verwöhne euch so richtig. Dann geh ich jetzt schnell einkaufen und koche was Leckeres." Und schon war sie aus der Tür.

Johannes legte den Arm um seine Frau, führte sie vorsichtig zum Schlafzimmer. Er öffnete die Tür und trug sie zum Bett, das über und über mit Rosenblättern bestreut war.

„Oh, Jo", hauchte sie. „Das ist ja voll romantisch." Sie kuschelte sich an ihn, nachdem er sich mit ihr auf das Bett gelegt hatte.

„Und, wie gefällt dir unser Ehebett?" Er schaute sie liebevoll an.

„Hm, ja, nicht übel. Vor allem ist es groß genug für uns vier", meinte sie neckisch.

Er lächelte sie an und begann, sie zu liebkosen.

„Was wird das jetzt am helllichtheiteren Tag?", raunte sie.

„Oh, ich wollte meiner Frau zeigen, wie sehr ich sie liebe", antwortete er mit belegter Stimme.

„Ja, aber Laura kommt doch jeden Moment zurück", versuchte sie zu protestieren. Er stand auf und schloss die Schlafzimmertür.

„Ich denke, sie ist diskret genug, um unsere Versöhnung nicht zu stören."

Leni konnte sich nicht länger gegen seine Zärtlichkeiten wehren, sie liebte und begehrte ihn und fing an, die neugewonnene Zweisamkeit zu genießen. Sie streichelte seine breite Brust, die sie so mochte und musste lächeln, als er leise aufstöhnte, als sie sein Brusthaar kraulte. Das hatte sie schon bei ihrem allerersten Mal erstaunt, wie sehr er auf diese kleine Berührung reagierte. Dann fuhr sie seinen Körper entlang bis zu seinen kräftigen Schenkeln, die sie eine Zeitlang liebkoste und freute sich über den neugierigen Kerl, der sich ihr entgegenstreckte. Dann genoss sie wieder seine Zärtlichkeiten, die nach und nach intensiver wurden. Er brachte sie ganz langsam mit seinen Händen und seinem Mund zum Höhepunkt, wobei sie wie immer vor Lust stöhnte und kurz bevor er kam, drang er ganz vorsichtig in sie ein, was sie mit einem gehauchten „Oh ja" begleitete. Danach lagen sie eng umschlungen da und streichelten sich gegenseitig sanft. Nach einigen Minuten stützte Johannes sich auf seinen Ellenbogen, streichelte sanft ihre Wange, küsste sie zärtlich und sagte lächelnd: „Willkommen daheim, Frau Kaiser."

„Es ist wirklich schön, wieder zu Hause zu sein", flüsterte Leni. Sie blieben noch liegen, bis Laura an die Tür klopfte und rief, dass das Mittagessen fertig sei. Sie zogen sich langsam wieder an, wobei sie sich gegenseitig unter viel Gelächter die Rosenblätter von der Haut zupften.

Beim Mittagessen äußerte Leni dann den Wunsch, an die frische Luft zu gehen. Und so machten die drei einen schönen Spaziergang, wobei Leni im Rollstuhl gefahren wurde. Sie wollte zwar mit dem Rollator gehen, aber das hatten die beiden anderen ihr ausreden können, denn dafür hätte sie doch noch viel stabiler auf den Beinen sein müssen. Sie bestaunte die Gegend, in der sie jetzt wohnten, als sähe sie sie zum ersten Mal. Als sie zurückkamen, wurden sie von der Nachbarin, die im Erdgeschoß wohnte, begrüßt, aber Leni sah sie nur verwundert an. Sie kannte diese Frau nicht, sie konnte sich nicht erinnern, dass sie ihr den Schlüssel gegeben hatte, bevor sie ins Krankenhaus gebracht wurde. Die Nachbarin ließ sich nichts anmerken, sondern freute sich, dass sie wieder da war und wünschte ihr gute Besserung. Leni bedankte sich höflich und lächelte.

„Diese Frau ist aber sehr nett", sagte sie, als sie dann im Aufzug waren.

„Ja, da hast du Recht, Frau Meyer hat uns in den letzten Monaten sehr geholfen. Sie hat auch die Katzen versorgt, wenn sonst niemand da war", bestätigte Johannes.

„Vielleicht sollten wir sie mal zum Kaffee einladen", schlug Leni vor.

„Ja klar, das machen wir und ihren Mann auch. Die beiden waren die Einzigen, die mit uns geredet haben, als wir hier eingezogen sind. Alle anderen Nachbarn ignorieren uns." Nachdenklich fügte er hinzu: „Vielleicht weil wir Wessis sind. Wer weiß."

Nach dem Spaziergang legte Leni sich auf das Sofa, während Laura die Küche machte und Johannes die Rosenblätter vom Bett nahm und in eine kleine Schale tat. Dann setzten die beiden sich zu Leni. Sie sprachen über die Hochzeit und Johannes zeigte Leni die Fotos, in der Hoffnung, dass sie sich erinnerte. Man merkte, wie es in ihr arbeitete, aber so ganz wollten sich die Erinnerungen noch nicht einstellen.

Gegen Abend ging Laura in die Küche und die beiden saßen zusammen auf dem Sofa, als sich plötzlich die Miene von Leni aufhellte und sie ihren Mann schelmisch anlächelte. Er sah sie verdutzt und fragend an.

„Sind Sie nicht der Herr, der die Hochzeitsnacht nicht abwarten konnte und im Auto über seine Braut hergefallen ist?"

„Aha, an so was erinnerst du dich also", sagte er kopfschüttelnd.

Sie lachten beide laut los und Leni konnte sich kaum beruhigen.

„Oh ja, und an das enge Kleid, in dem ich fast keine Luft gekriegt habe", fügte sie lachend hinzu.

„Na, ihr habt es aber lustig", meinte Laura, als sie mit einer Platte voller belegter Brote ins Wohnzimmer kam.

„Hm, ja, Lene fängt an, sich an die Hochzeit zu erinnern."

„Hey, das ist doch prima", freute sich Laura mit ihnen.

Die beiden sahen sich verlegen lächelnd an und Leni prustete schon wieder los, weshalb Laura sie verwundert ansah. Aber die beiden wollten ihr natürlich nicht erzählen, was auf dem Weg in die Flitterwochen passiert war. Das sollte für immer ihr Geheimnis bleiben.

Als sie am Abend im Bett lagen, streichelte Johannes Leni zuerst sanft und wollte dann ihre Brüste liebkosen, aber sie schob sanft seine Hand weg.

„Ich denke, wir sollten es nicht übertreiben, so fit bin ich noch nicht und so langsam komme ich mir vor wie ein gestrandeter Wal", sagte sie leise.

Johannes war zunächst etwas enttäuscht, merkte aber dass es keine böse gemeinte Zurückweisung war, sondern dass sie wohl endlich Rücksicht auf sich und ihren Zustand nahm. Und so begnügte er sich damit, sie in den Arm zu nehmen und zu streicheln, was sie dankbar genoss. Später drehte sie sich um und schmiegte ihre Kehrseite an ihn bis sie plötzlich kleine Bewegungen an ihrem Po spürte.

„Sag mal, ist es das, was ich vermute, was sich da bemerkbar macht?"

„Hm, ja, sorry", raunte Johannes mit belegter Stimme. „Wenn er dich so nah spürt, dann wird Little Joe übermütig."

„So ein Schlawiner", flüsterte sie und begann ihn zu liebkosen. Sie liebten sich, wobei Johannes dieses Mal ganz in sie eindrang, was sie mit einem erstaunten „Oooh" begleitete, ein paar Zentimeter höher rutsche, damit er nicht ganz so tief stoßen konnte und dann einfach nur genoss.

Als er wieder zu Atem gekommen war, entschuldigte er sich sofort und sie knurrte nur: „Pst, halt einfach den Mund und mach die Stimmung nicht kaputt."

Er streichelte ihren Bauch und murmelte: „Ich hoffe, das hat keine Folgen."

Als Johannes am nächsten Morgen ein Klappern in der Küche hörte, küsste er Leni sanft, stand auf und ging ins Bad, um sich zu duschen. Als er zurückkam, forderte er sie auf, auch ins Bad zu gehen.

„Du bist grausam, ich mag nicht. Ich kann doch zuerst frühstücken. Sonst muss Laura ja viel zu lange warten, bis ich endlich fertig bin. Hab ich keine mildernden Umstände?" Sie sah ihn bittend an.

„Na gut, ausnahmsweise, aber zieh dir was an."

„Oui, mon Capitaine", sie salutierte und setzte sich auf. Er half ihr beim Anziehen und brachte sie ins Bad, damit sie noch zur Toilette gehen konnte.

Als Leni nach dem Frühstück im Bad war, um zu duschen, setzten Laura und Johannes sich nochmals mit einer Tasse Kaffee an den Tisch, den Laura in der Zwischenzeit abgeräumt hatte.

„Sag mal, habt ihr in ihrem Zustand immer noch Sex?", fragte Laura unverblümt.

Johannes rutsche fast die Tasse aus der Hand. Er grinste Laura verlegen an.

„Sorry, ich wollte dich nicht in Verlegenheit bringen, aber Leni war nicht zu überhören."

Er fuhr sich verlegen mit der Hand durch die Haare.

„Du musst jetzt keine intimen Details ausplaudern, denn so, wie ich Leni kenne, wäre ihr das auch gar nicht recht. Aber wir haben ja in Karlsruhe zusammen in der WG gewohnt und während der ganzen Zeit, die sie mit Jens zusammen war, hab ich sie nicht ein einziges Mal derart stöhnen gehört."

Johannes zuckte die Schultern. „Ich kenne das nicht anders bei ihr."

„Das muss ja wohl an dir liegen", meinte sie augenzwinkernd. „Es freut mich für Leni, dass sie jemanden gefunden hat, der sie glücklich macht. Jens hatte nämlich bei ihrer Trennung behauptet, sie wäre prüde, was ihr unheimlich zu schaffen gemacht hat."

„Lene und prüde? Da muss der aber einiges falsch gemacht haben. Wir haben uns schon gleich beim ersten Mal prächtig verstanden. Du verstehst, was ich meine?"

„Ja sicher. Sie war ja auch total im siebten Himmel, als sie von Hamburg zurückkam." Laura lachte bei der Erinnerung, wie Leni sie auf der Rückreise von Hamburg anrief und ihr vorschwärmte, wir toll es mit ihm gewesen war.

„Ich weiß gar nicht, wie oft ich in den Monaten davor übers Wochenende bei ihr war, um sie zu trösten, weil du wegen einer anderen nach Hamburg gezogen bist."

„Ja, das war total blöd von mir und ich kann es bis heute nicht verstehen", gestand er kopfschüttelnd.

Leni rief aus dem Bad, dass sie so weit fertig sei und nun seine Hilfe brauchte. Als sie dann angezogen im Esszimmer bei den anderen saß, meinte sie, dass sie unbedingt eine neue Hose brauche, da die Sommerhosen jetzt nicht mehr warm genug seien. Sie schaute mit Laura zusammen in ihren Kleiderschrank, um einen Überblick zu bekommen, was sie an Umstandskleidung da hatte. Aber es waren alles nur Sommersachen und so beschlossen sie, in die Stadt zu fahren, um etwas Wärmeres zum Anziehen für Leni zu kaufen, in das ihr mächtiger Bauch passte. Beim Gang durch die Innenstadt war es Leni peinlich, im Rollstuhl gefahren zu werden. Die mitleidigen Blicke der Leute gingen ihr auf die Nerven. Sie wurde traurig und schaute die Leute gar nicht mehr an, sondern saß mit gesenktem Kopf in ihrem Rollstuhl. Laura war eine gute Beraterin und so hatten sie bald ein paar passende Sachen gefunden. Sie fuhren mit einigen Tüten bepackt wieder nach Hause, wo Laura sich gleich wieder in der Küche zu schaffen machte und sie eine gute Stunde später mit einem leckeren Eintopf verwöhnte.

„Wer verwöhnt uns denn nächste Woche so prima?", fragte Leni, als sie sich satt auf ihrem Stuhl zurücklehnte.

„Ich hab extra etwas mehr gemacht. Wir können den Rest einfrieren und dann könnt ihr euch das bei Gelegenheit wieder warm machen."

„Ja, und an dich denken. Vielen lieben Dank, Laura." Leni legte ihrer Freundin die Hand auf den Arm. „Ich werde Johannes eine Einkaufsliste schreiben und dann kann ich uns auch mal was kochen. Ich bin schon ganz aus der Übung."

Als Johannes zur Toilette gegangen war, berichtete Laura, wie sie ihn am Morgen in Verlegenheit gebracht hatte. Leni lachte: „Hm, ja, über Intimes spricht er noch weniger wie ich. Wir schlafen schon miteinander, aber nicht so richtig. Es gibt ja genug andere Möglichkeiten." Mehr wollte sie aber auch nicht preisgeben.

„Die scheint er jedenfalls gut drauf zu haben, wenn man dich so hört." Laura lachte, als sie sah, wie die Röte sich auf Lenis Gesicht ausbreitete. „Jedenfalls bin ich froh, dass ihr euch wieder versöhnt habt. Ihr passt doch wirklich gut zusammen und er liebt dich sehr."

Leni nickte und erwiderte nichts, da Johannes wieder in das Esszimmer zurückkam.

„Ich muss mich mal ein bisschen hinlegen", meinte Leni dann und erhob sich langsam, um in Richtung Sofa zu gehen. Johannes stütze sie ein wenig und so ging es schon ganz gut.

„Es ist erstaunlich, was für Fortschritte du in den letzten Tagen gemacht hast", sagte Laura. „Wenn wir uns das nächste Mal sehen, springst du wieder wie ein junges Reh."

„Hm, ja, bis dahin muss ich wohl auch nicht mehr so eine dicke Wampe mit mir rumschleppen. Ich freu mich zwar riesig auf die beiden, aber es ist nicht unbedingt lustig, wie eine Tonne durch die Gegend zu rollen."

Als sie in der Nacht nach einem zärtlichen Liebesspiel zusammenlagen, murmelte Leni: „Das nächste Mal machst du mir aber bitte nur eins", und stöhnte leise.

„Wie? Also hör mal, da bin ich jetzt aber wirklich nicht schuld dran. Es sind zweieiige Zwillinge und die Eier hast eindeutig du produziert", widersprach er ihr lächelnd.

„Hm, ja schon, aber musstest du dann auch gleich beide befruchten?", neckte sie ihn.

„Ja klar, ich dachte, so steigen die Chancen, dass ich ein kleines Mädchen bekomme." Er streichelte sie zärtlich.

„Egoist!" Sie hob ihren Kopf zu ihm und küsste ihn. „Geliebter Egoist", korrigierte sie sich dann und schlief in seinen Armen ein.

Am nächsten Tag brachten sie Laura nach dem Mittagessen zum Bahnhof, wobei Leni sich standhaft weigerte, wieder im Rollstuhl gefahren zu werden. „Ich kann diese miteidigen Blicke nicht mehr ertragen."

„Aber Lene, ich weiß doch nicht, wo ich einen Parkplatz finde. Das ist womöglich zu weit für dich zum Laufen."

„Du kannst uns beide doch vor dem Bahnhof absetzen und dann mit Lauras Koffer nachkommen", widersprach Leni und er gab sich geschlagen.

Unterstützt von Laura schaffte Leni sie es dann mit Müh und Not bis zur nächsten Sitzgelegenheit. Als Johannes zu ihnen kam, umschlang er sie fest, während sie die Rolltreppe hochfuhren und sie lehnte sich dankbar an ihn.

Auf dem Weg zurück zum Auto musste Leni mehrmals stehen bleiben, um zu verschnaufen. Aber sie biss die Zähne zusammen. Sie hatte es so gewollt und da musste sie jetzt wohl oder übel durch. Sie war heilfroh, als sie endlich im Auto saß, und ärgerte sich über ihren Dickkopf, denn sie fühlte sich jetzt schwach und elend. Zu Hause angekommen legte sie sich gleich aufs Sofa und ruhte sich aus. Danach luden sie Familie Meyer aus dem Erdgeschoss zum Kaffeetrinken ein, denn Laura hatte ihnen noch einen leckeren Apfelkuchen gebacken. Die beiden älteren Leute freuten sich über die Einladung. Sie kamen schnell ins Gespräch und verbrachten einen gemütlichen Nachmittag miteinander. Leni und Johannes erzählten unter anderem wo sie herkamen, was sie von Beruf waren und dass der Nachwuchs nächsten Monat zur Welt kommen sollte. Da Herr Meyer auch im Baugeschäft tätig war, kannte er Lenis Chef und es ergaben sich immer wieder neue Gesprächsthemen, so dass der Nachmittag verging wie im Flug. Leni fragte dann auch noch, ob es in der Nähe einen Frisörsalon gab, denn sie wollte ihre Haare, die jetzt rundum gleich lang nachgewachsen waren, etwas in Form bringen lassen. Frau Meyer empfahl ihr die neue Nachbarin im ersten Stock und versprach, mit der jungen Frau zu reden. Als Familie Meyer sich verabschiedete, bot sie nochmals ihre Hilfe an. Leni bedankte sich und versprach, gerne darauf zurückzukommen.

Danach setzten sie sich zusammen aufs Sofa. Johannes hatte leise Musik angemacht und Leni lehnte sich glücklich seufzend an ihn.

„Morgen müssen wir aber früher aufstehen, du hast schon um acht Uhr Therapie."

„Oh nein, das ist ja furchtbar. Musst du mich ausgerechnet jetzt daran erinnern? Es war gerade so gemütlich", tadelte sie ihn.

Später gingen sie zusammen in die Küche, damit Leni sich einen Überblick über den Inhalt von Kühlschrank, Tiefkühler und Vorratsschrank machen konnte. Sie berieten, was sie die nächsten Tage kochen wollten, und Leni machte eine lange Einkaufsliste. Sie hatte richtig Lust aufs Kochen bekommen und war plötzlich voller Tatendrang. Da sie jeden Vormittag in die Klinik musste, beschlossen sie, dort in der Cafeteria mittags eine Kleinigkeit zu essen und dann am Abend zu kochen. Johannes liebte die Küche seiner Frau und versprach, ihr beim Kochen zur Hand zu gehen.

Als sie abends im Bett lagen, stellte Leni fest, dass sie seit einer Ewigkeit endlich wirklich ganz alleine waren und fragte neckisch: „Was stellen wir denn jetzt an? Feiern wir eine Party? Oder was habt ihr angestellt, wenn die Eltern nicht da waren?"

„Das kommt darauf an, in welchem Alter wir waren. Max hat schon gerne mal übertrieben und alle möglichen Kumpel eingeladen. Das ging aber meistens nicht gut aus und es gab ein furchtbares Donnerwetter. Da kannten unsere Eltern keinen Spaß und wir mussten alle drei aufräumen und saubermachen und wir Jungs wurden auch öfters zu Hausarrest verdonnert", erzählte er. „Und was habt ihr beiden so getrieben, wenn ihr alleine wart?"

Leni zuckte die Schultern. „Solange Maman in der Uniklinik gearbeitet hat, hatte sie öfters mal Spätschicht und da waren wir abends oft alleine. Aber wir hatten ja unseren Sport und mussten zum Training oder ich habe mich mit Romy verabredet. Tobi hat mal geraucht, da war dann auch der Teufel los, als sie das gemerkt hat. Einmal haben wir die Getränke aus der Bar probiert, aber da ging es mir ziemlich schlecht hinterher und das war Strafe genug", gestand sie.

„Ich denke, ich weiß da was Schöneres", sagte er und zog sie sachte an sich. Er streichelte sie zärtlich und murmelte: „Frau Kaiser, Sie sind die bezauberndste Frau, die es gibt."

„Schmeichler, ich weiß genau, was du von mir willst", neckte sie ihn und begann, ihn ebenfalls zu liebkosen.

„Sag mal, denkst du, er ist zu groß?", fragte er unvermittelt.

Leni war verwundert über diese plötzliche Frage und wollte wissen, was er meinte.

„Na ja, Little Joe eben. Ist er dir nicht zu groß?"

Leni lachte leise und fuhr fort, ihn zu liebkosen. „Wie kommst du denn jetzt auf diese dumme Idee?" Da sie merkte, dass ihm das wohl echt zu schaffen machte, fügte sie hinzu: „Er ist wunderbar. So etwas wünscht sich doch jede Frau."

„Wirklich?", fragte er ungläubig.

„Ja klar. Es ist doch schön, wenn man was spürt."

„Hm, das kann ich kaum glauben. Ich hatte bis jetzt furchtbare Komplexe deswegen."

„Das ist jetzt aber nicht dein Ernst? Normalerweise haben die Kerle mit einem Winzling Komplexe, aber doch nicht jemand, der so gut ausgestattet ist wie du."

Sie beugte sich nach unten und küsste Little Joe. „Merk dir das ein für alle Mal, er ist perfekt und ich liebe euch alle beide, so wie ihr seid." Danach zeigte sie Little Joe, wie sehr er ihr gefiel.

Als am nächsten Morgen der Wecker klingelte, ging Johannes zuerst unter die Dusche und weckte dann Leni, die aber keine Lust zum Aufstehen hatte und ihn wieder zu sich ins Bett ziehen wollte.

„Lene, komm jetzt, du kommst sonst zu spät", sagte er und gab ihr einen kleinen Klaps auf den Po.

Maulend ließ sie sich von ihm ins Bad begleiten und während sie duschte bereitete er das Frühstück vor. Während des Frühstücks studierte er den Einkaufszettel und sah sie befremdet an.

„Was ist, ist was unklar? Ich habe versucht, deutlich zu schreiben."

„Ich kann das schon lesen, aber da steht Slipeinlagen. Ähm, ja also, du erwartest aber jetzt nicht von mir, dass ich das mitbringe, oder?"

„Ja, doch, das dachte ich. Die sind in dem Regal, wo die anderen Damenhygieneartikel sind."

„Eben. Also das musst du dir schon selber besorgen. Oder meinst du etwa, ich stelle mich zwischen die ganzen Frauen und suche danach?"

Leni sah ihn verwundert an, wollte ihn aber nicht zu etwas zwingen, was ihm offenbar unangenehm war und sagte deshalb leicht genervt: „Na gut, dann fahren wir auf dem Heimweg noch schnell beim Drogeriemarkt vorbei."

Er merkte, dass sie etwas verstimmt war und erklärte: „Ich bitte dich ja auch nicht, Kondome zu besorgen."

„Und warum nicht? Was meinst du, wie stolz ich die Packung mit Größe XL auf das Band knallen würde, so dass alle anderen Frauen ringsum neidisch werden", erklärte sie ihm augenzwinkernd. „Apropos Kondome, wir müssten dann mal überlegen, wie wir nach der Entbindung verhüten. Ich möchte nicht gleich wieder schwanger werden, denn ich denke, mit den beiden Kiddies werden wir erst mal genug beschäftigt sein."

Er sah sie etwas verlegen an. „Kannst du das nicht deine Frauenärztin oder die Hebamme fragen?"

"Hm, ja, gute Idee, ich weiß auch gar nicht, ab wann man anfangen muss, zu verhüten. Ich weiß nur, dass ich keine Hormone nehmen darf und dass ich absolut keine Lust habe, mit Gummis rumzuturnen. Das ist mir dann doch zu lästig."

Er nickte, äußerte sich aber nicht weiter zu dem Thema.

„Gut, dass wir darüber gesprochen haben", meinte Leni nun noch gereizter.

„Das müssen wir ja wohl nicht hier am Frühstückstisch besprechen", entgegnete er genauso gereizt.

Auf der Fahrt zur Klinik hüllten sich beide in Schweigen. Leni war sauer. Sie sprach auch nicht gerne über intime Dinge, so vertraut waren sie nun doch noch nicht miteinander. Zuerst hatten sie eine Fernbeziehung gehabt und seit sie bei ihm in Leipzig wohnte, war sie die meiste Zeit im Krankenhaus gewesen. Aber sie waren nun mal verheiratet und deshalb war sie der Meinung, dass ihn das genauso betraf wie sie. Johannes brachte Leni zur Physiotherapie und verabschiedete sich relativ kühl von ihr. Er wollte einkaufen gehen und sie gegen Mittag, wenn sie alle ihre Therapien durchlaufen hatte, wieder abholen.

„Na, was ist, Dornröschen, Ärger mit dem Prinzen?", wollte die Therapeutin wissen. Leni zuckte nur die Schultern. Sie konnte der Frau ja schlecht erzählen, dass ihr Mann so verklemmt war, dass er weder Slipeinlagen kaufen noch über Verhütung sprechen wollte. Eine gewisse Enttäuschung machte sich in ihr breit und sie schüttelte leicht den Kopf. Danach forderte die Therapeutin sie derart, dass ihr die trüben Gedanken vergingen.

Johannes holte sie wie vereinbart am Mittag ab und die dunklen Wolken waren verflogen. Leni freute sich, ihn wiederzusehen und begrüßte ihn mit einem herzlichen Kuss. Danach aßen sie wie vorgesehen eine Kleinigkeit in der Cafeteria und zu Hause angekommen musste Leni sich erst mal hinlegen. Den ganzen Vormittag Therapie, das schlauchte sie schon sehr. Sie hatte sich kaum hingelegt, als es klingelte und die Hebamme vor der Tür stand. Es war ihr peinlich, dass sie die Frau nicht erkannte, die aber tat, als wäre das ganz normal. Sie las zunächst den Brief, den der Gynäkologe für sie mitgegeben hatte und machte ein bedenkliches Gesicht.

„Ist etwas nicht in Ordnung?", wollte Leni wissen.

„Ja, doch schon", erwiderte die Hebamme zögernd. „Lassen Sie mal sehn."

Sie untersuchte Leni gründlich und schüttelte den Kopf.

„Was ist denn los? Was stimmt nicht?" fragte Leni besorgt und auch Johannes war die Anspannung anzusehen. Er nahm Lenis Hand in seine und tätschelte sie mit der anderen Hand.

„In dem Brief steht, dass die Kinder quer liegen und unbedingt ein Kaiserschnitt gemacht werden muss, aber ich habe jetzt mehrmals alles abgetastet, meiner Meinung nach liegen sie richtig. Allerdings liegt eins in Steißlage, aber das sollte kein Problem sein." Sie taste nochmals den Bauch ab und murmelte: „Ja, hier ist ein Po und ein Kopf und hier oben auch. Und das, was da in ihren Magen tritt, ist eindeutig ein Fuß." Sie lächelte Leni an, die inzwischen ausgeatmet hatte, nachdem sie vor lauter Anspannung die Luft angehalten hatte. „Eins scheint ja ein richtiges Tanzmariechen zu sein."

„Ja, da könnten Sie Recht haben, eins ist Tag und Nacht am Zappeln. Und über ein Mariechen würde mein Mann sich riesig freuen." Sie strahlte Johannes an, der sie liebevoll anlächelte. „Wissen Sie denn nicht, was es wird?"

„Nein, wir wollen uns überraschen lassen", erwiderte Johannes. „Wir haben die Babysachen in neutralen Farben gekauft."

„Haben Sie demnächst nochmals einen Termin bei Ihrer Gynäkologin? Wenn nicht, dann machen Sie sobald wie möglich einen, damit sie die Lage im Ultraschall nochmal kontrolliert."

„Ja gut, machen wir", sagte Leni, erleichtert, dass die Hebamme nichts Bedrohliches festgestellt hatte.

„Kann es sein, dass das die Revolution war, die ich neulich gespürt habe?", wollte Leni dann wissen.

„Revolution?", die Hebamme sah sie befremdet an.

„Ja, die beiden waren außer Rand und Band und es hat furchtbar weh getan. Ich dachte schon, die zertrümmern mir die Eingeweide."

"Hm, ja, das kann schon sein", bestätigte die Hebamme. „Haben Sie denn die Tasche schon gerichtet, falls es schnell gehen muss?" fragte sie dann.

Leni sah Johannes fragend an, sie konnte sich einfach nicht erinnern.

„Eigentlich ja. Du hattest alles gerichtet, kurz bevor du in die Klinik musstest. Aber ich schau mal nach." Er öffnete zögernd ihren Kleiderschrank.

„Oh Mist. Diese verdammte Sarah!", entfuhr es ihm und Leni sah ihn fragend an. „Sie hat einfach die Babysachen aus der

Tasche rausgenommen und die anderen Sachen zu dir in die Klinik gebracht."

„Kein Wunder, dass mir die Sachen so fremd vor kamen, die hatte ich vermutlich alle neu gekauft. Gut, dass Sie danach gefragt haben, sonst wäre ich im Notfall ganz schön dumm dagestanden", sagte sie zur Hebamme. „Ich muss nachher unbedingt alles wieder einpacken. Zum Glück hat Laura meine Sachen gewaschen und gebügelt."

„Und schau, da ist der Zettel mit den Namen, die wir ausgesucht haben", sagte Johannes, als er den Stapel mir den Babysachen genauer angeschaut hatte.

„Oh ja, zeig her", sagte Leni ungeduldig und griff sofort danach. „Davon haben wir ja schon ein paar Mal gesprochen, es aber immer wieder vergessen."

Johannes reichte ihr den Zettel, auf dem sie fein säuberlich verschiedene Namenkombinationen aufgeschrieben hatte. Jeweils zwei Erst- und Zweitnamen für Jungen und Mädchen und einen Verweis auf die Namen, falls es wie gewünscht ein Pärchen würde. Sie schaute das Blatt lange nachdenklich an und Johannes fragte, ob ihr die Namen nicht mehr gefielen.

„Doch schon, aber ich kann mich einfach nicht daran erinnern", und schon standen ihr wieder Tränen in den Augen.

„Darf ich auch mal sehn?", fragte die Hebamme, um sie abzulenken.

„Ja klar." Leni reichte ihr das Blatt.

„Da haben Sie aber wirklich schöne Namen ausgesucht. Vor allem keine Modenamen, das finde ich gut. Und alles so schön übersichtlich aufgeschrieben, da kann ja wirklich nichts schiefgehen." Sie lächelte die beiden an und gab das Blatt an Johannes zurück, der es vorsichtig wieder zu den Babysachen legte.

„Sagen Sie, Herr von Moeltenhoff, könnten Sie mir vielleicht einen Kaffee machen?"

Johannes schaute zunächst etwas verwundert, ging dann aber in die Küche und die Hebamme schloss die Schlafzimmertür. Leni schaut sie verunsichert an.

„Hören Sie, in dem Brief steht, dass Ihr Mann Sie vermutlich vergewaltigt hat. Was ist da passiert?"

Leni schüttelte den Kopf: „Ich kann mich an nichts erinnern. Mir fehlen einfach die letzten Monate. Aber er hat mir gebeichtet, dass er wegen irgendwas wütend geworden ist und grob zu mir war. Aber scheinbar hab ich so geschrien, dass er sich sofort wieder zurückgezogen hat. Mehr weiß ich nicht."

„Kam das schon öfters vor?"

„Nein, überhaupt nicht, normalerweise ist er total fürsorglich, vor allem seit ich schwanger bin."

„Ja, den Eindruck hatte ich bis jetzt auch von ihm. Wenn Sie sich nicht erinnern können, dann belassen wir es mal dabei. Es ist auf jeden Fall gut, dass er es Ihnen gesagt hat."

Sie verabschiedete sich von Leni und versprach, in einer Woche wieder vorbeizukommen. Leni sollte sich auf jeden Fall melden, falls etwas Ungewöhnliches wäre. Sie ging noch zu Johannes in die Küche und trank ihren Kaffee.

„Das ist jetzt sicher alles nicht einfach für Sie", sagte sie zu ihm. Er nickte nur. „Ich bin froh, dass sie lebt und dass die Kinder offensichtlich keinen Schaden genommen haben. Sie macht jeden Tag Fortschritte. Ich denke, ohne die Schwangerschaft könnte sie schon wieder richtig laufen. Und die Logopädin ist zuversichtlich, dass sie das mit der Sprache auch noch in den Griff bekommt. Aber inwieweit sie ihr Erinnerungsvermögen wieder zurückbekommt, kann momentan keiner sagen und das macht ihr furchtbar zu schaffen. Aber wir arbeiten daran. Ich zeige ihr Fotos und sage ihr, um was es sich handelt und sie versucht sich zu erinnern. Immerhin kann sie sich jetzt schon an unsere Hochzeit im Juni erinnern, nicht an alle Details, aber einiges ist ihr schon wieder eingefallen." Er lehnte sich im Stuhl zurück: „Vor ihrer Entlassung hatte sie eine furchtbare Panikattacke, da sie nicht wusste, wo wir wohnen. Ihre Freundin hat dann Fotos von der ganzen Wohnung gemacht und wir sind dann Zimmer für Zimmer durchgegangen, damit sie eine Vorstellung von unserer Wohnung bekommt."

„Das wird schon. Sie ist ja sehr tapfer. Und wenn die beiden erst mal da sind, dann hat sie gar keine Zeit mehr, darüber nachzudenken", ermunterte die Hebamme ihn und verabschiedete sich.

Kaum hatte Leni die Augen wieder zugemacht, klingelte es erneut und eine junge Frau stand vor der Tür, als Johannes geöffnet hatte.

„Guten Tag, ich bin Frau Niederberger. Ich wohne im ersten Stock und Frau Meyer hat mir gesagt, dass Ihre Frau eine neue Frisur wünscht", stellte sie sich vor.

„Ja, das stimmt, wir haben gestern darüber gesprochen. Kommen Sie doch bitte rein, ich sag meiner Frau kurz Bescheid."

„Lene, deine Friseurin ist da", sagte er, als er zu Leni ins Schlafzimmer kam.

Leni schaute zunächst verwundert.

„Du hattest doch gestern mit Frau Meyer darüber gesprochen."

„Ach so, ja klar. Hilfst du mir mal beim Aufstehen?"

Er half ihr aus dem Bett und stützte sie, als sie ins Esszimmer ging, wo die Friseurin wartete.

„Hallo, ich bin Corinna Niederberger", sagte die junge Frau munter und ließ sich die Verwunderung über Lenis Zustand nicht anmerken. Frau Meyer hatte sie über Lenis Krankheit informiert, aber dass sie hochschwanger war, hatte sie nicht erwartet.

„Wann ist denn so weit?", fragte sie dann auch gleich neugierig, mit starkem bayrischen Akzent.

„Normalerweise in sechs Wochen", antwortete Leni lächelnd.

„Sie sind aber auch nicht von hier", wollte sie dann wissen.

„Na, ich komme aus Niederbayern und Sie?"

„Ich komme aus Freiburg und mein Mann stammt aus dem Münsterland."

„Und gefällt es Ihnen hier?"

Leni zuckte die Schultern.

„Irgendwie sind wir hier noch nicht angekommen", meinte dann Johannes. „Die einzigen Leute, die hier im Haus mit uns reden, sind Meyers. Die anderen ignorieren uns. Und in der vorherigen Wohnung in der Innenstadt war es auch nicht besser."

„Das geht uns genauso", bestätigte Corinna. „Mein Mann ist hierher versetzt worden, aber so richtig glücklich sind wir darüber nicht."

„Na, was machen wir denn mit Ihren Haaren Frau, ähm", sie stockte, da sie nicht genau wusste, wie sie die Namen an der Klingel zuordnen sollte.

„Sag doch einfach Leni. Normalerweise heiße ich Kaiser-von Moeltenhoff, aber Leni ist okay."

„Prima. Ich bin Corinna."

Johannes fragte, ob sie etwas trinken mochte und ging in die Küche, um eine Tasse Kaffee zuzubereiten, während Leni erklärte, dass sie die Haare nicht noch kürzer, sondern einfach ein wenig ausgefranst haben wollte. Sie wollte sagen „Damit es etwas pfiffiger aussieht", aber das Wort kam einfach nicht über ihre Lippen und sie wurde wütend.

„Ist gut, Leni, ich hab verstanden. Wir machen das Ganze einfach etwas flotter."

„Ich möchte sie auf jeden Fall wieder wachsen lassen", betonte Leni.

„Ja sicher, du hast ja auch so eine wunderschöne Farbe, dieses Rotblond ist super."

Corinna mache sich sofort an die Arbeit und in wenigen Minuten hatte sie Leni einen frechen Kurzhaarschnitt verpasst.

Auch Johannes gefiel der Haarschnitt, wenngleich er Lenis schönem Haar nachtrauerte, aber das war nun mal nicht zu ändern. Die drei unterhielten sich noch eine Weile und vereinbarten, sich demnächst zu viert zu treffen. Leni bat sie, doch einfach mal abends zu ihnen hochzukommen und Corinna versprach, Bescheid zu geben, wann Hubert, ihr Mann, Zeit hätte. Sie verabschiedeten sich herzlich und Leni war froh, eine Frau in ihrem Alter im Haus zu haben, die so fröhlich war und mit der sie sich offensichtlich gut verstehen würde.

Nachdem Corinna sich verabschiedet hatte, ging Leni in die Küche, um einen großen Topf voll Bolognese-Soße aufzusetzen. Johannes ging ihr zur Hand und schnitt den Speck nach ihren Anweisungen, während sie die Karotten schälte und schnitt. Dann ließ sie sich von ihm eine Flasche Weißwein zum Ablöschen öffnen und als alles köchelte, legte sie sich aufs Sofa.

„Die Soße muss jetzt mindestens zwei Stunden köcheln, kannst du sie bitte ab und zu umrühren?", bat sie ihn.

„Was, zwei Stunden, bis dann bin ich ja verhungert", zog er sie auf. „Das riecht ja jetzt schon so lecker, wie soll ich das aushalten?", meinte er lächelnd und gab ihr einen zärtlichen Kuss.

„Da musst du durch, mein Lieber, außer du gehst in die Bäckerei und holst uns eine Kleinigkeit zum Kaffee."

„Muss ich gar nicht, schau mal, ich hab uns heute Morgen schon was gekauft." Er zeigte ihr eine Tüte mit Hefeschnecken, die sie so liebte.

„Hmmm, du bist einfach ein Goldschatz", lobte sie ihn. „Aber ich möchte jetzt wirklich hier liegen bleiben, ich habe tierisch Rückenschmerzen und man hat mir gesagt, ich soll mich ruhig öfters mal eine halbe Stunde hinlegen."

„Ja sicher, Schätz-chen. Möchtest du einen Kaffee oder lieber einen Tee?"

„Lieber Tee, sonst dreht das Mariechen hier noch ganz durch", sagte sie und zeigte auf ihren Bauch.

Johannes ging lächelnd in die Küche und kam kurz darauf mit einem Tablett zurück, auf dem er eine Tasse Kaffee für sich, den Tee für Leni und einen Teller mit den Hefeschnecken gestellt hatte. Dazu noch zwei Servietten, um die Finger abzuwischen, die unweigerlich klebrig wurden.

„Es ist schön, so verwöhnt zu werden." Sie lächelte ihn verliebt an und von der Verstimmung am Vormittag war nichts mehr zu spüren.

Als die Soße genug geköchelt hatte, kochte er dann auch die Nudeln und richtete den Salat an. Sie war dankbar für seine Hilfe und sie genossen gemeinsam das Abendessen.

„Was machen wir denn mit so viel Soße?", wollte er dann wissen.

„Einfrieren, wenn sie abgekühlt ist, dann haben wir was auf Vorrat, wenn es mal schnell gehen muss."

„Ja, das ist gut, die schmeckt nämlich echt lecker." Er rieb sich den gefüllten Bauch und lächelte sie an. „Meine kleine Küchenfee", meinte er zärtlich.

„Ich hatte ja einen lieben Helfer", antwortete sie lächelnd.

Als sie abends im Bett lagen, sprach Johannes sie zögernd an: „Hör mal, Lene, es ist ja nicht so, dass es mir egal ist, wie wir verhüten, aber du hast ja selber gesagt, dass du keine Kondome möchtest und so wie ich dich verstanden habe, möchtest du vielleicht auch noch mehr Kinder haben. Ich sehe da keine Möglichkeit, was ich dazu beitragen könnte. Da solltest du dich selber schlaumachen, wie wir das anstellen. Ich denke wirklich, es ist am besten, dass du deine Gynäkologin fragst."

„Ja schon, aber weißt du, wir könnten sie ja gemeinsam fragen, wenn wir zur nächsten Untersuchung gehen. Wir sind schließlich verheiratet und darum betrifft es dich doch genauso wie mich."

„Hm, ja schon, aber ich habe davon wirklich keine Ahnung, bis jetzt haben die Frauen, mit denen ich zusammen war, einfach die Pille genommen."

„Wie praktisch für dich", sagte sie süffisant.

„Komm jetzt, sei nicht schon wieder sauer", er zog sie näher an sich. „Ich komme ja zur nächsten Untersuchung mit und dann fragen wir."

Sie gab sich mit der Antwort zufrieden und schlief bald darauf an ihn gekuschelt ein.

Die nächsten Tage vergingen in gleichförmigem Rhythmus, morgens hatte Leni Therapie und Johannes ging in der Zeit Laufen oder ins Fitnessstudio und falls erforderlich einkaufen. Wenn er sie mittags abholte, aßen sie eine Kleinigkeit in der Cafeteria und zu Hause musste Leni sich erst mal hinlegen.

Er arbeitete währenddessen am Computer und das Abendessen bereiteten sie meistens gemeinsam zu.

Eines abends, als Leni sich im Bett an ihn gekuschelt hatte, fragte Johannes plötzlich nach einigem Räuspern und Zögern: „Sag mal, wie findest du mich eigentlich als Liebhaber?" Leni war erst mal sprachlos, aber mittlerweile war ihr aufgefallen, dass er intime Themen gerne abends im Dunkeln ansprach. „Merkst du das denn nicht?"

„Na ja, bis jetzt stand ich in dem Ruf, ein lausiger Liebhaber zu sein, zumindest behauptet Max das", gestand er und war froh, dass sie sein Gesicht nicht sehen konnte.

„Ach Max, der erzählt viel, wenn der Tag lang ist", sagte sie genervt. „Hast du denn das Gefühl, dass ich unglücklich bin?", fragte sie dann.

„Eigentlich nicht", bestätigte er.

„Und das mit dem lausigen Liebhaber glaube ich nie im Leben. Das ist wieder so ein Max-Gerücht." Sie rückte so nah an ihn ran, wie ihr ausladender Bauch es gestattete und flüsterte: „Mein Liebling, du machst mich unheimlich glücklich, das musst du doch merken. So wie mit dir, habe ich das noch nie mit einem Mann erlebt. Also hör endlich auf, an dir zu zweifeln."

„Sicher?"

„Claro. Ich möchte keinen anderen Mann mehr haben wie dich. Bei uns passt doch alles bestens."

„Na, wenn das so ist", meinte er lächelnd und begann, sie zu liebkosen, was sie sich selig seufzend gerne gefallen ließ.

Am Donnerstagnachmittag kam dann Romy an und ihre Zweisamkeit war für ein paar Tage unterbrochen. Sie richtete sich im Gästezimmer ein und erklärte dann, dass sie hungrig sei. Johannes besorgte eine Kleinigkeit in der Bäckerei und gegen Abend kochte Leni. Nach dem Essen blieben sie noch eine Weile sitzen und als Johannes merkte, dass Romy keinerlei Anstalten machte, den Tisch abzuräumen, machte er es selber und stellte anschließend den Geschirrspüler an.

Als sie später alleine im Schlafzimmer waren, sprach er Leni darauf an. Sie erklärte ihm, dass Romy ein verwöhntes Einzelkind sei und man sie zum Helfen auffordern musste, weil sie einfach nicht von alleine auf die Idee kam. „Sie ist keine Laura, da hast du Recht. Also erwarte die nächsten Tage keinen gedeckten Frühstückstisch. So wie ich sie kenne, liegt sie bis zur letzten Minute im Bett und geht ohne Frühstück aus dem Haus."

Und genau so kam es am nächsten Morgen, sie mussten mehrmals an die Tür des Gästezimmers klopfen, damit Leni nicht zu spät zur Therapie kam. Romy zog sich schnell eine Hose und einen Pulli über und fuhr Leni zur Klinik, nachdem Leni sich liebevoll von Johannes verabschiedet hatte und ihm viel Erfolg für seine erste Vorlesung gewünscht hatte. An der Klinik hielt Romy einfach mit laufendem Motor an.

„Also Romy, du musst mir schon helfen, alleine komme ich nicht aus dem Auto."

Vor sich hin brabbelnd stieg Romy aus, stellte den Rollator neben die Beifahrertür und half Leni aus dem Auto.

„Tschüs. Ruf mich an, wenn du fertig bist. Ich hol dich dann hier wieder ab." Und schon ließ sie den Motor wieder an und fuhr los.

Wenn ich das gewusst hätte, dann hätte ich auch Herrn Meyer fragen können, ob er mich schnell fährt, dachte Leni, enttäuscht von ihrer besten Freundin, und schlurfte mühsam zu ihrer Therapeutin. In diesem Moment bereute sie, dass sie Romy die Patenschaft angeboten hatte und nicht Laura.

„Oh, alleine heute, Dornröschen?", wollte die Therapeutin auch gleich wissen, als sie Leni kommen sah.

„Ja, mein Mann kann heute nicht und deshalb hat mich meine Freundin hergefahren. Eigentlich bin ich schon kaputt von dem Weg bis hierher", gestand sie schnaufend.

„Gut, dann gehen wir es erst mal gemütlich an", bot ihr die Therapeutin lächelnd an. „Das ist aber auch ein ganz schönes Gewicht, das Sie da mit sich rumtragen müssen."

„Wem sagen Sie das", bestätigte Leni. „Ich hab das Gefühl, mein Bauch wird jeden Tag schwerer."

„Wie lange dauert es denn noch?"

„Theoretisch noch fünf Wochen", stöhnte Leni. „Ich weiß nicht, wie das gehen soll, ich kann mir ja nicht mal mehr alleine die Socken und die Schuhe anziehen und wenn ich im Bett liege, komme ich mir vor wie ein gestrandeter Wal."

„Na ja, Sie werden sehn, das geht auch vorbei und wenn der Schreihals endlich da ist, dann werden Sie manchmal froh sein, wenn er noch da drin wäre", meinte die Therapeutin lachend und zeigte auf Lenis Bauch.

„Die Schreihälse", korrigierte Leni.

„Oh Gott, Zwillinge?!"

Leni nickte. „Ja allerdings."

„Aber dann geht es sicher keine fünf Wochen mehr, Zwillinge kommen ja meistens etwas früher."

„Ja, aber ich hoffe trotzdem, dass sie nicht allzu früh kommen, damit sie groß genug sind und nicht in den Brutkasten müssen. Das stelle ich mir schrecklich vor, wenn man sie nicht mal in den Arm nehmen und bei sich am Bett haben kann."

„Ja, das stimmt. Meine Tochter war auch ein Frühchen. Sie hat sich aber ganz schnell gut entwickelt und jetzt merkt man das gar nicht mehr. Was wird es denn bei Ihnen?"

„Wir lassen uns überraschen, wünschen uns aber ein Pärchen", antwortete Leni lächelnd. Mittlerweile war sie wieder zu Luft gekommen und der Ärger über Romy war auch vergessen.

Nachdem sie alle Therapien beendet hatte, rief sie Romy an und erklärte ihr, dass sie in der Cafeteria auf sie warten würde. Da sie ihre Freundin kannte, hoffte sie nicht auf ein Mittagessen zu Hause.

„Na, wo haben Sie denn Ihren Mann gelassen?" wollte die Kassiererin in der Cafeteria wissen.

„Der ist heute beschäftigt. Meine Freundin holt mich nachher ab."

Die Kassiererin brachte ihr das Tablett zum Tisch und Leni bedankte sich lächelnd. Während sie aß, dachte sie an Johannes und hoffte, dass seine erste Vorlesung gut gelaufen war. Inzwischen wusste sie, dass er nicht wirklich so selbstbewusst war, wie sie gedacht hatte. Und sie fragte sich, ob sie nicht doch übereilt geheiratet hatten. Aber sie liebte ihn und wenn sie daran dachte, wie liebevoll er sich um sie kümmerte, verneinte sie ihre Frage. Auch als im vorigen Jahr ihr Stalker sie entführt und mehrfach vergewaltigt und sie ihr erstes Baby dadurch verloren hatte, stand er das furchtbare Trauma mit ihr durch. Er war immer an ihrer Seite gewesen, egal wie abweisend und kratzbürstig sie in dieser Zeit oft war.

Als Romy endlich kam, holte sie sich auch erst mal was an der Theke. Sie entschuldigte sich, dass sie Leni so lange hatte warten lassen und erklärte, dass sie sich Arbeit mitgebracht hatte und unbedingt etwas fertig machen musste.

Kurz nachdem sie dann zu Hause waren, kam Johannes und zeigte sich enttäuscht, dass es kein Mittagessen gab.

„Kein Problem, komm, wir tauen schnell den Eintopf von Laura auf", beruhigte Leni ihn, obwohl sie sich lieber hingelegt hätte. Aber sie wusste, dass er gleich einen Termin bei seinem Therapeuten hatte und wollte ihn nicht hungrig aus dem Haus gehen lassen.

„Und erzähl, wie war's?", fragte sie ihn, während das Essen im Topf auf dem Herd auftaute.

„Es lief super. Es waren einige Studenten im Hörsaal und die anderen waren online zugeschaltet. Ich habe einige Fragen, aber auch viel Lob bekommen. Der Dekan hatte sich auch zeitweise eingeloggt", berichtete er begeistert.

Dann lachte er und die beiden Frauen sahen ihn fragend an.

„Da war so eine Studentin, die hat mich zeitweise schon etwas irritiert, die hat mich die ganze Zeit mit so großen hellblauen Kuhaugen angestarrt. Und hinterher hat sie mich abgepasst und mir die unmöglichsten Fragen gestellt. Irgendwann hab ich sie dann abgewimmelt, weil ich ja nachher meinen Arzttermin habe und mich nicht stressen wollte."

Kaum hatte er das erzählt, als auch schon sein Handy klingelte. Er beantwortete irgendwelche juristischen Fragen und rollte mit den Augen. Leni stelle den Eintopf auf den Tisch und sagte laut, dass das Essen fertig sei. Johannes hatte alle Mühe, die Anruferin abzuwimmeln und stellte sein Gerät dann auf lautlos. „Miss Kuhauge?"

„Oh Gott, ja. Die geht mir jetzt aber wirklich auf den Keks." Sie aßen und dann wollte er sich rasch verabschieden, um nicht zu spät zur Therapie zu kommen. Aber Leni stand mühsam vom Stuhl auf und ging an seinem Arm mit bis zur Tür. Sie küsste ihn leidenschaftlich und sagte: „Ich lieb dich und merk dir, du bist das Beste, was mir je hätte passieren können." Er lächelte sie an und strich ihr über das Haar.

„Ich liebe dich auch, mein Schätz-chen, aber ich muss mich jetzt wirklich beeilen." Und schon war er aus der Tür und Leni ging mühsam, sich an den Wänden abstützend, ins Esszimmer zurück.

„Romy, könntest du bitte den Tisch abräumen, ich bin fix und fertig. Den ganzen Vormittag Therapie, das schlaucht mich unheimlich."

Romy schaute sie zuerst erstaunt an, macht sich aber dann daran, das Geschirr vom Tisch zu räumen. Bis in den Geschirrspüler schaffte das Geschirr es allerdings nicht, aber das war Leni im Moment egal. Sie musste sich unbedingt erst mal hinlegen. Als sie gerade dabei war, sich vom Stuhl hochzuhieven, meinte Romy: „Du hast aber wirklich Glück, dass dein Johannes so ein gutmütiger Trottel ist."

„Wie? Was meinst du?" Leni sah sie erstaunt an.

„Na kuck dich doch mal an, du kannst kaum laufen und von dem, was du sagst, versteht man kaum die Hälfte. Jeder normale Mann hätte sich schon längst vom Acker gemacht."

Leni blieb der Mund offen stehen und Tränen schossen ihr in die Augen.

„Ja, solche Männer, mit denen du es treibst, vielleicht schon", erwiderte sie dann bissig. „Aber er ist mein Mann und steht zu mir. Außerdem gehe ich ja deshalb zur Therapie, damit ich spätestens nach der Entbindung wieder laufen kann. Mit der dicken Trommel da vorne ist es natürlich mühsam", sagte sie und zeigte auf ihren Bauch. „Damit haben sogar gesunde Frauen ihre Mühe. Und die Sprache kommt auch wieder, hat mir die Logopädin versichert." Verärgert zog sie sich ins Schlafzimmer zurück und legte sich aufs Bett. Aber an Schlafen war nicht zu denken, ihre Gedanken drehten sich im Kreis. Sie war mit Romy seit dem Kindergarten befreundet und verstand nicht, was in sie gefahren war. Sie hatte sich so sehr auf ihren Besuch gefreut und konnte nicht nachvollziehen, was das sollte. Damals, als sie sich in Johannes verliebt und er sie abgewiesen hatte, war Romy immer ihre Trösterin und Ratgeberin gewesen. Und sie hatte sich mit ihr gefreut, als sie beide dann doch zusammengekommen waren.

Als Leni und Johannes abends zusammen im Bett lagen fragte sie ihn: „Sag mal, Jo, ist es ein Problem für dich, dass ich im Moment so behindert bin?"
„Hey Lene, Schätz-chen, wie kommst du denn darauf? Natürlich nicht. Ich bin so froh, dass du das überlebt hast und dass auch den Kiddies nichts passiert ist." Er zog sie sanft an sich und küsste sie zärtlich.
„Romy hat heute Mittag so was gesagt."
„Was hat sie gesagt?"
„Dass sich jeder normale Mann schon längst vom Acker gemacht hätte."
„Die spinnt doch", entrüstete er sich. „Jeder andere Ehemann, der seine Frau liebt, würde sicher das Gleiche machen. Wir sind verheiratet und wie heißt es doch, in guten wie in schlechten Zeiten." Nach einer kurzen Pause fügte er hinzu: „Lene, ich liebe dich und ich würde dich nie im Stich lassen, das weißt du doch hoffentlich?"
Sie seufzte kurz und bestätigte: „Ja, mein Schatz. Ich weiß und ich bin froh, dass ich dich geheiratet habe."

Sie kuschelte sich an ihn und sie zeigten sich, wie sehr sie sich liebten. Zum Glück mussten sie am nächsten Morgen nicht so früh aufstehen und so konnten sie die Nacht nach Herzenslust genießen und Leni war es egal, wie laut sie dabei stöhnte. *Romy soll ruhig neidisch werden,* dachte sie.

Und damit hatte sie nicht Unrecht, Romy entschuldigte sich am nächsten Tag und gestand ihr, dass mal wieder eine Beziehung in die Brüche gegangen war. Leni konnte gar nicht mehr zählen, wie viele Beziehungen Romy schon gehabt hatte, und jedes Mal meinte sie, dass sie jetzt den absoluten Traummann gefunden hätte. Sie schien einfach nicht beziehungsfähig zu sein.

Die Tage mit Romy waren nicht so harmonisch, wie Leni es sich gewünscht hätte. Sie war total launisch und so waren die beiden froh, als sie am Sonntag nach dem Mittagessen abreiste.

„Puh, ich hatte mich so auf Romy gefreut, aber das hab ich mir irgendwie anders vorgestellt", meinte Leni dann auch, als Romy weg war.

„Ja, allerdings. Aber so verwöhnt und egoistisch wie sie ist, wird sie Mühe haben, einen passenden Partner zu finden", bemerkte Johannes.

„Ja, ich glaube, der Richtige für sie muss erst noch gebacken werden. Sie findet die Typen am Anfang immer supertoll und dann hat sie immer mehr an ihnen auszusetzen. Ich versteh auch nicht, dass sie mit jedem immer gleich in die Kiste springt", meinte Leni kopfschüttelnd. „Mich hat sie immer ausgelacht, weil ich das nicht gemacht habe. Aber ich wollte immer erst sicher sein, dass es was werden könnte."

„So, so, und was ist mit dem Herrn, mit dem du in Hamburg gleich am ersten Abend nach Hause gegangen bist?", neckte er sie.

Sie schüttelte den Kopf. „Den habe ich doch schon lange gekannt und in den hatte ich mich schon längst verliebt und dem habe ich furchtbar nachgeweint, als er plötzlich nach Hamburg gezogen ist." Sie lächelte ihn an. „Ich werde dir nie verzeihen, dass du mich so lange hast zappeln lassen." Sie boxte ihn spielerisch in den Arm.

Er seufzte: „Ich auch nicht."

Sie waren froh, wieder alleine zu sein und die nächsten zwei Wochen verliefen sehr harmonisch. Leni machte eifrig ihre Therapien und vor allem beim Sprechen zeigten sich gute Fortschritte. Sie sprach zwar noch langsam, aber man konnte so gut wie alles verstehen, was sie sagte.

7

Johannes schlief tief und fest. In der ersten Zeit, nachdem Leni nach Hause gekommen war, wurde er von jeder ihrer Bewegungen wach, aber mittlerweile holte sein Körper sich den Schlaf, den er brauchte. Leni musste ihn mehrmals rütteln, bis er reagierte.

„Jo, es ist so weit, wir müssen in die Klinik." Er war plötzlich hellwach. „Warum, hast du Wehen?", fragte er überflüssigerweise.

„Ja, schon die ganze Nacht."

„Warum hast du denn nichts gesagt?", fragte er sie vorwurfsvoll.

„Du hast so schön geschlafen, da wollte ich dich nicht wecken." Er schüttelte den Kopf. „Das hättest du aber doch machen können, anstatt dich alleine rumzuquälen."

„Bis jetzt ist es nicht so schlimm und ich bin auch immer wieder mal eingeschlafen, aber jetzt wird es doch ziemlich heftig."

Er half ihr beim Anziehen und sie merkte, dass er anfing, nervös zu werden.

„Hey, Schatz, das kriegen wir schon hin." Sie streichelte seine Wange und stöhnte vor Schmerz kurz auf, als die nächste Wehe sie überfiel.

„Ruf doch bitte noch schnell die Hebamme an", bat sie ihn, was er auch sofort machte.

„So, fertig, komm." Johannes setzte Leni in den Rollstuhl und fuhr sie zur Wohnungstür.

„Hast du die Tasche?", fragte sie.

„Ups, die hätte ich fast vergessen", bestätigte er verlegen lächelnd. „Er holte die Tasche aus dem Kleiderschrank und stellte sie ihr auf den Schoß. „Jetzt aber los."

Auf dem Weg vom Lift zum Auto kam schon die nächste Wehe angerollt und Johannes fing an, panisch zu werden.

„Jo, bleib ruhig und fahr bitte vorsichtig, wir haben noch genug Zeit", ermahnte Leni ihn.

Er sah sie skeptisch an und befürchtete schon das Schlimmste.

„Warum hast du so lange gewartet?", wollte er wissen.

„Du hast so fest geschlafen, ich hab dich einfach nicht wachgekriegt."

„Sorry, du hättest wohl rabiater sein sollen."

„Ja vielleicht, aber dann dachte ich mir, ich lass dich noch schlafen bis es so weit ist, damit du fit bist für die nächsten Stunden", meinte sie lächelnd.

Er half ihr ins Auto und packte Tasche und Rollstuhl in den Kofferraum. Er versuchte hektisch, auszuparken, wobei er fast ein anderes Auto streifte. Sie legte ihm die Hand auf den Arm.

„Johannes, wir haben genug Zeit. Bitte bleib ruhig, ich möchte unfallfrei in der Klinik ankommen."

Er sah sie kritisch an und atmete erst mal tief durch. Er wusste, dass sie Recht hatte, aber die Tatsache, dass die Geburt bevorstand, warf ihn fast aus der Bahn. Zum Glück waren die Straßen mitten in der Nacht fast leer und als sie ihn nochmals ermahnte, nicht so zu rasen, beruhigte er sich etwas und fuhr in normalem Tempo weiter. Gerade an der Klinik angekommen, kam die nächste Wehe und er hielt ihre Hand und wartete, bis sie ihm zu verstehen gab, dass sie jetzt aussteigen konnte. Er half ihr in den Rollstuhl und fuhr sie eilig zur Aufnahme. Im Kreissaal angekommen wurde Leni erst mal untersucht, um festzustellen, wie die Kinder lagen und wie weit der Muttermund schon geöffnet war und gleichzeitig wurden die Herztöne überprüft.

„Na, das werden dann wohl zwei Sonntagskinder." Als die Ärztin sah, wie nervös Johannes war, beruhigte sie ihn und meinte: „Es ist alles in Ordnung, das wird schon. Ihre Frau macht das prima."

Kurz darauf kam auch ihre Hebamme dazu und Leni fühlte sich bestens versorgt, obwohl sie auch etwas Bammel vor ihrer ersten Entbindung hatte.

„Wenn Sie wollen, können sie mit Ihrer Frau noch etwas den Gang hoch- und runterlaufen", forderte die Hebamme Johannes auf. Leni erhob sich mühsam von der Liege und in dem Moment platzte die Fruchtblase. Sie schaute die Hebamme etwas verwundert an, da ihr im Moment gar nicht bewusst war, wieso plötzlich so viel Flüssigkeit an ihren Beinen herunterlief. „Ah ja, gut, die Fruchtblase ist geplatzt. Dann dauert es sicher nicht mehr so lange." Sie wusch Leni, die sich wieder hingelegt hatte, die Beine ab und säuberte den Boden. Johannes war verunsichert und wusste nicht, was er tun sollte. Er sah Leni fragend an, die seine Hand nahm und als die nächste heftige Wehe kam, krallte sie sich in die Hand. Als der Schmerz vorüber war, sagte sie: „Sei einfach da und halte mich." Er nickte, lächelte sie unsicher an und streichelte ihre schweißnasse Stirn. Die Wehen kamen immer heftiger und häufiger. Leni stöhnte jedes Mal kurz auf und versuchte dann, sich aufs Atmen zu konzentrierten, hatte aber die Hand von Johannes fest gepackt.

„Prima, es ist gleich so weit, den Kopf kann man schon sehen. Wenn ich es sage, dann pressen Sie so fest, wie Sie können." Leni nickte nur, denn der nächste Schmerz hatte sie bereits gepackt. Die Hebamme versuchte, Johannes zu überreden, zu sehen, wie der Kopf kam, aber er lehnte, mittlerweile ziemlich blass geworden, ab. Er blieb lieber neben Leni und hielt ihre Hand und wischte ihr den Schweiß von der Stirn. Während der Presswehen gab Leni alles und nach wenigen Wehen spürte sie, wie etwas aus ihr rausflutschte und die Hebamme sagte: „Sechs Uhr fünfundzwanzig." Gleichzeitig war auch ein beleidigtes Schreien zu hören.

„Gratuliere, Sie haben ein süßes, kleines Mädchen."

Johannes und Leni strahlten sich an und Johannes drückte seine Frau so gut es ging und stammelte: „Wir haben eine kleine Prinzessin. Ich danke dir, mein Schätz-chen." Er küsste Leni und als er aufgefordert wurde, die Nabelschnur zu durchtrennen, machte er das gerne. Das Baby wurde auf Lenis Brust gelegt, wo es heftig anfing, zu zappeln und lauthals zu protestieren.

„Aha, du bist also das Tanzmariechen, das mich dauernd so traktiert hat", begrüßte Leni ihre kleine Tochter zärtlich. Sie strich ihr über den dunklen Flaum auf dem Köpfchen und lächelte Johannes glücklich an. Der konnte sich gar nicht sattsehen, an diesem winzigen, aber äußerst lebendigen Wesen. „Sie ist so süß, wie haben wir das denn hingekriegt?", flüsterte er.

Die Hebamme ließ die beiden ihr Glück einen Moment genießen und fragte dann: „Wie soll das Kind denn heißen?"

„Moment, ich habe da einen Zettel", Johannes verließ widerwillig seine Frau und kramte den Zettel mit den Namen aus der Tasche.

„Cora Charlotte", las er dann vor.

„Gut, dann tragen wir das gleich ein."

Danach zückte Johannes sein Handy und machte ein paar Aufnahmen von seiner Tochter. Als er das Gerät wieder eingesteckt hatte, legte man ihm für ein paar Minuten das Neugeborene in den Arm und er konnte sein Glück kaum fassen. Er hatte Tränen in den Augen und sprach liebevoll auf das Baby ein, was es zu beruhigen schien, es ruderte jedenfalls nicht mehr so wild mit den Armen wie bisher.

„So, jetzt wollen wir mal das Mädchen hübsch machen und schauen, wie groß und wie schwer die süße Maus ist." Schweren Herzens übergab er seine Tochter an die Pflegerin, die inzwischen dazugekommen war. „Sie bekommen sie ja bald wieder", versuchte sie, den frischgebackenen Vater zu beruhigen.

Da Johannes sah, dass Leni ihn im Moment entbehren konnte, schickte er eines der Fotos von der Kleinen an alle Freunde und Verwandte und schrieb dazu: *Cora Charlotte ist soeben angekommen.* Leni hatte die Augen zugemacht, um sich zu erholen, denn sie fürchtete sich etwas vor der Geburt des zweiten Kindes, das in Steißlage lag. Die Geburt von Cora hatte sie als gar nicht so schlimm empfunden, wie sie befürchtet hatte.

Sie stöhnte leise auf, als die erste heftige Wehe sie erfasste und Johannes kam sofort wieder an ihre Seite. „Oh Gott", stöhnte sie, als sie das Gefühl hatte, keine Kraft mehr zu haben. Wehe um Wehe überfiel sie und dieses Mal waren die Schmerzen erheblich stärker und sie hatte das Gefühl, sie würde entzweigerissen. Sie kam zwischen den einzelnen Attacken kaum zum Luftholen und Johannes sah sie besorgt an. Hatte er sich gerade noch so sehr über seine kleine Tochter gefreut, so wurde ihm jetzt angst und bange. Er war froh, dass Leni nur laut stöhnte und nicht schrie, aber auch das war schon schlimm genug. Er kam kaum nach, ihr den Schweiß abzuwischen und fühlte sich total hilflos. Als endlich der Befehl zum Pressen kam, hatte Leni kaum noch Kraft. Sie hatte das Gefühl, dass dieses Kind einfach nicht aus ihr rauswollte. Nach einer gefühlten Ewigkeit und endgültig am Ende ihrer Kraft, spürte sie einen fürchterlichen Schmerz und dann war es endlich vorbei.

„Sieben Uhr fünfunddreißig. Na, der Bursche hat es aber spannend gemacht."

Leni war so erschöpft, dass sie zuerst gar nicht mitbekam, dass sie jetzt einen Jungen geboren hatte. Der Kleine musste zum Schreien ermuntert werden und dann durfte Johannes wieder die Nabelschnur durchtrennen. Als alles so weit war, legte die Hebamme den Jungen vorsichtig auf die Brust seiner Mutter, wo er tatsächlich gleich zu saugen anfing. Leni öffnete kurz die Augen, drückte das kleine Bündel an sich und murmelte: „Ganz der Papa." Johannes wurde ganz verlegen, als die Hebamme ihn angrinste.

„Schätz-chen, wir haben ein Pärchen, wie wir uns das gewünscht haben." Johannes streichelte die Wange seiner Frau und lächelte sie glücklich an. Leni brauchte einen Moment, um zu verstehen, was er meinte. Dann huschte auch ein kurzes Lächeln über ihr schweißnasses Gesicht. Sie schauten sich lange glücklich in die Augen.

„Sehe ich das richtig? Der Junge heißt Viktor Michael", unterbrach die Hebamme das stumme Zwiegespräch der jungen Eltern.

„Ja genau", antworteten beide gleichzeitig.

Johannes machte ein paar Fotos von dem Baby und schrieb wie zuvor eine Nachricht mit einem Foto und den Namen seines Sohnes an alle Freunde und Verwandte.

„So dann geben wir ihn mal zur Untersuchung." Die Hebamme nahm das Neugeborene und ging damit aus dem Raum. Kurz darauf kam sie mit Cora auf dem Arm zurück und legte sie nochmals ihrem Vater in den Arm.

Sie sah auf einen Zettel in ihrer Hand: „So, was haben wir denn da? 2250 Gramm und 45 Zentimeter. Sie ist zwar noch ein bisschen klein und leicht, aber sonst topfit. Wir werden sie aber trotzdem erst mal in den Inkubator legen."

Leni zeigte sich etwas enttäuscht, hatte sie doch gehofft, ihre Babys bei sich haben zu können und zu stillen.

„Und unser Sohn? Was ist mit ihm?"

„Der wird noch untersucht. Aber ich denke, er ist bald so weit und dann können Sie erst mal für ein paar Minuten beide in den Arm nehmen. Jedenfalls für ein gemeinsames Foto und dann müssen wir sie leider in den Inkubator legen."

Mittlerweile hatten die Nachwehen eingesetzt.

„Hört das denn gar nicht auf?", stöhnte Leni.

„Die Nachgeburt wird sicher bald da sein. Aber ich kann Ihnen ein Schmerzmittel geben, denn nach einer Zwillingsgeburt können die Nachwehen noch lange und heftig anhalten."

„Ja bitte, für heute hab ich wirklich genug Schmerzen gehabt", sagte Leni. Die Ärztin, die während der zweiten Geburt immer wieder mal nach Leni gesehen hatte, kam und gratulierte den beiden zu ihren Zwillingen.

„So, wie weit ist es denn mit der Nachgeburt?"

Die Hebamme erklärte, dass sie Leni gerade ein Schmerzmittel verabreichen wollte und die Ärztin stimmte zu. Als die Nachgeburt endlich da war, wurde Leni zu dem gynäkologischen Stuhl im Raum geführt und der Dammschnitt wurde von der Ärztin vernäht, während Johannes selig seine kleine Tochter im Arm wiegte. Die drei Frauen lächelten sich an, als sie sahen, wie verzückt er das Baby betrachtete.

„Na, wenn das mal nicht Papas Liebling wird", lachte die Ärztin. Leni nickte, denn sie wusste ja, wie sehr er sich eine Tochter gewünscht hatte.

„Na ja, dann kann ich mich um den Jungen kümmern, dann verteilt sich das doch ganz gut", meinte sie, immer noch lächelnd.

Leni war heilfroh, als sie endlich in einem frischen, sauberen Bett lag. Kurz darauf wurde auch ihr kleiner Sohn gebracht und sie konnte schon wieder glücklich lächeln, als sie beide im Arm hielt. Johannes machte sofort ein paar Fotos von allen dreien und konnte seinen Stolz nicht verbergen. Die Hebamme bot an, ein Foto von der ganzen jungen Familie zu machen und so hatten sie bald ihr erstes Familienfoto auf dem Handy. Sanft küsste Johannes seine Frau und sagte ihr, wie glücklich sie ihn mache.

„Mit 47 Zentimetern und 2600 Gramm ist er etwas größer und kräftiger als seine Schwester. Aber die Atmung macht uns etwas Probleme, deshalb werden wir ihn genau überwachen müssen."

Leni und Johannes sahen sich erschrocken an. „Was ist mit ihm?"

„Nichts Ernstes, machen Sie sich keine Sorgen, aber wir müssen das erst mal im Auge behalten."

Sie waren trotzdem beide beunruhigt. Leni machte sich Sorgen um ihren Sohn, war aber so erschöpft, dass sie sofort einschlief, nachdem sie in ihr Zimmer gebracht worden war. Johannes wurde nach Hause geschickt, da Leni sich erst mal ausruhen musste. Er telefonierte kurz mit den beiden Großmüttern und legte sich dann auch nochmal hin. *So eine Geburt ist für einen Mann doch auch ganz schön anstrengend*, sagte er sich und dachte an seine geliebte Lene, die das alles so tapfer ertragen hatte. Er beglückwünschte sich selber zu dieser wunderbaren Frau, die er hatte, und schlief kurz darauf ein. Zum Glück hatte er sein Handy lautlos gestellt, denn als er einige Stunden später aufwachte, waren sein Anrufbeantworter und die Mailbox voller Nachrichten. Er schaute kurz drüber, beschloss aber, erst mal zu duschen und wieder in die Klinik zu fahren. Die Nachrichten konnte er dann ja zusammen mit Leni abhören, lesen und beantworten.

Als Leni nach einigen Stunden von Schmerzen geplagt aufwachte, spürte sie, dass sie in etwas Feuchtem lag. Sie hob die Bettdecke und stellte fest, dass alles voller Blut war. Voller Panik klingelte sie nach einer Schwester, die dann auch gleich eine Ärztin rief. Sie bekam eine Spritze und sollte sich unbedingt melden, falls die Blutungen nicht nachließen. Die Pflegerin brachte sie in die Nasszelle, wo sie sich kurz duschte und frisch anzog. Nachdem das Bett frisch bezogen war, legte sie sich wieder hin und versuchte, noch etwas zu schlafen. Aber sie war unruhig, sie hatte wieder starke Schmerzen und auch die Sorge um ihren Sohn hatte sich wieder eingestellt.

Leni war froh, als Johannes wiederkam. Er strahlte glücklich, als er das Zimmer betrat, aber als er sah, wie elend es ihr ging, sah er sie besorgt an.

„Was ist los, mein Schätz-chen?", fragte er fürsorglich.

„Ich weiß nicht, ich habe heftige Schmerzen und ziemlich starke Blutungen."

„Hast du es gemeldet? "

Leni nickte. „Ja, ich hab schon eine Spritze gekriegt, aber es hört einfach nicht auf", jammerte sie.

Als die Blutungen nach einigen Stunden immer noch nicht nachgelassen hatten, wurde Leni in einen Operationssaal gebracht.

„Keine Angst, wir müssen die Ursache finden und beseitigen. Wir geben Ihnen jetzt eine kurze Narkose."

Leni schaute erschrocken, sie hatte nicht begriffen, um was es sich handelte.

„Es ist nichts Schlimmes. Das gibt es mal. Es geht auch ganz schnell."

Als Leni wieder zu sich kam, lag sie bereits wieder in ihrem Zimmer und sah in die sorgenvollen Augen ihres Mannes. Er hielt ihre Hand und lächelte sie an, als er sah, dass sie die Augen geöffnet hatte. Sie fühlte sich jetzt besser und bat um etwas zu trinken und bemerkte auch, dass sie Hunger hatte. Als sie getrunken und eine Kleinigkeit gegessen hatte, ging es ihr schon wesentlich besser. Auf ihre Frage, ob Johannes auch schon etwas gegessen hätte, sagte er ihr, dass er in der Zeit, als sie zur Untersuchung war, kurz in die Cafeteria gegangen war.

Als die Ärztin nochmals kam, um nach ihr zu sehen, fragte Leni nach ihren Kindern.

„Wollen Sie sie sehen?"

„Ja unbedingt!" Leni wurde in ihren Rollstuhl gesetzt und, begleitet von der Ärztin, schob Johannes sie zur Säuglingsstation. Sie konnten sich gar nicht sattsehen an diesen süßen Winzlingen. Cora war wie immer am Strampeln und Rudern.

„Die Kleine ist ganz schön in Bewegung", meinte die Ärztin lachend.

„Von wem sie das wohl hat", sagte Johannes neckisch und Leni sah ihn verwundert an.

„Dein Bruder hat mir erzählt, dass du als kleines Kind auch so einen enormen Bewegungsdrang hattest und dass deine Eltern dich kaum bändigen konnten."

„Waaas? Tobi hat mich verraten? Na warte, dem wird ich was erzählen", meinte sie lachend.

Sie blieben noch lange auf der Säuglingsstation und man gestattete ihnen, die Kinder zu berühren. Sie streichelten und liebkosten die Babys und konnten sich kaum von ihnen trennen.

„Es ist doch ein wahres Wunder, dass so etwas Süßes in meinem Bauch gewachsen ist. Solange sie da drin sind, kann man sich das gar nicht richtig vorstellen. Aber jetzt sind sie tatsächlich da." Leni standen vor Glück die Tränen in den Augen. Johannes umarmte sie und flüsterte ihr in Ohr: „Sie sind einfach wunderbar. Und du bist es auch. Ich lieb dich und danke dir für diese beiden wunderschönen Kiddies."

Leni ging es zwar schon wieder etwas besser, aber irgendwann war sie so erschöpft, dass sie sich kaum noch in dem Rollstuhl halten konnte und außerdem schmerzte die Naht unheimlich. Johannes brachte sie zurück in ihr Zimmer. Glücklich legte sie sich in ihr Bett und trotz der Nachwehen, die sie immer noch etwas spürte, waren ihr schon bald die Augen zugefallen. Johannes saß neben ihrem Bett und ging die eingegangenen Nachrichten durch. Er war glücklich und freute sich über die zahlreichen Glückwünsche. Er verschickte an alle das Familienfoto und prompt kam die Bemerkung von Max:

Bruderherz, warum bist du so blass um die Nase?

Werd du erst mal Vater, dann weißt du warum, antwortete Johannes.

Ich dachte Leni hat die Kinder zur Welt gebracht, feixte Max zurück.

Johannes schüttelte den Kopf, das war eben typisch sein Bruder. Gleich beide Großmütter wollten so bald wie möglich ihre Enkelkinder sehen. Er verstand das ja, aber so viel Platz hatten sie zu Hause nicht, um gleich vier Personen unterzubringen. Er wollte das mit Leni besprechen, sobald sie wieder wach war, denn bei ihrer Mutter musste man sehr diplomatisch vorgehen, das hatte er mittlerweile gemerkt.

Als Leni gegen Mitternacht aufwachte, sah sie, dass Johannes auf dem Stuhl eingeschlafen war. Sie weckte ihn sanft und bat ihn, nach Hause zu fahren und sich auszuschlafen.

„Oh", erschrocken sah er sie an. „Da bin ich wohl doch auch eingeschlafen. Du hast so fest geschlafen, da wollte ich dich nicht wecken, und einfach abhauen wollte ich auch nicht." Er küsste sie sanft und sagte ihr, dass alle ihnen gratuliert hätten und dass sie besprechen müssten, wie sie die Besuche verteilen wollten, da vor allem die Großmütter neugierig auf ihre Enkelkinder seien.

„Ja, aber das hat doch Zeit bis morgen. Geh jetzt schlafen, Papi."

Er sah sie stolz an und verabschiedete sich zärtlich von ihr.

Leni konnte nicht wieder einschlafen, sie dachte an ihren kleinen Sohn und hoffte, dass seine Problem mit dem Atmen sich wirklich bald geben würden. Außerdem hatte sie Schmerzen. Der ganze Unterleib tat ihr weh und jetzt kamen Schmerzen in den Brüsten dazu. Sie seufzte, denn sie hatte nicht gedacht, dass Kinderkriegen so mühsam war. Aber dann dachte sie wieder an ihre süßen Winzlinge und war glücklich. Es kam ihr immer noch wie ein Wunder vor, dass aus einer schönen Liebesnacht zwei so perfekte Wesen entstehen können.

Ihr Gefühle fuhren Achterbahn, war sie gerade noch glücklich über ihre Kinder, so fühlte sie sich plötzlich einsam und leer in dem fremden Zimmer ohne ihren Mann und ohne die Kinder. Das Leben, das sie so lange Zeit in ihrem Bauch gespürt hatte, fehlte ihr.

Vorsichtig stand sie auf und versuchte, zur Toilette zu gehen, aber ihre Beine wollten sie noch nicht so richtig tragen, deshalb klingelte sie nach einer Schwester. Die half ihr vorsichtig dabei, zur Toilette zu laufen. Sie war froh, als sie feststellte, dass ihre Blutungen schwächer geworden waren. *Wenigstens etwas,* dachte sie und seufzte erneut.

„Geht es Ihnen nicht gut?", wollte die Pflegerin wissen.

„Ach, ich weiß nicht, es ist so ein seltsames Gefühl, wenn niemand mehr da drin rumzappelt", meinte Leni, indem sie auf ihren Bauch zeigte. „Ich hatte mich so sehr an die Bewegungen gewöhnt. Jetzt habe ich Schmerzen im Bauch und in den Brüsten", sagte sie etwas weinerlich.

„Das mit den Unterleibsschmerzen gibt sich in den nächsten Tagen. Und an die Schmerzen in den Brüsten gewöhnen Sie sich schnell. Das ist jetzt erst mal besonders heftig, wenn die Milch das erste Mal einschießt." Leni sah die Nachtschwester beunruhigt an.

„Sie wollen Ihre Kinder doch stillen, oder?"

„Ja sicher, das hatte ich vor. Aber wie geht das, wenn sie im Brutkasten liegen?", wollte Leni jetzt wissen.

„Ich gebe gleich morgen früh Bescheid, dass sie schon Milch haben und dann müssen Sie sie abpumpen und können die Kleinen damit füttern."

Leni schaute immer noch skeptisch. Das war ihr alles nicht geheuer. Die Pflegerin half Leni wieder zurück in ihr Bett und sagte ihr, sie solle versuchen, noch ein paar Stunden zu schlafen. Leni schüttelte den Kopf: „Ich habe fast den ganzen Nachmittag und Abend geschlafen, ich bin jetzt hellwach."

„Versuchen Sie es trotzdem, damit Sie bald wieder zu Kräften kommen. Glauben Sie mir, Ihre beiden Kinder werden Sie in Zukunft noch genug auf Trab halten. Da werden Sie froh sein, wenn Sie mal 'ne Mütze voll Schlaf kriegen. Genießen Sie jetzt einfach die Ruhe vor dem Sturm." Damit verabschiedete sich die Pflegerin und überließ Leni wieder ihrem Gedankenchaos.

Früh am Morgen kam dann eine Pflegerin mit einem seltsamen Apparat, den sie auf den Tisch stellte.

„Guten Morgen, Frau Kaiser-von Moeltenhoff. Ich habe gehört, Sie haben schon Milch für Ihre Bambini. Dann wollen wir die doch gleich mal abpumpen, damit die beiden was haben, wenn sie Hunger kriegen."

Sie bat Leni, sich an den Tisch zu setzen und das T-Shirt hochzuschieben, dann zeigte sie Leni, wie sie die Milchpumpe anlegen musste und stellte sie dann an. Leni stöhnte auf vor Schmerzen.

„Ja, es ist nicht so angenehm, aber da gewöhnen Sie sich dran. Das ist am Anfang etwas ungewohnt."

Als die eine Seite leergepumpt war, musste sie die Pumpe an der zweiten Brust selber anlegen, was ihr mit einiger Mühe dann auch gelang. Wieder stöhnte sie kurz auf, als sie die Pumpe eingeschaltet hatte.

„Das geht doch schon ganz gut. Meinen Sie, dass Sie das in den nächsten Tagen alleine schaffen?"

Leni nickte. „Ich denke schon, aber das ist ja die reinste Folter", stöhnte sie.

Die Pflegerin lächelte wissend, vergewisserte sich, dass der richtige Name auf dem Fläschchen stand und wollte wieder gehen.

„Wie ist das, kann ich meine Babys selber füttern?", wollte Leni wissen.

„Ja, ich denke schon, wir holen Sie ab, wenn die beiden hungrig sind."

Sie döste vor sich hin und wartete, dass jemand kam, um sie zu ihren Kindern zu bringen oder um ihr zumindest beim Duschen behilflich zu sein. So ganz alleine traute sie sich noch nicht, bis in die Nasszelle zu gehen, obwohl es sich jetzt ohne diesen unendlich dicken Bauch schon wesentlich leichter lief. Aber sie hatte immer noch weiche Knie.

Sie war gerade frisch geduscht und wieder im Bett, als die Ärztin, die bei der Entbindung dabei gewesen war, kam, um nach ihr zu sehen.

„Na, wie fühlen Sie sich heute?", fragte sie munter.

„Oh je, als wäre ich unter eine Dampfwalze geraten", antwortete Leni wahrheitsgemäß. „Ich habe starke Unterleibsschmerzen, es fühlt sich an wie Muskelkater", sagte sie.

„Das ist es auch. Überlegen Sie mal, was Sie gestern geleistet haben", erwiderte die Ärzten freundlich lächelnd.

„Oh Gott, ja, so schnell möchte ich das nicht wiederholen", seufzte Leni. „Wann kann ich zu meinen Babys? Man wollte mich holen, wenn sie Hunger haben, damit ich sie füttern kann. Aber bis jetzt war noch niemand da", sagte sie leicht beunruhigt.

„Haben Sie denn schon Milch abgepumpt?"

„Ja, ziemlich früh am Morgen war jemand da, um mich zu foltern", antwortete Leni gequält.

„Warten Sie, ich frag mal schnell nach." Die Ärztin nahm ihr Handy aus der Kitteltasche und telefonierte mit der Säuglingsstation. „Hm, das ist jetzt dumm gelaufen, die Kleinen wurden schon gefüttert. Das tut mir leid", sagte sie mit Bedauern in der Stimme. „Wissen Sie denn, wann Ihr Mann kommt?", wollte die Ärztin wissen. Leni verneinte, meinte aber: „So wie sich ihn kenne, wird er sicher bald auftauchen." „Alleine zu Hause hält er es doch nicht aus", fügte sie lachend hinzu. „Wenn er da ist, dann soll er sie einfach zur Säuglingsstation bringen, dann können Sie zumindest ein wenig bei den beiden bleiben. Ich geb dort Bescheid." Die Ärztin verabschiedete sich und Leni war allein mit ihrem Ärger, dass sie ihre Kinder nicht füttern durfte. Sie nahm ihr Handy und versuchte gerade, Johannes anzurufen, als er schon zur Tür reinkam, gefolgt von einer Pflegerin, die ihn darauf aufmerksam machte, dass Blumen im Krankenzimmer nicht erlaubt waren.

„Diese schon", sagte er lachend und hielt ihr drei wunderschöne rote, aus Seide gefertigte Rosen unter die Nase.

Sie schaute die Blumen skeptisch an und ging etwas vor sich hinmurmelnd wieder aus dem Zimmer.

„Guten Morgen mein Schätz-chen. Wie geht es dir?", begrüßte er Leni liebevoll und gab ihr einen zärtlichen Kass auf den Mund.

„Ja, es geht so. Ich habe mich nur gerade geärgert."

„Warum denn?"

„In aller Frühe war schon jemand da und hat mir mit diesem Folterinstrument die Milch abgepumpt", sagte sie und zeigte auf den Apparat auf dem Tisch. „Die hat mir versprochen, dass sie mich holen, wenn unsere Kiddies Hunger haben, damit ich sie füttern kann. Aber es kam niemand und jetzt sind sie schon gefüttert", erzählte sie in beleidigtem Ton. „Aber zeig mal, mit was hast du die Schwester verärgert?", wollte sie dann wissen.

„Hier mein Schätz-chen, die sind für dich", antwortete er und gab ihr die Seidenblumen in die Hand.

„Danke, mein Liebster, die sind aber schön. Sie sehen tatsächlich echt aus." Sie bot ihm ihren Mund zu einem Kuss, ein Angebot, das er natürlich gerne annahm.

„Ich habe die Omas erst mal vertröstet und gesagt, dass du dich zunächst mal erholen musst", erzählte er dann.

„Hör zu, die Ärztin hat gesagt, dass wir zu unseren Süßen dürfen, sobald du da bist."

„Na dann nichts wie hin", antwortete Johannes. Er half ihr in den Rollstuhl und sie legte ihre Hände um seinen Nacken, zog sein Gesicht zu sich herunter und küsste ihn.

„Und wie war deine erste Nacht als zweifacher Vater?", fragte sie ihn lächelnd.

„Na ja, ich bin total happy, aber irgendwie kann ich es noch gar nicht richtig glauben", sagte er lachend und fuhr fort: „Da hat man ein wunderschönes Wochenende mit der Frau, die man liebt, und ein paar Wochen später flüstert sie einem ins Ohr, dass man Vater wird. Ja und plötzlich sind da zwei Winzlinge und man muss sich kneifen, um zu kapieren, dass man die produziert hat." Er sah Leni liebevoll an und streichelte ihre Wange. „Ich glaube, momentan bin ich der glücklichste Mann auf der Welt", sagte er und küsste sie zärtlich. „Danke, mein Schätz-chen, du machst mich so unendlich glücklich", flüsterte er ihr ins Ohr.

Als sie im Säuglingszimmer ankamen, hörten sie schon an der Tür ein beleidigtes Schreien, das ihnen bekannt vorkam. Johannes stürmte sogleich zum Brutkasten und nachdem er sich die Hände desinfizierte hatte, streichelte er seine Tochter und sprach beruhigend auf sie ein, worauf sie wirklich schnell verstummte.

„Nu, das hätten wir mal wissen sollen, dann hätten wir Sie schon viel früher kommen lassen", meinte die Pflegerin. „Von uns hat es keiner geschafft, sie richtig zu beruhigen." Sie entschuldigte sich dann noch bei Leni, dass es mit dem Füttern nicht geklappt hatte.

Während Johannes weiterhin mit Cora beschäftigt war, kümmerte Leni sich um ihren Sohn, der mit wesentlich mehr Sonden und Instrumenten verbunden war als seine Schwester. Sie streichelte ihm die Wange und den Kopf und redete mit ihm, was ihm offensichtlich gefiel. Er streckte sich genüsslich und schlummerte dann weiter.

„Wie geht es ihm? Was ist mit seinen Atemproblem?", wollte Leni wissen.

Die Pflegerin zuckte die Schultern und meinte, dass sie nichts Neues wüsste, dass aber der Kinderarzt sicher noch mit ihnen reden würde. Aber so weit ginge es dem Kleinen gut.

„Und wann ist der Kinderarzt da?", bohrte Leni weiter.

Die Pflegerin sah auf die Uhr. „Im Moment haben die Ärzte ihre morgendliche Besprechung und dann wird er sich wohl bei Ihnen melden."

Leni merkte, dass ihr T-Shirt über den Brüsten feuchte Flecken bekam und die Pflegerin schickte sie in ihr Zimmer zurück, um die Milch abzupumpen. Auf dem Weg in ihr Zimmer stöhnte Leni schon allein bei dem Gedanken an die Quälerei.

„Ist es so schlimm?", fragte Johannes mitfühlend.

„Noch schlimmer", jammerte sie.

Während sie sich an den Tisch setzte und die Prozedur des Milchabpumpens tapfer durchführte und sich beklagte, dass sie sich vorkam wie eine Kuh an der Melkmaschine, beschäftigte Johannes sich intensiv mit seinem Handy. Er konnte das einfach nicht mit ansehen. Diese schönen Brüste, die er so gerne liebkoste, gequält von so einem dämlichen Apparat, das war einfach zu viel für ihn. Leni bemerkte sein Ablenkungsmanöver, verkniff sich aber jede Bemerkung. Irgendwie war es ihr sogar recht, dass er nicht zusah, es wäre ihr wohl doch etwas peinlich gewesen.

„So geschafft!" Stolz hielt sie das Fläschchen mit der Milch in die Höhe. „Dann lass uns mal wieder zu den Kiddies gehen. Vielleicht haben sie ja jetzt Hunger."

Während Viktor so kräftig saugte, dass er sich sogar verschluckte, wollte Cora nicht richtig trinken.

„Das Problem hatten wir heute Morgen auch schon, sie mag einfach den Sauger nicht", meinte die Pflegerin und so flößte man ihr die Milch mit einer Pipette ein, was sich zu einem Geduldsspiel entwickelte. Als die beiden gefüttert waren, schickte man Leni und Johannes in ihr Zimmer zurück, da sicher bald die Arztvisite stattfinden würde. Kaum dort angekommen, standen auch schon die Ärzte und Pfleger im Zimmer. Die Gynäkologin untersuchte Leni kurz und fragte, ob sie noch irgendwelche Beschwerden hätte, befand ihren Zustand aber als sehr zufriedenstellend. Der Kinderarzt blieb noch bei ihnen, um ihnen zu erklärten, welche Probleme ihr Sohn hätte, dass er noch zusätzlich etwas Sauerstoff bekam, aber dass es nichts Besorgniserregendes sei und dass er in ein paar Tagen sicher aus dem Inkubator genommen werden könne.

Gerade als Leni das nächste Mal die Milch abpumpen wollte, öffnete sich die Tür und eine Pflegerin brachte ein kleines Bettchen, in dem sich Cora schon lauthals bemerkbar machte. „Können wir mal probieren, ob sie bei Ihnen an der Brust trinkt?", fragte die Pflegerin. „Der Arzt hat sie nochmals untersucht und findet, dass sie fit genug ist und bei Ihnen bleiben kann."
Sie zeigte Leni, wie sie die Kleine am besten anlegte und die fing auch nach einigem Zögern an zu saugen. Leni liefen vor Glück Tränen über die Wangen. Sie streichelte das kleine Köpfchen und konnte sich gar nicht sattsehen an diesem kleinen Wesen. Als Cora genug hatte, legte Leni sie Johannes in den Arm und ging daran, die zweite Brust für ihren Sohn abzupumpen. Dann nahm sie ihr Handy und machte ein Foto von dem vor Glück strahlenden Vater mit seiner süßen Tochter im Arm. Sie ließ die beiden allein und bat eine Pflegerin, sie zum Säuglingszimmer zu bringen, damit sie ihren Sohn füttern konnte.
„Mein Gott Leni, sie ist so süß", sagte Johannes, als Leni ins Zimmer zurückkam. „Wie haben wir das nur hingekriegt?", fragte er lächelnd.

„Ja, sie ist wirklich total süß und wenn du so weitermachst, wird sie mal ganz schön verwöhnt sein", antwortet sie mit einem leichten Tadel in der Stimme.

„Aber warum denn?", er sah sie fragend an.

„Du hast nur Augen für unsere Tochter, aber wir haben auch noch einen Sohn", machte sie ihn auf ihr zweites Kind aufmerksam. „Hast du ihn überhaupt schon mal gestreichelt?"

Er zuckte die Schultern: „Hm, ich weiß nicht."

„Das nächste Mal gehst du ihn füttern, damit er weiß, dass er auch einen Vater hat", bestimmte sie.

„Wenn du meinst", brummelte er beleidigt.

„Wie machen wir das denn jetzt, mit den Großmüttern?", fragte er dann.

„Na ja, Mutti kommt doch sowieso, sobald ich nach Hause darf. Es macht ja wenig Sinn, wenn sie jetzt schon vorbeikommt. Vor allem darf ja eigentlich wegen der Infektionsgefahr momentan außer dem Vater kein Besuch auf die Entbindungsstation", entschied sie. „Und Maman, ich weiß nicht, wie wir das machen könnten", meinte sie dann nachdenklich. „Wegen der Pandemie darf sie eigentlich gar nicht aus Frankreich raus. Andererseits fährt sie jeden Tag nach Freiburg zur Arbeit." Sie seufzte: „Ich hab echt keine Idee. Es bringt ja nichts, wenn sie hierherreist und dann nicht reindarf. Ich denke, wir müssen sie vertrösten." Johannes nickte, seine Gedanken waren in die gleiche Richtung gegangen. „Ja, wir müssen nun mal mit der Pandemie leben und da macht es keinen Sinn, wenn sie in der Gegend rumreist. Auch wenn sie regelmäßig getestet wird, wäre mir wohler, wenn sie erst mal nicht kommt. Aber wie bringen wir ihr das bei?" Er sah Leni fragend an.

„Ja, das wird ein Problem. Ich telefoniere heute Abend vielleicht erst mal mit Tobi."

Aber die beiden hatten die Rechnung ohne die Hartnäckigkeit von Lenis Mutter gemacht. Am späten Nachmittag klopfte es an der Tür und Stéphanie Kaiser kam hereinstolziert.

„Maman, wo kommst du denn her? Wie bist du überhaupt hier reingekommen, es sind doch gar keine Besucher erlaubt?" Leni war sprachlos.

„Bon, wir haben uns gleich heute Morgen testen lassen und als das Resultat negativ war, sind wir sofort losgefahren. Maurice durfte allerdings nicht mit rein, der geht solange draußen spazieren." Sie wandte sich an Johannes „Es ist doch in Ordnung, wenn wir bei euch im Gästezimmer übernachten? Wir müssen Mittwoch leider schon wieder zurückfahren, länger haben wir nicht freibekommen."

„Ja sicher, ihr kennt euch ja aus." Johannes fühlte sich total überrumpelt, konnte die Bitte aber natürlich nicht ablehnen. „Aber verpflegen müsst ihr euch selber, ich hatte noch keine Zeit zum Einkaufen." Schmunzelnd fügte er hinzu: „Man wird ja schließlich nicht jeden Tag Vater."

„Ma puce", wandte sie sich nun an ihre Tochter „Wie geht es dir? Und warum hast du uns nicht gesagt, dass du Zwillinge bekommst?"

„Das haben wir niemandem gesagt, wir wollten euch alle überraschen", antwortete Leni auf Deutsch, während ihre Mutter auf Französisch auf sie eingeredet hatte. Aber da Johannes kaum Französisch verstand, fand Leni das unhöflich.

Jetzt entdeckte Stéphanie das Babybettchen und schaute rein. „Oh wie süß, wer ist das und wo ist das zweite?", zwitscherte sie.

„Das ist Cora. Viktor ist leider noch im Brutkasten. Er hat noch etwas Probleme mit dem Atmen." Johannes nahm vorsichtig seine kleine Tochter aus dem Bettchen hoch und zeigte sie ihrer Großmutter. „Schau Cora, das ist deine Oma", flüsterte er.

Stéphanie war ganz hingerissen. „Sie sieht aus, wie du als Baby ausgesehen hast", sagte sie zu ihrer Tochter.

„Echt?", fragte Leni erstaunt.

„Ja klar. Sieht der Junge auch so aus?"

„Nein, ich finde er sieht seinem Vater verdammt ähnlich", sagte Leni lächelnd.

Nach einer halben Stunde verabschiedete Stéphanie sich wieder mit der süffisanten Bemerkung, dass sie ja noch einkaufen müsse und nahm den Hausschlüssel von Johannes in Empfang. Als sie zur Tür draußen war, mussten die beiden erst einmal tief durchatmen.

„Das Problem hat sich nun schon von allein erledigt", meinte Leni dann sarkastisch. „Eigentlich hätte ich es wissen müssen, dass sie einfach so aufschlägt, ohne groß nachzufragen."

Die nächsten Tage vergingen in fast dem gleichen Rhythmus: Cora wickeln und stillen, Milch abpumpen und Viktor füttern und kaum war Leni wieder im Bett, fing alles wieder von vorne an. Die einzige Abwechslung war der nochmalige Besuch ihrer Mutter am nächsten Nachmittag. Als sie sich verabschiedete, war Leni doch etwas traurig, denn eigentlich war es rührend, dass ihre Mutter sich mit ihrem Lebenspartner sofort auf den Weg gemacht hatte, um vom Elsass nach Leipzig zu fahren. Außerdem war es ganz praktisch, denn Johannes hatte an diesem Nachmittag ein Vorstellungsgespräch und kam freudestrahlend in der Klinik an, kaum dass die Mutter weg war. Er hatte ab Januar eine Stellung in einer Kanzlei, die sein Freund Henrik aus Hamburg ihm vermittelt hatte. So hatten sie nun eine Sorge weniger. Er würde zwar zwei Monate keinen Verdienst haben, aber das würden sie hoffentlich auffangen können. Leni war ja jetzt im Mutterschutz und würde die nächsten zwei Monate von der Krankenkasse bezahlt werden. Danach würde sie Erziehungsgeld beantragen, denn dass sie mit den Zwillingen nach Ablauf des Mutterschutzes wieder arbeitete, das wollte Johannes nicht. Und außerdem war ihr Vertrag mit dem Architekturbüro auf Ende des Jahres befristet.

Allerdings brauchten sie jetzt ein größeres Auto. Leni hatte nur einen Kleinwagen und das Auto von Johannes hatte so einen kleinen Kofferraum, dass man darin unmöglich einen Zwillingswagen transportieren konnte. Und zu Weihnachten wollte er unbedingt nach Hause ins Münsterland reisen, um wie üblich mit seiner Familie die Feiertage zu verbringen. Er überlegte, ob seine Eltern ihm wohl unter die Arme greifen konnten. Er machte das zwar nicht gerne, aber das war wohl doch eine besondere Situation.

Johannes sprach Leni auf das Thema Auto an und sie beschlossen, dass eigentlich nur ein Kombi in Frage kam. Johannes surfte dann stundenlang im Internet und als er meinte, das richtige Auto gefunden zu haben, fuhr er zu dem entsprechenden Händler, vereinbarte eine Probefahrt und fragte, was man ihm für sein altes Auto bieten würde. Er besprach das dann mit Leni und gestand ihr zögernd, dass sie aber nicht so viel Geld auf dem Konto hätten.

„Ja, das dachte ich mir, dass das Girokonto nicht so viel hergibt, aber ich habe noch Ersparnisse, die können wir nehmen."

„Wirklich?" Johannes sah sie erstaunt an.

„Ja sicher, seit ich mit dem Studium fertig bin, habe ich immer etwas auf die Seite gelegt."

„Ach ja, stimmt, ihr Schwaben seid ja für eure Sparsamkeit berühmt", neckte er sie, worauf sie gleich protestierte, dass sie Badenerin und keine Schwäbin sei. Er hatte genau gewusst, dass sie Wert auf diesen Unterschied legte und lachte sie verschwörerisch an.

8

Nach einer Woche durfte auch Viktor den Inkubator verlassen und Leni musste zur Beobachtung noch eine Nacht in der Klinik bleiben, bis sie endlich wieder nach Hause konnte. Dort waren inzwischen auch ihre Schwiegereltern eingetroffen. Johannes hatte alle Hände voll zu tun, seine Frau mit ihrer Reisetasche, den Rollstuhl und die zwei Neugeborenen in ihren Babysafes im Auto zu verstauen. Zum Glück hatte man ihm erlaubt, das Auto vor dem Eingang zu parken. Leni schob den Rollstuhl mit der Tasche darin, während er die Babys trug. Bis er alles im Auto hatte, war er schweißüberströmt. Aber stolz lächelnd kutschierte er seine Familie dann nach Hause. Wenn der Verkehr es erlaubte, sah er zu Leni und streichelte ihre Wange oder legte kurz die Hand auf ihren Schenkel.

Zu Hause angekommen half sein Vater beim Entladen des Autos und endlich waren sie daheim. Dort hatte Johannes am Morgen die Wiege und die Wickelkommode ins Schlafzimmer gestellt, denn für die erste Zeit war es sicher praktischer so, hatte seine Mutter ihm am Abend zuvor erklärt. Leni zitterten die Knie und sie musste sich erst mal hinsetzen. Aber immerhin konnte sie jetzt kurze Strecken ohne Hilfe laufen, das war ein großer Fortschritt und sie freute sich schon auf kleine Spaziergänge mit Johannes und dem Kinderwagen. Der Vater fuhr am nächsten Tag wieder zurück ins Münsterland und die Mutter versorgte den Haushalt, während Leni und Johannes sich um die beiden Kinder kümmerten. Leni fühlte sich immer noch ziemlich schwach und war froh über die Hilfe der Schwiegermutter.

Es hatte sich so eingespielt, dass Leni zuerst den Jungen wickelte und stillte, da er einfach ruckzuck fertig war mit Trinken, während Cora immer trödelte. War Johannes zu Hause, beruhigte er Cora, bis Leni mit Viktor fertig war.

Wenn nachmittags die Sonne schien, legten sie die beiden Babys in den Kinderwagen und gingen eine kleine Runde spazieren. Dabei hielt Leni sich am Arm von Johannes fest, der stolz den Kinderwagen schob. Einmal führte er sie zu einem kleinen Blumenladen und erstand dort einen schönen, in Rosatönen gehaltenen Biedermeierstrauß, den er ihr feierlich überreichte. Sie freute sich sehr darüber und bedankte sich mit einem kleinen Küsschen.

Nach dem Abendessen spielten die drei Erwachsenen Memory oder sonstige Gesellschaftsspiele, damit Leni ihr Gedächtnis trainieren konnte. Johannes ermahnte sie oft, sich zu konzentrieren, wenn er merkte, dass sie nicht bei der Sache war.

„Sag mal, Mutti, war er schon immer so furchtbar oberlehrerhaft?", fragte sie eines Tages genervt ihre Schwiegermutter, denn allmählich gingen ihr seine Ermahnungen auf die Nerven.

Susanne grinste ihren Sohn an und bestätigte dann: „Ja, wenn er Gabi bei den Hausaufgaben geholfen hat, dann hatte er auch oft so einen Ton drauf. Die hat sich dann ebenfalls beschwert, dass er nicht ihr Lehrer sei."

Johannes schaute erstaunt: „Wer? Ich?"

Die beiden Frauen lächelten sich wissend an.

Meistens ließ Johannes eine leise Hintergrundmusik laufen und eines Abends nahm er Leni in den Arm und tanzte mit ihr.

„Jo, wenn du mich weiter so rumschaukelst, dann müssen die Kiddies Joghurt trinken", meinte sie nach ein paar Minuten lachend.

„Hm, wer weiß, vielleicht mögen sie das ja", antwortete er lächelnd und schob sie tanzend Richtung Schlafzimmer. Leni wollte protestieren, aber er küsste sie und murmelte: „Halt einfach mal den Mund Lene."

Er schloss die Tür, hob sie hoch und legte sie aufs Bett.

„Jo, was soll das? Das geht doch nicht! Ich kann noch nicht mit dir schlafen."

„Aber Little Joe hat Lust auf dich, mein Schätzchen", beharrte er.

„Das hast du bis jetzt noch nie gesagt", murmelte sie.

„Bis jetzt hast du es ja auch immer selber gemerkt. Da musste ich gar nichts sagen." Sie schob ihre Hand unter sein Shirt und fing an sanft sein Brusthaar zu kraulen, worauf er leise stöhnte. Sie half ihm, sich auszuziehen und liebkoste und küsste seinen ganzen Körper bis auf Ausnahme von Little Joe. Sie wiederholte das so lange, bis es Johannes fast um den Verstand brachte.

„Oooh, ooooh, Lene, was machst du da mit mir. Ich halt das nicht mehr aus", stöhnte er.

Sie lächelte ihn verschmitzt an und erlöste ihn, indem sie sein bestes Stück in den Mund nahm. Danach kuschelte sie sich an ihn und genoss es, dass er sie streichelte, aber als er seine Hand in ihren Slip gleiten ließ, schob sie sie wieder raus und flüsterte: „Nein, Jo, bitte, lass gut sein, es geht einfach noch nicht."

„Wie lange dauert es denn noch, bis wir uns wieder richtig lieben können?", fragte er leicht ungeduldig.

„Ein paar Wochen musst du dich schon noch gedulden, mein Schatz."

„Wirklich? Noch sooo lange?" Er zog sie wieder an sich und flüsterte ihr ins Ohr: „Sag mal, bei wem hast du das gelernt, was du da gerade mit mir gemacht hast? Sicher nicht bei dem Typ, der dich prüde genannt hat, oder?"

„Das möchtest du wohl gerne wissen?" Sie streichelte ihn sanft. „Ich weiß nicht, ob ich dir alle meine Geheimnisse verraten soll", neckte sie ihn.

„Ach, komm schon, tu nicht so geheimnisvoll", drängelte er.

„Auf jeden Fall bist du nicht so unschuldig, wie du manchmal tust. Das hab ich schon gemerkt."

„So, hast du das?", stellte sie sich naiv. „Aber du erzählst mir doch auch nicht alles", protestierte sie leise.

„Bei mir gibt es auch nicht viel zu erzählen", murmelte er.

„Ich weiß aber wirklich nicht, ob ich dir das erzählen möchte", flüsterte sie. „Müssen wir denn alles voneinander wissen?", fragte sie mit ernsthafter Stimme.

„Na ja, immerhin bist du meine Frau. Und wenn die solche Sachen drauf hat, dann wundert mich das schon." Er blieb hartnäckig.

„Freu dich doch einfach, dass es so ist", wich sie aus.

„Ach, komm schon Lene. Wie alt warst du eigentlich, als du es das erste Mal gemacht hast?", versuchte er sie aus der Reserve zu locken.

„Hm, ja, also, nach dem Abi, also fast 20. Es war, als ich mit Tobi in Frankreich im Urlaub war." Sie freute sich, dass sie das Thema wechseln konnte und fing an zu erzählen:

„Marielou, das ist eine Cousine meiner Mutter, wohnt in Rayon an der Atlantikküste. Dort ist es wunderschön, da müssen wir unbedingt mal hinfahren. Früher, als mein Papa noch gelebt hat, sind wir jeden Sommer an den Atlantik gefahren. Wir haben uns dort ein Ferienhaus gemietet und hatten wunderschöne Ferien. Vor allem Maman war dort immer total entspannt. Ich glaube, diese Ferien waren der Kitt für die Ehe meiner Eltern. Papa war ja sehr ruhig und geduldig, aber im Lauf des Jahres ging Maman ihm doch gehörig auf die Nerven und er war oft froh, wenn sie Spätschicht in der Klinik hatte." Sie hielt kurz inne und wartete auf eine Reaktion und fuhr fort, als Johannes „Hmm" sagte. „Nachdem Papa verunglückt war, konnten wir nicht mehr nach Frankreich reisen. Maman fährt nicht so weite Strecken und sie hatte auch nicht das Geld, sie musste ja die Familie ernähren und als Krankenschwester hat sie nicht so viel verdient." Sie machte eine kurze Atempause und erzählte weiter: „Als Tobi dann den Führerschein hatte, sind wir das erste Mal wieder hingefahren. Der arme Tobi, er hatte erst einige Monate zuvor die Fahrprüfung gemacht und musste gleich nach Frankreich fahren und das mit unserer hysterischen Mutter als Beifahrerin. Wir haben dann bei Marielou und ihrer Familie gewohnt. Tobi durfte bei ihren Jungs im Kinderzimmer schlafen und Maman und ich auf dem Sofa im Wohnzimmer. Da war es so eng, dass wir nicht mal unser Gepäck auspacken konnten." Sie schauderte bei dem Gedanken an diesen Urlaub. „Auf jeden Fall waren wir heilfroh, als wir wieder wohlbehalten zu Hause waren." Johannes hörte mit einem Ohr zu und fragte dann: „Und, hattest du da deinen ersten Lover?"

„Um Gottes willen, nein, ich war ja erst fünfzehn. Dazu hat Omi mich zu konservativ erzogen. Außerdem hatte ich da noch kein so großes Interesse an Jungs. Ich hatte auch viel zu viel Angst, ungewollt schwanger zu werden. Und zudem habe ich gedacht, dass meinem Papa das sicher nicht recht wäre, wenn ich es einfach nur mal so zum Ausprobieren machen würde. Ich wollte warten, bis ich mich ernsthaft verliebe. Aber Tobi hatte sich verliebt und ist abends verduftet. Er ist einfach aus dem Fenster geklettert." Sie lachte leise bei dieser Erinnerung. „Ich bin dann aber nach dem Abi nochmals mit Tobi hingefahren. Wir haben auf dem Campingplatz gezeltet, durften aber bei Marielou zum Essen gehen. Das war ganz praktisch. Dort habe ich ihn dann kennengelernt." Sie hatte nicht vor, mehr zu erzählen und fragte deshalb:
„Und du, wie alt warst du, als du deine ersten Erfahrungen gemacht hast?"

„Ja, ungefähr auch so", antwortete er ausweichend und bohrte weiter: „Und hat dein erster Lover dich auch als prüde bezeichnet?"
Sie schüttelte den Kopf. „Nein, aber ich war wirklich total unschuldig und naiv. Ich hatte absolut null Ahnung. Er war wesentlich älter und sehr erfahren, er war so ein Casanova wie Max. Da kam ihm das kleine, unschuldige Mädchen aus Deutschland natürlich gerade recht. Sie machte eine kurze Pause. „Bis dahin hatte ich nur Zeit für meinen Sport gehabt und fürs Abi gebüffelt. Außer mal ein bisschen Rumknutschen hab ich mich nicht für Jungs interessiert."
„Das hat sich ja zum Glück geändert", zog er sie lachend auf.

„Ja schon, aber wie ich dir damals in unserer ersten Nacht schon erzählt habe, hatte ich bis dahin nicht wirklich Spaß am Sex."

„Und du willst jetzt ernsthaft behaupten, es liegt an mir, dass sich das geändert hat?", fragte er nicht ohne Stolz in der Stimme.

„An wem denn sonst?", erwiderte sie lachend.

Sie küssten sich innig, bis ein Wimmern aus der Wiege zu vernehmen war.

Leni stöhnte leise: „Auf zur Raubtierfütterung."

„Warte, einen Moment noch." Johannes stand auf und holte ein kleines Kästchen aus seiner Jackentasche. Er öffnete es und streifte Leni einen schmalen, goldenen Ring über den Ringfinger der rechten Hand. Der Ring hatte offene Enden, die oval geformt waren. Ein Ende war mit einem roten und das andere mit einem blauen Stein besetzt.

„Es hat etwas länger gedauert, weil es eine Sonderanfertigung war", erklärte Johannes, als Leni den schönen Ring bewunderte, der prima vor ihren schmalen goldenen Ehering passte.

„Ein kleines Dankeschön für die zwei süßen Kinder, die du mir geschenkt hast", sagte er liebevoll mit seiner wunderschönen, samtigen Stimme.

Leni küsste ihren Mann und meinte lachend: „Ja, aber ganz unbeteiligt warst du daran auch nicht."

Aus der Wiege erklang jetzt ein Schreiduett und Leni stand auf, um ihren Sohn zu wickeln und zu stillen, während Johannes seine kleine Tochter zu beruhigen versuchte.

Am nächsten Morgen wachte Leni auf, weil sie eine Bewegung an ihrem Schenkel spürte. Zuerst dachte sie, Johannes hätte vielleicht schon die Kinder ins Bett gebracht, aber als sie die Augen öffnete, sah sie, dass er noch schlief. Aber Little Joe führte ein Eigenleben und Leni war zunächst erstaunt. Dann aber konnte sie der Versuchung nicht widerstehen, sie schlang ihr Bein über ihren schlafenden Mann, so dass der aufdringliche Kerl zwischen ihren Beinen lag. Sie streichelte, leckte und saugte an seinen Brustwarzen, nahm dann sein Glied in die

Hand und bewegte sie sanft auf und ab. Es dauerte dann auch gar nicht lange bis er mit einem tiefen Stöhnen kam. Danach zog er sie an sich und murmelte: „Hab ich das jetzt geträumt oder hast du mich im Schlaf überfallen?"

„Na ja, Little Joe war so aufdringlich, da musste ich ihn in seine Schranken weisen."

Er murmelte: „Lene, Lene", und schlief einfach weiter, bis sich kurz darauf das Duo aus der Wiege bemerkbar machte.

Leni seufzte: „Ein Königreich für eine ganze Nacht Schlaf", und wollte aufstehen, um sich um ihren Sohn zu kümmern.

„Bleib liegen, ich mach das." Johannes stand auf, zog sich rasch seine Shorts über und legte seinen Sohn auf den Wickeltisch.

Als er die Windel entfernt hatte und ihn nackt daliegen sah, meinte er: „Ja, das ist ganz sicher mein Sohn." Er streichelte sanft über die Geschlechtsteile des Babys. Leni sagte noch: „Pass auf!", aber schon ergoss sich ein Strahl über Johannes.

„Junge, Junge, was war das denn? Dein Sohn hat mich angepinkelt!"

Leni lachte laut. „Selber schuld, was fummelst du ihm auch da unten rum? Jungs sind nun mal so. Da muss man dauernd auf der Hut sein."

Er wickelte seinen Sohn fertig und gab ihn Leni ins Bett.

„Puh, du hast heute aber ein strenges Parfüm benutzt", zog sie ihn lachend auf.

Er grinste und ging dann ins Bad, um sich zu duschen, während Leni sich um die beiden Kinder kümmerte. Sie war noch müde und schlief mit Cora an der Brust ein, während sie sie stillte.

Als Johannes aus dem Bad zurückkam, konnte er sich gar nicht satt sehen an den beiden Schlafenden. Um sie nicht zu stören, zog er sich leise fertig an und schlich aus dem Schlafzimmer.

Seine Mutter sah ihn fragend an, als er ins Esszimmer kam.

„Lene ist wieder eingeschlafen. Ich denke, wir lassen sie schlafen, so lange sie will. Wenn die Kinder sich das nächste Mal melden, wird sie schon wach werden." Er begann zu frühstücken und verschluckte sich fast, als seine Mutter plötzlich sagte:

„Du schläfst doch hoffentlich nicht schon wieder mit Leni? Das wäre wirklich viel zu früh."

Er sah sie verdattert an, sagte aber nichts, sondern schüttelte nur kurz den Kopf. Er hatte absolut keine Lust, mit seiner Mutter über ihr Intimleben zu sprechen. Seine Absicht war zwar unverkennbar, als er am Abend zuvor Leni ins Schlafzimmer entführt hatte, aber sie waren ja schließlich verheiratet und was sie miteinander machten, ging seiner Meinung nach niemanden was an, auch nicht seine Mutter. Bei dem Gedanken, an das, was Leni mit ihm angestellt hatte, musste er lächeln und errötete leicht, als seine Mutter ihn ansah.

„Lass gut sein, Mutti, wir wissen schon, was wir tun", versuchte er sie zu beruhigen.

„Das will ich hoffen", antwortete sie barsch.

9

Während der vergangenen Tage hatte Leni sich einfach nicht richtig wohlgefühlt, sie hatte oft Magenschmerzen und verspürte eine leichte Übelkeit. Sie hatte lustlos im Mittagessen rumgestochert und nur einige Bissen gegessen, um ihre Schwiegermutter nicht zu verärgern, die sich immer viel Mühe mit dem Kochen gab. Danach hatte sie sich wieder ins Schlafzimmer zurückgezogen, da die Kinder sich bemerkbar machten. Johannes kam dazu, als sie gerade dabei war, Cora zu stillen. Die trank mal ein paar Schlucke, dann ließ sie wieder die Brustwarze aus dem Mund gleiten und Leni musste sie überreden, weiterzutrinken. Sie streichelte ihr Köpfchen und hielt ihr die Brustwarze vor den Mund, aber nach ein paar Schlucken wiederholte sich das Spiel.

„Na komm schon, Mädle, trink noch was, sonst hast du gleich wieder Hunger", redete Leni sanft auf sie ein.

Johannes beobachtete das Schauspiel und der Anblick der langgezogenen Brustwarze und der zweiten nackten Brust, die sich auch aus dem T-Shirt gestohlen hatte, erregten ihn plötzlich ungemein. Leni sah auf, als sie ihn schwer atmen hörte. Sie sah ihn fragend an, während er sich auf die Bettkante setzte und anfing, ihre Brüste zu liebkosen.

„Hey, die Milchbar ist für die Kiddies", versuchte sie ihn sanft abzuwehren.

„Lene, bitte", flüsterte er rau.

Sie schob seine Hand weg. „Johannes, das geht doch nicht! Das habe ich dir schon mal gesagt. Kapier das doch endlich", sagte sie jetzt heftiger und er wusste, wenn sie seinen Namen ganz aussprach, war Feuer unter dem Dach.

„Lene, Schätz-chen, ich liebe dich und ich halt das nicht mehr aus", beklagte er sich.

„Das musst du aber, ich muss es doch auch aushalten", hielt sie dagegen.

„Oh Mann, mach es mir doch nicht so schwer, Lene. Was willst du hören, damit du Erbarmen mit mir hast?" Er versuchte es jetzt auf die Mitleidstour. Aber Leni ließ sich nicht erweichen. Sie schüttelte den Kopf und legte dann das schlafende Baby sachte in die Wiege zurück. Er zog sie an sich und küsste sie leidenschaftlich. Er atmete schwer und fing an, sie auszuziehen, wogegen sie sich heftig wehrte.

„Verflixt, hör jetzt auf, Jo!" Sie war echt sauer und verstand nicht, warum er nicht einsehen wollte, dass sie nicht konnte. „Stell dich doch nicht so an", er war jetzt wütend. „Dann blas mir wenigstens einen, wenn du schon so rumzicken musst." Er zog seine Hosen aus und legte sich aufs Bett. Leni seufzte und begann, ihn zu befriedigen, aber ohne große Begeisterung. Er wollte, dass sie Little Joe in den Mund nahm und um weiteren Streit zu vermeiden tat sie ihm den Gefallen. Als er kam, musste sie würgen und hatte Mühe, sich nicht zu übergeben. Sie legte sich langsam auf den Rücken, als eine Welle Übelkeit über sie hinwegrollte.

„Was war das?", herrschte er sie an. „Du bist meine Frau und da kann ich wohl etwas mehr Leidenschaft erwarten. Wenn ich es professionell haben will, dann kann ich in den Puff gehen!" Er brüllte sie so laut an, dass sie erschrak.

Aber jetzt war sie genau so wütend wie er. Sie zog sich ihren Slip aus und schrie:

„Da schau dir das doch an, du Blödmann. Meinst du, mit sowas macht es mir Spaß?" Sie wollte, dass er sich die Naht in ihrem Intimbereich ansah, aber er weigerte sich. Er schimpfte weiter auf sie ein, aber sie hörte gar nicht mehr zu, was er sagte, denn plötzlich konnte sie den Brechreiz nicht mehr zurückkalten. Sie sprang, halbnackt wie sie war, aus dem Bett, um ins Bad zu eilen, aber ihre Beine knickten wie Streichhölzer unter ihr ein. Sie hielt sich die Hand vor den Mund und versuchte, kriechend und torkelnd ins Bad zu gelangen, wobei sie mit ihrer Schwiegermutter zusammenstieß, die wohl ihrem Streit gelauscht hatte. Es gelang ihr gerade noch, den

Klodeckel zu öffnen, als sich auch schon ihr Mageninhalt selbständig machte. Sie erbrach sich mehrmals heftig, dazwischen kauerte sie stöhnend und schluchzend am Boden. Sie war so mit sich beschäftigt, dass sie nicht hörte, was sich im Esszimmer abspielte.

Als sie dachte, es wäre vorüber, ging sie ans Waschbecken und spülte sich den Mund aus. Danach wollte sie ihre Zähne putzen, aber kaum hatte sie die Zahnbürste im Mund, kam ein neuer Brechanfall. Sie hatte nichts mehr im Magen und das Würgen war nur noch schmerzhaft. Sie wusste nicht, wie ihr geschah und die Tränen liefen ihr übers Gesicht. Nach einigen Minuten versuchte sie es nochmals mit Zähneputzen und diesmal gelang es ihr. Stöhnend torkelte sie danach wieder ins Schlafzimmer, zog sich ihren Slip wieder an und legte sich ins Bett.

„Sag mal, was ist los, Johannes, bist du verrückt geworden?" Susanne brüllte ihren Sohn an. „Ich habe dir doch schon vor ein paar Tagen gesagt, dass du noch nicht mit Leni schlafen kannst! Was soll das Affentheater, das du da aufführst?" Etwas leiser fuhr sie fort: „Hast du denn nicht gemerkt, dass es ihr nicht gut geht? Bist du wirklich so rücksichtslos?" Sie schüttelte verzweifelt den Kopf.

Johannes zeigte in Richtung Schlafzimmer und brüllte seine Mutter an: „Was da in unserem Schlafzimmer vor sich geht, das geht dich überhaupt nichts an, merk dir das. Dies hier ist meine Wohnung, da mach ich, was ich will, und wenn dir das nicht passt, dann kannst du ja gehen!" Er hatte in seinem ganzen Leben noch nie gewagt, so mit seiner Mutter zu reden. Er war jetzt so voller Wut, dass es Susanne angst und bange wurde. So hatte sie ihn noch nie erlebt, abgesehen von seinen Wutanfällen als Kind.

Johannes hatte sich seine Sportsachen angezogen und rannte aus der Tür. Er ging immer laufen, wenn er den Kopf freikriegen musste und meistens funktionierte das auch.

Als er aus der Tür stürmte, rief seine Mutter ihm wütend nach: „Ihr verfluchten, schwanzgesteuerten Moeltenhoffs. Der Teufel soll euch alle holen!"

Sie ließ sich verstört auf einen Stuhl sinken. Als sie Leni im Schlafzimmer schluchzen hörte, ging sie zu ihr und versuchte, sie zu trösten.

„Ogottogott, ist mir schlecht", stöhnte Leni, als Susanne nach ihr sah.

„Ich mach dir mal einen Tee, um den Magen zu beruhigen", sagte sie leise und streichelte sanft mit den Fingerrücken die Wange ihrer Schweigertochter.

In der Zeit, während das Teewasser kochte und der Tee ziehen musste, hatte sie mit ihrem Mann telefoniert und ihm von dem Wutanfall erzählt. Sie bat, dass er sie abholen solle. Sich so anbrüllen zu lassen, das hatte sie nicht nötig. Sie war schon fast vier Wochen da und versorgte den Haushalt, damit Leni sich erholen konnte. Da konnte sie wohl ein bisschen Dankbarkeit erwarten und nicht so eine Szene.

Als sie mit dem Tee zurückkam, fragte sie Leni, was mit Johanes los sei. Die zuckte aber nur die Schultern.

„Wenn ich das wüsste, Mutti", sagte sie verzweifelt. „Ich fürchte, er hat sein Medikament abgesetzt. Ich bin mir aber nicht sicher." Sie sah ihre Schwiegermutter mit großen, traurigen Augen an. „Ich versteh das nicht. Er muss doch kapieren, dass ich noch nicht mit ihm schlafen kann. Aber das Schlimmste ist, dass er mich so furchtbar beschimpft hat, obwohl ich es ihm besorgt habe. Aber mir ist die letzten Tage schon nicht so wohl und da ist es wohl nicht so ausgefallen, wie er es gerne gehabt hätte." Eine leichte Röte hatte sich über ihr blasses Gesicht gelegt. „Er war doch sonst nicht so. Damals, als ich so traumatisiert war, da konnte ich monatelang nicht mit ihm schlafen. Während dieser Zeit hat er mich nie bedrängt, er hat es so akzeptiert, wie es war. Er kam jedes Wochenende nach Freiburg, obwohl er nie wusste, in welcher Stimmung ich sein würde. Wenn mir nach Kuscheln zumute war, haben wir gekuschelt und wenn ich aggressiv war, dann hat sich an seinen Laptop gesetzt und hat gearbeitet. Er hat sich kein einziges Mal beklagt. Aber jetzt ist er plötzlich wie ausgewechselt."

„Na komm, der beruhigt sich schon wieder", versuchte Susanne, Leni zu trösten. Jetzt bereute sie es, dass sie Paul gebeten hatte, sie abzuholen. Sie konnte doch Leni nicht im Stich lassen. Sie hatte Angst, dass Johannes ihr wieder etwas antun würde. Sie fragte sich, ob die Sache im August doch kein einmaliger Ausrutscher gewesen war und dann die Geschichte, die Sarah Max erzählt hatte. Johannes hatte das zwar anders dargestellt, aber vielleicht hatte diese Frau ja doch Recht und er hatte sich tatsächlich an ihr vergehen wollen. *Was ist bloß mit ihm los?*, fragte sie sich.

„Wo ist er eigentlich?", fragte Leni plötzlich leise in die Stille, die entstanden war, als beide in Gedanken versunken waren.

„Er ist laufen gegangen."

Leni nickte und versuchte, den Tee zu trinken, fing aber sofort wieder an zu würgen, so dass Susanne rasch davonlief, um einen Eimer zu holen, den sie neben Leni ans Bett stellte.

„Sag mal, Mutti, hast du es je bereut, Paul geheiratet zu haben?", fragte Leni plötzlich.

Susanne seufzte und antwortete zögernd: „Ja, jedes Mal, wenn er mich betrogen hat."

Leni sah sie groß an.

„Ich dachte, das mit Max' Mutter war ein einmaliger Ausrutscher."

Susanne schüttelte den Kopf. „Nein, leider nicht. Das haben die Moeltenhoffs wohl in den Genen. Früher konnte sich der Gutsherr ja im Dorf bedienen, wie es ihm beliebte. Das steckt da wohl immer noch drin."

„Das tut mir leid, das wusste ich nicht. Ich dachte, ihr führt eine harmonische Ehe."

„Ja, im Großen und Ganzen schon. Aber es zieht ihn halt immer wieder zu anderen Frauen. Er ist zwar sehr diskret, aber irgendwann bekomme ich es doch meistens mit." Sie seufzte tief. „Er schwört dann zwar jedes Mal, dass es nicht wieder vorkommt, aber er hält sich trotzdem nicht dran." Noch nie hatte sie so offen mit jemandem über ihre Eheprobleme gesprochen. Sie streichelte nochmals die Wange von Leni und fragte dann vorsichtig: „Und du, bereust du die Ehe mit Johannes?" Leni überlegte einen Moment und schüttelte dann den Kopf. „Er hat sich doch immer fürsorglich um mich gekümmert, wenn ich krank war. Und zudem haben wir jetzt diese zwei süßen Babys. Vor allem aber liebe ich ihn, wie ich noch nie jemanden geliebt habe." Sie machte eine kurze Pause, ehe sie fortfuhr: „Ich habe mir nur schon überlegt, ob wir vielleicht länger mit der Hochzeit und den Kindern hätten warten sollen, bis wir uns besser kennengelernt hätten. Bis vor kurzem hatten wir ja nur eine Wochenendbeziehung und da ist immer alles wunderbar, wenn man sich sieht." Sie zuckte leicht die Schultern und sprach leise weiter: „Aber jetzt sind die beiden da und wir müssen sehen, dass wir unser Leben auf die Reihe kriegen. Ich möchte nur gern wissen, was plötzlich mit ihm los ist."

Kurz darauf klingelte es und die Hebamme stand vor der Tür. Sie sah das besorgte Gesicht von Susanne und fragte, ob etwas nicht in Ordnung sei.

„Meiner Schwiegertochter geht es nicht gut, sie muss sich die ganze Zeit übergeben."

„Hat sie was Falsches gegessen?"

Susanne hob die Schultern: „Eigentlich nicht, wir haben alle das Gleiche gegessen. Aber sie war die letzten Tage schon nicht so gut zuwege und hat auch kaum was gegessen."

„Na Leni, geht es Ihnen heute nicht so gut?", begrüßte sie Leni, die einfach nur den Kopf schüttelte.

„Ich hab mir schon die Seele aus dem Leib gekotzt und mir ist immer noch schlecht", jammerte sie.

„Haben Sie Schmerzen?", fragte die Hebamme nach.

„Ja, ich habe schon seit Tagen so komische Magenschmerzen, so wie ich es am Ende der Schwangerschaft hatte, aber jetzt tritt mir eigentlich niemand mehr in den Magen", versuchte sie zu scherzen.

„Da sollten Sie aber Ihren Hausarzt aufsuchen, das muss untersucht werden", sagte die Hebamme in strengem Ton.

„Ich hab hier noch gar keinen Hausarzt. Ich wohne doch erst seit Juni in Leipzig, und die meiste Zeit war ich ja im Krankenhaus. Können Sie mir jemanden empfehlen?"

„Ja also, mein Bruder hat im übernächsten Ort eine Praxis. Wenn es für sie in Ordnung ist, dann frag ich an, ob Sie vorbeikommen können. Er müsste jetzt eigentlich Sprechstunde haben."

Sie telefonierte kurz mit ihrem Bruder und erklärte ihm, dass die Patientin zwei Neugeborene hätte und deshalb möglichst nicht lange warten sollte. Nach dem Telefonat gab sie Leni die Adresse und sagte ihr, dass sie kurz vor achtzehn Uhr da sein sollte. Sie sah noch kurz nach den beiden Säuglingen und verabschiedete sich dann wieder.

An der Tür sprach Susanne noch leise mit ihr: „Wenn Sie das nächste Mal da sind, könnten Sie vielleicht meinen Sohn diskret darauf aufmerksam machen, dass er noch nicht mit seiner Frau schlafen kann?"

„Warum, gibt es Probleme?", sie dachte an den Brief, den sie vom Gynäkologen nach Lenis Entlassung aus dem Krankenhaus erhalten hatte.

„Er bedrängt sie immer wieder. Er will einfach nicht kapieren, dass das noch nicht geht. Die arme Leni tut mir so leid, aber ich kann ja auch nicht ewig hierbleiben und auf sie aufpassen", sagte Susanne resigniert.

„Das versteh ich gar nicht, er macht doch sonst so einen coolen und abgeklärten Eindruck. Da hab ich mich wohl täuschen lassen. Ich schau auf jeden Fall, was ich tun kann. Es gibt leider immer wieder Männer, die meinen, ihre Frauen müssten ihnen gleich wieder wie gewohnt zur Verfügung stehen. Manche denken, nach der Entlassung aus dem Krankenhaus ist die Frau wieder für sie da. Ich hab da schon die schlimmsten Sachen erlebt."

Johannes war wie ein wütender Stier aus der Tür gestürmt und ein paar Kilometer gerannt, als wäre der Teufel hinter ihm her. „Das darf doch wohl nicht wahr sein", schimpfte er leise vor sich hin. „Meine Frau besorgt es mir wie eine Nutte, findet mich anscheinend zum Kotzen und Mutti mischt sich in alles ein! Bin ich denn hier der Trottel vom Dienst?"
Als er total außer Puste war, verfiel er in einen langsamen Joggingschritt und fing an nachzudenken und nach ein paar weiteren Kilometern kam er zu der Erkenntnis, dass er wohl überreagiert hatte. Er wollte auf seinem Handy nachschauen, wo er war, musste aber feststellen, dass er vor lauter Wut weder sein Handy noch Hausschlüssel oder Geld mitgenommen hatte.
„Verdammte Scheiße!", schimpfte er mit sich selber. „Wo bin ich und wie komme ich wieder nach Hause?" Schon wieder mal hatte er sich verlaufen. Wenn er so wütend aus dem Haus lief, rannte er einfach los, ohne sich zu orientieren. So langsam fing es an, dunkel zu werden und er hatte außerdem mächtig Durst. Er war auf irgendwelchen Feldwegen unterwegs und versuchte, eine größere Straße zu finden, um sich orientieren zu können. Er lief langsam in die Richtung, wo er meinte, einige Autos zu sehen, aber die waren wesentlich weiter entfernt, als er gedacht hatte. Als er endlich an der Straße angekommen war, versuchte er herauszufinden, in welche Richtung er laufen musste und fragte schließlich einen Passanten, der vorüberkam.
„Nu, da haben Sie aber noch einen weiten Weg vor sich, junger Mann", meinte dieser verwundert und wies ihm die Richtung zu seinem Wohnort. Kraftlos und wütend auf sich selber lief Johannes weiter. Er musste immer wieder stehen bleiben, weil er einfach zu durstig und am Ende seiner Kräfte war. Außerdem glaubte er, Halluzinationen zu haben, als er meinte,

Lenis Auto gesehen zu haben. Er konnte kaum noch weitergehen und torkelte wie ein Betrunkener die Straße entlang, bis eine Polizeistreife auf ihn aufmerksam wurde.

„Nu, haben wir einen über den Durst getrunken?", sprach ihn die junge Polizistin an, die ausgestiegen war. Entkräftet schüttelte er den Kopf. „Nein, ich habe mich total verlaufen", brachte er mühsam hervor. Selbst seine Lippen wollten ihm nicht mehr gehorchen. Auf Nachfrage der beiden Polizisten gab er dann seine Adresse an.

„Oh, da haben Sie sich in der Tat gehörig verlaufen."

„Bitte, haben Sie was zu Trinken da?", keuchte Johannes mit letzter Kraft.

Die Polizistin holte eine halb volle Flasche Wasser aus dem Auto und reichte sie ihm. „Wenn es Sie nicht stört, dass ich schon daraus getrunken habe, können Sie die haben." Johannes nickte ihr dankbar zu und leerte die Flasche in einem Zug.

„So, jetzt kommen Sie erst mal mit, damit wir Ihre Personalien aufnehmen können. Sie hielt ihm die hintere Tür auf und sagte: „Steigen Sie bitte ein."

Er kroch fast auf allen vieren in das Auto und war froh, erst einmal sitzen zu können. Er lehnte den Kopf an die Kopfstütze und atmete tief durch. Im Polizeirevier angekommen gab man ihm nochmals etwas zu trinken und nahm seine Personalien auf. Dann wurde er gefragt, warum er im Dunkeln umherlief, wenn er sich nicht auskannte.

Er schlug die Augen nieder und bekannte, dass er schon vor Stunden wegen eines Ehestreits laufen gegangen war und total die Orientierung verloren hatte.

„Ihre Frau wird sich sicher schon Sorgen um Sie machen", meinte der ältere Polizist fürsorglich. Johannes nickte und meinte: „Komisch, vorhin hatte ich gemeint, ihr Auto gesehen zu haben. Aber irgendwie kann das doch gar nicht sein, sie ist doch zu Hause mit den Babys. Vielleicht hat sie mich gesucht, weil ich mein Handy vergessen hab. Aber sie muss mich nicht gesehen haben."

„Sollen wir bei Ihnen zu Hause anrufen oder sollen wir Sie gleich hinbringen?", wollte der Polizist wissen.

Johannes gestand, dass er weder die Handynummer seiner Frau noch seiner Mutter im Kopf hatte und einen Festnetzanschluss hatten sie nicht. Deshalb bat er darum, ihn nach Hause zu fahren. Dort angekommen stieg er aus dem Streifenwagen und verabschiedete sich von den beiden Polizisten, die ihn ermahnten, in Zukunft nicht ohne Handy und so ziellos in der Gegend herumzulaufen.

Als Johannes einfach nicht wieder auftauchte, hatte Leni versucht, ihn anzurufen, aber das Handy klingelte auf seinem Nachttisch.

„Ja super, er hat nicht mal sein Handy mitgenommen", meinte sie genervt. Sie überlegte zusammen mit ihrer Schwiegermutter, wie sie das mit dem Arzttermin managen konnten. Sollte Susanne fahren? Aber dann mussten sie die Babys mitnehmen. Leni wollte Herrn Meyer fragen, aber die Meyers waren nicht zu Hause. So entschloss sie sich, selber zu fahren. Sie war seit ihrer Erkrankung noch nicht wieder Auto gefahren, aber irgendwann musste es ja das erste Mal sein. Dumm nur, dass es schon dunkel wurde und sie die Gegend nicht kannte. Vor allem hoffte sie, dass ihre Batterie nicht schlappgemacht hatte während der Monate, in der das Auto in der Tiefgarage gestanden hatte. Sie gab die Adresse in ihr Handy ein und stellte fest, dass sie nur gute zehn Minuten brauchen würde. Zum Glück hatte ihre Übelkeit etwas nachgelassen und so machte sie sich, nachdem sie die Kinder nochmals gestillt hatte, mit klopfendem Herzen und zittrigen Händen auf den Weg. Sie war froh, als das Auto ohne Probleme ansprang und nach einigen ungeschickten Manövern schaffte sie es, aus der Tiefgarage zu fahren, ohne ihr Auto zu ramponieren.

Sie war kurz vor dem Ziel und so auf die unbekannte Straße und die Anweisungen des Navis konzentriert, dass sie den Läufer auf dem Gehweg nur aus dem Augenwinkel wahrnahm. „War das Johannes?", fragte sie halblaut in das Dunkel des Autos. „Es kann doch nicht sein, dass er so weit gelaufen ist, oder? Außerdem torkelt er nicht so durch die Gegend", leise vor sich hinredend versuchte sie, sich selber zu beruhigen. In der Praxis angekommen wurde sie tatsächlich nach wenigen Minuten in das Behandlungszimmer gerufen. Der Arzt war ihr sofort genauso sympathisch wie seine Schwester, ihre Hebamme. Er fragte nach ihren Beschwerden und machte eine Ultraschalluntersuchung.

„Das sieht mir nach einer ausgewachsenen Gastritis aus", erklärte er. „Hatten Sie das schon öfters?", wollte er dann noch wissen.

„Hm ja, während des Studiums. Im ersten Jahr bin ich täglich von Freiburg nach Karlsruhe gependelt und am Wochenende hatte ich dann noch einen Job. Das war ein bisschen viel und da hatte ich dann auch Magenbeschwerden. Und vor zwei Jahren, als ich heftigen Liebeskummer hatte, da hat mein Magen sich auch gemeldet. Da hatte ich auch eine Gastritis und habe eine Zeitlang ein Medikament eingenommen. Und in den letzten Wochen der Schwangerschaft hatte ich auch ziemliche Magenprobleme. Aber das lag wohl an den zahlreichen Tritten, die ich da bekam." Sie lächelte leicht, als sie an ihre Schwangerschaft und an die Zwillinge dachte.

„Ja, meine Schwester hat mir erzählt, dass Sie Zwillinge haben. Das ist wohl auch ziemlich stressig, denke ich mir."

„Meine Schwiegermutter ist im Moment noch da und macht den Haushalt und mein Mann hilft mir auch. Ich fürchte nur, dass die Schwiegermutter irgendwann wieder nach Hause will und dann wird es wohl schon stressig werden", erklärte Leni wahrheitsgemäß.

„Sicherheitshalber würde ich Sie aber gerne zur Magenspiegelung schicken. Nicht dass wir da was übersehen." Er sah auf seine Uhr: „Ich hoffe, dass wir da noch jemanden erreichen." Er bat seine Assistentin, eine Verbindung mit einer internistischen Praxis herzustellen. Er sprach dann kurz mit seinem

Kollegen und erklärte ihm sie Situation mit den beiden Neugeborenen und so bekam Leni einen Termin für den nächsten Morgen, gleich zu Beginn der Sprechstunde, um halb neun.

Er verschrieb Leni ein Medikament und gab ihr die Adresse des Internisten und machte sie darauf aufmerksam, dass sie nüchtern sein musste und wegen der Betäubung nicht selber fahren durfte. Beim Abschied wünschte er ihr gute Besserung. Leni fuhr wieder nach Hause und hielt Ausschau nach dem Jogger, den sie gesehen hatte. *Vielleicht war es doch Johannes*, dachte sie, aber sie konnte ihn nirgends mehr entdecken. Sie sah einen Streifenwagen am Straßenrand stehen und zwei Polizisten, die sich mit jemandem unterhielten, konnte aber die betreffende Person nicht erkennen, da sie von den Beamten verdeckt war.

Sie fuhr noch rasch zur Apotheke und als sie ihre Wohnung betrat und Susanne alleine vorfand, fragte sie sofort:

„Ist er immer noch nicht da?"

„Nein, weiß der Teufel, wo der steckt", antwortete Susanne ungehalten.

„Hm, ich weiß nicht, ich habe da jemanden gesehen, kurz bevor ich an der Praxis angekommen bin. Aber es kam mir unwahrscheinlich vor, dass er so weit gelaufen ist und auf dem Rückweg, habe ich ihn auch nicht mehr gesehen", berichtete Leni, die jetzt doch sehr unruhig geworden war.

„Und was meint der Arzt?", wollte Susanne dann wissen, um sie abzulenken.

„Ich habe eine Gastritis und muss morgen früh zur Magenspiegelung. Da darf ich dann aber nicht selber fahren."

„Das ist kein Problem, Paul und Max sind auf dem Weg hierher. Da kann dich auf jeden Fall jemand fahren."

„Warum kommen die beiden denn hierher?", fragte Leni überrascht.

„Ich habe Paul angerufen, weil Joe mich praktisch rausgeschmissen hat."

„Er hat was!?", fragte Leni entsetzt.

„Ja, ich habe natürlich mit ihm geschimpft, als ich hörte, wie er mit dir rumgebrüllt hat und was er von dir wollte. Da hat er gemeint, dass dies hier seine Wohnung sei und er machen könne, was er wolle, und wenn es mir nicht passe, dann solle ich gehen", erzählte Susanne. „Und Paul hat mich dann später zurückgerufen und gesagt, dass er Max mitbringt, weil der immer noch am besten an Joe rankommt. Du weißt ja, wie verschlossen er oft ist, wenn es um Persönliches geht." Leni war entsetzt und ließ sich erschöpft auf einen Stuhl gleiten. „Was ist nur in ihn gefahren? Ich versteh das nicht. Wir haben zwei süße, gesunde Kinder, ab Januar hat er wieder einen Job und die zwei Monate werden wir auch irgendwie überbrücken. Ich bin ja jetzt im Mutterschutz und bekomme auch etwas Geld. Und das neue Auto bezahlen wir von meinen Ersparnissen. Ich habe Johannes überzeugen können, dass es ein Jahreswagen auch tut, es muss ja kein Neuwagen sein. Also, es gibt doch eigentlich keinen Grund, so durchzudrehen." Sie vergrub ihr Gesicht in den Händen und fühlte sich total hilflos.

„Ich glaube, ich muss mich jetzt noch etwas hinlegen", sagte sie dann und ging schweren Schrittes ins Schlafzimmer.

„Ist es für dich in Ordnung, wenn wir erst essen, wenn die beiden da sind? Sonst muss ich zweimal anfangen, denn die haben sicher Hunger, wenn sie ankommen."

„Mach dir keinen Kopf, Mutti, ich habe sowieso keinen Appetit", erwiderte Leni müde.

Sie war trotz der Sorgen um Johannes ziemlich bald eingeschlafen und wurde erst wach, als Cora sich meldete. Sie holte sie zu sich ins Bett und stillte sie. Währenddessen hört sie die Türklingel und dachte, dass wohl ihr Schwiegervater und ihr Schwager angekommen seien. Sie erschrak, als plötzlich die Schlafzimmertür heftig aufgemacht wurde. Es war Johannes in einem ziemlich desolaten Zustand, der sich frische Kleidung holte und dann wortlos im Bad verschwand. Nachdem sie die Kleine wieder in die Wiege zurückgelegt hatte, stand sie auf und ging zu Susanne ins Esszimmer.

„Sag mal, was war das denn? Hat er mit dir auch nichts gesprochen?", fragte sie ihre Schwiegermutter.

„Keinen Ton. Als ich die Tür aufgemacht habe, ist er einfach an mir vorbeigestürmt und direkt ins Schlafzimmer gepoltert. Ich konnte ihn nicht zurückhalten." Die beiden Frauen sahen sich ratlos an. Leni machte sich einen Tee und setzte sich ebenfalls ins Esszimmer und sie warteten zusammen auf das, was als Nächstes passieren würde.

Johannes duschte ausgiebig, am liebsten wollte er gar nicht mehr aus dem Badezimmer kommen, denn er wusste nicht, wie er sich den beiden Frauen gegenüber verhalten sollte. Als er dann endlich den Mut fand und es einfach nicht mehr länger herauszögern konnte, ging er einfach ins Wohnzimmer, ohne die beiden eines Blickes zu würdigen. Leni stand auf und folgte ihm ins angrenzende Wohnzimmer

„Wir haben uns Sorgen um dich gemacht. Wo warst du?", fragte sie leise.

„Laufen", antwortete er schroff, ohne sie anzusehen.

„Hör zu, Johannes, kann es sein, dass du in der letzten Zeit dein Medikament nicht genommen hast?", fragte sie ihn behutsam.

„Was geht dich das an?", schnauzte er sie sofort wieder an.

Leni holte tief Luft und ging dann kopfschüttelnd wieder zurück ins Esszimmer, wo ihr dann die Tränen über die Wangen liefen. Sie saß da und schaute stumm in ihre Teetasse, während die Tränen immer weiter flossen. Es war wie eine Erlösung für die beiden Frauen, als es endlich klingelte und die beiden Männer angekommen waren.

„Leni, du siehst echt Scheiße aus", begrüßte Max seine Schwägerin.

„Ja danke, charmant wie immer, lieber Schwager", grüßte Leni ihn zurück, wobei ein kleines Lächeln über ihr blasses Gesicht huschte.

Als Johannes mitbekam, dass sein Vater und Bruder angekommen waren, flüchtete er sich ins Arbeitszimmer.

Susanne stellte das Abendessen, das sie vorbereitet hatte, auf den Tisch und Leni half ihr, den Tisch zu decken. Sie hatte zwar immer noch weiche Knie, aber diese kleine Tätigkeit lenkte sie etwas ab. Dann ging sie zum Arbeitszimmer, klopfte kurz an und öffnete die Tür.

„Das Abendessen ist fertig. Kommst du?", fragte sie leise.

„Verdammt noch mal, lass mich in Ruhe", brüllte Johannes schon wieder los.

Leni zog sich sofort zurück, schloss wieder die Tür und ging mit Tränen in den Augen zurück ins Esszimmer. Susanne legte ihr beruhigend einen Arm um die Schultern. „Lass gut sein. Der beruhigt sich schon wieder. Wenn er so reagiert, weiß er genau, dass er im Unrecht ist. So gut kenne ich ihn. Er ist dann erst mal bockig wie ein kleines Kind. Und wenn er nicht essen will, dann muss er eben hungrig ins Bett."

Während seine Familie im Esszimmer saß und aß, ging Johannes ins Schlafzimmer, nahm seinen Schlüsselbund, Geldbeutel und Handy, zog seine Jacke an und ging aus der Tür.

Beunruhigt schaute Leni die anderen an.

„Was hat das jetzt zu bedeuten?", fragte sie in die Runde, aber keiner wusste eine Antwort.

„Er will wohl irgendwo was essen gehen", dachte Max laut nach. „Gibt es hier irgendwo ein Restaurant, in das er gerne geht?"

„Ja schon, aber es ist doch alles geschlossen wegen der Pandemie", antwortete Leni. „Vielleicht hat er sich ja irgendwo was bestellt, Außer-Haus-Verkauf gibt es in verschiedenen Lokalen", sinnierte sie weiter.

Max legte ihr die Hand auf den Arm. „Beruhig dich, Leni, wenn ich fertig gegessen habe, dann geh mal nachsehen, wo er steckt. Aber Muttis feines Essen lass ich mir wegen ihm nicht entgehen."

Nach dem Essen räumten die beiden Frauen den Tisch ab und versorgten das Geschirr in der Spülmaschine. Als ob sie darauf gewartet hätten, meldeten sich die Zwillinge aus dem Schlafzimmer und Leni ging hin und wickelte und stillte erst mal Viktor. Dann ging sie mit ihm zurück ins Esszimmer.

„Kannst du ihn mal nehmen? Dann kannst du schon mal für die Taufe üben." Mit diesen Worten drückte sie Max sein Patenkind in den Arm, der sich mächtig darüber freute. Sie ging wieder ins Schlafzimmer, wo sich Susanne so lange um die lauthals schreiende Cora gekümmert hatte.

„So, siehst du, da kommt die Mama", sagte sie zärtlich zu ihrer kleinen Enkeltochter.

„Danke, Mutti", sie lächelte ihre Schwiegermutter an. Da sie nicht alleine im Schlafzimmer bleiben wollte, ging sie mit Cora ins Esszimmer zu den anderen und stillte sie dort. Sie setzte sich so, dass die beiden Männer nur ihren Rücken zu sehen bekamen, alles andere wäre ihr doch zu peinlich gewesen. Sie unterhielten sich leise und überlegten, wie sie vorgehen wollten und Leni wiederholte ihren Verdacht, dass Johannes sein Medikament abgesetzt hatte.

„Hör zu, Suse, du kommst auf jeden Fall wieder mit nach Hause. Bei Gabi ist es ja auch bald so weit und wir brauchen dich auf dem Hof", sagte Paul mit Entschiedenheit.

„Aber ich kann doch Leni nicht mit ihm alleine lassen, wer weiß, was ihm noch so alles einfällt", hielt Susanne dagegen.

„Dann kommt sie eben mit", Paul wollte nicht nachgeben. „Dann soll unser lieber Herr Sohn schauen, wie er alleine zurechtkommt. Ein bisschen Abwechslung kann Leni nicht schaden."

Leni schüttelte den Kopf. „Das geht nicht, ich habe doch immer noch Therapie und ich brauche auch noch meine Hebamme. Übrigens, kann mich morgen früh jemand zum Arzt fahren? Ich muss zu einer Magenspiegelung", fragte sie in die Runde und Max bot sich sofort an.

„Dann musst du aber früh aufstehen", neckte sie ihn und er schaute sie erschrocken an.

„Ich muss um halb neun dort sein. Ich muss aber erst mal sehen, wo das ist."

Als Cora auch endlich mit dem Trinken fertig war und aufgestoßen hatte, legten sie und Max die beiden Säuglinge in die Wiege zurück.

„Schade, dass es nicht meine sind", flüsterte er ihr ins Ohr, worauf Leni nur den Kopf schüttelte. Sie nahm den Zettel, den der Arzt ihr gegeben hatte und tippte die Daten in ihr Handy ein.

„Ja, wie ich befürchtet habe, das ist fast mitten in der Stadt, da müssen wir wirklich beizeiten losfahren, also spätestens um viertel vor acht", sagte sie zu ihrem Schwager. „Hoffentlich krieg ich das mit dem Stillen vorher auf die Reihe, nicht dass Cora wieder ewig trödelt", meinte sie verzagt.

„Das wird schon irgendwie klappen", versuchte Susanne, sie zu beruhigen. „Sonst muss sie eben warten, bis du wieder da bist."

Max versuchte Johannes anzurufen, aber er erreichte nur die Sprachbox.

„Mist, er hat sein Handy ausgeschaltet", schimpfte er. „Leni, wo könnte er denn sein? Wo geht er gerne essen?", wollte er dann von seiner Schwägerin wissen.

Leni zuckte die Schultern. „Ich habe keine Ahnung, mir fehlen immer noch die letzten Monate meines Lebens. Mit Romy waren wir mal in einem Restaurant drüben im Einkaufszentrum. Aber ich weiß nicht, ob es da momentan was gibt. Ich glaube, er kennt da einige Restaurants in der Stadt, aber da kannst du vermutlich lange suchen." Sie seufzte. „Ich würde mich jetzt gerne wieder hinlegen. Wisst ihr schon, wie ihr das mit dem Schlafen macht?", fragte sie dann.

„Mach dir keine Sorgen, wir kommen schon klar", antwortete Max. „Ich schau mal, ob sein Auto unten steht oder ob er wirklich in die Stadt gefahren ist."

Leni schlurfte ins Badezimmer und ging zu Bett, nachdem Max berichtet hatte, dass Johannes tatsächlich mit dem Auto unterwegs war.

Nachdem Leni im Schlafzimmer verschwunden war, saßen die anderen noch zusammen im Esszimmer, aber keiner sagte etwas.

„Was hat Leni eigentlich an sich, dass ihr drei so scharf auf sie seid?", brach Susanne das Schweigen.

„Was heißt hier ihr drei?", empörte sich Paul.

„Hör endlich auf, mich für dumm zu verkaufen, Paul. Ich bin doch nicht blind, ich seh doch, wie du ihr nachschaust, wenn du dich unbeobachtet fühlst."

„Du spinnst doch", wehrte er sich. Susanne schüttelte den Kopf. „Wenn ich nichts sage, dann heißt das noch lange nicht, dass ich nicht weiß, was und mit wem du es treibst." Sie war jetzt lauter geworden. „Fängt das schon wieder an!", feuerte Paul zurück. „Lass endlich die alten Geschichten ruhn."

Max befürchtete, dass die Diskussion in einem fürchterlichen Streit enden würde und unterbrach das Gespräch der beiden. „Also, ich habe mich auf den ersten Blick in sie verliebt. Die wunderschönen, langen Haare, die sie damals hatte. Und sie süßen Sommersprossen unter den grünen Augen, dann ihr nettes Lächeln mit diesen kleinen Zähnen. Und diese Eleganz, mit der sie sich bewegt." Er konnte gar nicht aufhören zu schwärmen. „Im Moment ist die Eleganz zwar auf der Strecke geblieben, aber ich hoffe, dass sie wiederkommt, wenn sie wieder richtig fit ist. Damals wusste ich ja noch nicht, welchen Sport sie betrieben hat, sondern ich habe mich nur gewundert, wie sie sich genau im Takt zur Musik bewegt hat. Erst als mir Tobi die Videos von ihren Wettbewerben in rhythmischer Sportgymnastik gezeigt hat, ging mir ein Licht auf." Er lächelte bei der Erinnerung an das Kennenlernen und den Abend von Lenis Geburtstagsparty. „Sie hat fast den ganzen Abend mit mir geflirtet und getanzt und ich dachte mir, ja, das ist die Richtige, die muss ich mir warmhalten. Aber was passiert? Der Abend war schon fast vorbei, da geht mein lieber Bruder wie ein Tanzschüler auf sie zu und bittet sie um einen Tanz. Zuerst dachte ich, sie lässt ihn abblitzen, so kalt hat sie ihn angeschaut. Aber dann hat wohl doch ihre gute Erziehung gesiegt und sie hat mit ihm getanzt und ein paar Minuten später schauen sie sich verliebt in die Augen." Er schüttelte leicht den Kopf. „Ich könnte mich heute noch in den Hintern beißen, dass ich sie zu ihm nach Hamburg geschickt habe. Irgendwann wäre sie sicher über ihn hinweggekommen."

„Und du meinst, dann hätte sie dich genommen?", unterbrach Susanne seinen Monolog.

„Warum denn nicht? Wir haben uns an dem Abend und auch später immer echt super verstanden."

„Was will so ein Casanova wie du mit einer Frau wie Leni? Du hättest sie doch auch nur unglücklich gemacht, mit deinen vielen Liebschaften."

„Aber wenn man so eine Frau wie Leni hat, dann braucht man doch keine andere mehr."

„Vergiss es, das liegt dir im Blut, genauso wie deinem Vater!" Susannes Ton wurde heftiger. „Meine Mutter hatte mich gewarnt, aber ich war blind vor Liebe und dachte, wenn er mit mir verheiratet ist, dann geht er sicher nicht fremd." Sie schnaubte verächtlich und sprach dann Max direkt an. „Als dann plötzlich deine Mutter mit dir auf dem Arm vor der Tür stand, da dachte ich erst, die macht Scherze." Sie schwieg einen Moment. „Aber es war kein Scherz und was sollte ich machen, heulend zu meinen Eltern zurückgehen? Die Blöße wollte ich mir nicht geben. Außerdem warst du so ein niedlicher Kerl, was hätte aus dir werden sollen?" Sie hielt wieder kurz inne, um tief durchzuatmen und jetzt war sie so weit gegangen, da ließ sie sich nicht mehr aufhalten. Irgendwie brach der ganze Frust, der jahrzehntelang an ihr genagt hatte, aus ihr heraus. „Ich habe ihm dummerweise geglaubt, dass es ein einmaliger Ausrutscher war und ganz sicher nie wieder vorkommen würde. Aber dem war nicht so. Er ist immer wieder fremdgegangen und hat gemeint, ich merke es nicht."

„Jetzt reicht es aber, Suse, das muss ich mir nicht bieten lassen. Du tust ja so, als würde ich ständig fremdgehen." Paul hatte mit der Faust auf den Tisch gehauen, um so den Klagen seiner Frau Einhalt zu gebieten.

„Jedes Mal ist einmal zu viel", wetterte Susanne. „Du kannst von mir aus schlafen, wo du willst, aber nicht bei mir im Gästezimmer. Und noch eins", sie zeigte mit dem Zeigefinger auf ihn, „ich bleibe so lange hier, wie es mir passt und wie Leni mich braucht."

Paul sah ihr betreten nach, als sie zum Gästezimmer lief. Einen kurzen Augenblick später kam sie mit Pauls Reisetasche zurück und brachte sie ins Kinderzimmer, wo das Gästebett aus Lenis früherer Wohnung stand. Dann verschwand sie im Gästebad und die beiden Männer sahen sich betroffen an. „Mannomann, was ist denn Mutti für eine Laus über die Leber gelaufen? So hab ich sie ja noch nie erlebt." Max fixierte seinen Vater, der aber nur die Schultern zuckte. „Hat sie die Sache mit Joey so mitgenommen oder hast du dir mal wieder einen Fehltritt geleistet?"

„Das geht dich ja wohl kaum was an. Sieh du zu, dass du mit deinen eigenen Weibergeschichten klarkommst", gab Paul ungehalten zur Antwort und machte sich ebenfalls ins Gästebad auf, nachdem Susanne wieder im Gästezimmer verschwunden war. Max richtete sich das Sofa im Wohnzimmer her, denn das kannte er schon aus den Zeiten, als er seinen Bruder in Freiburg besucht hatte.

Johannes war hungrig aus der Wohnung gestürmt und wollte im nahegelegenen Einkaufszentrum etwas essen gehen. Aber alle Restaurants waren geschlossen und im Supermarkt gab es auch nichts Vernünftiges. Also nahm er sein Handy und googelte, wo er sich etwas bestellen könnte. Er bestellte sich schlussendlich eine Pizza, holte sein Auto aus der Tiefgarage und fuhr los, um sie abzuholen. Entgegen seiner Gewohnheit aß er die Pizza im Auto und trank eine Cola dazu. Danach schlenderte er ziellos und in Gedanken versunken durch die fast menschenleere Stadt, bis er der Meinung war, dass er heute wirklich genug gelaufen war. Mithilfe seines Handys fand er den Weg zu seinem Auto zurück und fuhr gemächlich nach Hause. In der Tiefgarage blieb er noch eine Weile im Auto sitzen, aber wenn er dort nicht übernachten wollte, musste er wohl oder übel nach oben gehen. Er lief noch eine Runde ums Haus, um zu schauen, ob in seiner Wohnung noch Licht brannte, aber es war alles dunkel. Leise betrat er die Wohnung. Er wollte diese Nacht nicht im Schlafzimmer übernachten, musste aber feststellen, dass alle anderen Schlafgelegenheiten besetzt waren. Er ging kurz ins Badezimmer und zog sich dann resigniert ins Arbeitszimmer zurück, wo er versuchte, sich auf dem kleinen Sofa hinzulegen. Er konnte nicht schlafen, zu viel ging ihm durch den Kopf und das Sofa war einfach zu unbequem. Nach langem innerem Kampf stand er schließlich auf und schlich sich durch den Flur in Richtung Schlafzimmer. Er öffnete ganz vorsichtig die Tür und wäre am liebsten wieder umgekehrt. Leni stand an der Wiege und war gerade dabei, Cora herauszunehmen. *Was um Gottes willen hat sie da an?,* dachte er, als er sie in einem kastenförmigen Pyjama dort stehen sah. Leni würdigte ihn keines Blickes sondern verzog sich mit Cora ins Bett, während er sich auszog und auch unter die Decke kroch. Sie drehte ihm den Rücken zu, aber Cora wollte in dieser Stellung einfach nicht trinken. Seufzend drehte sie sich dann doch auf die andere Seite, sah ihn aber nicht an, sondern war nur mit ihrer kleinen Tochter beschäftigt, die mit ihren kleinen Fingerchen fest Lenis Zeigefinger gepackt hatte.

„Hey, du hast ganz schön Kraft, kleine Maus", flüsterte sie leise. Johannes schaute fasziniert zu, es war einfach zu schön anzusehen, wie zärtlich Leni mit dem Baby umging. Er schämte sich für den Ärger, den er ihr gemacht hatte.

„Lene", versuchte er sie anzusprechen, aber sie reagierte nicht.

„Es tut mir leid, Lene. Bitte sei mir nicht mehr böse." Sie gab immer noch keinen Laut von sich.

„Was soll ich denn noch tun, damit du mir verzeihst? Soll ich vor dir auf die Knie gehen?" Leni ließ ihn zappeln, sie hatte einfach keine Lust auf eine neue Diskussion mitten in der Nacht. Als die Kleine fertig war mit Trinken legte sie sie wieder in die Wiege und legte sich ins Bett, wobei sie ihm den Rücken zuwandte.

Er streichelte ihren Arm. „Lene, Schätz-chen. Du hattest Recht, ich hab in der letzten Zeit meine Tabletten nicht genommen." Er rückte näher an sie ran und versuchte, sie in den Arm zu nehmen. „Lass mich bitte schlafen, ich bin todmüde. Ich mag jetzt nicht mir dir reden. Mir ist immer noch schlecht und ich brauche meinen Schlaf." Immerhin ignorierte sie ihn nicht mehr. Er stand wieder auf und zog sich an. Ihm war eingefallen, dass der Blumenladen, der ganz in der Nähe war, einen Automaten mit frischen Blumen hatte. Er hatte Glück und der Automat enthielt einen Strauß roter Rosen, den er zog und dann lief er schnell wieder zurück. Es war mitten in der Nacht, und schon empfindlich kalt. Er nahm ein Glas aus dem Küchenschrank, denn er wollte Max nicht stören, indem er Licht im Esszimmer machte, um nach einer Vase zu suchen. Da Leni schlief, als er zurückkam, stellte er die Blumen auf ihren Nachtisch, zog sich aus und legte sich wieder ins Bett.

Leni hatte keine Erklärung, was das jetzt wieder zu bedeuten hatte und schlief, kurz nachdem sie gehört hatte, dass er die die Wohnungstür zugezogen hatte, wieder ein. Sie dachte, dass er wohl ein Hotel suchen wollte. Als sie wieder wach wurde, spürte sie, dass er da war und seinen Arm um sie gelegt hatte. Allerdings hatte nicht seine Rückkehr, sondern ein neuer Brechreiz sie geweckt. Sie ließ ein kurzes „Oh" vernehmen, knipste ihre Nachttischlampe an, stand auf, hielt sich die Hand vor den Mund und wollte ins Badezimmer laufen. Aber ihre Beine versagten ihr wieder den Dienst. Johannes wurde ebenfalls wach, sprang aus dem Bett und stützte sie. Er machte ihr die Badezimmertür und den Klodeckel auf – keine Sekunde zu spät. Leni würgte und erbrach das bisschen, das sie am Abend gegessen hatte. Immer wieder krampfte sich ihr Magen zusammen und das Würgen nahm kein Ende, obwohl sie absolut nichts mehr im Magen hatte. Johannes war kreidebleich, aber tapfer bei ihr geblieben. Jetzt fiel ihm auf, wie elend sie aussah. Er streichelte ihr den Rücken und sprach leise beruhigend auf sie ein. Zittrig nahm sie das Glas Wasser, das er ihr reichte, und spülte ihren Mund.

Susanne, die wegen des Streits mit ihrem Mann schlecht schlief, war durch die Geräusche aus dem Bad wach geworden und kam im Nachthemd dazu. Als sie sah, dass Leni nicht alleine war, bot sie an, ihr einen Tee zu kochen, was Leni nickend annahm. Als der Brechreiz endlich vorüber war, ließ sie sich von Johannes ins Bett zurückbringen. Er ging nochmals zurück ins Badezimmer, um die Spuren zu beseitigen, während Susanne den Tee brachte. Sie deutete auf den Rosenstrauß auf Lenis Nachttisch: „Ein plumper Versöhnungsversuch?"

„Oh, die hab ich noch gar nicht gesehen", bekannte Leni. „Ich habe geschlafen, als er zurückgekommen ist und vorhin hatte ich keinen Blick dafür", meinte sie achselzuckend und überlegte, ob sie sich bedanken oder den Strauß ignorieren sollte. Johannes kam mit sorgenvollem Blick zurück ins Schlafzimmer und Susanne betrachtete verstohlen ihren Sohn, der nur eine Shorts trug. Sie wusste gar nicht, wann sie ihn das letzte Mal so gesehen hatte. Jedenfalls imponierte ihr die breite, muskulöse, blond behaarte Brust und sie konnte sich gut vorstellen, dass eine Frau sich gerne daran anlehnte. *Die beiden könnten so glücklich sein, wenn er nur nicht diese furchtbaren Aussetzer hätte*, dachte sie.

„Ich lass euch dann mal wieder alleine. Hoffentlich könnt ihr noch ein paar Stunden schlafen, bevor die beiden Raubtiere gefüttert werden wollen." Damit erhob sie sich von Lenis Bettkante, auf der sie bis jetzt gesessen hatte.

Leni sah kurz zu Johannes und sagte leise: „Danke, aber du hättest wirklich nicht mitten in der Nacht losgehen müssen, um Blumen zu besorgen."

„Ich wollte, dass du merkst, dass es mir ernst ist mit der Entschuldigung. Ich weiß, dass ich mich wie ein Idiot benommen habe." Er sah zu Leni, die stur geradeaus sah, und er bemerkte erneut, wie elend sie aussah. Er streichelte sanft ihre Wange und wünschte ihr eine gute Nacht. Leni knipste ihre

Nachttischlampe aus und drehte ihm den Rücken zu, obwohl ihre Schulter in dieser Lage schmerzte. Aber so einfach wollte sie ihn nicht davonkommen lassen. Die Enttäuschung über sein Verhalten war zu groß.

Leni erschrak fürchterlich, als ihr Handy ihr mitteilte, dass es Zeit zum Aufstehen war. Mühsam stand sie auf und schaute, ob die Babys noch schliefen. Erleichtert atmete sie auf, als in der Wiege noch alles ruhig blieb.

„Was ist los? Warum hast du dir den Wecker gestellt?", kam die verschlafene Stimme von Johannes aus dem Bett.

„Ich habe einen Termin zur Magenspiegelung", war ihre knappe Antwort.

„Hm, wie kommst du dahin?"

„Max fährt mich. Bleib du lieber bei den Kiddies. Du kannst am besten mit Cora umgehen."

Sie torkelte ins Badezimmer und wurde erst unter der Dusche etwas munterer. Als sie gerade dabei war, ihren Körper mit der Bodylotion einzucremen, klopfte Johannes leise an die Badezimmertür, was aber gar nicht nötig war, denn sie hörte Viktor schon lauthals schreien.

„Lene, wie weit bist du, dein Sohn hat Hunger."

„Ja, Moment ich bin gleich so weit. Kannst du ihn noch zwei Minuten beruhigen?"

Als sie ihre Unterwäsche angezogen hatte öffnete sie die Tür und nahm Johannes ihren Sohn ab. Sie setzte sich auf den Badewannenrand und stillte ihn.

„Er hat die ganze Nacht durchgeschlafen, da hat er jetzt natürlich Kohldampf", erklärte sie, während sie den Kleinen liebevoll streichelte und ihm das Köpfchen küsste. „Und warum ist es mein Sohn?" Sie sah ihren Mann fragend an, der aber nur die Schultern zuckte und weiter zusah, wie der Kleine gestillt wurde. Hin und wieder verzog Leni das Gesicht, weil das Baby derartig heftig saugte.

„Oh Mann, ich weiß gar nicht, woher der Kleine diesen kräftigen Zug hat", stöhnte sie.

„Du bist eine wunderbare, liebevolle Mutter", flüsterte Johannes ihr ins Ohr. Sie wusste nicht, was sie darauf erwidern sollte. Sie lächelte leicht und beschäftigte sich weiter mit dem Baby in ihrem Arm. Als Viktor gesättigt war, drückte sie ihn seinem Vater zum Aufstoßen in den Arm und zog sich rasch fertig an. „Weißt du, ob Max schon auf ist?", fragte sie ihn.

„Ja, der ist in der Dusche."

„Gut, dann schauen wir mal, ob Nummer zwei auch schon Hunger hat." Johannes legte seinen Sohn in die Wiege zurück und kurz darauf meldete sich auch Cora. Er nahm sie aus der Wiege, wickelte sie und gab sie dann an Leni, die sich erschöpft auf die Bettkante hatte sinken lassen. Die Kleine trödelte wie so oft beim Trinken und Leni streichelte ihre Wange und das Köpfchen und ermahnte sie sanft: „Hör zu, Fräulein, wenn du jetzt nicht genug trinkst, dann musst du nachher warten, bis ich wieder da bin." Das kleine Mädchen zeigte sich aber keineswegs beeindruckt. Als es Zeit zum Aufbruch war, legte Leni die Kleine ihrem Vater in den Arm.

„Falls sie Hunger bekommt, kannst du ja mal versuchen, deine Tochter zu stillen", meinte Leni, wobei sie *deine Tochter* extra betonte.

Nachdem Max und Leni aus dem Haus waren, legte Johannes Cora wieder in die Wiege und sagte seiner Mutter, dass er auch noch etwas Schlaf brauche. Er machte die Schlafzimmertür zu und ging wieder ins Bett.

Susanne ging ins Bad und deckte dann den Frühstückstisch. Sie trank eine Tasse Kaffee und war froh, dass sie noch einen Moment für sich alleine zum Nachdenken hatte. Sie überlegte, ob sie wieder mit ihrem Mann ins Münsterland zurückfahren sollte. Aber sie entschied sich dagegen, da Leni einfach zu schlecht zuwege war. Außerdem war sie stinksauer auf ihren Mann.

Als Paul einige Zeit später ins Esszimmer kam und angefangen hatte zu frühstücken fragte er: „Und wie sieht es aus?"

Frostig fuhr er fort: „Ich fahre, sobald Max zurück ist, wieder nach Hause. Kommst du mit? Ich finde, die beiden haben sich gewollt und jetzt müssen sie auch sehen, wie sie alleine klar kommen. Wir können ja nicht dauernd ihre Eheproblem lösen."

Susanne hatte schweigend zugehört und wartete noch einen Augenblick, bevor sie mit Bestimmtheit in der Stimme antwortete:

„Nein, ich bleibe hier." Paul sah sie fragend an und wartete auf eine Erklärung, die er auch prompt bekam.

„Erstens geht es Leni einfach zu schlecht, so kann ich sie nicht alleine lassen. Das hat nichts mit Eheproblemen zu tun." Sie hielt kurz inne, bevor sie weitersprach. „Zweitens stimmt mit Johannes definitiv etwas nicht und ich mache mir große Sorgen um ihn. Ich muss einfach nochmal in Ruhe mit ihm reden. Vielleicht muss seine Therapie angepasst werden."

„Wenn du meinst, dann fahre ich eben ohne dich", erwiderte Paul beleidigt.

„Und drittens bleibe ich hier, bis du diese lächerliche Affäre beendet hast." Susanne wurde jetzt lauter: „Dass du dich nicht schämst, diese Frau könnte deine Tochter sein."

„Verdammt noch mal, Suse, jetzt hör auf mit dem Blödsinn", polterte Paul los.

„Hör endlich auf, mich für dumm zu verkaufen, ich weiß genau, mit wem du es zurzeit treibst. Entweder du machst Schluss oder ich komme gar nicht mehr nach Hause." Sie sah ihren Mann wütend an. Der stand resigniert vom Frühstückstisch auf und verdrückte sich ins Kinderzimmer, in dem er geschlafen hatte.

„Verdammt noch mal, wer hat ihr das schon wieder erzählt?", murmelte er vor sich hin. Er nahm sein Buch aus seiner Reisetasche und versuchte zu lesen, um sich zu beschäftigen, bis Max mit dem Auto wieder da war.

Durch die lauten Stimmen aus dem Esszimmer aufgeweckt, stand Johannes auf und ging sich duschen. Er hatte sich am

Abend schon gewundert, warum sein Vater im Kinderzimmer schlief. *Da ist wohl ziemlich dicke Luft,* dachte er. Als er angezogen war, setzte er sich zu seiner Mutter ins Esszimmer.

„Guten Morgen, Mutti", murmelte er. Nachdem er sich selber einen gedachten Tritt in den Hintern verpasst hatte, fügte er hinzu: „Es tut mir leid wegen gestern. Ich hab das nicht so gemeint."

Susanne nickte erst mal nur. Sie war noch zu aufgewühlt, um ein vernünftiges Gespräch zu führen.

„Was ist mit Lene los?", unterbrach Johannes dann nach einigen Minuten das Schweigen.

Froh, über ein anderes Thema sprechen zu können, antwortet Susanne: „Sie war gestern Abend beim Arzt und hat wohl eine schlimme Gastritis, aber sicherheitshalber hat er sie heute zur Magenspiegelung geschickt."

Johannes nickte und frühstückte schweigend weiter.

Gestützt auf Max erreichte Leni mit weichen Knien das Auto ihres Schwiegervaters. So weit war ihr der Weg von der Haustür bis zum Parkplatz noch nie vorgekommen und sie war froh, als sie endlich im Auto saß.

„Sag mal, ich habe gestern zwar gedöst, aber kann es sein, dass deine Eltern sich in die Haare gekriegt haben?", fragte sie ihren Schwager.

„Und wie", bestätigte Max. „So habe ich Mutti noch nie erlebt. Sie hat bisher nie vor uns Kindern mit Vati gestritten, aber gestern hat sie mächtig Dampf abgelassen."

„Warum denn? Was ist passiert?"

„Ich weiß nicht genau, aber vermutlich ist er mal wieder fremdgegangen. Ich hab aber keine Ahnung, woher sie das weiß."

„Aber ich kann es mir denken", warf Leni ein. „Vor ein paar Tagen hat eine Freundin von ihr angerufen. Zuerst haben sie munter miteinander getratscht. Aber plötzlich ist Mutti ganz still geworden und hat sich mit ihrem Handy ins Gästezimmer zurückgezogen. Als sie dann irgendwann wieder aufgetaucht ist, hatte sie so einen starren Blick und einen ziemlich verkniffenen Mund."

„Hm ja, das erklärt einiges", meinte Max.

„Ich versteh deinen Vater nicht, Mutti ist doch so eine patente, liebe Frau", dachte Leni laut nach.

„So ist das halt mit uns dämlichen Moeltenhoffs", versuchte Max, die Situation ins Lächerliche zu ziehen, bevor er sie ernst anschaute und sagte: „Ich versteh ja auch nicht, warum mein Bruder dir das Leben so schwermacht." Er legte für einen kleinen Moment seine Hand auf ihren Arm.

Leni schwieg betroffen und den Rest der Fahrt verbrachten sie beide schweigend. In der Praxis angekommen legte Leni ihren Überweisungsschein und ihre Versicherungskarte vor und gleich nachdem ihre Daten aufgenommen waren, wurde sie in den Behandlungsraum geführt. Sie konnte gerade noch schnell Max ihre Jacke und ihre Tasche in die Hand drücken. Er wurde ins Wartezimmer geschickt und beschäftigte sich in der Zwischenzeit mit seinem Tablet.

Leni musste die Schuhe ausziehen und sich seitlich auf eine Liege legen. Gleich darauf erschein der Arzt, stellte ihr einige Fragen und spritzte die Betäubung. Sie spürte noch, wie ihr eine Art Klammer zwischen die Zähne gesteckt wurde und war dann sofort eingeschlafen. Sie kam zu sich, als sie gebeten wurde, ihre Schuhe wieder anzuziehen und der Arzthelferin ins Sprechzimmer zu folgen. Sie wollte von der Liege aufstehen, sackte aber mit einem kurzen Stöhnen in sich zusammen. Die Arzthelferin rief nach dem Arzt und gemeinsam beförderten sie Leni in das Sprechzimmer, wo sie sie auf die dort stehende Liege legten.

„Hat sie jemanden, der sie begleitet hat?", fragte der Arzt seine Assistentin.

„Ja, da war ein Mann dabei, der sitzt im Wartezimmer", antwortete sie.

„Dann holen Sie ihn und bereiten dann alles für den nächsten Patienten vor. Wir haben nicht viel Zeit, sonst ist das Wartezimmer gleich wieder voll. Wir haben diese Frau ausnahmsweise vor allen anderen drangenommen", erteilte er missmutig seine Anweisungen.

Max wurde ins Sprechzimmer geführt und blickte auf die schlafende Leni.

„Sind Sie der Ehemann?", fragte der Arzt ihn in nicht unbedingt freundlichem Ton.

„Nein, ich bin der Schwager", antwortete Max. „Mein Bruder ist bei den Kindern geblieben", ergänzte er, als der Arzt ihn mit erhobenen Augenbrauen fixierte.

„Dann darf ich Ihnen leider keine Auskunft erteilen. Ich gebe dem Hausarzt Bescheid. Ihre Schwägerin soll sich an ihn wenden, wenn sie ihren Rausch ausgeschlafen hat. Nehmen Sie sie jetzt bitte mit."

Max schaute zunächst etwas verwirrt, setzte dann Leni vorsichtig auf und zog ihr Schuhe und Jacke an, wobei sie kicherte, als hätte sie wirklich zu tief ins Glas geschaut. Noch bevor sie das Sprechzimmer verlassen hatten, telefonierte der Arzt mit seinem Kollegen, aber aus dem Gesagten, wurde Max nicht schlau. Er war auch zu sehr damit beschäftigt, Leni auf die Füße zu stellen und aus der Praxis zu schleppen.

„Hey Leni, du hast aber mächtig einen sitzen", scherzte er und sie fing wieder an zu kichern. Er hatte mächtig zu tun, bis er sie endlich im Auto hatte. Während der Fahrt brabbelte sie entweder wirres Zeug vor sich hin oder der Kopf fiel ihr nach vorne und sie nickte ein. Zu Hause angekommen versuchte Max, seinen Bruder zu erreichen, aber es ging gleich die Sprachbox dran. Er probierte es bei seiner Mutter und die meldete sich nach kurzem Klingeln.

„Hallo Mutti, ist Johannes nicht da?"

„Doch der sitzt hier und frühstückt. Warum, ist was passiert?"

„Nein, nein, aber er nimmt sein Handy nicht ab und ich bräuchte mal seine Hilfe. Kannst du ihn mir kurz geben?"

Susanne reichte ihr Handy an Johannes weiter, der sie fragend ansah.

„Max", sagte sie nur kurz.

„Ja, was ist? Ist was mit Lene?", fragte er besorgt.

„Na ja, wie man es nimmt. Sie ist vollkommen zugedröhnt und ich krieg sie nicht alleine aus dem Auto. Am besten bringst du mir ihren Rollstuhl."

„Den haben wir nicht mehr. Ich komme sofort."

Er gab seiner Mutter das Handy zurück, zog sich schnell Schuhe an und rannte zum Parkplatz. Zu zweit schafften sie es mit viel Mühe, Leni auf die Beine zu stellen und zur Haustür zu bringen. Die beiden Männer waren froh, als sie alle drei wohlbehalten im Lift waren.

„Was haben die denn mit ihr angestellt?", wollte Johannes wissen.

„Keine Ahnung, aber ich denke, sie hat etwas zu viel Narkotikum abgekriegt. Normalerweise haut einen das nicht so um."

Leni fing wieder an zu kichern und die beiden konnten sich das Lachen auch nicht mehr verkneifen. Oben angekommen nahm Johannes sie einfach auf den Arm und trug sie ins Schlafzimmer, wobei er ihr ins Ohr flüsterte: „Na, Frau Kaiser, Sie sind ja wieder ein richtiges Leichtgewicht geworden", was wiederum einen Kicheranfall bei Leni auslöste. Sie schmiegte sich an seine Brust und er drückte sie sanft an sich. Er legte sie aufs Bett und zog ihr Schuhe und Jacke aus.

„Na, Schätz-chen, dann schlaf erst mal deinen Rausch aus." Er küsste sie sanft und ging dann zu den anderen ins Esszimmer. Dort wurde gerade beschlossen, dass Paul allein zurückfahren würde. Max und Susanne wollten noch bleiben und Max würde sich dann einen Leihwagen nehmen, um zurückzufahren.

Als Johannes Cora schreien hörte ging er ins Schlafzimmer und stellte fest, dass Leni tief und fest schlief. Er wickelte seine Tochter und versuchte, Leni zu wecken, aber ohne Erfolg. Er drehte sie sanft auf die linke Seite und versuchte, ihre Brust frei zu machen, damit die Kleine trinken konnte. Er zog ihren Pulli hoch und nach einiger Mühe hatte er die Häkchen, die vorne an ihrem BH waren, geöffnet. Er legte ihr das Baby in den Arm und rückte die Kleine so zurecht, dass sie saugen konnte. Er blieb dabei sitzen und streichelte seine Tochter. Als sie aufhörte zu saugen, nahm er sie hoch und trug sie ins Esszimmer.

„Schau mal, meine kleine Prinzessin, da sind die Oma und Onkel Max", sprach er leise auf das Kind ein, das mit großen Augen um sich schaute. Er war jetzt ganz der glückliche, liebevolle Vater und Susanne wunderte sich über die Verwandlung. Hätte sie seinen gestrigen Ausbruch nicht miterlebt, hätte sie es nie für möglich gehalten, dass ihr Sohn so ausrasten konnte. Johannes blieb einige Minuten mit seiner Tochter bei den anderen sitzen und alle sprachen mit Piepsstimmen mit dem Kind, das die Aufmerksamkeit sichtlich genoss.

„Darf ich auch mal?", fragte Max und nahm stolz seine kleine Nichte auf den Arm. „Sie ist total süß. Ich finde, sie sieht eher Leni ähnlich." Er lächelte das Baby an, das daraufhin anfing, zu strampeln und mit den Armen zu rudern. „Na, du bist ja ein ganz munteres Fräulein", meinte er lachend. „Dein Bruder scheint mir eher ein gemütlicher zu sein", sprach er leise weiter. „Ja, sie hat wesentlich mehr Temperament als Viktor", bestätigte Johannes. „Sie will auch ständig betüttelt werden."

„Aber Max, jetzt sag endlich, was mit Leni ist. Was hat der Arzt gesagt?", wollte Susanne jetzt wissen.

„Er hat gar nichts gesagt, weil ich nicht der Ehemann bin und Leni nicht aufnahmefähig war. Er hat ihren Hausarzt angerufen und sie soll sich bei dem melden, wenn sie wieder wach ist."

„Aber wir haben doch noch gar keinen Hausarzt", warf Johannes ein.

„Doch, Leni war gestern in der Praxis bei dem Bruder ihrer Hebamme. Der hat sie dann zum Internisten überwiesen."

Leni schlief weiterhin tief und fest, nur als Johannes ihr Viktor an die Brust legte, stöhnte sie kurz auf, als der wieder wie ein hungriger Hai nach ihrer Brustwarze schnappte und sofort anfing, heftig zu saugen.

Kurz nachdem Susanne und ihre Söhne zu Mittag gegessen hatten, klingelte es an der Tür.

„Guten Tag, ich bin Doktor Linnemann", meldete sich der Besucher, als Susanne die Sprechanlage betätigt hatte. Sie drückte den Türöffner und stand wartend in der Tür. Ein Mann mittleren Alters kam aus dem Lift. „Ich nehme an, Sie sind die Schwiegermutter von Frau Kaiser-von Moeltenhoff", sprach er Susanne freundlich an. Sie bestätigte und ließ ihn eintreten. „Ihre Schwiegertochter war ja heute Morgen zur Magenspiegelung und mein Kollege hat mich informiert. Ich wollte nach ihr sehen und ihr das Ergebnis mitteilen. Der Kollege hat sie offensichtlich zu stark sediert, so dass er leider nicht mit ihr selber reden konnte." Während er sprach, hatte Susanne ihn ins Schlafzimmer geführt. Er warf einen kurzen Blick in die Wiege und lächelte, als er die beiden Säuglinge friedlich schlafen sah.

„Leni", Susanne tätschelte leicht Lenis Wange. „Der Arzt ist da, wach auf." Leni schlug kurz die Augen auf und murmelte etwas Unverständliches. Der Arzt fühlte ihren Puls und sah in ihre Augen.

„Da hat es der Kollege aber wirklich gut mit Ihnen gemeint", meinte er freundlich.

„Sie scheint immer noch ziemlich benommen zu sein. Ist denn Ihr Sohn da? Dann kann ich wenigstens mit ihm reden."

„Ja sicher, er kommt sofort." Susanne verließ das Schlafzimmer und holte Johannes.

Der Arzt schloss die Tür und sagte zu ihm: „Ihre Frau hat, wie ich gestern Abend schon festgestellt habe, eine stark ausgeprägte Gastritis und die Magenspiegelung hat auch meine Vermutung bestätigt, dass sie ein kleines Magengeschwür hat. Der Kollege hat eine Gewebeprobe eingeschickt und wird mich informieren, sobald das Ergebnis vorliegt."

„Was heißt das im Klartext?", wollte Johannes wissen.

„Im Moment noch gar nichts, wir müssen die Gewebeanalyse abwarten. Ich habe noch ein Rezept für ein anderes Medikament aufgeschrieben. Da ihre Frau stillt, müssen wir vorsichtig sein mit der Medikation. Aber sie braucht jetzt vor allem viel Ruhe und Schonkost. Die beiden Medikamente soll sie so einnehmen, wie ich es aufgeschrieben habe. Rufen sie mich auf jeden Fall an, wenn sich ihr Zustand verschlimmern sollte." Er schaute nochmals kurz zu Leni und auch in die Wiege. „Ich denke, die beiden sind nicht immer so friedlich", meinte er dann lächelnd.

„Der Junge eigentlich schon, aber die kleine Prinzessin gibt selten lange Ruhe", berichtete Johannes, ganz der stolze Vater. Im Flur erklärte der Arzt Susanne noch, wie sie die Schonkost für Leni zubereiten sollte und verabschiedete sich dann.

Johannes berichtete kurz, was der Arzt gesagt hatte. Er sah dann auf die Uhr und seufzte leicht. „Ich muss unbedingt meine Vorlesung für morgen nochmals durchgehen. Mutti, kannst du nach den Kleinen sehen, falls Leni sie nicht hört?" bat er seine Mutter und ging ins Arbeitszimmer.

10

Johannes machte sich zeitig auf den Weg zur Uni, da er die Technik erst noch mal ausprobieren wollte. Wegen der Pandemie konnte er nur eine Online-Vorlesung halten und er wollte sicher sein, dass alles klappte. Max, der sich in Medientechnik bestens auskannte, begleitete ihn und blieb die Vorlesung über da. Es war interessant für ihn, seinen Bruder mal in Aktion zu sehen, auch wenn er sich mit dem Thema so gut wie gar nicht auskannte.

Die Vorlesung konnte pünktlich beginnen und nach dem ersten Kapitel fragte Johannes, ob es dazu irgendwelche Fragen gebe. Er beantwortete einige wenige Fragen und wollte fortfahren, als sich noch eine Studentin zuschaltete und fragte, warum er ihre Nummer geblockt hätte. Zur gleichen Zeit betrat der Dekan leise den Hörsaal. Nach einem kurzen Moment der Verwirrung erklärte Johannes in sachlichem Ton: „Es war ein Anfängerfehler von mir, dass ich letztes Mal meine private Handynummer preisgegeben habe. Ich dachte, es wäre allen klar gewesen, dass sie nur für sachliche Fragen zum Inhalt der Vorlesung gedacht war. Ich habe nicht damit gerechnet, dass man mich Tag und Nacht mit irrelevanten Fragen bombardiert. Ich bin gerne bereit, weiterhin Fragen zu beantworten, dazu senden Sie mir aber bitte eine E-Mail und ich werde mich bei Ihnen melden." Er hielt einen kurzen Augenblick inne und sprach denn weiter: „Und für den Fall, dass noch weitere Damen da etwas missverstanden haben, ich bin in festen Händen." Er hielt seine rechte Hand mit dem Ehering in die Kamera. „In den allerbesten, die ein Mann sich wünschen kann", fügte er hinzu und lächelte kurz, als er sah, dass Max den Daumen hochstreckte. Er bat darum, nur fachlich relevante Fragen zu stellen, da die Zeit zu kurz für anderes sei und fuhr dann sehr sachlich mit der Vorlesung fort.

Nach Beendigung der Vorlesung packte Johannes seine Sachen zusammen und Max trat zu ihm.

„Hast du schon wieder eine neue Verehrerin, Alter?", feixte er.

„Hör bloß auf, die hat mich tagelang mit Anrufen bombardiert, bis ich ihre Nummer geblockt habe. Dann hat sie es mit anderen Handys probiert, aber ich hab sie dann immer gleich weggedrückt."

„Was ist das denn für eine Tussi?"

Johannes zuckte die Schultern. „Ich kenne die ganzen Studenten ja noch nicht. Ich hab mal bei ihrem Prof nachgefragt und nach seiner Meinung ist sie normalerweise eine zurückhaltende, fachlich gute Studentin. Mehr weiß ich auch nicht."

„Tja, der gefällst du wohl, Bruderherz", zog Max seinen Bruder weiter auf.

„Oh Mann, Max, du weißt, dass ich sowas gar nicht mag."

„Hey, bleib cool, Alter, die beruhigt sich schon wieder. Das gibt es doch ständig, dass Studentinnen sich in ihre Profs verlieben."

Johannes hatte alles zusammengepackt und die diversen Geräte ordnungsgemäß ausgeschaltet.

„Na komm, wir fahren heim, mal sehn, mit was Mutti uns heute wieder verwöhnt", forderte er dann seinen Bruder auf und sie strebten gemeinsam dem Ausgang zu. Kurz bevor sie den Ausgang erreicht hatten, kam ihnen der Dekan entgegen.

„Herr von Moeltenhoff, schön dass ich Sie noch treffe", begrüßte er Johannes, der ihm Max vorstellte.

„Der Vortrag war gelungen, Gratulation. Aber Sie wissen schon, dass Sie die Vorlesung nicht unbedingt von hier aus halten müssen? Sie können das auch von Ihrem Computer zu Hause aus machen."

„Ja, sicher. Aber wir haben zwei Neugeborene zu Hause und ich weiß nicht, ob das Babygeschrei so gut bei den Studenten ankommt", erklärte Johannes.

Der Dekan schaute zunächst etwas verwirrt, bevor er begriff.

„Oh, Sie sind Vater geworden? Na dann herzlichen Glückwunsch", sagte er milde lächelnd. „Was ist es denn?"

„Beides. Wir haben einen Jungen und ein Mädchen."

„Oha, gleich ein Doppelpack. Dann kann ich verstehen, wieso Sie lieber von hier aus agieren", lachte der Dekan. „Dann ein schönes Wochenende und bis zum nächsten Mal."

Als sie das Gebäude verließen, glaubte Johannes seinen Augen nicht zu trauen. Da wartete doch tatsächlich „Miss Kuhauge", die aufdringliche Studentin, auf ihn. Er versuchte, sie zu ignorieren, aber sie lief auf ihn zu und sprach ihn an: „Herr von Moeltenhoff, ich hätte da noch eine Frage, könnten wir das vielleicht bei einem gemeinsamen Mittagessen oder wenigstens einem Kaffee besprechen?"

„Es tut mir leid, Frau Mühlbauer, aber ich habe einen wichtigen Termin. Wenn Sie mich bitte entschuldigen würden."

Er ließ sie einfach stehen und ging schnellen Schrittes zu seinem Auto, wo Max schon auf ihn wartete.

„Die Braut lässt wohl nicht locker", lachte Max. „Dabei warst du heute wirklich deutlich genug."

„Was soll ich bloß machen? Ich hasse solche Situationen", fragte Johannes ziemlich ratlos.

„Einfach ignorieren. Irgendwann muss sie ja aufgeben."

„Hoffentlich", seufzte Johannes.

Am nächsten Morgen hatte Leni nach dem Frühstück Cora gestillt und ging ins Schlafzimmer, um sie wieder in die Wiege zu legen. Johannes folgte ihr und machte die Schlafzimmertür zu. Er nahm sie in den Arm und küsste und streichelte sie sanft. Leni wusste nicht, wie sie sich verhalten sollte. Einerseits war sie immer noch sauer, weil er sich vor einigen Tagen so idiotisch benommen hatte, aber andererseits liebte sie es, wenn er so zärtlich war. Sie sah ihn fragend an. Er lächelte sie an: „Keine Angst, ich will nicht richtig mit dir schlafen, ich möchte dich einfach verwöhnen", flüsterte er, worauf sie sich etwas entspannte. Er legte sie aufs Bett und fing an, sie auszuziehen, wogegen sie sich aber wehrte.

„Hey Schätz-chen. Entspann dich. Ich hab dir doch versprochen, dass ich dich nur verwöhnen will." Er küsste und streichelte sanft ihren Körper, was sie erst nur passiv geschehen ließ, dann aber doch sehr genoss. Er liebkoste ihre Brüste und ließ seine Hand langsam nach unten gleiten, bis sie zwischen ihren Beinen angekommen war. Im Hintergrund hörten sie die Türklingel, aber es störte sie nicht, denn es waren ja genug Leute in der Wohnung, die aufmachen konnten. Er hatte gerade angefangen, ihre intimste Stelle sanft zu reiben, als es an der Schlafzimmertür klopfte und Max nach ihm rief.

„Jetzt nicht", rief er zurück.

„Komm jetzt bitte, es ist wichtig", blieb Max hartnäckig und seine Mutter rief jetzt auch nach ihm. Mit einem Seufzer des Bedauerns gab er Leni noch einen zarten Kuss, erhob sich dann und ging aus dem Zimmer.

Im Wohnzimmer standen zwei Polizisten und sahen ihn streng an.

„Johannes von Moeltenhoff?", fragte der Ältere der beiden.

„Ja, der bin ich. Um was geht es?" Er sah die beiden fragend an.

„Würden Sie uns bitte aufs Revier begleiten, gegen Sie liegt eine Anzeige vor."

„Wie bitte? Was soll ich denn ausgefressen haben?"

„Das erklären Ihnen unsere Kollegen auf dem Revier. Kommen Sie bitte mit."

Er zog sich Schuhe und Jacke an und holte Handy, Geldbeutel und Schlüsselbund aus dem Schlafzimmer. Seine Mutter folgte ihm und fragte ihn leise, ob er sein Medikament eingenommen habe. Auf seine Verneinung hin bestand sie darauf, dass er das noch machte. Sie hatte Angst, dass er auf dem Revier sonst ausrasten würde. So entschuldigte er sich noch für eine Sekunde bei den beiden Polizisten und holte sich ein Glas Wasser, um die Tablette zu schlucken.

Auf dem Revier wurde er in einen Vernehmungsraum geführt und mit der Tatsache konfrontiert, dass gegen ihn eine Anzeige wegen Vergewaltigung vorlag. Ihm wurde etwas mulmig und er fragte vorsichtig, wer ihn denn angezeigt hätte, bekam aber erst mal keine Auskunft.

„Wo waren Sie gestern?", fragte ihn der Polizeibeamte barsch.

Er versuchte, sich seine Erleichterung nicht anmerken zu lassen. „Gestern Morgen war ich bis halb eins an der Uni und habe eine Online-Vorlesung gehalten. Dafür gibt es jede Mengen Zeugen."

„Und danach?"

„Bin ich nach Hause gefahren, zum Mittagessen."

„Sind Sie direkt nach Hause gefahren, haben Sie keinen Umweg gemacht?"

„Ja, sicher, ich bin direkt nach Hause gefahren."

„Gibt es dafür Zeugen?"

„Ja, meinen Bruder, der hat mich begleitet. Er war mit im Hörsaal und ist auch wieder mit mir zurückgefahren." Johannes fühlte sich zunehmend genervt und fragte deshalb: „Können Sie mit bitte endlich sagen, was das zu bedeuten hat? Ich habe Zeugen für den ganzen gestrigen Tag. Ich war keine Minute allein, außer vielleicht auf dem Klo."

„Kennen Sie eine Frau Teresa Mühlbauer?"

„Ja, das ist eine Studentin aus dem Kurs, für den ich die Vorlesung gehalten habe."

„Haben Sie sich gestern mit ihr getroffen?"

„Ganz sicher nicht! Diese Frau bombardiert mich mit Anrufen und gestern hat sie mich nach der Vorlesung am Eingang der juristischen Fakultät abgepasst, aber ich habe ihre Bitte um ein gemeinsames Mittagessen abgelehnt. Ich habe sie schon mehrmals wissen lassen, dass ich kein Interesse an ihr habe, aber sie scheint das nicht zu kapieren", versicherte er nachdrücklich. „Hören Sie, ich bin glücklich verheiratet und habe zwei neugeborene Kinder. Was soll ich da mit einer Studentin? Ich wollte gestern Mittag einfach so schnell wie möglich zu meiner Familie nach Hause und das habe ich auch gemacht. Sie können gerne meinen Bruder fragen".

„Das werden wir, keine Sorge. Und nach dem Mittagessen?"

„Bin ich mit meinem Bruder und den beiden Kleinen mit dem Kinderwagen spazieren gegangen. Danach haben wir zu Hause Kaffee getrunken und haben uns alle einen gemütlichen Nachmittag gemacht. Wie ich schon sagte, ich habe für den ganzen gestrigen Tag Zeugen."

„Gut, wir nehmen Ihre Aussage so zu Protokoll. In der Zwischenzeit können Sie Ihren Bruder bitten, dass er herkommt, um Ihre Aussage zu bestätigen."

Johannes nickte und rief Max an, der sich die Adresse geben ließ und dann mit Lenis Auto kam, da Johannes seinen Autoschlüssel dummerweise mitgenommen hatte. Er bestätigte fast wortwörtlich die Aussage von Johannes und nachdem die Protokolle unterschrieben waren, konnten sie gehen, aber mit der Auflage, sich zur Verfügung zu halten.

„So geht das aber nicht", wehrte sich Johannes. „Ich möchte gegen Frau Mühlbauer Anzeige wegen Verleumdung erstatten. Das will ich so nicht auf mir sitzen lassen. Ich habe schließlich einen Ruf zu verlieren."

Die Anzeige wurde aufgenommen und danach konnten die Brüder endlich das Revier verlassen.

„Mann, die hat ja wohl nicht alle Latten am Zaun", schimpfte Max beim Rausgehen.

„Sag mal, hast du kein kleineres Auto gefunden?", fragte Johannes als er den niedlichen blauen Ford KA von Leni auf dem Parkplatz vor dem Revier stehen sah.

„Auto schon, aber keinen Schlüssel, Alter. Den hast nämlich du in der Tasche."

„Oh, Mist! Na dann ist es ja gut, dass Lenis Knutschkugel noch da ist", lachte er jetzt.

„Fahr bloß vorsichtig, sie hängt an dem guten Stück", ermahnte er Max, als der mächtig auf Gaspedal trat.

Teresa Mühlbauer wurde nochmals aufs Revier gebeten und als man ihr sagte, dass sie zur gynäkologischen Untersuchung sollte, um ihre Aussage zu untermauern, spielte sie zunächst tränenreich das arme Opfer, dem die Männer natürlich nicht glauben, weigerte sich aber, die Untersuchung machen zu lassen. Die Tatsache, dass Johannes sie seinerseits wegen Verleumdung angezeigt hatte, brachte sie völlig aus der Fassung. Unter Tränen erzählte sie, wie sehr sie ihn liebte und dass er sie doch auch liebe und sie gar nicht verstehe, warum er sie nun angezeigt habe.

„Hören Sie, Frau Mühlbauer, Sie als Jurastudentin müssten doch eigentlich wissen, dass es strafbar ist, was Sie da machen. Sie können keinen unbescholtenen Mann der Vergewaltigung bezichtigen, der Sie nicht mal angefasst hat. Er hat genug Zeugen dafür. Hören Sie auf, den Mann zu verfolgen und sehen Sie ein, dass Sie sich verrannt haben."

Sie sah den Beamten wortlos mit großen, tränengefüllten Augen an. Er merkte, dass sie wirklich ein Problem hatte und sagte väterlich: „Ich empfehle Ihnen, professionelle Hilfe in Anspruch zu nehmen, bevor der Schlamassel noch größer wird. Für die falsche Beschuldigung müssen Sie sich auf jeden Fall verantworten."

Als Johannes und Max zu Hause erzählten, was der Grund dafür gewesen war, dass sie aufs Polizeirevier mussten, schüttelten die beiden Frauen nur den Kopf.

„Was geht in so einer Person vor?", fragte Leni. „Ich kann ja verstehen, dass man sich Hals über Kopf in Johannes verlieben kann." Sie schmiegte sich an ihren Mann, „aber warum erfindet sie solche Geschichten?"

„Sie ist eben scharf auf ihn und hat gedacht, sie kriegt ihn so rum", meinte Max achselzuckend. „Sie hat wohl nicht damit gerechnet, dass du unter meiner Aufsicht warst, Bruderherz", feixte er jetzt.

„Ja, tatsächlich, ohne deine Begleitung hätte ich mehr Mühe gehabt, meine Unschuld zu beweisen", meinte Johannes nachdenklich.

„Hör zu, Johannes", wechselte die Mutter das Thema. „Du musst unbedingt dein Medikament regelmäßig nehmen. Solche Szenen wie diese Woche sind doch weiß Gott erstens unschön und zweitens total unnötig."

„Na ja", begann Johannes zögerlich. „Weißt du, im Prinzip hast du ja Recht, aber wenn ich die Dinger einwerfe, dann komme ich mir vor wie ein Zombie und damit kann ich keine Vorlesung halten."

„Lieber ein Zombie als ein Arschloch", meinte Max provokativ.

„Du hast gut reden, weißt du, wie das ist, wenn du das Gefühl hast, dein Kopf ist voller Watte und du musst dich da erst mal durchwühlen, um einen klaren Gedanken fassen zu können?"

„Aber Junge, dann sprich mit deinem Therapeuten, dass er die Dosierung anpasst", belehrte Susanne ihn.

Johannes nickte: „Ja sicher, das muss ich das nächste Mal tun. Aber diese Woche hatte ich keine Therapie, weil ich gestern ja an der Uni war."

Als sie dann abends im Bett lagen kuschelte Leni sich an Johannes.

„Sag mal, mein Schätz-chen, wo waren wir heute Nachmittag eigentlich stehen geblieben, als wir so unsanft gestört wurden?", flüsterte er ihr ins Ohr.

„Hm, ja also, wenn ich mich recht entsinne, waren deine Finger irgendwo auf Entdeckungsreise gegangen", wisperte sie leise zurück.

„Ja, so was hatte ich auch in Erinnerung", bestätigte er lächelnd. „Aber da hattest du nicht so einen fürchterlichen Pyjama an", beklagte er sich.

„Oh Mann", sagte Leni leicht genervt. „Der ist so wunderbar warm. Mir war die letzten Tage echt kalt und da fiel mir ein, dass Mutti mir so ein schönes Teil mitgebracht hat. Es ist Herbst und da sind mir die dünnen Trägerhemdchen nicht warm genug, und im T-Shirt krieg ich kalte Beine. Außerdem ist er beim Stillen so praktisch mit den Knöpfen vorne."

Ihr Ton war etwas nörgelig geworden und er wollte sie nicht weiter reizen. Deshalb stieß er nur einen kleinen Seufzer aus.

„Jetzt hör aber auf, dich zu beklagen Jo, im Dunkeln siehst du das sowieso nicht."

„Ich sag ja gar nichts mehr", wehrte er ab, denn er wollte nicht schon wieder einen Krach riskieren.

„Wirklich schade, dass dir so kalt ist", begann er nach wenigen Sekunden erneut. „Wieso?", murmelte Leni schlaftrunken. „Weil ich ihn dir sonst ausgezogen hätte und beendet hätte, was ich am Nachmittag angefangen habe. Aber wenn du so an dem komischen Ding hängst, dann halt nicht", neckte er sie jetzt und erntete dafür einen Knuff in den Oberarm. „Du bist gemein", stöhnte sie. Er zog sie lachend an sich, küsste sie und öffnete langsam die Knöpfe ihres Oberteils. „Du hast Recht", murmelte er, „das Ding ist wirklich praktisch." „Sag ich doch", flüsterte sie und er merkte, dass ihre Stimme belegt klang, was ihn veranlasste weiterzumachen. Zuerst sanft und zärtlich und dann immer leidenschaftlicher schickte er Leni auf einen wunderbaren Höhenflug. Danach kuschelte sie sich in seinen Arm und schlief ein. Zunächst war er etwas enttäuscht, dass er leer ausgegangen war, aber er wollte sie auch nicht wecken, denn das würden die Kinder in wenigen Stunden erledigen.

Zur nächsten Therapiestunde nahm Johannes Leni mit. Sie hatte versucht, die Kinder vorher noch zu stillen, aber Cora hatte sich wieder beim Trinken geziert und so nahmen sie die beiden einfach mit.

Es war ein eigenartiges Erlebnis für sie zu erleben, wie ihr Mann sein Innerstes nach außen kehrte. Es war ihr ungeheuer peinlich und sie bereute, dass sie mitgekommen war. Er berichtete relativ wahrheitsgetreu, was sich in der vorhergehenden Woche ereignet hatte. Er sagte auch, dass er sich vollkommen darüber im Klaren sei, dass sein Verhalten nicht richtig war, er aber in solchen Momenten total neben sich stand und seine Wut nicht bändigen könnte. Es würde ihm zwar helfen, wenn er Laufen ginge, aber dabei sei er jedes Mal so kopflos, dass er sich dann immer verirre. Sie hörte zunächst still zu. Erst als der Therapeut wissen wollte, wie sie sich in solchen Situationen fühlte, fing sie zögerlich an zu sprechen:

„Ich versuche ja, ihn möglichst gar nicht aufzuregen, aber seit meiner Erkrankung bin ich auch öfters gereizt wie früher. Es kommt oft so plötzlich bei ihm, dass ich gar nicht nachvollziehen kann, was ich falsch gemacht habe. Ich bin dann schockiert, es fühlt sich an wie ein Schlag in die Magengrube und ich fühle mich total hilflos." Sie machte eine kurze Pause und als der Arzt ihr aufmunternd zunickte, fuhr sie fort: „Er entschuldigt sich danach zwar immer wieder, aber das macht das Ganze ja auch nicht ungeschehen und es bleibt eine Zeitlang so ein Unbehagen, so etwas wie Enttäuschung, zurück. Ich weiß einfach nicht, wie ich damit umgehen soll."

„Moment mal", unterbrach sie der Therapeut. „Es geht nicht darum, dass Sie etwas falsch gemacht haben. Das Problem liegt bei Ihrem Mann und nicht bei Ihnen. In jeder Beziehung gibt es Diskussionen oder auch mal Streit, aber man hat dabei normalerweise seine Reaktionen im Griff. Ihr Mann leidet an einer Persönlichkeitsstörung und daran müssen wir zusammen arbeiten. Mir ist nur wichtig, dass er erkennt, was er Ihnen damit antut." Er sah sie eindringlich an. „Verstehen Sie? Jeder macht mal Fehler oder hat einen schlechten Tag, das muss eine gesunde Beziehung aushalten. Sie dürfen sich nicht zurücknehmen, aus Angst vor seiner Reaktion. Das zermürbt Sie sonst. Und wenn ich Sie beide so sehe, scheinen Sie doch eigentlich eine harmonische Beziehung zu haben."

Leni nickte schweigend. Sie fühlte sich der Situation nicht gewachsen und wäre am liebsten aus dem Raum gelaufen. Als der Therapeut dann auch noch auf ihre sexuelle Beziehung zu sprechen kam, steigerte sich ihr Unbehagen ins Unermessliche und sie rutschte unruhig auf ihrem Stuhl hin und her.

„Sie wissen, dass Ihr Mann ein Problem mit der Größe seines Penis hat?", fragte er Leni direkt. Sie spürte, wie ihr die Röte ins Gesicht schoss.

„Haben Sie auch ein Problem damit?"

Sie schüttelte den Kopf. „Nein." Nach einigem Zögern ergänzte sie: „Ich finde, er ist nicht abnormal und das habe ich ihm auch schon öfters gesagt." Sie sah zuerst zu Johannes und dann auf den Boden.

„Sie denken also, Sie haben eine ganz normale sexuelle Beziehung?"

„Sicher." Mehr war sie nicht bereit preiszugeben.

Sie war froh, als Cora sich meldete und sie sich mit dem Stillen beschäftigen konnte. Sie hörte dem weiteren Verlauf der Sitzung auch nur noch mit halbem Ohr zu und schwor sich, nie wieder an so einer Therapiestunde teilzunehmen. Sie wusste ja, wie ungern Johannes seine wahren Gefühle preisgab und über Intimes sprach er schon gar nicht gerne. Sie war der Meinung, dass er das wirklich mit dem Arzt alleine besprechen sollte, da war ihre Gegenwart nur hinderlich. Sie konnte sich vorstellen, dass so ein Gespräch von Mann zu Mann für ihn sicher hilfreich wäre.

Leni erholte sich im Laufe der nächsten Tage zusehends und Susanne beschloss, am nächsten Wochenende nach Hause zu fahren. Sie kochte und buk tagelang, bis der Tiefkühler bis zum Rand gefüllt war. Auch Max fand, dass es an der Zeit war, sich mal wieder im Münsterland sehen zu lassen. Und so mietete er wie vorgesehen einen Leihwagen und am Sonntag nach dem Mittagessen machten sich die beiden auf die Heimreise. Leni bedankte sich herzlich bei ihrer Schwiegermutter für die Unterstützung und verabschiedete sich mit Tränen in den Augen.

„Es ist komisch, plötzlich wieder alleine zu sein", meinte sie traurig, als sie nach einem kleinen Spaziergang zu zweit am Kaffeetisch saßen.

„Hey, bin ich dir nicht genug?", Johannes streichelte sanft ihre Wange.

„Ja schon, aber jetzt müssen wir unseren Alltag alleine wuppen. Das heißt, sich gut bei den diversen Terminen absprechen oder die Kiddies überall mit hinschleppen. Es war so praktisch, dass man sie mal bei Mutti oder Max abgeben konnte", meinte sie seufzend. „Und die Katzen dürfen wir auch nicht vergessen. Die haben sich jetzt in den letzten Tagen an Max gewöhnt. Sie haben nachts sogar bei ihm geschlafen." „Das kriegen wir schon auf die Reihe", versucht er sie zu beruhigen. „Bis Januar bin ich ja noch da und dann arbeite ich auch oft im Homeoffice. Ich muss allerdings in den nächsten Tagen die nächste Vorlesung fertig vorbereiten, die ist nämlich schon in knapp zwei Wochen."

Leni hatte inzwischen wieder Termine für Physiotherapie und Logopädie, aber nur noch zwei Mal pro Woche und meistens fuhr sie dafür alleine zur Klinik. Sie kamen jeden Tag besser zurecht. Viktor war ein ruhiges Baby, er trank, bis er satt war und schlief sogar schon nachts durch. Da Leni das Gefühl hatte, nicht mehr genug Milch für beide zu haben, bereitete sie öfters ein Fläschchen für Viktor, das er anstandslos nahm. Cora hingegen wollte von dem Gummisauger nichts wissen. Aber so konnte sie öfters mal Viktor bei Johannes zu Hause lassen und musste nur Cora zu ihren Terminen mitnehmen.

Als Johannes seine nächste Vorlesung halten musste, bat er Leni, ihn doch mittags an der Uni abzuholen. Wegen der Pandemie waren nur wenige Studenten im Hörsaal erlaubt, aber wenigstens war er nicht ganz leer, wie bei der vorherigen Vorlesung. Er hatte beide Babysafes in das Auto montiert und Leni nahm sich mittags ein Taxi. Sie packte beide Kinder in den Jogger. Diesen Kinderwagen wollte Johannes unbedingt, trotz ihrer angespannten Finanzlage, zusätzlich zu dem Zwillingswagen haben, weil er mit Cora joggen gehen wollte. Sie ließ sich zum Eingang der juristischen Fakultät fahren. Zunächst lief sie vor dem Gebäude hin und her, aber mit der Zeit wurde es ihr zu kalt und so ging sie rein. Als Cora anfing, ungeduldig zu werden, rief sie Johannes an, der auch tatsächlich sofort, als er das Telefon vibrieren spürte, das Gespräch annahm. „Ja, Lene, bist du da?"

„Ja und unsere kleine Prinzessin wartet ungeduldig auf ihren Papa."

Er lachte. „Ja, ich hör es, ich bin in zwei Minuten da."

Kurz darauf kam er mit langen Schritten auf sie zugeeilt, sprach kurz mit seiner Tochter, streichelte sie sanft und schon war Ruhe im Kinderwagen. Er gab Leni einen zarten Kuss auf den Mund.

„Schön, dass du gekommen bist", sagte er leise.

Einige der Studenten kamen auf sie zugelaufen und sahen sie beide fragend an. Johannes stellte Leni vor und als eine der Studentinnen fragte, ob sie mal in den Wagen schauen dürfte, sagte sie erstaunt: „Oh, da sind ja zwei drin."

Johannes und Leni lachten. „Ja, im Moment passen sie beide noch in einen Wagen", sagte Johannes.

Leni hatte immer noch Hemmungen, mit Fremden zu reden, da sie wusste, dass man ihr ihre Sprachbehinderung noch anmerkte. Sie war auch froh, dass es Winter wurde, so konnte sie ihre Narbe am Kopf unter einer Mütze verbergen.

Johannes verstaute seine Tasche und das Laptop in dem Korb unter dem Kinderwagen und nachdem er Fragen zu Alter, Geschlecht und Namen der Kinder beantwortet hatte, machten sie sich auf den Weg zum Parkplatz, wobei er stolz mit einer Hand den Wagen schob und den anderen Arm um Leni gelegt hatte.

„Wo ist den Miss Kuhauge?", fragte Leni vorsichtig.

„Ich bin sicher, die ist irgendwo in der Nähe, das letzte Mal hat sie mir hier auch irgendwo aufgelauert." Er sah sich vorsichtig um, konnte aber niemanden entdecken.

„Hör mal, ich habe einen Tisch in der Pizzeria bestellt, ich dachte, du hättest sicher mal wieder Lust auf eine Lasagne."

„Cool. Das ist eine Superidee", freute sich Leni.

In der Pizzeria angekommen musste sie erst mal Cora stillen. Es war ihr zwar etwas peinlich, in der Öffentlichkeit zu stillen, aber sie konnte das Baby ja auch nicht schreien lassen, das hätte die übrigen Leute sicher mehr gestört.

11

Kurz vor Weihnachten hatte Leni noch einen Termin bei ihrer Gynäkologin, aber die fand zu Lenis großem Bedauern, dass es noch zu früh war, um die Spirale zu legen. Der Wochenfluss hatte noch nicht ganz aufgehört. Die Ärztin nahm noch eine kurze, ziemlich schmerzhafte Behandlung am Muttermund vor und riet ihr, mit dem Sex noch bis zur nächsten Untersuchung in zwei Wochen zu warten. Bedrückt fuhr Leni nach Hause und fragte sich bang, wie Johannes das aufnehmen würde. Sie hatte Angst, dass er wieder ausflippte.

Johannes sah sie auch gleich erwartungsvoll an, als sie zurück war. Sie schüttelte nur den Kopf und sagte beklommen: „Es ist noch zu früh. Ich habe den nächsten Termin in zwei Wochen.“

Er sah ihren bangen Blick und nahm sie in den Arm. „Hey, jetzt haben wir es so lange ausgehalten, dann werden wir die nächsten zwei Wochen auch noch überstehen.“

Sie atmete erleichtert auf. Es beunruhigte sie, dass sie Angst vor seiner Reaktion auf diese enttäuschende Nachricht gehabt hatte.

Er hatte ihre Unruhe bemerkt, hob ihr Kinn an und sah ihr in die Augen. „Lene, was ist los?“

„Nichts“, log sie.

„Ich kenn dich jetzt gut genug, um zu merken, dass etwas nicht stimmt. Also, ich frag dich nochmal, was ist los?“ Er blieb hartnäckig.

Sie senkte den Blick und murmelte: „Ich hab mich gefragt, wie du es aufnehmen würdest.“

Das saß. Er atmete tief durch, bevor er sie fragte: „Was hast du dich gefragt?“

„Na ja“, sagte sie leise, ohne ihn anzusehen. „Du konntest es vor zwei Wochen schon nicht aushalten und jetzt müssen wir nochmal zwei Wochen warten. Da hatte ich Angst vor deiner Reaktion." Sie sah in verunsichert an.

„Du hattest Angst vor mir?"

Sie hatte jetzt Tränen in den Augen. „Nicht Angst vor dir. Aber ich hatte Schiss, dass du wieder ausrastest." Er nahm sie einfach wieder in den Arm und drückte sie sanft an sich. „Hör zu, Lene, es darf doch nicht sein, dass du Angst vor mir hast. Bin ich so ein Monster?" Sie schüttelte einfach nur den Kopf, denn sie wollte nicht weiter darüber sprechen. Er wusste jetzt Bescheid und sie hoffte, dass damit alles gesagt war.

Die Weihnachtsfeiertage verbrachten sie auf dem Gutshof von Johannes' Eltern im Münsterland. Beim Packen stellten sie fest, dass der Kombi, den sie sich gekauft hatten, eine gute Anschaffung war, denn es passte nicht nur der Kinderwagen, sondern auch ihr ganzes Gepäck problemlos in das Auto. Ihre beiden Kinder standen stets im Mittelpunkt. Die drei Jungs von Gabi betrachteten die Zwillinge und erzählten, dass sie auch bald ein Baby haben würden. Ihre Mama sei so dick, weil das Baby in ihrem Bauch wäre. Lennart, der Mittlere, wollte dann wissen, wieso Tante Leni und Onkel Joe zwei Babys hätten, ob denn ein Baby bei Onkel Joe im Bauch gewesen war. Er wurde sofort von seinem großen Bruder darauf hingewiesen, dass nur Frauen Babys im Bauch hätten.

„Dann musst du aber einen megadicken Bauch gehabt haben", überlegte Lennart laut.

„Ja allerdings, das hatte ich", bestätigte Leni lachend.

Johannes verhielt sich ihr gegenüber freundlich und aufmerksam, aber irgendetwas fehlte. Und er startete auch im Bett keinerlei Annäherungsversuche, was Leni etwas befremdete und sie mochte von sich aus auch nicht den Anfang machen. Sie wollte keine unvorhersehbare Krise heraufbeschwören und fühlte sich total verunsichert. Sie verstand seine Zurückhaltung nicht, denn mittlerweile hatten sie doch rausgefunden, wie sie sich am besten gegenseitig befriedigten, so dass beide auf ihre Kosten kamen. Sie hatte aber auch irgendwie das Gefühl, dass die Familie sie beide ständig beobachtete und sie überlegte, ob Johannes das auch so empfand und deshalb so zurückhaltend war. Sie fand einfach nicht den Mut und auch nicht den richtigen Zeitpunkt ihn darauf anzusprechen. So versuchte sie in Gegenwart der anderen zu lächeln und wenn sie ihre Kinder im Arm hatte, war dieses Lächeln auch echt.

„Hey, was ist los Leni?", sprach Max sie eines Morgens an, als sie beide noch als Einzige am Frühstückstisch saßen.

„Warum, was soll los sein?", fragte sie zurück.

„Ich seh doch, dass du nicht glücklich bist. Irgendetwas bedrückt dich doch." Er legte eine Hand auf ihren Arm und sah ihr in die Augen. Leni zuckte die Schultern und senkte den Blick.

„Es ist alles in Ordnung", sagte sie leise, aber ohne ihn anzusehen.

„Verdammt, Leni, das glaubst du doch selber nicht. Hat er dir wieder was angetan?"

„Nein, das hat er nicht", sagte sie eine Spur zu heftig. Bedrückt fügte sie dann hinzu: „Ich bin einfach nur in so einer komischen Stimmung. Ich weiß selber nicht, warum. Vielleicht ist es das, was man den Babyblues nennt."

„Hm, Leni, ich weiß nicht, du gefällst mir gar nicht. Ich habe einfach das Gefühl, dass bei euch was nicht stimmt." Max sah sie nachdenklich an. „Du strahlst nicht mehr so wie früher."

Leni seufzte. „Es ist im Moment alles nicht so einfach, meine Krankheit, die Entbindung, der Alltag mit den beiden Kiddies und mir fehlen immer noch ein paar Monate meines Lebens."

Sie war froh, von ihren eigentlichen Problemen ablenken zu können. „Ich suche ständig irgendwelche Sachen in unserer Wohnung, weil ich keine Ahnung habe, wo ich sie nach dem Umzug hingeräumt habe, weil ich mich ums Verrecken nicht an den Umzug erinnern kann. Es ist echt Scheiße, wenn du dich in deiner eigenen Wohnung fremd fühlst."

Max sah sie ernst an und schüttelte den Kopf. „Mach mir doch nichts vor, Leni. Was ist wirklich los?"

„Nichts ist los", sagte sie trotzig, aber gleichzeitig traten ihr Tränen in die Augen. Sie stand auf und wollte aus dem Esszimmer gehen, aber Max hielt sie fest und plötzlich fing sie an, hemmungslos zu weinen. Max setzte sie wieder auf ihren Stuhl und streichelte ihr den Rücken.

„Es ist also nichts los, ja? Und warum heulst du dann?"

„Ich hab doch keine Ahnung, was mit mir los ist", schluchzte sie.

„Ich denke, ich werd mal ein Wörtchen mit meinem Bruder reden müssen."

„Nein!" rief sie, „tu das bitte nicht."

„Und warum nicht?", er sah sie fragend an.

„Er hat wirklich nichts getan."

Susanne kam ins Esszimmer und fragte, was los sei.

„Mutti, red du mal mit ihr. Mir will sie nichts sagen", bat Max daraufhin seine Mutter. „Na, dann lass uns mal alleine Max", bat Susanne ihn. Sie setzte sich zu Leni und versuchte, sie erst mal zu trösten. Dann sprach sie behutsam auf sie ein: „Na, wo drückt denn der Schuh?"

Leni schüttelte den Kopf. „Ich kann es nicht sagen, ich bin einfach in so einer komischen Stimmung. Ich nehm an, es sind die Hormone."

„Hm, na ja. Ist denn wirklich alles in Ordnung bei euch?"

Leni nickte einfach nur. Sie war kurz davor, ihrer Schwiegermutter ihr Herz auszuschütten, als die Tür aufging und Johannes mit Cora auf dem Arm hereinkam. Er sah die beiden Frauen fragend an.

„Bei deiner Frau hat wohl der Babyblues zugeschlagen", meinte Susanne.

Johannes setzte sich neben Leni und sie nahm ihm das Baby ab und legte ihre Wange auf das kleine Köpfchen mit dem dunkelblonden Haarflaum, was der Kleinen aber gar nicht gefiel und so gab Leni sie an Johannes zurück.

„Ich bin wohl nur ihre Milchkuh", seufzte sie und fing schon wieder an zu weinen. Johannes fühlte sich unbehaglich und sah seine Mutter hilflos an. Die zuckte aber nur die Schultern und meinte trocken: „Das geht wieder vorbei."

„Na komm, lass uns rübergehen in unser Apartment", sagte Johannes leise zu ihr. Sie nickte und sie gingen gemeinsam über den Hof in das Nebengebäude, wo seine Schwester einige Ferienwohnungen eingerichtet hatte.

„Was hast du, Lene? Bist du krank? Hab ich was falsch gemacht?" Sie beantwortete jede Frage mit einem Kopfschütteln, worauf er leise seufzte. „Sollen wir wieder nach Hause fahren?", fragte er mitfühlend, worauf sie nur die Schultern zuckte. „Du musst mir schon sagen, was Sache ist, Lene. Ich kann keine Gedanken lesen."

„Ich weiß doch auch nicht", schluchzte sie. Dann nahm sie allen Mut zusammen und fing zögernd an zu sprechen: „Du bist die letzten Tage so reserviert und ich habe das Gefühl, dass deine Familie uns ständig beobachtet."

„Wie? Was meinst du mit reserviert?" Er sah sie verwundert an.

„Na ja, du bist zwar höflich und freundlich, aber nicht so liebevoll wie sonst", brach es aus ihr heraus.

Er zog die Augenbrauen zusammen, als er mit ihr sprach: „Hör zu, Lene, es ist in der letzten Zeit verdammt schwierig, es dir recht zu machen."

„Mir? Wieso, mir?", brauste sie auf.

„Ich soll liebevoll sein, aber ich darf nicht mit dir schlafen. Wie stellst du dir das vor? Ich bin doch kein Übermensch." Er war jetzt lauter geworden.

„Aber, aber", sagte sie stockend. „In den letzten Wochen haben wir uns doch ganz gut zu helfen gewusst, ohne richtig miteinander zu schlafen. Hat dir das denn nicht gefallen?" Sie sah ihn unsicher an und er zuckte die Schultern.

„Das kann man ja mal machen, aber nicht auf Dauer", meinte er und fing an, im Zimmer auf und ab zu laufen, was Leni total verunsicherte.

„Wir packen jetzt unsere Sachen zusammen und fahren nach Hause" entschied er nach einigen Minuten der Stille.

„Aber warum denn? Was ändert es, wenn wir zu Hause sind?", hielt sie dagegen.

„Und was soll das, dass du Max und Mutti die Ohren volljammerst?" Er klang jetzt ungeduldig.

„Hab ich doch gar nicht!" Sie war jetzt auch lauter geworden.

„Und warum kommt Max dann an und fragt mich, was ich mit dir gemacht habe?", fragte er sie herausfordernd.

„Das weiß ich nicht. Ich habe ihm gesagt, dass alles in Ordnung ist und dass du nichts gemacht hast", ihre Stimme klang jetzt leise und verzagt. „Er wollte mir einfach nicht glauben." Sie sah ihn ernst an und fragte leise: „Johannes, was ist mit uns passiert, warum ist es nicht mehr so wie früher?" Er zuckte wieder die Schultern. Sie trat zu ihm und lehnte ihren Kopf an seine Brust und nach kurzem Zögern legte er seine Arme um sie. Als er spürte, dass sie wieder angefangen hatte zu weinen, legte er seine Wange auf ihren Kopf und streichelte sanft ihren Rücken. „Lene, Schätz-chen, ich liebe dich. Aber im Moment scheint alles ein bisschen schwierig zu sein." Sie nickte unter Tränen.

„Ja, aber eigentlich könnten wir doch so glücklich sein, wir haben zwei so wunderbare Kiddies, die gesund und munter sind", meinte sie dann immer noch schluchzend.

„Und die uns ganz schön auf Trab halten", ergänzte er lächelnd. Sie sah jetzt mit tränennassen Augen zu ihm auf: „Ja, aber ich könnte nicht mehr ohne sie sein. Auch wenn es manchmal anstrengend ist." Wie aufs Stichwort meldete Cora sich wieder. Als Leni sie aus dem Bettchen holte, sah sie, dass ihre Tochter alleine darin lag.

„Wo ist denn Viktor?", fragte sie beunruhigt.

„Max ist mit ihm spazieren gegangen. Er meinte, er wollte sich um sein Patenkind kümmern, weil ich mit Cora beschäftigt war."

Leni wickelte und stillte die Kleine und allmählich versiegten ihre Tränen. Johannes hatte sich neben sie auf das Bett gesetzt und sah zu, wie seine Tochter ihre kleinen Fingerchen fest um den Zeigefinger ihrer Mutter gelegt hatte.

„Sie hat schon ganz schön Kraft", sagte er leise. Leni nicke und drückte ein Küsschen auf das kleine Köpfchen.

„Wenn sie nicht gerade quengelt, dann ist sie so süß", sagte Leni zärtlich. „Ich fürchte, sie wird wie meine Mutter, sie will einfach immer im Mittelpunkt stehen."

„Wer weiß", sagte Johannes lächelnd und nahm seine Tochter hoch, die mittlerweile aufgehört hatte zu trinken, um sie aufstoßen zu lassen. Es klopfte und Max stand mit einem schreienden Baby vor der Tür.

„Ich fürchte, er hat die Windeln voll", meinte er entschuldigend. Leni nahm ihm ihren Sohn ab und verzog sogleich das Gesicht.

„Allerdings. Na dann komm, du kleiner Scheißer", sagte sie zärtlich und drückte das Baby kurz an sich, bevor sie es zum Wickeln aufs Bett legte. Gleich nachdem die schmutzige Windel von seinem Po genommen worden war, war Viktor still und besah sich eingehend die Leute, die um ihn herumstanden. Sein Blick blieb an seiner Mutter hängen und er lächelte sie an. Leni wurde es ganz warm ums Herz und sie streichelte die Wange ihres Sohnes, der daraufhin nochmals lächelte. Kaum hatte sie ihm die frische Windel untergelegt, zeigte er, zu was ein Junge fähig ist und bevor Leni reagieren konnte, war sie schon mit einem Strahl Urin besprenkelt.

„Du bist doch ein Lausbub, erst freundlich lächeln und mich dann anpinkeln." Sie schüttelte lächelnd den Kopf und bat Johannes, ihr eine frische Windel zu geben.

Max bestaunte seinen halbnackten Neffen. „Na der hat aber auch schon ganz schön was in der Windel", beurteilte er das, was er da sah. Johannes grinste: „Er ist eben unverkennbar mein Sohn. Und untersteh dich, ihm auch solche Komplexe einzureden wie mir." Er drohte seinem Bruder mit dem Zeigefinger. Der stand mit den Händen in den Hosentaschen da und grinste. „Nö, aber ich werde ihm rechtzeitig erklären, wie man mit Frauen umgeht, Bruderherz."

„Also Jungs"; meldete sich Leni zu Wort. „Unser Sohn ist noch nicht mal zwei Monate alt. Ich denke, das hat wohl noch ein paar Jahre Zeit. Könnt ihr euch mal um die beiden kümmern, ich muss mich kurz frisch machen. Dieses Parfüm ist nicht unbedingt nach meinem Geschmack." Sie nahm sich frische Sachen aus dem Schrank und verschwand im Badezimmer.

„Na Bruderherz, alles klar?", wollte Max wissen, der wieder den kleinen Viktor auf dem Arm hatte, als sie alleine waren. Johannes zuckte die Schultern. „Eigentlich schon. Sie ist im Moment einfach sehr empfindlich. Es ist vielleicht alles etwas viel für sie, die Babys, der Haushalt und die Termine für die Therapien. Und wenn ich im Januar wieder arbeite, dann habe ich auch nicht mehr so viel Zeit, um ihr zu helfen."

„Hat sie denn immer noch diese Gedächtnislücken?"

„Ja. Im Prinzip ist sie immer noch nicht richtig in Leipzig angekommen. Sie kann sich zwar anhand der Fotos an unsere Hochzeit erinnern, aber alles andere davor und danach fehlt ihr immer noch."

„Schöne Scheiße", kommentierte Max.

Leni kam aus dem Bad zurück und fragte: „Na Jungs, was wollen wir heute machen?", worauf die Brüder sie erstaunt ansahen.

„Ich dachte, wir fahren nach Hause", sagte Johannes und sah sie fragend an.

Sie zuckte die Schultern. „Na ja, wenn unser Sohn mich nochmal anpinkelt, dann hab ich echt nichts mehr zum Anziehen dabei. Ich habe gedacht, wir könnten vielleicht nach Münster fahren und ein bisschen bummeln gehen. Die Kinder brauchen wieder Windeln und vielleicht find ich ja einen schönen Pulli für mich. Und eine neue Hose, in die ich momentan reinpasse, könnte ich auch gebrauchen.

„Ja gut, das können wir machen", antwortete Johannes, der froh war, dass es ihr offenbar wieder besser ging und dass sie einen Vorschlag gemacht hatte.

Als sie dann am Abend im Bett lagen, zog er sie an sich und streichelte sie. Sie legte den Kopf an seine Brust und seufzte leicht.

„Was ist?", fragte er leise.

„Nichts, aber genau das habe ich die letzten Tage vermisst", bekannte sie.

„Hmm und warum hast du nichts gesagt?"

Sie zuckte die Schultern. „Ich weiß nicht. Ich fühle mich im Moment einfach unsicher."

„Aber warum denn?", fragte er verständnislos. „Ich versteh das nicht. Können wir denn nicht offen miteinander reden?"

„Ich möchte dich einfach nicht aufregen. Ich will nicht, dass du nochmal so ausrastest wie vor ein paar Wochen."

Johannes seufzte tief. „War es wirklich so schlimm?"

Sie nickte. „Ja, es war sehr unangenehm. Aber vor allem hatte ich Angst um dich, weil du so lange fort warst."

„Das tut mir echt leid, Lene. Ich nehme jetzt mein Medikament regelmäßig und ich hoffe, dass es nicht wieder vorkommt. Ich geb mir wirklich Mühe."

Sie küsste ihn sanft auf den Mund und streichelte sein Gesicht. Dann sprach sie leise weiter: „Ich hoffe vor allem, dass das alles vorbei ist, bis die Kiddies größer sind. Ich möchte keinesfalls, dass sie dich jemals so erleben."

Er nickte. „Ja sicher, das wäre mir auch peinlich, ich sollte ihnen ja ein Vorbild sein."

Sie lagen eine Weile schweigend aneinandergekuschelt da und fingen dann an, sich sanft zu liebkosen.

Am nächsten Morgen sah Leni schon weniger bedrückt aus, aber sie hatten trotzdem beschlossen, nach Hause zu fahren und den Jahreswechsel dort zu verbringen. Dann hatten sie noch ein paar Tage für sich, bevor Johannes seinen neuen Job anfangen musste.

Auf der Heimfahrt machten sie sich Gedanken um ihre weitere Zukunft. Leni fühlte sich in Leipzig einfach nicht richtig wohl und Johannes hielt dort eigentlich auch nichts. Er hatte zwar einen neuen Job, aber das war auch nur eine Verlegenheitslösung.

„Vielleicht sollten wir doch zu euch auf den Hof ziehen. Dann könnten unsere Kiddies zusammen mit den Kindern von Gabi aufwachsen", schlug Leni vor.

„Hm, na ja, aber so direkt mit den Eltern möchte ich auch nicht zusammenwohnen", gab Johannes zu bedenken.

„Ja schon, aber was wollen wir machen? Ich möchte auch nicht unbedingt im selben Haus wie sie wohnen. Ich möchte schon, dass wir für uns bleiben."

Johannes seufzte. „Das müssen wir ja nicht heute entscheiden."

„Wir sollten trotzdem darüber nachdenken. Vielleich sollten wir wirklich das Angebot annehmen und auf dem Grundstück was Eigenes bauen." Sie schwieg einen Moment, bevor sie weitersprach. „Allerdings fehlt uns das nötige Kleingeld, um zu bauen. Unser Konto ist ziemlich leergefegt."

„Ich weiß, aber ab Januar verdiene ich ja wieder. Allerdings ist mir klar, dass man damit natürlich kein Haus bauen kann." Er dachte einige Minuten nach und schlug dann vor: „Hör zu, wir werden ja sowieso, sobald es möglich ist, wieder hinfahren, um unsere Kiddies zu taufen. Dann red ich mit Vati, vielleicht kann er mir einen Teil meines Erbes vorschießen, dann könnten wir damit bauen."

„Ja, das ist eine gute Idee. Ich hab mir den Garagenbau nochmal angesehen, aber die Bausubstanz ist zu schlecht, den können wir nicht aufstocken. Wir müssen ihn entweder abreißen oder irgendwo an einem anderen Platz bauen."

„Da bist du die Fachfrau, das musst du mit Vati, Harald und Gabi abklären. Dazu kann ich gar nichts sagen", gestand er.

Die nächsten Tage verliefen ruhig und sie fanden wieder zueinander, wobei Leni immer noch vorsichtig blieb mit dem, was sie sagte. Und je näher ihr Termin bei der Gynäkologin rückte, umso angespannter wurde sie. Wobei dafür eigentlich gar kein Grund bestand, denn der Wochenfluss hatte aufgehört und sie spürte auch keinerlei Unterleibsschmerzen mehr. Der Termin war dann auch nur in der Hinsicht stressig, dass sie beide Babys mitnehmen musste, weil Johannes eine Videokonferenz hatte, die er nicht aufschieben konnte und sie selber wollte ihren Termin auch nicht verlegen. Nach der Ankunft auf dem Parkplatz ließ sie Viktor im Babysafe und band sich ein Tragetuch um, in das sie Cora steckte. So bepackt kam sie in der Praxis an, wo alle erst mal ihre beiden Kinder bewunderten. Viktor war wach und bestaunte aufmerksam die fremden Gesichter, die er sah, während Cora an sie geschmiegt schlief.

Die Untersuchung verlief zufriedenstellend und die Ärztin setzte ihr die Spirale ein. Sie machte Leni aber darauf aufmerksam, dass es am Anfang wegen der Naht zu Schmerzen beim Verkehr kommen könnte. Sie riet ihr, sich am besten im Bereich der Naht die ersten Male dick mit Bepanthen-Salbe einzucremen. Glücklich verabschiedete sich Leni von der Ärztin und fuhr nach Hause.

Aus dem Arbeitszimmer hörte sie noch die Stimmen der Videokonferenz und so versuchte sie, so leise wie möglich zu sein und brachte die beiden Kinder gleich ins Schlafzimmer. Sie hatte sich kaum Jacke und Schuhe ausgezogen, als ihre Tochter sich auch schon meldete.

„Na, das ist aber Timing, meine Süße", meinte sie und legte das Kind an die Brust. Danach bereitete sie ein Fläschchen für Viktor und Johannes trat ins Schlafzimmer, als er gerade am Trinken war. Leni lächelte ihren Mann glücklich an und fragte, wie die Konferenz gelaufen war. Der zuckte sie Schultern und äußerte sich nicht weiter.

„Und wie war es bei dir?", wollte er stattdessen wissen.

Sie nickte. „Hm, ja, es ist alles in Ordnung."

„Na, das ist doch eine gute Nachricht." Er küsste sie sanft und dann etwas leidenschaftlicher, bis sie ihn daran erinnerte, dass sie den Kleinen auf dem Schoß hatte.

„Sorry, junger Mann." Er streichelte den hellblonden Flaum auf dem Köpfchen.

Leni lächelte stolz: „Sind sie nicht süß, unsere Kiddies?"

„Ja, das sind sie. Ich denke, die haben wir ganz gut hingekriegt", bestätigte er nicht weniger stolz.

Sie drückte Johannes das Baby, das sein Fläschchen bis auf den letzten Tropfen geleert hatte, in den Arm.

„Ich denke, ich mach uns jetzt mal was zu essen." Sie erhob sich vom Bett und wollte in die Küche gehen, aber er hielt sie fest.

„Hey, nicht so schnell, mein Schätz-chen." Er legte das Baby in die Wiege und umarmte seine Frau. Er küsste sie und fing an, sie auszuziehen.

„Jo, was wird das?", fragte sie ihn, obwohl sie natürlich ganz genau wusste, was er vorhatte. Sie war schnell erregt, aber trotzdem angespannt, weil die Ärztin von Schmerzen gesprochen hatte.

Und als er in sie eindringen wollte, verkrampfte sie sich und stöhnte vor Schmerzen: „Jo, nein, das geht nicht. Es tut so weh", jammerte sie. Er ließ erstaunt von ihr ab.

„Verdammt, Lene, was ist los. Ist er doch zu groß?", keuchte er.

„Nein, das ist diese verdammte Naht, ich muss mich erst eincremen. Die Ärztin hat gesagt, dass das die ersten Male passieren kann", klärte sie ihn auf. Aber bei beiden war die Erregung auf dem Nullpunkt angelangt.

„Warum hast du das nicht gemacht?", fragte er sie vorwurfsvoll.

Sie lächelte verlegen. „Du hast mir ja gar keine Zeit gelassen und zudem dachte ich nicht, dass es so schlimm ist."

„Oh Mann, Lene. Ich hatte mich so darauf gefreut." Er war sichtlich enttäuscht. Sie sahen sich verlegen an.

„Schöne Scheiße", murmelte sie, was ihn wiederum zum Lachen brachte.

„Na komm, zieh dich an und zaubere uns was Essbares, es ist ja nicht aller Tage Abend. Leg die Creme auf deinen Nachttisch und das nächste Mal denken wir dran."

Sie nickte und zog sich enttäuscht wieder an. Johannes war auch wieder in seinen Kleidern und stapfte missmutig Richtung Arbeitszimmer.

„Das war wohl nichts", murmelte sie traurig vor sich hin. *Was mach ich nur, wenn es jetzt immer so weh tut?*, dachte sie, als sie am Herd stand.

Am Abend nahm sie die Salbentube mit ins Bad und cremte sich in ihrem Intimbereich dick ein, bevor sie zu Bett ging. Sie kuschelte sich an ihren Mann, der zunächst unbeweglich liegen blieb. Aber als sie anfing, sein Brusthaar zu kraulen, merkte sie wie er wohlig zusammenzuckte. Sie begannen, sich sanft zu küssen und zu streicheln und obwohl Leni sehr angespannt war, hatte sie keine so schlimmen Schmerzen wie am Vormittag und so konnten sie sich das erste Mal seit Monaten richtig lieben. Engumschlungen schliefen sie danach ein, bis Cora sich meldete. Leni stand auf, um sie zum Stillen ins Bett zu holen und meinte: „Ich hoffe nur, dass sie auch endlich mal durchschläft. Ich glaube, ich versuche mal, sie am Abend mit Brei zu füttern, vielleicht ist sie dann für ein paar Stunden satt. Irgendwann möchte ich einfach mal wieder eine ganze Nacht durchschlafen." Aber Johannes hatte nur kurz die Augen geöffnet, als Leni aufgestanden war und schlief schon wieder tief und fest. Leni seufzte und schwor sich, das nächste Mal als Mann auf die Welt zu kommen.

Die nächsten Monate verliefen ruhig und allmählich ließen bei Leni auch die Schmerzen im Genitalbereich nach, wenn sie miteinander schliefen. Sie hatten ein erfülltes Sexualleben und waren glücklich. Johannes war durch das Medikament zwar nicht mehr ganz so potent wie früher, als er es ohne Mühe schaffte, seine Frau mehrmals täglich zu lieben, aber Leni reichten die ein bis zwei Mal, die sie es jetzt machten, vollkommen aus. Die Kinder schliefen nachts beide durch, so dass Leni auch endlich ausreichend Schlaf bekam, was ihr gut tat. Weil die

Wiege für beide zu eng wurde, hatten sie ein Kinderbett ins Kinderzimmer gestellt, in dem die beiden zusammen schliefen. Lag nur eins der Kinder darin, wurde es bald unruhig. Die beiden brauchten die gegenseitige Nähe. Allmählich hatte Leni den Haushalt und die Versorgung der beiden Kinder gut in den Griff bekommen. Sehr hilfreich war auch die Putzfrau, die freitags kam. Obwohl sie zeitweilig etwas knapp bei Kasse waren, konnte Leni diese Hilfe nicht entbehren. Lieber verzichtete sie auf Restaurantbesuche und kochte mit relativ günstigen Zutaten.

Leni konnte mittlerweile auch wieder problemlos laufen und hatte nur noch eine minimale Sprachstörung, was aber nur den Leuten auffiel, die sie gut kannten. Sie sprach relativ langsam und manchmal suchte sie nach Worten. Sie hatte sich im Fitnesscenter, das sich im nahegelegenen Einkaufzentrum befand, angemeldet, ging wieder einmal pro Woche zum Pilates und ansonsten machte sie viele Spaziergänge mit den Kindern. Das Pilates half ihr, die Koordinationsprobleme, die sie immer noch hatte, besser in den Griff zu bekommen.

Anfang März fuhren sie dann ins Münsterland und ließen ihre beiden Kinder taufen. Max platze fast vor Stolz, als er den kleinen Viktor halten durfte. Er wetteiferte mit Romy, der Patin von Viktor, darum, wer ihn am meisten haben durfte. Der Junge war ein zufriedenes Kind, das sich bei jedem auf dem Arm wohlfühlte und jeden mit seinen großen Augen ernst ansah. Die Ähnlichkeit mit seinem Vater war unverkennbar. Viktor hatte inzwischen angefangen, oft vor sich hinzubrabbeln und irgendwelche Töne von sich zu geben, was alle lustig fanden. Cora hingegen fremdelte stark und fühlte sich am wohlsten bei ihrem Vater auf dem Arm. Sie schrie auch mächtig, als Gabi sie über das Taufbecken hielt. Zum Glück war Gabi eine erfahrene Mutter und ließ sich dadurch nicht beeindrucken. Die Kleine beruhigte sich erst wieder als alles vorüber war und Johannes sie auf den Arm genommen hatte. Als Tobias versuchte sein Patenkind auch mal in den Arm zu nehmen, erntete er lautes Protestgeschrei.

Gleichzeitig wurde auch das jüngste Kind von Gabi und Harald getauft. Das vierte Kind war nun endlich das langersehnte Mädchen. Leni war ein wenig enttäuscht, dass sie nicht Patin wurde, eigentlich hatte Gabi sie schon gefragt, als sie noch am Anfang der Schwangerschaft war, aber eine Cousine von Harald hatte sich angeboten und er konnte nicht nein sagen. Gabi hatte Lenis Enttäuschung bemerkt und ihr angeboten, anstelle der verstorbenen Melanie die Patenschaft von Lennart zu übernehmen. Leni antwortete, dass sie erst mit Johannes darüber reden wollte, denn als Lückenbüßer wollte sie auch nicht unbedingt einspringen.

Während der anschließenden Feier saßen Max und Romy nebeneinander und am nächsten Morgen war unverkennbar, dass sie auch die Nacht zusammen verbracht hatten. Leni sah das mit gemischten Gefühlen. Nicht dass sie eifersüchtig gewesen wäre, obwohl Max ihr schon öfters seine Liebe gestanden hatte. Sie hätte ihrer besten Freundin und ihrem Schwager eine stabile Partnerschaft von Herzen gegönnt, aber dazu waren die beiden ihrer Meinung nach gar nicht fähig.

12

Leni hatte das Mittagessen schon seit einiger Zeit fertig und wartete auf Johannes, der sich offensichtlich verspätete, als ihr Handy piepste. Sie schaute sofort auf die Nachricht, die angekommen war.

Liebste Lene, bitte verzeih mir. Ich liebe dich sehr, aber ich kann dir das nicht länger antun. In Liebe, Jo.

Leni war einen Moment wie versteinert, rief ihn aber sofort zurück und er nahm das Gespräch tatsächlich an.

„Jo, was soll das?", hauchte sie in ihr Handy.

„Lene, ich kann nicht mehr. Ich hab es wieder getan", hörte sie ihn schluchzen.

„Egal. Komm bitte einfach nach Hause. Wir brauchen dich!" Ihre Stimme klang jetzt sehr bestimmend, denn sie hoffte, ihn so zur Vernunft zu bringen. Als er nicht antwortete, sagte sie nochmals mit Nachdruck: „Komm nach Hause, bitte, Jo." Im Hintergrund fing Cora an zu weinen.

Die letzten Tage waren ziemlich stressig gewesen, da die Kinder zahnten und vor allem Viktor, der sonst so ein zufriedenes Baby war, litt sehr darunter. Leni war auch aufgefallen, dass Johannes wieder unruhiger war, führte das aber auf das dauernde Quengeln der Kinder und die bevorstehende letzte Vorlesung an der Uni zurück. Außerdem war er sexuell wieder aktiver, was ihr manchmal fast zu viel wurde. Und sie selber war auch nervöser als sonst. Damit Johannes seine Ruhe hatte, schlief sie nachts manchmal im Kinderzimmer, wenn eins der Kinder aufgewacht war und weinte. Sie wäre nie auf die Idee gekommen zu kontrollieren, ob er sein Medikament regelmäßig einnahm, denn sie war der Meinung, dass er seine Lektion gelernt hatte und es nicht mehr wegließ, was ein Trugschluss war.

Nach der Vorlesung räumte Johannes seine Sachen zusammen und war im Begriff, in den Technikraum zu gehen, um alle von ihm benutzten Geräte auszuschalten, als Teresa plötzlich dastand.

„Was ist los, was wollen Sie?", fragte Johannes ziemlich barsch.

„Ich dachte, weil ja heute deine letzte Vorlesung war, wir könnten uns noch treffen", meinte die Studentin etwas schüchtern und fuhr sich mit der Zunge über die Lippen, um einen verführerischen Eindruck zu machen. Um diesen Eindruck noch zu unterstreichen, spielte sie wie zufällig mit einem Kondom in ihren Händen.

„Ganz sicher nicht, haben Sie immer noch nicht kapiert, dass ich nichts von Ihnen wissen will?", schnauzte Johannes sie an. „Ich bin glücklich verheiratet und habe zwei kleine Kinder. So junge Gänse wie Sie interessieren mich absolut nicht. Gehen Sie nach Hause und lassen Sie mich endlich in Ruhe!" Er ließ die Studentin einfach stehen und betrat den Technikraum.

„Du willst doch nicht behaupten, dass Frau Hinkebein mit der Spasti-Stimme dich glücklich macht", sagte Teresa, nachdem sie ihm in den kleinen Nebenraum gefolgt war.

Johannes wurde wütend und hatte Mühe, sich zu beherrschen. „Jetzt hören Sie mal gut zu, Sie Nervensäge. Meine Frau war sehr schwer krank und es ist ein Wunder, dass sie noch lebt. Trotzdem hat sie zwei prächtige Kinder zur Welt gebracht und ist auch sonst die beste Frau, die ich mir wünschen kann. Und ja, sie macht mich sehr glücklich, in jeder Beziehung."

Seine Stimme war jetzt sehr laut geworden und er stand mit geballten Fäusten vor der jungen Frau. „Wenn Sie jetzt nicht auf der Stelle verschwinden, dann werden Sie das bereuen", brüllte er sie an.

„Aber ich liebe dich doch", beteuerte sie mit treuherzigem Augenaufschlag.

„Raus jetzt, oder ich vergesse mich!" Johannes war am Ende seiner Beherrschung und spürte, dass er sich nicht mehr im Griff hatte.

Als Teresa ihn immer noch mit ihren großen, blassblauen Kuhaugen verliebt anglotzte, packte er sie und warf sie auf den Boden. Er riss ihren Slip entzwei, zog seine Hosen runter, kniete sich über sie und drang ohne Rücksicht in sie ein. Das hatte die junge Frau nicht erwartet und schrie aus Leibeskräften. Johannes stieß ein paar Mal heftig zu. Als ihm bewusst wurde, was er da tat, ließ er von ihr ab. Die Studentin lag wimmernd auf dem Boden. „Das ist es doch, was du gewollt hast, oder?", sagte Johannes zornig. „Verschwinde jetzt endlich aus meinem Leben. Und komm nicht auf die Idee, mich anzuzeigen, es glaubt dir sowieso niemand mehr." Er hatte sich wieder angezogen, schaltete endgültig alle Geräte aus und ließ die Studentin einfach am Boden liegen. Als er im Auto saß, wurde ihm erst richtig klar, was er gemacht hatte. *Dieser verdammte Dämon, warum lässt er mich immer solche Dinge tun?*, dachte er verzweifelt. Er dachte an Leni und er sah einfach keinen Ausweg aus seiner Misere. Nahm er seine Tabletten, dann konnte er kaum arbeiten, setzte er sie ab, dann war er unberechenbar. Das wollte er seiner Familie nicht länger antun. Er liebte Leni, aber wie sollte er ihr jetzt noch in die Augen sehen? Seine Gedanken drehten sich im Kreis und er kam zu dem Schluss, dass seine Lene ohne ihn besser dran wäre. Dass sie nicht in eine Scheidung einwilligen würde, war ihm bewusst, also musste er von sich aus dem Ganzen ein Ende setzen. Er fuhr zu einer Eisenbahnbrücke, mit der Absicht, sich hinunterzustürzen, wenn der nächste Zug kam. Aber er zögerte und schrieb zunächst eine Nachricht an Leni. Er hielt das Handy noch in der Hand, als sie sofort zurückrief. Automatisch nahm er das Gespräch an. Als er dann Cora im Hintergrund schreien hörte, verließ ihn der Mut und er machte sich schweren Herzens und mit schlechtem Gewissen auf den Heimweg.

Johannes war ein Schatten seiner selbst, als er zu Hause ankam. Leni fragte erst mal nichts, sondern nahm in einfach in den Arm, worauf er anfing, hemmungslos zu weinen.

„Sie hat mich einfach nicht in Ruhe gelassen", stammelte er. Stockend erzählte er weiter: „Sie hat gewartet, bis alle weg waren und kam zu mir in den Hörsaal zurück. Sie hat mir ein Kondom gezeigt und sich mit der Zunge über die Lippen geleckt. Ich konnte mich einfach nicht mehr beherrschen, ich musste ihr eine Lektion erteilen." Leni war blass geworden und zitterte vor Schreck. Sie brauchte einen Moment, um das zu verdauen, was er ihr gerade gebeichtet hatte. Es war ihr sofort klar, dass er Miss Kuhauge meinte und dass er sie wohl mit Gewalt genommen hatte. „Am besten rufen wir jetzt sofort deinen Therapeuten an. Du brauchst dringend Hilfe", sagte sie dann fast tonlos. Er nickte und gab ihr sein Handy, in dem die Nummer des Arztes gespeichert war. Sie rief an und hatte Glück, nach einigen Klingeltönen wurde der Anruf angenommen. Es meldet sich ein Anrufbeantworter, der darauf hinwies, dass man außerhalb der Sprechstunde anrief, aber zum Glück verwies er auf eine Mobilnummer für Notfälle. Leni notierte sich die Nummer und wählte diese dann. Sie berichtete kurz, was passiert war, und der Therapeut empfahl ihr, ihren Mann in eine Klinik einzuweisen, denn alles andere wäre zwecklos. Er wollte zurückrufen, sobald er einen Platz für ihn gefunden hätte. Leni schlug Johannes vor, erst mal was zu essen, bis der Arzt zurückrief, aber sie hatten beide keinen Hunger. Sie saßen mit gesenkten Köpfen am Tisch, stocherten in ihrem Essen herum und warteten auf den Rückruf.

Für Leni brach eine Welt zusammen. Sie hatte gehofft, dass Johannes seine dunkle Seite besiegt hatte und war wie gelähmt. Ihn in eine Klinik einweisen, das hieße, dass sie die nächste Zeit mit den Kindern alleine sein würde. Und wie schrecklich es in einer psychiatrischen Klinik sein konnte, das wusste sie aus eigener Erfahrung. Als sie nach ihrer Entführung so furchtbar traumatisiert gewesen war, hatte man sie zunächst auch in einer derartigen Einrichtung untergebracht. Das hätte sie Johannes gerne erspart und als der Therapeut am frühen Nachmittag endlich zurückrief, versuchte sie alles, um die Einweisung doch noch abzuwenden. Der Arzt wies aber darauf hin, dass er sonst sicher in U-Haft müsste, wenn die Studentin ihn anzeigen würde. Und zudem schien ihr Mann jetzt suizidgefährdet zu sein. Er gab ihr die Adresse der Klinik und wies daraufhin, dass er am gleichen Tag dort erwartet wurde, da er die Einweisungsformulare schon online abgeschickt hatte.

Leni war am Ende ihrer Kräfte und verstand nicht, warum ihr Mann sich zeitweise einfach nicht im Griff hatte.

„Hast du dein Medikament denn nicht genommen?", fragte sie vorsichtig und Johannes schüttelte den Kopf.

„Damit kann ich einfach nicht arbeiten und schon gar keine Vorlesung halten. Da habe ich meine Gedanken einfach nicht beisammen", erklärte er mit hängendem Kopf.

Leni seufzte. Es war ihr klar, dass es keinen Sinn hatte, ihm jetzt Vorwürfe zu machen, und sie bat ihn, seine Sachen für die nächsten Wochen zu packen, da sie sobald wie möglich losfahren müssten. Während er packte, schaute sie nach, wo die Klinik war und überlegte, wie sie das am besten mit den Kindern managen sollte. Die waren beide so schlecht drauf, dass sie sie kaum jemand anderen überlassen konnte. Die Idee, Johannes allein mit dem Taxi loszuschicken, verwarf sie auch wieder, da sie dann nicht sicher sein konnte, ob er tatsächlich dort hinfuhr oder wieder versuchte, sich etwas anzutun. Sie seufzte tief und schüttelte zum wiederholten Mal den Kopf. Sie würde wohl oder übel fahren und die Kinder mitnehmen müssen, obwohl sie sich kaum dazu in der Lage fühlte.

Johannes kam mit der gepackten Tasche aus dem Schlafzimmer und nahm sie in den Arm.

„Es tut mir alles so leid, Lene. Ich wollte das nicht." Sie nickte nur und fragte, ob er an alles gedacht hatte. Die gesamten Toilettenartikel hatte er vergessen und Leni packte alles, was noch fehlte, zusammen.

„Hast du auch was zu lesen, falls es dir langweilig wird?"

„Lene, du weißt doch selber, dass man da so vollgepumpt wird, dass man keinen Kopf zum Lesen hat", erwiderte er leise.

Schweren Herzens machten sie sich auf den Weg. Da Leni im Internet gesehen hatte, dass der Parkplatz ziemlich weit entfernt von der Aufnahmestation war, packte sie den Kinderwagen ein. Das hieß, dass sie mit dem Kombi fahren musste, was ihr gar nicht behagte. Sie war noch nicht oft mit diesem großen Auto gefahren, aber ihr blieb keine Wahl. Sie musste lange rangieren, um aus der Tiefgarage zu kommen und sah aus dem Augenwinkel den kritischen Blick von Johannes. Aber er verhielt sich zum Glück ganz ruhig und kritisierte sie nicht. Sonst wäre sie auf der Stelle wieder ausgestiegen.

Sie fuhr wie in Trance und sie redeten kein Wort miteinander. Sie war froh, dass sie nicht durch die Innenstadt fahren musste, und war erleichtert, als sie nach fast einer Stunde am Ziel waren. Ihr zitterten die Knie, als sie ausstieg und die Kinder in den Wagen packte. Da Johannes seine Tasche trug, schob sie den Kinderwagen. An der Rezeption lagen seine Unterlagen bereit und sie wurden in einen Raum am Ende des Gangs gebracht. Dort sollten sie auf den Arzt warten, der die Aufnahme machte. Cora fing an zu weinen und Johannes nahm sie auf den Schoss. Er hatte Tränen in den Augen, als er mit ihr schmuste und beruhigend auf sie einsprach.

Wären sie an einem anderen Ort gewesen, dann hätte die junge Ärztin, die nach einigen Minuten eintrat, das Bild, das sich ihr bot, für eine glückliche Familienszene gehalten. Sie stellte sich vor und sah in die Unterlagen, die auf dem Schreibtisch bereitlagen.

„Ja, Herr von Moeltenhoff, da haben Sie aber ein schwerwiegendes Problem. Wir bringen Sie nachher auf Ihre Station, aber es ist Freitagnachmittag und der für Sie zuständige Kollege ist bereits im Wochenende. So werden Sie erstmal mit mir vorlieb nehmen müssen."

Johannes nickte nur, einer so jungen weiblichen Therapeutin würde er sich ganz sicher nicht anvertrauen, das stand für ihn fest.

Leni fragte deshalb: „Wie geht es denn jetzt weiter? Er braucht doch erst mal eine Krankmeldung, damit seine Kanzlei Bescheid weiß."

„Ja gut, dass Sie mich daran erinnern, ich stelle gleich eine aus, zunächst mal für die nächsten vierzehn Tage." Die Ärztin tippte eifrig etwas in ihren Computer und übergab Leni kurz darauf die Krankmeldung. In der Zwischenzeit hatte Leni Johannes nach der Nummer seines Chefs gefragt, damit sie ihn darüber verständigen konnte, dass er krank sei. Er nickte ihr dankbar zu und rief die Nummer in seinem Handy auf, die sie dann in ihrem Gerät speicherte.

„Kann ich meinen Mann anrufen und besuchen kommen?", wollte sie dann wissen.

Die Ärztin antwortete bedächtig: „Also bei uns ist das so, dass wir tagsüber die Handys einsammeln, damit die Patienten sich auf ihre Therapie konzentrieren können und nicht ständig zu Hause oder in der Firma anrufen. Nach dem Abendessen können Sie dann telefonieren." Sie machte eine kurze Pause. „Ich würde es begrüßen, wenn Sie dieses Wochenende nicht kämen, damit Ihr Mann sich erst mal in Ruhe hier einleben kann." Sie sah, dass die beiden sich jetzt an den Händen fassten und Tränen in den Augen hatten. „Ich weiß, es ist schwer, aber nur so können wir ihm helfen", fuhr sie an Leni gewandt fort. „Haben Sie jemanden, der sich um Sie kümmert?"

Leni schüttelte den Kopf. „Nein, wir sind noch relativ fremd hier in Leipzig. Aber ich werde meine Schwiegereltern informieren. Vielleicht kann jemand von der Familie kommen", sagte sie leise.

Die Ärztin nickte. „Ja, tun Sie das. Sie sollten jetzt nicht alleine sein." An Johannes gewandt fuhr sie fort: „Eine Frage habe ich noch. Denken Sie, dass diese Frau Sie anzeigen wird?"

Johannes schaute sie schuldbewusst an und zuckte die Schultern. „Sie hat mich vor einigen Monaten fälschlicherweise angezeigt und das kam sie teuer zu stehen. Ich habe ihr gesagt, dass die Polizei ihr sowieso nicht glaubt, wenn sie mich wieder anzeigt. Deshalb hoffe ich, dass sie es nicht tut, außerdem hat sie es ja so gewollt. Sie hat mich total provoziert."

„Nun, das ist im Moment erst mal unwichtig, es wäre nur gut für uns zu wissen, ob es eine Anzeige gibt und wir deshalb mit der Polizei verhandeln müssen."

„Ich weiß es wirklich nicht. Ich hoffe es nicht."

Die Ärztin schaute ihn einen Moment lang kritisch an und sagte dann: „Ich würde Sie jetzt bitten, sich von Ihrer Familie zu verabschieden, damit wir Sie auf Ihre Station bringen können."

Leni und Johannes umklammerten sich fest und weinten beide, bis ein Pfleger Johannes am Arm wegzog.

Als Leni wieder im Auto saß, weinte sie hemmungslos. Sie blieb noch lange sitzen, bis die beiden Kinder sich bemerkbar machten. Sie gab Viktor das vorbereitete Fläschchen und stillte dann Cora. Jemand klopfte an die Scheibe und fragte, ob sie Hilfe brauche. Sie öffnete die Scheibe einen Spaltbreit.

„Nein danke, ich muss nur erst meine Kinder füttern, bevor ich nach Hause fahre", sagte sie mit brüchiger Stimme und sah den Jogger mit verweinten Augen an.

„Sind Sie sicher, dass sie alleine fahren können?", fragte der Unbekannte, worauf sie einfach nur nickte und sich wieder auf ihre Tochter konzentrierte.

„Wo wohnen Sie denn?"

Sie nannten ihm den Ort, in dem sie wohnten.

„Das ist aber ein ganzes Stück, dass Sie da zu fahren haben."

Der unbekannte Mann sah sie mitfühlend an.

Leni nickte und antwortete leise, aber ohne Überzeugung: „Ich bin ja auch irgendwie hergekommen, dann werde ich auch wieder nach Hause kommen."

Der Mann schüttelte den Kopf. „Sie sehen aber nicht so aus, als ob Sie das schaffen könnten. Sie sind ja fix und fertig. Kann Sie denn niemand hier abholen?"

Leni schüttelte den Kopf. „Wir kennen hier doch kaum jemanden und die Nachbarn möchte ich nicht belästigen. Es wird schon gehen. Meine Kinder sind jetzt satt und schlafen erst mal, dann kann ich mich aufs Fahren konzentrieren."

Der Mann sah sie kritisch an und überlegte. „Passen Sie auf, wir machen das folgendermaßen, Sie lassen Ihr Auto hier stehen und ich fahre Sie nach Hause. Sie können Ihr Auto dann am Wochenende abholen."

Leni wäre zwar froh gewesen, nicht fahren zu müssen, aber einem völlig Fremden mochte sie sich und ihre Kinder nicht anvertrauen. Sie bedankte sich deshalb höflich für die angebotene Hilfe, meinte aber, dass sie schon zurechtkäme. Als Cora endlich fertig getrunken hatte, packte sie sie in den Kindersitz und setzte sich ans Steuer. Sie zog sich wieder richtig an und startete dann den Wagen. Sie schaltete das Navi ein und fuhr langsam mit zittrigen Händen vom Parkplatz. Sie konzentrierte sich völlig auf das Fahren und von Kilometer zu Kilometer fühlte sie sich sicherer, auch wenn ihr Herz immer schwerer wurde, brachte doch jeder zurückgelegte Kilometer sie weiter weg von Johannes. Sie seufzte mehrmals tief, blieb aber konzentriert und kam glücklicherweise heil zu Hause an. Das Einparken in der Tiefgarage ging auch schon besser als das Ausparken wenige Stunden zuvor.

In ihrer Wohnung angekommen ließ sie ihren Tränen erst mal wieder freien Lauf. Dann fiel ihr ein, dass sie ihre Schwiegereltern informieren musste. Sie versuchte, das Festnetz und das Handy von Susanne zu erreichen, aber niemand meldete sich. Und auch bei Max erreichte sie nur den Anrufbeantworter. Zu guter Letzt wählte sie die Nummer von Gabi, die nach einigem Läuten dann auch abnahm.

„Hallo Gabi, hier ist Leni", meldete sie sich mit brüchiger Stimme.

„Hi Leni, ist was passiert? Du klingst so angespannt."

„Sag mal, ist Muti nicht da?", fragte sie.

„Nein, die sind heute Abend mit Bekannten irgendwo zu einer Veranstaltung. Aber jetzt sag schon, was passiert ist", sagte Gabi ungeduldig.

Leni seufzte tief, bevor sie antwortete: „Johannes ist in der Klinik. Er hat wieder Probleme." Sie konnte nicht weiterreden, da ein erneutes Schluchzen sie ergriff.

„Oh, so ein Mist." Max ist leider auch nicht da, er ist auf dem Weg nach Freiburg zu Romy."

„Hm, ja, ich hab schon versucht, ihn anzurufen, hab aber nur die Mailbox erreicht", sagte Leni schluchzend.

„Hör zu, Leni, ich geb Mutti Bescheid, sobald sie wieder da sind. Was anderes kann ich jetzt nicht für dich tun." Gabi klang ziemlich kühl, was Lenis Kummer noch steigerte.

„Ja sicher. Es ist ja auch schon gleich Abend und ich kümmere mich erst mal um meine Kinder. Trotzdem vielen Dank." Sie beendete das Gespräch und fühlte sich total verlassen. Ihre Mutter anzurufen, hätte auch nichts gebracht, die würde sie nur noch mehr aufregen und Tobias wollte sie auch nicht belästigen. Also war sie erst mal auf sich allein gestellt. Sie versuchte, sich mit den Kindern zu beschäftigen, ihre Gedanken schweiften aber immer wieder ab. Sie überlegte, wie es Johannes wohl ging. Er musste sich doch sicher ebenso einsam und verlassen fühlen wie sie.

Nachdem sie die Kinder zu Bett gebracht hatte, überfiel sie die Einsamkeit wie mit einem Hammerschlag. Sie konnte sich weder mit Fernsehen noch mit Lesen oder Handarbeiten ablenken. Die Gedanken kreisten in ihrem Kopf wie Haie in einem Becken.

Sie fing an, mit sich selber zu reden. „Er ist doch sonst so ein wunderbarer Mann, warum nur hat er dieses Problem und warum wird er damit nicht fertig? Warum vergreift er sich an anderen Frauen?"

Am Ende ihrer Überlegungen stellte sie fest, dass er nicht der Fels in der Brandung war, den sie in ihm gesehen hatte. Die offensichtliche Ruhe, die er ausstrahlte, war wohl nur der Schutzschild, den er sich im Laufe der Jahre aufgebaut hatte. Sie seufzte und dachte an ihren Vater, der wirklich der ruhende Pol in der Familie gewesen war. So hatte sie sich Johannes eigentlich auch vorgestellt, aber da hatte sie sich wohl getäuscht. Sie hoffte sehr, dass man ihm helfen konnte und dass sie irgendwann wieder glücklich sein würden.

Da sie nicht alleine herumsitzen wollte, ging sie relativ früh zu Bett, legte sich auf seine Seite des Bettes und nahm seine Shorts, in denen er schlief, an sich. Sie roch seinen Duft auf dem Kopfkissen und an der Hose und weinte sich in den Schlaf. Leni wurde durch mehrmaliges Klingeln wach und musste erst überlegen, was das war. Schlaftrunken ging sie in den Flur und betätigte die Sprechanlage.

„Hey Leni, jetzt mach endlich auf, ich bin's. Max", erklang es aus dem Gerät. Sie betätigte den Türöffner und konnte es kaum glauben, bis Max tatsächlich vor ihr stand. Sie fiel ihm in die Arme und schluchzte. Er führte sie sachte ins Esszimmer und zwang sie, sich auf einen Stuhl zu setzen.

„Ich mach mir jetzt was zu essen und du erzählst mir, was passiert ist", ordnete er an.

„Hm ja, im Kühlschrank ist noch unser Mittagessen, daskannst du dir aufwärmen", sagte sie mit tonloser Stimme. Dann fragte sie: „Warum bist du da? Ich dachte, du bist in Freiburg?"

„Das dachte ich auch. Aber dann sah ich, dass du angerufen hast und ausserdem hab ich auch eine Nachricht von Johannes erhalten, in der stand, dass ich mich um dich kümmern soll." Er hatte das Essen in die Mikrowelle gestellt und fuhr fort: „Mein Akku war leider leer, was ich aber zu spät gemerkt habe. Also hab ich wieder kehrtgemacht und bin hierher gedüst." Er sah sie ernst an. „Also Leni, was ist passiert?"

Sie saß mit hängenden Schultern da und begann stockend zu erzählen: „So genau weiß ich das auch nicht. Er war heute wieder an der Uni und kam zum Mittagessen einfach nicht nach Hause. Plötzlich hat er mir so eine komische Nachricht geschickt. Ich hab ihn dann sofort angerufen. Zum Glück hat er das Handy abgenommen und ich habe ihn eindringlich gebeten, wieder nach Hause zu kommen." Sie machte eine kurze Pause und Max forderte sie auf, weiterzusprechen. „Als er dann ankam, habe ich ihn kaum wiedererkannt, er sah aus wie ein Geist. Er hat wohl diese Studentin, die schon seit der ersten Vorlesung hinter ihm her ist, vergewaltigt." Wieder machte sie eine Pause. „Ich wusste mir nicht zu helfen und habe seinen Therapeuten angerufen, der hat ihn dann in eine psychiatrische Klinik eingewiesen."

Max schwieg lange, er musste erst mal verdauen, was Leni ihm erzählt hatte. „Wissen die Eltern Bescheid?", wollte er dann wissen.

Sie zuckte die Schultern. „Sie waren nicht zu Hause, aber ich habe mit Gabi telefoniert und sie wollte es ihnen sagen, wenn sie zurück sind. Sie haben sich aber nicht bei mir gemeldet."

„Okay ich bin ja jetzt erst mal hier, obwohl Romy natürlich stinksauer ist."

Leni nickte. „Hm, das kann ich mir denken." Nach einer kurzen Pause fuhr sie fort: „Du bist sicher todmüde. Du kennst dich ja aus. Das Bett im Gästezimmer ist frisch bezogen."

„Ja sicher. Was machen die Kinder?"

„Viktor zahnt und ist schlecht drauf und bei Cora ist es ja normal, dass sie dauernd betüddelt werden will. Aber jetzt, ohne ihren Vater, ist es noch schlimmer. Es hat lange gedauert, bis sie eingeschlafen ist", berichtete sie müde. Sie stand auf und ging nochmal ins Bad. Als sie zurückkam, nahm Max sie in den Arm: „Das wird schon wieder", meinte er tröstend, was aber nicht wirklich überzeugend klang.

Sie wünschten sich eine gute Nacht und gingen beide in ihre Zimmer.

Am nächsten Morgen rief Max bei sich zu Hause an und erreichte seinen Vater, der offensichtlich schlecht drauf war. Kaum hatte Max sich gemeldet und nach der Mutter gefragt, polterte er los: „Was soll das? Meint ihr, jedes Mal, wenn Leni pfeift, muss Mutti springen? Sie hat ihn gewollt und dann muss sie auch mit ihm fertig werden!"

Max verschlug es erst mal die Sprache, was normalerweise selten vorkam.

„Hey, Vati, was ist los? Habt ihr Krach?"

„Was geht dich das an?", kam die barsche Gegenfrage. „Hör mal, ich kann nichts dafür, wenn du schlecht drauf bist", antwortete Max energisch. „Ich bin bei Leni und wir erwarten nicht, dass Mutti kommt. Ich wollte euch nur informieren. Also, wo ist Mutti?"

„Die ist bei Gabi unten", kam nun endlich die Information, die Max haben wollte. Der Vater erklärte dann weiter: „Marvin hat mal wieder so einen fürchterlichen Wutanfall und Gabi ist total geschockt."

„Fuck, der kommt doch hoffentlich nicht auf Johannes raus. Der hatte ja früher auch so schreckliche Wutanfälle", sinnierte Max. Er wünschte seinem Vater einen schönen Tag und legte auf, um kurz darauf bei seiner Schwester anzurufen.

„Hi, Gabi. Ich wollte nicht lange stören, aber kannst du mir Mutti mal kurz geben?"

„Hallo, Bruderherz. Aber nur kurz, sie scheint es wirklich zu schaffen unseren kleinen Wüterich zu bändigen", stöhnte Gabi.

Max berichtete seiner Mutter, dass Johannes in der Psychiatrie sei und was vorgefallen war. Dann fragte er, was denn mit dem Vater los sei.

„Frag mich was Leichteres", seufzte sie. „Es scheint, als würden momentan einige der Moeltenhoffs spinnen. Kannst du bei Leni bleiben? Ich würde Gabi im Moment mit ihren vier Kindern nicht gerne allein lassen."

„Ja, ich bleibe auf jeden Fall die nächsten Tage da. Vielleicht kann ich sie überreden, dass sie mit zu uns kommt. Sie müsste sich ja auch mal um den Hausbau kümmern. Und ich finde, Johannes soll erst mal wieder zu sich selber finden und darüber nachdenken, was er seiner Familie antut."

„Ich versteh das nicht. Was ist nur mit dem Jungen los? Er hat doch eine Frau, die ihn liebt, und zwei süße Kinder. Warum nur hat er diese Ausraster?"

„Mutti, ich sag das nicht gerne, aber ich denke, er ist wirklich ernsthaft krank. Und wer weiß wie lang die ihn dort in der Klapse behalten. Deshalb denke ich, dass Leni bei uns besser aufgehoben ist, statt allein in der für sie immer noch fremden Stadt zu sein."

„Hm, ja, vielleicht hast du Recht, aber ich kann mich nicht um Gabi und um Leni kümmern. Das wird mir zu viel. Ich habe hier auf dem Hof und in meinem Haushalt ja auch noch was zu tun."

„Ach, ich denke, Leni kommt so weit schon allein zurecht. Sie sollte nur nicht so einsam sein."

„Und was ist mit ihrer Familie? Kümmert die sich gar nicht um sie?", fragte Susanne ungehalten.

„Die wissen noch gar nicht Bescheid. Leni hat in der letzten Zeit nicht das beste Verhältnis zu ihrer Mutter und die arbeitet ja auch ganztags. Und ihren Bruder will sie nicht belästigen."

Die Mutter seufzte tief.

„Und es ist ja schließlich Johannes, der dauernd Scheiße baut, nicht Leni. Deshalb denke ich, wir sollten uns um sie kümmern", versuchte Max, seine Mutter zu überzeugen

„Ja sicher, das stimmt schon. Ich hatte so sehr gehofft, dass er sich gefangen hat. Die beiden waren doch so glücklich."

Es folgte nochmals ein tiefer Seufzer. „Wir richten auf jeden Fall mal ein kleines Apartment für sie her. Halt mich bitte auf dem Laufenden. Ich muss mich jetzt wieder um den Kleinen kümmern. Tschüs."

„Ja, mach ich. Tschüsi, Mutti."

Danach rief Max bei Tobias an, berichtete über die Vorfälle und bat ihn, die Mutter vorsichtig zu informieren. Da Stéphanie Kaiser immer sehr hektisch oder panisch reagierte und Johannes offensichtlich auch nicht sehr mochte, musste man sehr vorsichtig mit ihr umgehen und das traute Max sich nicht zu, das überließ er lieber Lenis Bruder. Nachdem er sich von Tobias verabschiedet hatte, hoffte er, dass Leni nicht sauer reagierte, weil er ihre Familie informiert hatte. Er war der Meinung, dass sie das wissen mussten und er war sicher, dass

Leni ihrer Familie gegenüber nie zugeben würde, dass etwas nicht stimmte.

Kaum hatte Leni das Gespräch angenommen, als sich auch schon ein Redeschwall über sie ergoss. Sie konnte ihre Mutter kaum bremsen. Sie entnahm den in rasend schnellem Französisch vorgetragenen Vorwürfen, dass Max die Familie wohl über Johannes und seinem Aufenthalt in der Klinik informiert hatte. Und selbstverständlich hatte ihre Mutter schon immer geahnt, dass mit diesem Mann etwas nicht stimmte. Leni atmete erst mal tief ein und als die Mutter endlich eine Pause machte, erklärte sie ihr, so ruhig wie möglich, dass Johannes ein Problem habe und in Behandlung sei.

„Ja und warum hast du mich nicht informiert? Warum muss dein Schwager bei uns anrufen?", blaffte Stéphanie ihre Tochter an.

Die atmete wieder erst mal tief durch, bevor sie antwortete: „Ich war einfach noch nicht in der Lage dazu. Ich muss doch selber erst mal kapieren, was passiert ist." Sie seufzte und merkte, wie sie schon wieder einen dicken Kloß im Hals hatte. „Ich war gestern einfach nur fix und fertig, als ich von der Klinik zurück war." Sie begann wieder zu weinen. „Maman, es ist so ein schrecklicher Alptraum. Ich kann es einfach nicht glauben." Sie schluchzte und konnte nicht weiterreden und war froh, dass eines der Kinder zu weinen begonnen hatte, so hatte sie einen Grund, um sich schnell von ihrer Mutter zu verabschieden.

Sie kümmerte sich erst um ihre Kinder und stellte dann Max zur Rede.

„Hör zu, Max, es ist total lieb von dir, dass du so schnell gekommen bist. Aber lass doch bitte meine Familie aus dem Spiel. Meine hysterische Mutter ist das Letzte, was ich jetzt gebrauchen kann."

„Hm, ja", er sah sie betreten an. „Ich dachte nur, sie sollten auch informiert sein."

„Das ist aber sicher nicht deine Aufgabe", erwiderter Leni ungehalten.

Max hob beide Hände und sagte „Okay, okay, ich denke, wir sind beide etwas durch den Wind. Sorry, du hast ja Recht." Als er merkte, dass sie sich wieder etwas beruhigt hatte, schlug er ihr vor, doch mit ihm zusammen ins Münsterland zu fahren und sich um den Bau ihres Hauses zu kümmern. „Das würde dich doch auch etwas ablenken", ergänzte er.

Leni antwortete nicht gleich, sondern sah ihn nachdenklich an. „Ich muss mir das überlegen. Eigentlich ist die Idee nicht schlecht. Ich habe auch schon überlegt, ob ich einfach diese teure Wohnung kündige. Wir haben ja drei Monate Kündigungsfrist und bis das Haus fertig ist, könnten wir ja in einem der Apartments von Gabi wohnen, falls sie nicht alle ausgebucht sind. Aber das muss ich trotzdem erst mal mit Johannes besprechen."

„Hm, ja, mach das. Ganz übergehen sollen wir ihn trotz allem nicht", meinte er nachdenklich und fragte dann: „Sollen wir heute zu ihm fahren?"

„Eigentlich hatte die Ärztin gesagt, ich soll ihn nicht besuchen, er soll dieses Wochenende erst mal zur Ruhe kommen." Sie seufzte tief. „Aber er fehlt mir so."

Max nahm sie tröstend in den Arm, bis Leni sich von ihm frei machte.

„Ich denke, ich werde mal meine Kinder anziehen und dann etwas einkaufen gehen. Auf was hast du heute Mittag Lust?"

„Mach dir keine Umstände, Leni. Mir reicht auch ne Tiefkühlpizza oder wir lassen uns was vom Italiener kommen."

„Nee, also bei mir wird schon richtig gekocht. Das lenkt mich auch ab."

„Also dann wünsch ich mir die feinen Spätzle, die du so gut machst. Die gibt es bei uns zu Hause natürlich nicht."

„Gut, das ist doch mal 'ne Aussage. Wie wäre es mit Fleischküchle und Spätzle?" schlug sie vor. Worauf er sie fragend ansah. Sie lachte. „Frikadellen heißen bei uns Fleischküchle."

„Hm ja, lecker, die schmecken bei dir immer ganz besonders gut."

Leni schrieb sich einen Einkaufszettel und sie gingen beide zusammen mit dem Kinderwagen zum Einkaufen und nach dem Mittagessen gingen sie nochmals eine Runde spazieren, wobei Max jedes Mal stolz den Wagen schob. Obwohl Leni kaum Kontakte im Haus hatte, führte es gleich zu Getratsche, dass sie plötzlich so vertraut mit einem anderen Mann zu sehen war. Gegen Abend rief Johannes an. „Oh Lene, es ist so furchtbar hier. Die pumpen mich mit Beruhigungsmitteln voll und sperren mich ein, ich darf nicht mal spazieren gehen." Er klang total verzweifelt, was Leni gut nachvollziehen konnte. „Warum kommst du mich nicht besuchen?", beklagte er sich dann. „Liebst du mich nicht mehr?"

„Jo, natürlich liebe ich dich noch, aber die Ärztin meinte gestern, dass du erst mal zur Ruhe kommen sollst und dass ich nicht kommen soll", erklärte sie ihm geduldig. „Aber wenn du willst, dann kommen Max und ich morgen Nachmittag. Rauswerfen werden sie uns schon nicht."

„Lene, Schätz-chen, ich habe den ganzen Tag nachgedacht", begann er zögerlich.

„Und über was hast du nachgedacht? Zu welchem Ergebnis haben deine Überlegungen geführt?", fragte sie vorsichtig.

„Ich denke es ist das Beste, wir lassen uns scheiden und du heiratest Max."

„Sag mal, spinnst du jetzt total?!", rief Leni entsetzt. „Das kannst du aber wirklich vergessen. Wir sind verheiratet und ich liebe dich. Du warst auch immer für mich da, wenn es mir schlecht ging. Und jetzt bin ich für dich da. Das ist doch ganz normal. Nie im Leben lasse ich mich von dir scheiden. Merk dir das, mein Lieber!" Sie zitterte am ganzen Leib und die Tränen liefen ihr über die Wangen. „Wie kommst du nur auf so eine dumme Idee?", schniefte sie.

„Ich bin kein guter Mann für dich, Lene", beharrte er. „Ich bau doch ständig Scheiße." Er schwieg einen Moment und fuhr dann traurig fort: „Ich fürchte, es wird immer schlimmer. Ich komme nicht mehr dagegen an."

„Aber Jo, Liebling, deswegen bist du doch jetzt in Behandlung. Es wird keine einfache Zeit für uns, aber zusammen schaffen wir das", versuchte sie, ihm Mut zu machen. „Denk doch mal zurück, wie schlimm ich damals dran war nach der Entführung. Und da warst du immer für mich da. Obwohl du oft nicht wusstest, in welcher Laune ich gerade bin, bist du jedes Wochenende zu mir nach Freiburg gekommen. Das war doch auch nicht einfach für dich." Sie schwiegen beide einen Moment, bevor Leni weitersprach: „Jo, ich habe überlegt, ob wir vielleicht unsere Wohnung kündigen und zu euch nach Hause ziehen."

„Hm", mehr sagte er nicht.

„Denk doch bitte mal darüber nach. Tust du das?"

„Hm, ja, mal sehn", sagte er müde.

„Hör zu Jo, Max und ich kommen einfach morgen Nachmittag und dann können wir in Ruhe darüber reden."

„Hm, hm."

„Jo?"

„Hm, ja?", kam es müde zurück.

„Ich liebe dich. Du fehlst mir so sehr. Werde bitte bald wieder gesund."

„Ja, Schätz-chen, du fehlst mir auch", murmelte er.

„Dann bis morgen. Schlaf gut, mein Liebster."

„Ja, du auch."

Sie hauchten noch einige Küsschen ins Telefon und Leni beendete dann das Gespräch. Tränenüberströmt blieb sie auf dem Sofa sitzen und ließ sich von Max tröstend in den Arm nehmen.

„Und wie?"

Leni schüttelte nur den Kopf. „Er ist total von der Rolle. Er beklagt sich, dass ich ihn heute nicht besucht habe und dass er nicht raus darf", berichtete sie. „Aber der Clou ist die krasse Idee, die er hatte." Sie zögerte und Max sah sie fragend an.

„Er will sich scheiden lassen, damit ich dich heiraten kann."
Sie schüttelte den Kopf. „Er ist wirklich total irre."
„Das hat er mir auch schon erzählt, nachdem er das mit dir
gemacht hatte." Leni sah ihren Schwager fragend an. „Na ja,
nachdem er sich an dir vergangen hatte, ist er weggerannt und
als ich ihn endlich gefunden hatte, wollte er sich auch scheiden lassen und meinte, ich soll dich heiraten."
„Was ist bloß los mit ihm?" Leni war total ratlos.
„Ich denke, er hat einfach ein Problem mit Frauen. Vati und
ich, wir toben uns aus und bei ihm kommt es irgendwie ver-
quer raus."
„Ja, aber eben das versteh ich nicht. Wir haben eine ganz normale Beziehung. Wir lieben uns doch und wir auch haben keine Probleme im Bett."
Max lachte. „Das ist nicht zu überhören, wenn ihr dran seid."
Leni errötete. „Verdammt, Max! Du bist unmöglich! Kannst
du nicht einfach mal ernst sein?"
Max versuchte, sie ernst anzuschauen: „Leni, ich weiß ja auch
nicht, wo sein Problem liegt. Das müssen die Ärzte rausfin-
den. Ich hoffe nur, dass sie ihm wirklich helfen können und
ihn nicht einfach nur ruhigstellen."
„Ich hoffe, dass er dort vor allem die Wahrheit sagt und nicht
immer anderen die Schuld gibt. Er erzählt seinem Therapeuten immer nur so viel, dass er nicht schlecht dasteht. Und so
kann ihm niemand helfen. Aber ich darf mich da nicht einmischen, da wird er sofort sauer."
„Hm, ja also das kann ich ihm morgen natürlich schon mal direkt sagen. Es bringt wirklich nichts, wenn er mit der Wahrheit hinter dem Berg hält. Da hast du vollkommen Recht."

Leni erschrak, als sie Johannes sah. Mit leerem Gesichtsausdruck, stumpfem Blick und hängenden Schultern stand er ihr
im Besucherzimmer gegenüber. Sie hatte zu erreichen versucht, dass er mit nach draußen durfte, um seine Kinder zu
sehen, aber das wurde ihnen verweigert. Sie umarmte ihn und

er legte nach einigem Zögern vorsichtig seine Arme um sie. Dann setzten sie sich an einen kleinen Tisch, der etwas abseits in einer Nische stand. „Jo, Liebling. Stell dir vor, unser Viktor hat seit gestern sein erstes Zähnchen", sie versuchte, fröhlich zu wirken.

„Hm, ja, schön", mehr kam nicht von ihm.

„Jo, hast du über das nachgedacht, was ich dir gestern gesagt habe?" Er sah sie fragend an.

„Wir sollten die teure Wohnung kündigen und zu deiner Familie ziehen. So kommen wir kaum noch über die Runden."

„Na ja, wenn du meinst." Er zuckte kaum merklich mit den Schultern und sah auf den Tisch, der zwischen ihnen stand.

„Wir fühlen uns beide nicht wohl hier in Leipzig und der Job, den du momentan hast, ist ja auch nicht unbedingt dein Traumjob. Lass uns im Münsterland neu anfangen. Wenn unser Haus fertig ist, kann ich mich dann auch nach einem Job umsehen."

Johannes zuckte nur die Schultern und Leni seufzte leise. „Gut, dann schreib ich die Kündigung und bringe sie das nächste Mal mit, damit du sie auch unterschreiben kannst", entschied sie, da von ihm keine Hilfe zu erwarten war. Sie legte ihre Hand auf seine und streichelte sie sanft.

„Jo, ich liebe dich und wir stehen das zusammen durch. Aber du darfst dich jetzt nicht hängen lassen."

Er reagierte nicht auf das Gesagte und Leni wusste nicht, was sie sonst noch sagen sollte. So blieben sie einige Minuten schweigend zusammen sitzen, bis sie es nicht mehr aushielt, ihn in diesem Zustand zu sehen.

„Sei mir bitte nicht böse, Jo, aber ich denke, ich gehe jetzt zu den Kindern und schicke Max zu dir." Sie verabschiedeten sich zärtlich und hatten beide Tränen in den Augen. Sie rief Max an, als sie die Station verließ und er kam einige Minuten später zum Eingang, wo sie eine schreiende Cora übernahm.

„Ui, da hat wohl jemand Hunger. Das kommt davon, wenn man nicht richtig trinkt", sagte Leni leise zu ihrer Tochter und nahm sie hoch. Max grinste sie an. „Na ja, mit dem Stillen klappt es bei mir einfach nicht." Sie boxte leicht in seinen Oberarm. Dann suchte sie sich eine ruhige Ecke und stillte ihre Tochter, während Max zu seinem Bruder eilte.

Auf der Rückfahrt waren beide in Gedanken versunken und redeten kein Wort miteinander. Leni seufzte mehrmals, mochte aber ihre Gedanken nicht aussprechen. Sie fragte sich, was aus ihr und ihrem Leben geworden war. Vor kurzem noch war sie eine selbstbewusste junge Architektin, die sich auf die Sanierung von Altbauten spezialisiert und vielleicht sogar eine große Kariere vor sich hatte. Schon für das erste Projekt, an dem sie mitgearbeitet hatte, wurde das Architekturbüro, für das sie in Freiburg tätig war, mit einem Preis ausgezeichnet. Und sie hatte für die Gestaltung der Wohnung, in der sie selber bis letzten Sommer gewohnt hatte, einen Sonderpreis erhalten. Dann verliebte sie sich in Johannes und ihr Leben geriet vollkommen aus den Fugen. Zunächst war sie monatelang unglücklich, weil er sie zurückgewiesen hatte. Als sie endlich zusammengekommen waren, schwebte sie im siebten Himmel. Danach war er in den Zeiten, in denen es ihr schlecht ging, immer für sie da. Aber jetzt – sie fühlte sich wie ein unglückliches Hausmütterchen, auch wenn sie ihre Kinder über alles liebte und sich ein Leben ohne die beiden nicht mehr vorstellen konnte. Aber wie sollte ihr Leben weitergehen? War es wirklich eine gute Idee, zu den Schwiegereltern zu ziehen? Es hatte zumindest den Vorteil, dass sie nicht so isoliert war wie in Leipzig. Vor allem fragte sie sich: *Was wird mit Johannes? Wird er wieder gesund? Oder muss ich jetzt ständig Angst um ihn haben?* Sie hatte plötzlich furchtbare Angst vor der Zukunft und fühlte Panik aufkommen.

Max wirkte ausnahmsweise auch sehr nachdenklich. Das Gespräch mit seinem Bruder hatte ihn schockiert, aber er mochte nicht mit Leni darüber reden. Er hoffte nur, dass Johannes einsah, dass er ehrlich zu den Ärzten sein musste.

Zu Hause angekommen wickelte Leni die Kinder und gab ihrem Sohn sein Fläschchen. Seit der erste Zahn durch war, hatte sich seine Laune rasch gebessert. Nach dem Trinken sah er seine Mutter mit großen Augen an und lächelte. Sie drückte ihn an sich und küsste sein blondes Köpfchen. „Na, mein Süßer, du bist doch einfach ein feines Kerlchen." Sie meinte, ihr Herz müsste überlaufen vor lauter Mutterglück. Wären da nur nicht die Probleme mit Johannes. Sie seufzte leise.

Nach dem Abendessen blieben Leni und Max am Tisch sitzen und Leni fing leise an zu sprechen: „Ich kann einfach nicht verstehen, was mit ihm los ist. Ich bin mit ihm verheiratet, aber manchmal ist er mir total fremd." Sie schüttelte den Kopf. „Leni, ganz ehrlich. Allmählich glaube ich wirklich, dass es besser wäre, wenn du dich scheiden lässt. Er macht dich doch nur unglücklich."

„Bist du jetzt auch noch verrückt geworden!", fuhr sie ihn an. „Wir haben zwei kleine Kinder. Soll ich die vielleicht alleine großziehen?" Sie schrie jetzt fast und schwieg dann einen Moment. „Er wollte unbedingt Kinder haben, dann soll er auch die Verantwortung mitübernehmen", meinte sie resigniert.

„Hey, Leni, ich bin doch auch noch da", schmeichelte er sich ein.

„Max, das Thema hatten wir schon mal. Nein danke. Ich mag dich wirklich sehr, aber ganz sicher nicht als Ehemann." Sie seufzte tief. „Ein Moeltenhoff ist wirklich mehr als man aushalten kann. Da brauch ich nicht nochmal einen von dieser Sorte."

„Wie meinst du das?", fragte Max beleidigt.

„Na ja, am Anfang habe ich mich bei euch wirklich wohl gefühlt und ich habe Mutti bewundert, dass sie dich wie ihren eigenen Sohn aufgezogen hat. Aber jetzt, wo ich euch besser kenne, seh ich, dass ihr männlichen Moeltenhoffs alle nicht so problemlos seid." Max sah sie fragend an. „Ich weiß gar nicht, wie Mutti das aushält, dass Paul immer wieder fremdgeht. Ich würde das nicht mitmachen", sagte sie mit Bestimmtheit.

„Hm, ja, ich denke, das weiß Joey auch, deshalb verklemmt er es sich und dann kommt es zur Katastrophe."

Leni sah ihren Schwager entsetzt an. „Das kann nicht sein. Als ich derart traumatisiert war, dass ich monatelang nicht mit ihm schlafen konnte und auch als ich im Koma lag, da hatte ich das Gefühl, dass er das aushält, ohne fremdzugehen." Sie schwieg nachdenklich. „Oder täusche ich mich da? Meinst du, er hatte nebenher eine andere?"

Max schüttelte den Kopf. „Nein, nicht dass ich wüsste. Aber das hätte er mir wohl auch nicht erzählt."

Leni dachte laut nach: „Ich kann es mir nicht vorstellen, ihm sieht man das schlechte Gewissen schon von weitem an. Ich glaube, dann hätte er nicht so ungezwungen mit mir zusammen sein können. Und als ich in der Klinik lag, da war er ja fast Tag und Nacht bei mir." Sie schwieg einen Moment, bevor sie fortfuhr: „Außer die blöde Geschichte mit Sarah natürlich. Die hat ihm schon vom ersten Tag an schöne Augen gemacht. Und dann haben die doch tatsächlich vor meinen Augen heftig miteinander geflirtet. Ich lag da und konnte weder sprechen noch laufen und musste mir das anhören, was sie da hinter der Schranktür geflüstert haben. Das hat schon wehgetan."

Max streichelte ihren Arm. „Hoffen wir, dass man ihm helfen kann und er wieder normal wird. Sonst wird es sicher schwer für dich." Sie schwiegen beide, in Gedanken versunken, bis Max sie wieder ansprach: „Kommst du jetzt mit nach Hause? Ich denke, im Moment ist er dort gut aufgehoben, wo er ist. Da kannst du ihm nicht viel helfen."

„Ja, ich würde ihn aber morgen Nachmittag gerne nochmal besuchen und ihm sagen, dass ich mit dir fahre. Dann muss ich auch fragen, ob Frau Meyer sich um meine Katzen kümmern kann und mir die Post aus dem Briefkasten nimmt. Wenn du also bis übermorgen hierbleiben kannst, dann gerne."

„Gute Entscheidung, Leni. Ich geb nachher Mutti oder Gabi Bescheid, dass sie dir ein Apartment richten."

Nachdem Leni ihre Kinder nochmals gewickelt und gefüttert hatte, ging sie auch zu Bett. Sie versuchte zu lesen, konnte sich aber nicht konzentrieren. Sie legte das Buch zur Seite und löschte das Licht. Aber sie konnte nicht schlafen, zu viele Gedanken kreisten in ihrem Kopf und schließlich fing sie an zu weinen. Zunächst weinte sie ganz leise in ihr Kopfkissen, wurde dann aber von mächtigen Schluchzern geschüttelt. Plötzlich merke sie, dass jemand auf ihrer Bettkante saß und ihren Rücken streichelte. „Pscht, Leni, Schätz-chen", flüsterte Max und streichelte sie zärtlich. Zunächst dachte sie, Johannes wäre nach Hause gekommen und wehrte sich nicht, als er zu ihr unter die Decke kroch. Als sie aber sein Schnurrbart kitzelte, wurde ihr plötzlich bewusst, wer da in ihrem Bett lag. „Nein! Stopp, Max!" Sie zog ihm die Decke weg und stieß ihn von sich fort. „Was fällt dir ein!"

„Was ist denn?", fragte er enttäuscht.

„Du hast zwar die gleiche Stimme und bist genauso zärtlich wie Johannes, aber du bist nun mal nicht er."

„Du willst doch nicht etwa behaupten, dass Joey zärtlich ist", meinte er leise lachend.

„Natürlich ist er das, und wie. Das hat mich in unserer ersten Nacht total umgehauen. Ich hätte nie erwartet, dass er so zärtlich sein kann", gestand sie zögernd.

„Oh, dann hat er sich tatsächlich hinter die Ohren geschrieben, was ich ihm eingebläut habe."

„Wieso?", fragte sie überrascht.

„Na ja, als ich dich zu ihm nach Hamburg geschickt habe, da hab ich ihn genau instruiert, wie er mit einer Frau wie dir umzugehen hat. Ich konnte nicht zulassen, dass er mit seiner üblichen Holzfällermethode vorgeht." Max lachte wieder leise. „Ich musste ihn endlich mal aufklären, wie das funktioniert."

„Ach komm, jetzt übertreibst du aber."

„Nein, wirklich nicht. Das Wort Vorspiel hat er bis dahin nicht mal gekannt. Er war bei allen Mädchen im Dorf verschrien, weil er so grob war. Ein paar haben es unbedingt wissen wollen, waren danach aber total enttäuscht und teilweise sogar schockiert."

„Ja, aber was war denn mit Melanie?"

„Die wollte einfach nur Frau von Moeltenhoff werden, dafür hat sie alles in Kauf genommen. Und als sie dann verheiratet waren, hat sie ihn freiwillig nicht mehr rangelassen."

„Mannomann. Aber trotzdem, warum hat er denn jetzt plötzlich solche Probleme? Bei uns läuft wirklich alles normal und er ist ein unheimlich zärtlicher Liebhaber."

„Tja, wenn man das wüsste."

Leni hatte Sehnsucht nach ihrem Mann und spürte ein Kribbeln im Unterleib. Aber diesem Begehren wollte sie keinesfalls nachgeben, auch wenn die Versuchung groß war. Deswegen rückte sie etwas von ihrem Schwager ab und bat ihn: „Max, würdest du jetzt bitte wieder in dein eigenes Bett gehen? Ich vermisse Jo wirklich sehr, aber deswegen gehe ich trotzdem nicht fremd."

„Schade", brummelte Max enttäuscht. „Wir brauchen es ihm doch nicht zu sagen", bettelte er.

„Nein! Ganz sicher nicht! Geh jetzt, bitte!" Leni schob ihn energisch von der Bettkante.

Am nächsten Morgen war Leni ziemlich beschäftigt. Nachdem sie die Kinder angezogen und gefüttert hatte, rief sie in der Kanzlei an, um ihren Mann krankzumelden. Danach ging sie runter ins Erdgeschoss und fragte bei Frau Meyer an, ob sie die Katzen versorgen und ihren Briefkasten leeren könnte. Die wollte natürlich wissen, was los war. Ihr war aufgefallen, dass sie Johannes schon einige Tage nicht mehr gesehen hatte und dass sein Bruder da war. Aber Leni sagte ihr nur kurz angebunden, dass ihr Mann im Krankenhaus sei und sie für ein paar Tage zu den Schwiegereltern reisen würde, weil sie sich um den Hausbau kümmern müsse. Anschließend informierte sie die Putzfrau, dass sie für ein paar Tage verreisen würde und bat sie, den Schlüssel bei Frau Meyer abzuholen.

Dann ging sie mit den Kindern zum Supermarkt, um ausreichend Katzenfutter und etwas fürs Mittagessen einzukaufen. Kaum zu Hause angekommen hatten die Kinder schon wieder Hunger. Als sie die beiden wieder ins Bettchen gelegt hatte, ging sie daran, die Kündigung für die Wohnung zu schreiben. Sie hatte gerade den Druckauftrag bestätigt, als ihr Telefon klingelte. Es meldete sich der Psychologe, der Johannes behandelte, und er bat Leni um ein Gespräch. Sie verabredeten für den Nachmittag einen Termin, da sie sowieso vorhatte, nochmals in die Klinik zu fahren, bevor sie verreiste. Sie unterschrieb die Kündigung für die Wohnung und schob sie in eine Plastikhülle, damit sie sie mitnehmen konnte, um sie Johannes zur Unterschrift vorzulegen. Seufzend ging sie dann in die Küche, um zu kochen.

„Max, kommst du nachher mit zur Klinik? Ich habe einen Termin mit seinem behandelnden Arzt", fragte Leni ihren Schwager, als sie nach dem Essen noch bei einer Tasse Kaffee zusammensaßen.

„Ja klar, kein Thema. Was soll ich denn hier sonst alleine treiben?"

„Oh, ich habe eine nette Nachbarin, die ist Friseurin und hat heute frei", zog sie ihn auf. Worauf er sie angrinste und ihr mit dem Finger drohte.

„Leni, Leni, führ mich nicht in Versuchung. Ich könnte dich beim Wort nehmen. Ich will doch wirklich versuchen, Romy treu zu bleiben", bekannte er mit treuherzigem Augenaufschlag.

„Und was war das gestern Abend?", wollte sie wissen.

Max seufzte: „Ach Leni, bei dir würde ich schon eine Ausnahme machen. Außerdem weiß ich auch nicht, wie lange ich das durchhalte. Wenn Romy in Freiburg wohnen bleibt, ist das kaum machbar. Ich bin zwar in ganz Deutschland und auch mal in der Schweiz unterwegs, denn ich nehme jeden Auftrag an, den ich kriegen kann, aber mein Lebensmittelpunkt ist trotzdem bei uns zu Hause im Münsterland. Im Moment gibt es immer noch sehr wenige Events und ich muss sehn, wie ich über die Runden komme. Da bleibt sie schon mal auf der Strecke.„ Er machte eine kurze Pause und ergänzte vorwurfsvoll: „Und wenn ich dann mal Zeit für sie habe, dann brennt es bei euch wieder lichterloh.“

Sie fuhren wieder mit dem Kombi zur Klinik und Max bemühte sich, anständig zu fahren. Sobald er wieder in alte Gewohnheiten verfiel, meldete Leni sich sofort und erinnerte ihn daran, dass zwei Babys an Bord waren. Dort angekommen hatte sie noch etwas Zeit bis zum vereinbarten Termin und so bat sie darum, ihren Mann sprechen zu können. Nach einigem Zögern war man bereit ihn zu holen. Er sah noch schlechter aus als am Vortag und Leni machte sich Gedanken, ob es wirklich richtig gewesen war, ihn in diese Klinik zu bringen. Er kam ihr vor wie ein Roboter und zeigte keinerlei Gemütsregung. Sie bat ihn, die Kündigung für die Wohnung zu unterschreiben, was er achselzuckend tat. Er schien vergessen zu haben, dass sie darüber geredet hatten. Sie sagte ihm, dass sie für die nächsten Tage ins Münsterland fahren würde und ihn deshalb nicht besuchen könne. Er sah sie nur mit leerem Blick an. Sie nahm seine Hand in ihre Hände und sprach behutsam auf ihn ein, aber er reagierte kaum. Als ihr gesagt wurde, dass der Arzt in seinem Sprechzimmer auf sie warten würde, verabschiedete sie sich von Johannes. Sie nahm ihn in den Arm und versuchte, ihn zu küssen, aber auch da kam kaum eine Reaktion. Mit Tränen in den Augen ging sie davon. Sie war verzweifelt und wusste nicht, wie es weitergehen sollte.

Als sie das Sprechzimmer betrat, erkannte sie in dem Arzt den Jogger wieder, der ihr einige Tage zuvor nach der Einweisung von Johannes behilflich sein wollte.

„Guten Tag, Frau von Moeltenhoff, ich bin Doktor Bergmann. Ich behandle Ihren Mann“, begrüßte er sie freundlich und bat sie, Platz zu nehmen.

„Guten Tag, mein Name ist Kaiser-von Moeltenhoff“, berichtigte sie den Arzt zunächst. „Ich bin total schockiert, mein

Mann kommt mir vor wie eine Marionette. Was machen Sie mit ihm?", fragte sie ziemlich vorwurfsvoll.

„Ja sicher, er steht im Moment unter starken Medikamenten. Aber wir müssen ihn erst mal ruhigstellen, bevor wir ihn therapieren können", versuchte der Arzt zu erklären.

Leni schüttelte den Kopf. „Wie lange muss er denn hier bleiben?"

„Das hängt ganz davon ab, wie er auf die Therapie reagiert. Ich habe Sie um das Gespräch gebeten, da er sich total verschließt und keinen Ton redet. So kann es natürlich einige Zeit dauern." Der Arzt hob bedauernd die Schultern.

„Oh Mann, sein Bruder hat ihm gestern extra noch ins Gewissen geredet und ihm erklärt, dass er alles erzählen muss, damit man ihm helfen kann", berichtete sie genervt. Sie holte tief Luft und redete dann ruhiger weiter: „So genau weiß ich ja auch nicht, was in ihm vorgeht, er redet selten über sich selber und über seine Probleme schon gar nicht. Aber sein Therapeut scheint einen ganz guten Draht zu ihm zu haben. Bei ihm ist er einigermaßen aufgetaut und deshalb versteh ich diesen Rückfall überhaupt nicht. Er hat wohl sein Medikament abgesetzt, weil er meint, dass er damit nicht arbeiten kann."

Leni sah den Arzt erwartungsvoll an. „Haben Sie denn einen Bericht von seinem Therapeuten? Da müsste doch einiges drinstehen."

„Ja sicher. Aber bisher war er nicht suizidgefährdet. Das ist jetzt eine ganz andere Situation."

Leni beantwortete alle ihr gestellten Fragen wahrheitsgemäß, auch wenn einige Fragen ihr Intimleben betrafen und sie verlegen errötete. Aber da Johannes offenbar in dieser Hinsicht ein Problem mit sich herumtrug, machte es ihrer Ansicht nach keinen Sinn, etwas zu verschweigen. Nur zu der Vergewaltigung durch ihn konnte sie keine Angaben machen, da sie sich einfach nicht daran erinnern konnte. Sie berichtete über ihre Hirnblutung und das darauffolgende wochenlange Koma. „Ich kann es mir einfach nicht vorstellen", meinte sie und schüttelte den Kopf. „Er war doch nie grob zu mir."

„Haben Sie ein Verhältnis mit Ihrem Schwager?", fragte der Arzt sie plötzlich direkt.

Die Frage kam vollkommen unerwartet und sie sah ihn entsetzt an. „Was?! Nein, natürlich nicht!" Sie musste diese Frage erst mal verdauen, bevor sie ausführlicher antwortete. „Hören Sie, ich liebe meinen Mann über alles und ich habe vor wenigen Monaten Zwillinge geboren. Da hab ich sicher kein Verlangen nach einem Seitensprung, auch wenn mein Schwager meint, dass er mich liebt."

„So, meint er das?"

„Hm, ja, also das war so, ich habe die beiden Brüder praktisch gleichzeitig kennengelernt und mich in Johannes verliebt. Er strahlte so eine Ruhe aus, ähnlich wie es bei meinem Vater war. Max ist zwar sehr nett und unterhaltsam, aber absolut kein Mann für mich. Er ist mir viel zu unruhig." Sie schwieg einen Moment und der Arzt machte sich Notizen auf seinem Tablet.

„Aber mein Schwager kann Ihnen sicher mehr über die gemeinsame Kindheit und Jugend sagen, ich denke nämlich, dass mein Mann seine Probleme schon sehr lange mit sich rumschleppt. Ich weiß nur nicht, warum ihn das jetzt so umgehauen hat."

Kaum hatte sie ausgesprochen, als ihr Handy vibrierte. Sie sah, dass es Max war.

„Entschuldigung, aber das ist mein Schwager. Ich denke, er hat Probleme mit den Kindern."

Sie meldete sich und hörte schon das Geschrei ihrer Tochter. Der Arzt gab ihr Zeichen, dass Max ins Sprechzimmer kommen sollte.

„Ja Max, komm doch bitte hoch in den ersten Stock zu Doktor Bergmann."

„Wie mache ich das mit dem Kinderwagen?", fragte Max unsicher. „Den krieg ich doch nicht die Treppe hoch."

„Nimm das Oberteil ab und lass das Gestell unten stehn", wies sie ihn an.

Sie sprach nochmals den Arzt an: „Wäre es nicht möglich, dass mein Mann seine Kinder sehen kann?" Der nickte kurz und führte ein kurzes Telefonat, in dem er bat, Johannes zu ihm ins Sprechzimmer zu bringen.

Kurz darauf klopfte es kurz an der Tür und Max brachte die schreiende Fracht herein. Leni nahm sofort ihre Tochter hoch, redete beruhigend auf sie ein, drehte den Männern den Rücken zu und legte sie an die Brust.

Der Arzt begrüßte Max und sprach seine Verwunderung darüber aus, dass die Brüder sich gar nicht ähnlich wären.

Max lachte. „Ja, sicher. Unser Vater hat zwei Frauen gleichzeitig beglückt. Ich bin das Kuckucksei. Aber ich hatte trotzdem eine behütete Kindheit auf dem Hof. Es hat mir an nichts gefehlt. Nicht mal an Mutterliebe. Ich habe lange nicht gewusst, dass Mutti nicht meine leibliche Mutter ist."

Es klopfte wieder und Johannes wurde von einem Pfleger ins Zimmer gebracht. Er schaute etwas verwundert, als er seine Familie und seinen Bruder sah, sagte aber kein Wort.

Doktor Bergmann sprach Max an: „Kommen Sie, wir lassen die junge Familie mal ein paar Minuten alleine", und er verließ mit Max das Sprechzimmer.

„Jo, komm, setz dich doch neben mich", sagte Leni und zeigte auf den leeren Stuhl neben sich. Als Johannes sich zögerlich gesetzt hatte, streichelte sie mit der freien Hand seine Wange. „Jo, mein Liebster. Bitte tu alles, damit du bald wieder bei uns sein kannst. Wir brauchen dich." Er nickte stumm.

Als Cora fertig getrunken hatte, drückte Leni sie ihrem Vater in den Arm. „Kannst du sie bitte nehmen. Ich will Viktor auch noch anlegen, sonst hat er nachher auf der Heimfahrt Hunger."

Sie legte ihren Sohn wie üblich an die rechte Brust.

„Aua, Kind, nicht beißen." Sie verzog schmerzhaft das Gesicht, worauf Johannes sie fragend ansah.

„Er hat jetzt einen Zahn und das tut noch mehr weh wie sonst schon. Ich denke, ich werde ihn jetzt wirklich bald entwöhnen."

Einige Minuten war nur das schmatzende Geräusch des Babys zu hören. Johannes war ganz vertieft in den Anblick seiner kleinen Tochter, während Leni ihrem saugenden Sohn das blonde Köpfchen streichelte und küsste.

„Wir haben doch wirklich zwei süße Mäuse produziert, findest du nicht?" Leni sah ihren Mann stolz an.

Er nickte und ein winziges Lächeln huschte ganz kurz über sein sonst ausdrucksloses Gesicht. „Ja, das haben wir", bestätigte er dann leise.

Als Doktor Bergmann in den Raum zurückkam, saßen die beiden schweigend da. Leni hatte ihren Stuhl ganz dicht an den von Johannes gerückt und ihren Kopf an seine Schulter gelehnt, woraufhin er zögerlich seinen Arm um sie gelegt hatte. Sie hatte Viktor auf dem Schoß. Der Junge sah mit seinen großen Augen umher und brabbelte munter vor sich hin. Cora hatte sich an ihren Vater gekuschelt und er streichelte ihr sanft den Rücken.

„So, sind die Raubtiere jetzt gefüttert?", fragte der Arzt munter. Leni nickte lächelnd.

„Na, der sieht Ihnen aber sehr ähnlich", sagte er zu Johannes und deutet auf Viktor. Johannes nickte und wieder huschte dieses winzige Lächeln über sein ansonsten starres Gesicht.

„Ich hoffe aber, dass die Ähnlichkeit nur rein äußerlich ist", gab er seinen Gefühlen endlich mal Ausdruck.

„Nun, das wird sich zeigen. Aber Sie sollten nicht so pessimistisch sein. Er scheint auf jeden Fall ziemlich munter und vergnügt zu sein. Wie heißt der kleine Mann denn?"

Da Johannes wohl für die nächste Zeit genug geredet hatte, antwortet Leni: „Das ist Viktor."

„Aha. Und wen haben wir denn da?" Er deutete auf Cora.

„Das ist unsere Tochter Cora und, wie man sieht, Papas Liebling." Sie streichelte ihrer kleinen Tochter sanft über das blonde Haar, das eine Spur dunkler war als das ihres Bruders. Sie seufzte leise: „Es ist im Moment nicht einfach mit ihr, sie vermisst ihren Papa sehr. Zum Glück ist mein Schwager da und nimmt mir immer wieder mal die Kinder ab."

„Ja, dann sollten wir unser Möglichstes tun, damit der Papa bald wieder nach Hause kann", sagte der Arzt mit einem kleinen Lächeln. Er wandte sich an Johannes: „Herr von Moeltenhoff, da müssen Sie aber auch mitmachen. Es hat keinen Sinn, Sie nur medikamentös zu behandeln, wir sollten das Übel schon der Wurzel packen. Ich habe mit Ihrer Frau und mit Ihrem Bruder gesprochen. Ich möchte jetzt gerne von Ihnen hören, was Sie mir zu sagen haben." Johannes zuckte lahm die Schultern. „Was wollen Sie denn wissen? Ich weiß es doch selber nicht, warum ich manchmal solche Ausraster habe. Ich wünschte, es wäre nicht so." Er schwieg wieder.

„Ja gut, aber Sie müssen doch eine Vorstellung davon haben, was in Ihrem Leben nicht richtig gelaufen ist. Dass Sie manchmal wütend werden ist ein Problem, aber warum verhalten Sie sich gegenüber Frauen so aggressiv?"

„Ich möchte wirklich nicht darüber reden, solange meine Familie dabei ist." Johannes ging ganz auf Abwehr.

„Ja gut, dann machen wir für heute Schluss. Aber bitte denken Sie darüber nach, was Ihrer Meinung nach die Ursache sein könnte. Ist irgendetwas in Ihrer Kindheit vorgefallen?"

An Leni gewandt sagte er: „Ich habe Ihren Schwager in die Cafeteria geschickt, vielleicht sollten Sie ihn anrufen, damit er Ihnen mit den Kindern hilft."

Leni bedankte sich und rief Max an, der wenige Minuten später kam, um sie abzuholen. Sie verabschiedete sich tränenreich von Johannes. Es fiel ihr unendlich schwer, ihn in diesem Zustand zurückzulassen. Sie hielten sich so lange umarmt, bis ein Pfleger kam und ihn wegführte. Mit Tränen in den Augen sah sie den Arzt fragend an. Der hob die Augenbrauen und meinte: „Ich kann Ihnen wirklich nichts versprechen. Falls überhaupt, dann dauert es sehr lange. Er verweigert die Mitarbeit und ich kann nicht in ihn reinsehen. Die Gespräche mit Ihnen beiden haben mir auf jeden Fall einige gute Ansätze geliefert. Und ich hoffe sehr, dass der Anblick der Kinder ihn nachdenklich gemacht hat und dass er jetzt mitarbeitet. Sonst ist es aussichtslos, auf einen Erfolg zu hoffen."

„Das klang nicht sehr ermutigend", meinte Max, als sie zusammen zum Ausgang unterwegs waren.

„So sehe ich das auch", bestätigte Leni. „Ich habe das Gefühl, diese Umgebung ist nicht das Richtige für ihn, da ist er ja wirklich eingesperrt. Ich hab mir schon überlegt, ob wir versuchen sollten, ihn in der Klinik bei euch in der Nähe unterzubringen, in der ich damals war. Ich wurde dort viel besser betreut wie in der Einrichtung, in die ich zuerst gekommen war, um mein Trauma zu bewältigen."

„Leni, das ist eine gute Idee, da rufe ich sofort an, wenn wir morgen zu Hause sind. Dann wäre er bei uns in der Nähe und du könntest dich in Ruhe um den Hausbau kümmern und müsstest nicht dauernd hin und her fahren."

„Hm, ja, und da komme ich wenigstens mal wieder in meinen Beruf rein."

„Ja Leni, und ich denke, ein eigenes Haus zu bauen, macht doch noch viel mehr Spaß als für irgendwelche missmutigen Kunden." Max versuchte, sie etwas aufzumuntern. Er lachte: „Ich denke da an einen besonders hartnäckigen Kerl, der dir das Leben schwer gemacht hat." Leni sah ihn groß an und meinte: „Ich hätte nie geglaubt, dass er mir ständig das Leben schwer macht. Ich dachte wirklich, ich wäre glücklich mit ihm." Sie seufzte tief auf. Max sah sie etwas ratlos an. Es tat ihm weh, sie so unglücklich zu sehen. Wo war die strahlende Leni geblieben? Er streichelte ihr sanft über den Rücken und versuchte, sie zu trösten: „Das wird schon wieder. Er weiß doch, was er an dir hat." Sie sah ihn zweifelnd an und sagte leise: „Hoffentlich hast du Recht."

Während der Heimfahrt berieten sie, wie sie das mit dem Fahren am nächsten Tag machen wollten. Da im Sportcoupé von Max kein Platz für Kinderwagen und Gepäck war, beschlossen sie, dass Leni hinter ihm herfahren sollte und sie ihm Zeichen geben sollte, wenn sie anhalten musste, um zu tanken oder die Kinder zu füttern.

Bevor sie gegen Mittag abfuhren, beschwor Leni ihren Schwager, einigermaßen anständig zu fahren, da sie sicher nicht mit 200 Sachen hinter ihm herdüsen würde. Sie kannte seinen flotten Fahrstil und hatte nicht vor, es ihm gleichzutun. „Ich kann auch anständig", beruhigte er sie lachend. „Glaub mir doch bitte." Er sah sie mit flehenden Augen an. „Na, wir werden ja sehn." Die Fahrt verlief problemlos und Leni war erleichtert, als sie mit ihren Kindern in dem Apartment angekommen war, das Gabi ihr vorbereitet hatte.

Max hatte wie versprochen gleich nach ihrer Ankunft in der Klinik angerufen und man wollte prüfen, ob man einen Platz frei hätte und versprach, sich in den nächsten Tagen wieder bei ihm zu melden.

Das Abendessen nahm Leni mit den Schwiegereltern und Max gemeinsam ein, bestand aber darauf, sich in Zukunft selber zu versorgen. Susanne willigte missmutig ein. Sie vereinbarten, dass Leni sich zumindest zum Kaffeetrinken mit der Familie traf. Das war Leni Recht. Sie war im Grunde genommen zwar froh, nicht alleine in Leipzig zu sitzen, aber jede Mahlzeit mit der ganzen Familie war ihr einfach zu viel. Sie wollte versuchen, so gut wie möglich mit sich und ihrem Leben zurechtzukommen.

Der Bauantrag war in der Zwischenzeit genehmigt worden und Leni vereinbarte Termine mit einem Statiker und einer Baufirma, die den Rohbau erstellen sollte. Dabei stellte sie fest, dass der Name von Moeltenhoff in der Gegend einiges an Bedeutung hatte. Sie bekam unverzüglich ihre Termine und die Zusage, dass mit dem Bau bald begonnen werden könnte. Sie änderte ihre Zeichnungen noch geringfügig ab, was die Raumaufteilung betraf und ließ sie dann dem Statiker und der Baufirma zukommen. Ihr Schwiegervater versprach, während ihrer Abwesenheit den Bauarbeitern auf die Finger zu sehen. Sie holte auch noch Kostenvoranschläge von zwei

Elektrikern und einer Zimmerei ein. Sie freute sich über die Ablenkung und genoss es, wieder in ihrem Beruf tätig zu sein. Nach einigen Tagen hatte sich die Klinikleitung bei Max gemeldet und ihm mitgeteilt, dass sie Johannes ab nächsten Monat aufnehmen könnten. Max sagte sofort zu, da er Angst hatte, dass der Platz sonst anderweitig vergeben wurde. Leni beschloss daraufhin, dass sie, sobald sie alles was den Bau betraf, erledigt hatte, wieder nach Leipzig fahren würde, um mit Doktor Bergmann zu reden. Sie hoffte, dass er zustimmte und Johannes bis zum Beginn der neuen Therapie zu Hause sein konnte. Sie hatte zwar noch keine Ahnung, wie sie das mit dem Umzug bewerkstelligen sollte, aber das würde sich schon irgendwie ergeben. Die Wohnung hatten sie ja noch drei Monate gemietet, da brauchte sie sich jetzt nicht abzuhetzen. Ihre Schwiegereltern schlugen vor, dass sie die Möbel bei ihnen auf dem Dachboden lagern könnten, bis das Haus fertig war. Diese Hilfe nahm sie dankbar an.

Max bot ihr an, sie wieder nach Hause zu geleiten, aber sie lehnte das gut gemeinte Angebot ab.

„Irgendwann muss ich ja auch erwachsen werden", meinte sie.

„Leni, du bist erwachsen genug, aber momentan sicher nicht in der besten Verfassung", gab er zu bedenken.

„Ja schon, aber die Aussicht, dass Johannes hier in der Klinik behandelt werden kann, hat mir wieder Mut gemacht. Aber ich geb dir auf jeden Fall Bescheid, was der Arzt meint. Ich hoffe sehr, dass er Johannes demnächst gehen lässt. Er muss ja auch noch einige Dinge erledigen. Ich nehme an, dass er den Job in der Kanzlei kündigen wird, falls die ihm nicht von sich aus kündigen. Er muss sich dann eben hier was suchen. Er hat ja erstklassige Referenzen."

„Zunächst sollte er aber erst mal wieder richtig fit werden", meinte Max.

„Ja klar, das ist das Wichtigste", bestätigte Leni. „Aber Max, falls er nach Hause kann, würdest du dich dann öfters bei ihm melden?", fragte sie schüchtern. „Ich muss gestehen, ich habe

Angst, mit ihm alleine zu sein. Ich weiß augenblicklich nicht, wie er tickt. Nicht dass er sich doch noch was antut."

„Ja, aber Leni", warf Max ein, „dann kommt doch einfach sofort nach seiner Entlassung hierher, da ist dann immer jemand da. Ihr müsst doch nicht dort alleine in Leipzig hocken."

Sie überlegte einen Moment und gab dann zu bedenken: „Ich muss aber doch auch den Umzug vorbereiten und anfangen zu packen."

„Das kannst du doch machen, wenn er in der neuen Klinik ist."

„Max, du bist genial." Sie gab ihrem Schwager übermütig ein Küsschen auf die Wange.

Ein paar Tage früher als vorgesehen fuhr Leni wieder zurück nach Leipzig. Die Autobahn war überfüllt. Es gab immer wieder Stockungen oder kleinere Staus und sie wurde immer nervöser. „Was für eine dämliche Idee!", schimpfte sie halblaut vor sich hin. „Warum bin ich nicht erst am Sonntag gefahren?" Sie machte auf halbem Weg eine längere Pause, um sich zu erholen und die Kinder zu füttern. Viktor entwickelte sich immer mehr zu einem kleinen Sonnenscheinchen. Er plapperte und brabbelte in seinem Kindersitz vor sich hin und betrachtete die Welt um sich herum mit seinen ernsten, großen, blaugrauen Augen. Cora hingegen war die ganze Zeit am Quengeln und nervte ohne Ende. Aber da musste sie durch und Leni war froh, als sie endlich heil in ihrer Tiefgarage angekommen war. Sie atmete erst mal tief durch, bevor sie ausstieg und das Auto auspackte. Sie schleifte alles zum Lift und auf dem Weg nach oben hielt sie im Erdgeschoß kurz an, um ihrer Nachbarin mitzuteilen, dass sie wieder da war.

„Und, sind Sie alleine zurückgekommen? Ist Ihr Herr Schwager nicht dabei?" Leni hörte den süffisanten Unterton und verneinte einfach nur. Sie nahm ihren Schlüssel in Empfang und verabschiedete sich schnell, da sie während des Gesprächs den Lift blockiert hatte.

Gleich am nächsten Morgen versuchte sie Doktor Bergmann zu erreichen, aber der war noch nicht im Haus und anschließend den ganzen Vormittag ausgebucht. Sie bat darum, dass er sie sobald wie möglich zurückrufen sollte, da es sehr wichtig sei. Kaum hatte sie das Gespräch beendet, als ihr Handy klingelte und sich der Inhaber der Kanzlei, in der Johannes beschäftigt war, meldete. Er erklärte ihr in barschem Ton, dass aus der Krankmeldung ersichtlich war, in welcher Klinik Johannes sich befand und schlug ihr vor, einen Aufhebungsvertrag aufzusetzen. Wenn sie einverstanden sei, würde er Johannes für zwei Monate sein Gehalt bezahlen. Leni versprach, mit ihrem Mann darüber zu reden und sich dann wieder zu melden. Sie wollte so etwas nicht über den Kopf von Johannes hinweg entscheiden. Auch wenn er vielleicht gar nicht in der Lage war, selber eine Entscheidung zu treffen.

Sie machte einen Gang durch die Wohnung und überlegte, welche Sachen sie in der nächsten Zeit nicht brauchten und deshalb schon eingepackt werden konnten. Sie konnte nicht untätig herumsitzen, sondern musste sich beschäftigen. Die Kinder brauchten sie zwar auch, denn sie waren jetzt tagsüber doch sehr munter und Cora fing schon an zu krabbeln. Aber wenn die beiden schliefen, dann überfielen sie sofort wieder Einsamkeit und Wehmut. Da war es gut, wenn sie was zu tun hatte. Außerdem ließ sie sich von mehreren Möbelspeditionen Kostenvoranschläge für den Umzug machen.

Bis am späten Nachmittag hatte Doktor Bergmann noch nicht zurückgerufen und Leni rief deshalb nochmals in der Klinik an, erreichte ihn aber wieder nicht. Da sie das Gespräch nicht weiter aufschieben wollte, erklärte sie der unfreundlichen Dame am Telefon, dass sie am nächsten Nachmittag vorbeikomme und Herrn Doktor Bergmann unbedingt sprechen müsse. Sie soll ihm das bitte ausrichten oder in seinem Terminkalender vermerken.

So fuhr sie am nächsten Nachmittag auf gut Glück zur Klinik. Sie setzte Cora in den Babysafe und steckte Viktor in ein

Tragetuch. So bepackt machte sie sich auf den Weg zur Station, als jemand sie eiligen Schrittes überholte. Sie erkannte den Arzt und sprach ihn an. „Ich habe Sie gestern mehrmals versucht zu erreichen und habe eine Nachricht hinterlassen, dass ich Sie dringend sprechen muss." Sie blieb stehen und musste erstmal durchatmen, die Kinder hatten doch ihr Gewicht. „Oh, das tut mir leid, ich habe keine Nachricht erhalten", entschuldigte er sich. Er nahm ihr den Babysafe mit Cora ab. „Kommen Sie, ich habe jetzt sowieso ein Gespräch mit Ihrem Mann." Sie liefen zusammen auf das Gebäude zu, in dem die Station untergebracht war. „Um was geht es denn?"

Leni erklärte ihm, dass sie ab nächsten Monat einen Therapieplatz in der Klinik im Münsterland für ihn gefunden hätten. Er war zunächst etwas verwundert, aber sie erklärte ihm dann, dass sie im Begriff waren, dort zu bauen und dass es einfach praktischer wäre, wenn er dort untergebracht sei, damit sie nicht ständig zwischen Leipzig und dem Münsterland pendeln müsse. Außerdem habe sie selber sehr gute Erfahrungen in dieser Einrichtung gemacht.

„Jetzt wollte ich fragen, ob es möglich wäre, dass mein Mann vorzeitig entlassen wird. Ich würde dann sofort mit ihm ins Münsterland fahren, so dass er bei der Familie ist, während ich mich um den Bau kümmere."

„Gute Frau, so einfach geht das nicht, er ist ja nicht zum Vergnügen hier", bremste der Arzt ihren Enthusiasmus.

„Ja schon, aber es sind ja nur noch gute zwei Wochen zu überbrücken und ich habe das Gefühl, dass es ihm hier nicht wirklich gut geht."

Während ihres Gespräches wurde Johannes in den Raum geführt. Er war erstaunt, Leni dort zu sehen. Sie begrüßte ihn mit einem zarten Küsschen und erzähle ihm vom Fortschritt des Baus und von dem Therapieplatz in der anderen Klinik. Aber wie sie schon befürchtet hatte, sah er sie nur groß an und zuckte die Schultern. Dann berichtete sie auch von dem Anruf aus der Kanzlei und fragte ihn, ob er mit dem Aufhebungsvertrag einverstanden sei. Als Antwort erhielt sie wieder nur ein Schulterzucken. Sie seufzte leise und erklärte ihm klar und deutlich, dass sie nach ihrer Rückkehr in der Kanzlei anrufen würde, um sein Einverständnis zu erklären. Er nickte kurz. Doktor Bergmann hatte schweigend zugehört. „Also, ich schlage Folgendes vor, Ihr Mann unterschreibt, dass er auf eigenen Wunsch die Klinik verlässt. Wir können ihn medikamentös bis zum Wochenende so weit einstellen, dass wir das riskieren können." Er wandte sich direkt an Johannes: „Sind Sie damit einverstanden?" Der überlegte kurz, was das zu bedeuten hatte.

„Jo, ich würde dich hier abholen und wir fahren dann direkt von hier aus ins Münsterland. Gabi hat ein Apartment für uns freigehalten und da wohnen wir dann, bis unser Haus fertig ist. Am 2. Mai bringen wir dich dann in die Klinik. Das ist dieselbe, in der ich damals war." Sie sah ihn fragend an. „Hast du das verstanden, Jo?" Er nickte.

„Bist du damit einverstanden, Jo?" Er nicke wieder.

Sie atmete erleichtert aus.

„Gut, ich würde ihn dann am Sonntagvormittag abholen. Ich kann aber noch keine genaue Uhrzeit nennen, mit zwei kleinen Kindern ist das immer etwas schwierig."

Johannes wusste gar nicht, wie ihm geschah. Holte Leni ihn tatsächlich hier raus?

„Jo, kannst du mir bitte noch deine Wäsche mitgeben, damit ich sie noch waschen kann, bevor wir ins Münsterland aufbrechen?"

Johannes sah den Arzt fragend an.

„Gehen Sie Ihre Wäsche holen und begleiten Sie Ihre Frau bis zum Auto. Mit den beiden Kindern hat sie zu schwer zu tragen. Kommen Sie dann aber bitte danach sofort wieder zu mir. Ja?"

Johannes nickte: „Ja sicher." Zu Leni sagte er kurz: „Warte hier, ich hole schnell die Sachen."

In der Zwischenzeit hatte der Arzt seiner Assistentin den Auftrag gegeben, ein entsprechendes Schreiben aufzusetzen, das Johannes dann unterschreiben sollte.

Wenige Minuten später kam Johannes schwer atmend zurück. Er hatte sich beeilt, um Leni nicht zu lange warten zu lassen. Leni verabschiedete sich von Doktor Bergmann, Johannes nahm den Babysafe mit seiner Tochter und zusammen liefen sie gemächlich zum Parkplatz. Da Johannes beide Hände voll hatte, hielt Leni sich an seinem Arm fest. Am Auto angekommen half er ihr, die Kinder reinzusetzen. Sie verabschiedeten sich zärtlich.

„Jo, mein Liebster, ich hole dich am Sonntag ab", sagte sie leise und lächelte ihn an.

„Ja, das ist schön. Ich halte es hier einfach nicht mehr aus."

„Aber die paar Tage gehen noch, oder? Es ist ja schon Donnerstag."

Wieder zuckte er die Schultern. „Es muss ja wohl gehen."

Sie drückte sich an ihn. „Oh Jo, ich liebe dich so."

„Ja, ich dich auch", murmelte er.

„Rufst du mich heute Abend an?", fragte sie liebevoll.

Er nickte. „Ja klar, mach ich."

„Also, ich muss jetzt los, sonst wird es zu spät für die beiden. Und du musst auch wieder zurück."

Sie setzte sich ins Auto und fuhr langsam los. Sie sah im Rückspiegel, wie er ihr nachwinkte und winkte zurück.

Nachdem die Kinder im Bett waren, fing sie an, die Kartons zu füllen, die sie am Vormittag im Baumarkt gekauft hatte. Zunächst einmal packte sie alles ein, was sie die nächsten Wochen an Kleidung brauchen würden. Da Viktor aus den meisten Sachen rausgewachsen war, würde sie ihn in Münster neu einkleiden. Cora könnte einiges von ihrem Bruder auftragen und würde dann noch ein paar Sommersachen bekommen. Anschließend packte sie alle Papiere und alle Unterlagen ein, die sie für den Hausbau brauchen würde. Da sie nicht viel Erfahrung mit dem Bau eines neuen Hauses hatte, legte sie alle ihre Studienunterlagen dazu. Vieles konnte sie zwar im Internet recherchieren, aber die eigenen Aufzeichnungen waren immer gut. Sie füllte auch einen Karton mit Handtüchern und Bettwäsche, denn sie wollte Gabi und Susanne so wenig wie möglich zur Last fallen. Ihre Wäsche waschen und die Betten beziehen konnte sie wirklich alleine. Plötzlich fiel ihr ein, dass sie der Putzfrau Bescheid geben musste, dass sie morgen da war. Sie sah auf die Uhr. Zum Anrufen war es doch schon zu spät, so schrieb sie eine kurze Nachricht via WhatsApp und packte dann weiter. Die vollen Kartons stapelte sie im Gästezimmer. Zum Umfallen müde fiel sie einige Stunden später ins Bett. Es war die erste Nacht seit langem, in der sie tief und fest schlief.

13

Mit bis zum Dach vollgepacktem Auto kamen sie am Sonntagnachmittag im Münsterland an. Leni hatte, bevor sie losfuhr, in der Klinik angerufen und darum gebeten, dass Johannes sie doch am Eingang erwarten solle, was er dann auch tat. Die Fahrt verlief reibungslos, nur die beiden Katzen miauten stundenlang, bevor sie sich in ihr Schicksal ergaben. Gegen Mittag hielten sie an, um zu tanken, zu essen und sowohl die Kinder als auch die Katzen zu füttern.

Sie wurden von der ganzen Familie freudig begrüßt, obwohl alle über das schlechte Aussehen von Johannes schockiert waren. Max war mal wieder sehr direkt und begrüßte seinen Bruder: „Du siehst echt Scheiße aus, Alter", und umarmte ihn kurz.

Sie brachten zunächst die Katzen und das Katzenklo in ihr Apartment und stellten ihnen Wasser hin. Die beiden Katzen versteckten sich erst mal unter dem Bett, gingen aber bald darauf munter auf Entdeckungsreise. Nachdem sie sich an die neue Umgebung gewöhnt hatten, ließ Leni sie dann nach draußen und nach ein paar Tagen hatten sie sich an die neue Freiheit gewöhnt.

Sie tranken zunächst einmal alle zusammen Kaffee, bevor Leni und Johannes daran gingen, das Auto auszupacken. Im letzten Moment hatte Leni noch ihre eigenen Bettdecken und Kissen ins Auto gepackt, da sie die in den Apartments vorhandenen Decken und vor allem die Kissen nicht mochte. Gabi schaute zwar etwas säuerlich, verstaute ihre eigenen Decken und Kissen dann aber in einer der anderen Wohnungen.

Sie aßen mit der Familie zu Abend, aber Leni bestand auch dieses Mal wieder darauf, sich in Zukunft selber zu versorgen. Wie bei ihrem vorherigen Aufenthalt wollte sie aber gerne zum Kaffee zu Susanne kommen.

Erfreut stellte Leni fest, dass schon ein Bagger dastand und mit den Erdarbeiten begonnen wurde. Sie freute sich auf die bevorstehende Aufgabe, ein Haus zu bauen. Und sie musste Max Recht geben, ein eigenes Haus zu bauen war eine schöne Sache. Sie war guter Dinge und sah ihre Zukunft nicht mehr so schwarz, auch wenn sie sich weiterhin um Johannes sorgte. Er hing antriebslos herum und sprach kaum etwas. Nur in Gegenwart der Kinder huschte manchmal ein Lächeln über sein Gesicht. Leni war glücklich, nicht mehr alleine zu Bett gehen zu müssen und kuschelte sich an Johannes. Er legte seinen Arm um sie und gab ihr einen zärtlichen Kuss auf die Stirn. Sie war etwas enttäuscht, sagte sich aber, dass er wohl so vollgepumpt mit Medikamenten war, dass ihm kaum der Sinn nach Sex stand. Die Zeit, bis Johannes in die Klinik musste, verging wie im Flug. Leni beschäftigte sich vor allem mit dem Hausbau und Johannes kümmerte sich um die Kinder, wenn sie unterwegs war. Sie besuchten gemeinsam Küchenstudios und Badezimmerausstellungen, aber Johannes war nicht fähig zu irgendeiner Entscheidung.

„Du machst das schon", meinte er einfach nur.

„Aber Jo, es wird doch auch dein Zuhause, es muss dir doch auch gefallen", widersprach sie, aber ohne Erfolg. So sammelte sie Prospekte und wollte sich in den nächsten Wochen alles durch den Kopf gehen lassen. Sie wollte das Budget ihrer Schwiegereltern auch nicht überstrapazieren und versuchte, gute Qualität zu einem annehmbaren Preis zu bekommen.

Sie kuschelten sich abends zusammen ins Bett, aber von Johannes kam nicht ein Annäherungsversuch und Leni traute sich lange nicht, den Anfang zu machen. Sie wusste einfach nicht, wie er reagieren würde. Als sie es eines Abends nicht mehr aushielt, kraule sie sanft sein Brusthaar, weil sie wusste, dass er darauf normalerweise sofort reagierte. Sie vernahm einen leisen Seufzer und begann, ihn zärtlich zu streicheln und zu küssen. Er ließ es einige Minuten geschehen, stieß sie dann aber plötzlich weg. „Es geht einfach nicht, Lene, bitte, ich kann nicht", sagte er mit erstickter Stimme. Sie war maßlos enttäuscht, versuchte aber, es sich nicht anmerken zu lassen. Im Stillen verfluchte sie die Medikamente, obwohl sie wusste, dass er sie brauchte. Sie drehte sich enttäuscht um und weinte still in ihr Kissen. Als er das bemerkte, streichelte er sie sanft. „Lene, Schätz-chen, ich liebe dich. Aber Little Joe ist unfähig, es dir zu zeigen." Sie drehte sich wieder zu ihm und weinte sich an seiner Brust in den Schlaf.

Beim Frühstück am nächsten Morgen war Johannes noch stiller und nachdenklicher als die vergangen Tage und Leni machte sich Vorwürfe, dass sie sich nicht beherrscht hatte. Sie sah ihn nachdenklich an und biss sich auf die Unterlippe. Sie wusste nicht, was sie sagen sollte. Sollte sie sich bei ihm entschuldigen? Aber sie war seine Frau und hatte Verlangen nach ihm. Er sah sie fragend an und sie senkte den Blick. Er griff nach ihrer Hand.

„Lene", er räusperte sich und sie sah zu ihm auf. „Es tut mir so leid, aber bei mir ist absolut tote Hose." Jetzt sah er auf den Teller vor sich. „Du weißt, dass ich die Medikamente nehmen muss, ich möchte keinesfalls riskieren, dass wieder etwas passiert. Ich hoffe wirklich, dass man mir in der neuen Einrichtung helfen kann und ich mit weniger oder vielleicht sogar ohne Pillen auskommen kann. Aber im Moment müssen wir es so hinnehmen." Sie nickte mit Tränen in den Augen. „Ja, ich weiß", hauchte sie, „aber es ist so schwer." Sie stockte, bevor sie weitersprach. „Ich hab so verdammt Lust auf dich", bekannte sie errötend. Dieses Bekenntnis entlockte ihm dann doch ein kleines Lächeln. Er stand auf, zog sie von ihrem Stuhl hoch und umarmte sie.

„Na, Frau Kaiser, das sind jetzt aber mal ziemlich eindeutige Bekenntnisse." Er hob ihren Kopf mit Zeigefinger und Daumen an und küsste sie, zunächst ganz zärtlich, dann etwas leidenschaftlicher. Er führte sie ins Schlafzimmer, wo er sie langsam auszog und zärtlich streichelte. Er küsste und befriedige sie mit den Händen, bis er merkte, dass sie einen heftigen Orgasmus hatte.

„Na, besser?", fragte er sie sanft. Sie kuschelte sich an ihn und nicke. „Ja, viel besser", bekannte sie lächelnd. Sie blieben noch engumschlungen auf dem Bett liegen, bis sich eines der Kinder bemerkbar machte.

Schweren Herzens fuhr Leni ihren Mann zur Klinik. Keiner wusste, wie lange er dableiben musste und ob man ihm überhaupt helfen konnte. Sie nahm die Unterlagen mit, die Doktor Bergmann Johannes mitgegeben hatte, und sah dem, was kommen würde, mit Bangen entgegen. Er wurde freundlich aufgenommen und in sein Zimmer geführt. Die Atmosphäre war viel angenehmer als in der vorherigen Klinik. Das war Leni bei ihrem Aufenthalt auch aufgefallen und so hoffte sie, dass Johannes sich hier ebenso wohl fühlen würde wie sie damals. Der Abschied war wieder tränenreich und Leni fiel es schwer zu gehen. Sie hatten sich gerade wieder aneinander gewöhnt. Aber es half nichts und sie fuhr traurig zurück. Sie konnte auch nicht länger bleiben, da sie die Kinder bei ihrer Schwiegermutter gelassen hatte. Jedenfalls nahm man ihm hier nicht das Handy ab und sie konnten jederzeit telefonieren, außer wenn er Therapie hatte. Schon am Nachmittag bekam er einen Stundenplan für die ganze Woche und einige der angebotenen Aktivitäten gefielen ihm. Vor allem war er erleichtert, dass man ihn nicht einsperrte. So klang er doch einigermaßen zuversichtlich, als er gegen Abend mit Leni telefonierte. Am Abend blieb Leni lange auf, da es ihr davor graute, alleine zu Bett zu gehen. Es war so schön, sich an Johannes zu kuscheln. Jetzt war sie wieder alleine und keiner konnte ihr sagen, für wie lange.

Sie kümmerte sich mithilfe ihres Schwiegervaters intensiv um den Hausbau und besuchte ihren Mann mindestens zwei Mal pro Woche. Da Paul sämtliche Handwerksbetriebe in der Umgebung kannte, war er ihr eine große Hilfe. Sie bedauerte nur, dass Johannes sich so gar nicht für den Hausbau interessierte. Sie machte Fotos von den Fortschritten und zeigte sie ihm jedes Mal. Er nahm es zur Kenntnis, aber mehr auch nicht. Egal was sie ihn fragte, sei es zur Gestaltung der einzelnen Zimmer, zur Lage der Streckdosen, zu den Fliesen oder was auch immer, sie bekam keine Antwort und seufzte oft verzweifelt. Sie hätte sich gefreut, wenn er wenigstens ein wenig Interesse gezeigt hätte.

Johannes hatte alle Freiheiten, die er brauchte, er hatte sich einer Laufgruppe angeschlossen und war oft im Fitnessraum anzutreffen. Und er freute sich auf die Besuche seiner Frau und seiner Familie. Man ließ ihnen auch Gelegenheit für Intimitäten, aber da sich bei Johannes nichts rührte, blieb es bei oberflächlichen Zärtlichkeiten.

Leni musste unbedingt nach Leipzig fahren, um sich mit dem Möbelspediteur zu treffen und vor allem um zu packen. Da die Familie wusste, dass sie nicht gerne allein lange Autobahnfahrten machte, hatte Susanne ihr angeboten, mitzufahren. Leni lehnte dankbar ab, da sie wusste, dass Gabi ihre Mutter jetzt dringender brauchte. Mit vier kleinen Kindern, dem Reiterhof und einigen Feriengästen war sie mehr als ausgelastet und würde ohne die Mithilfe der Mutter nicht zurechtkommen. Max war auch beschäftigt und erwartete außerdem den Besuch von Romy, deshalb bot Paul sich an, sie zu begleiten, was sie gerne annahm. Vor allem konnte sie zwei starke Männerarme beim Packen gut gebrauchen.

Paul fuhr ihren Kombi und Leni war froh darüber, denn es gab dichten Verkehr und einige kleine Staus. In Leipzig angekommen wurden sie von Frau Meyer skeptisch beäugt, bis Leni ihr ihren Schwiegervater vorstellte.

Der Spediteur kam am späten Nachmittag und brachte gleich einen ganzen Schwung Kartons mit. Man legte den Umzugstermin fest und Leni unterschrieb den Vertrag.

Leni schlief im Kinderzimmer, da sie ohne Johannes nicht in dem großen Ehebett liegen wollte. Paul übernachtete wie üblich im Gästezimmer. Mittags und abends, wenn die Kinder schliefen, packten sie gemeinsam. Paul kümmerte sich um Bücher und Ordner und Leni nahm sich der zerbrechlichen Sachen an. Sie beschrifteten alle Kartons und stapelten sie im Arbeitszimmer, weil sie dort am wenigsten im Weg standen. Paul war einverstanden damit, dass Leni keinen großen Aufwand mit dem Kochen betrieb, sondern den Tiefkühler nach und nach leerte. Nachmittags gingen sie ausgiebig mit den Kindern spazieren. Die beiden waren sehr aufgeweckt und betrachteten interessiert die Umgebung. Oft wurden sie auf die beiden angesprochen und Paul musste öfters erklären, dass er der Opa sei. Am späten Abend, wenn sie vom Packen müde waren, saßen sie meistens noch mit einem Gläschen Wein zusammen auf dem Balkon. Sie redeten miteinander und Paul stellte fest, dass sein Ältester eine wirklich patente Frau geheiratet hatte. Auch Leni lernte dadurch ihren Schwiegervater besser kennen. Sie konnte trotzdem nicht verstehen, warum dieser sympathische und verständnisvolle Mann seine Frau so oft betrog, aber das Thema ansprechen, das mochte sie trotzdem nicht.

Schweren Herzens verkaufte sie dann auch ihren Kleinwagen. Sie brauchte das Geld, um den Umzug bezahlen zu können und sie brauchten auch keine zwei Autos mehr. Auf dem Hof stand immer irgendein Fahrzeug zur Verfügung, falls ihr eigener Kombi besetzt sein sollte.

Als bis auf wenige Kleinigkeiten alles eingepackt war, informierte Leni den Vermieter über ihren Umzugstermin und vereinbarte die Schlüsselübergabe für den darauffolgenden Tag. Eine Nacht müsste sie dann halt im Hotel übernachten oder im Kombi in der Tiefgarage. Sie hoffte sehr, dass Johannes dann dabei sein konnte.

Sie packte den Kombi mit Kleidungsstücken, Lebensmitteln, Sachen für die Kinder und den kleineren Pflanzen voll und verabschiedete sich von Frau Meyer.

Am nächsten Morgen machten sie sich auf die Rückreise. „Uff, wieder was geschafft", seufzte Leni erleichtert, als sie aus der Tiefgarage fuhren. Paul lächelte sie an und nickte. „Vielen Dank, Paul, dass du mitgefahren bist. Du warst mir eine große Hilfe, ohne dich hätte ich drei Mal so lange gebraucht." Sie legte ihm kurz die Hand auf den Arm. „Das hab ich doch gerne gemacht. So ein Tapetenwechsel tut mir auch mal gut", meinte er lachend. „Und außerdem hab ich jetzt eure Kinder endlich richtig kennengelernt. Die beiden entwickeln sich doch wirklich prächtig. Sie sind so ganz anders als die Rabauken von Gabi."

Leni lachte. „Na warte mal, bis sie größer sind. In dem Alter waren deine anderen Enkelkinder sicher auch süß."

„Ja schon, aber deine sind trotzdem anders."

„Gib zu, Cora hat dich total um den Finger gewickelt", hänselte Leni ihren Schwiegervater und schaute nach hinten zu ihren Kindern, die friedlich dasaßen.

„Ja, du hast Recht, die Kleine hat was. Vor allem hat sie deine Augen", sagte Paul plötzlich zärtlich und legte ihr kurz die Hand auf den Schenkel. Leni sah ihn kurz erstaunt an, sagte aber nichts dazu. Sie mochte ihren Schwiegervater zwar mittlerweile, aber diese Anmache gefiel ihr gar nicht. Während der Fahrt war sie still und hing ihren Gedanken nach.

„Na, was ist, warum so schweigsam Leni?", sprach Paul sie plötzlich an. Sie schreckte aus ihren Gedanken auf. „Ach, ich weiß nicht, manchmal habe ich das Gefühl, Johannes will gar nicht zu euch zurück. Er interessiert sich kein bisschen für den Hausbau. Das ist echt mühsam. Wenn ich dich nicht hätte, dann würde ich völlig alleine damit dastehen."

„Na ja", antwortete Paul vorsichtig. „Er hat so einen gewissen Ruf und deshalb hat es mich schon gewundert, dass er damit einverstanden war, wieder zu uns zu ziehen."

„Aber wir hatten das doch bei der Taufe so besprochen und da war er doch nicht dagegen. Gegen seinen Willen hätte ich das nie gemacht."

„Vielleicht hat er nicht richtig darüber nachgedacht oder er dachte, dass du es nicht ernst meinst."

„Wir haben das lang und breit diskutiert, weil wir uns in Leipzig beide nicht richtig wohlgefühlt haben und bei euch habe ich doch so etwas wie eine zweite Heimat gefunden", sagte Leni nachdenklich.

Paul legte wieder vertraulich die Hand auf ihren Schenkel, ließ sie dort liegen und meinte: „Das wird schon." Dieses Mal schob Leni seine Hand weg.

„Was ist, fehlt dir dein Mann nicht?", fragte er anzüglich.

„Natürlich fehlt er mir!", erwiderte sie heftig. „Aber es reicht, wenn ich mich gegen Max wehren muss, jetzt fang du nicht auch noch damit an." Sie war jetzt richtig sauer und verschränkte trotzig die Arme vor der Brust.

„Na komm, sei jetzt nicht gleich beleidigt", versuchte er, sie zu beschwichtigen.

„Also echt, Paul, was denkst du dir denn? Du bist mein Schwiegervater!"

„Ja leider", bedauerte er. „Aber irgendwie scheinen wir alle drei den gleichen Geschmack zu haben", fügte er lächelnd hinzu. „Also wenn es bei Joe wirklich nicht mehr klappt, helfe ich gerne aus."

„Du spinnst wohl!", erwiderte sie heftig. „Die letzten Tage haben wir uns wirklich prima verstanden, warum musst du das jetzt kaputt machen?" Sie klang genervt.

„Es war ja nur ein Angebot."

Leni schüttelte den Kopf und murmelte: „Arme Susanne, das hat sie wirklich nicht verdient."

Leni war froh, als sie endlich auf dem Hof angekommen waren. Sie packte ihr Auto aus und begrüßte dann Susanne. Die sah sie fragend an. „Alles in Ordnung, Leni?"

„Ja, sicher, ich bin nur müde. Aber ich habe alles erledigt, was zu tun war. Bis auf ein bisschen Geschirr und Besteck haben wir alles verpackt. Mein Auto habe ich auch verkauft, der Umzugstermin und die Schlüsselübergabe stehen fest." Sie setzte sich an den gedeckten Kaffeetisch und fragte: „Warst du die Tage mal bei Johannes?"

„Ja, Harald ist vorgestern mit mir hingefahren. "

„Wie geht es ihm? Am Telefon klingt er immer so optimistisch, aber manchmal habe ich das Gefühl, er macht mir was vor." Susanne setzte sich zu ihr. „Hm, ja, ich weiß auch nicht. Er ist auf jeden Fall nicht mehr so apathisch wie zu Beginn." Sie schwieg nachdenklich.

„Ich fahre morgen auf jeden Fall zu ihm. Ich rufe ihn nachher an, um zu fragen, wann es am besten passt. Dann kann ich ihm auch sein Laptop bringen, er hat schon danach gefragt, aber ich hatte es letztes Mal in Leipzig vergessen." Leni seufzte leise und Susanne legte sanft eine Hand auf ihre.

„Ich fürchte, das dauert noch eine Weile, bis er wirklich wieder auf dem Damm ist."

„Ja, das denke ich auch. Hauptsache, er verschließt sich den Ärzten gegenüber nicht wieder so. Sonst wird das nie was."

Leni seufzte erneut. „Aber unsere Cora wickelt ihren Opa ganz schön um ihr kleines Fingerchen", lenkte sie vom Thema ab. „Sie braucht nur ein wenig zu mucksen, dann springt er schon", erzählte sie jetzt schon etwas munterer.

„Hat er sich wirklich um die Kinder gekümmert?", fragte Susanne ungläubig.

„Ja, eigentlich schon. Wenn ich zum Einkaufen gegangen bin, ist er mit ihnen zu Hause geblieben und nachmittags haben wir immer zusammen einen ausgiebigen Spaziergang gemacht. Gepackt haben wir, wenn die beiden geschlafen oder friedlich gespielt haben." Sie lächelte und schaute ihre Kinder an, die auf einer Spieldecke am Boden lagen. „Aber das ist gar nicht mehr so einfach, denn Cora geht inzwischen auf Entdeckungsreisen, sie krabbelt schon. Und die große Wohnung war sehr interessant für sie." Sie lächelte wieder, wie eben nur eine liebende Mutter lächeln kann.

Mittlerweile waren auch Paul und Gabi dazugekommen. Gabi hatte ihre kleine Tochter Leonie dabei und legte sie zu den

Zwillingen auf die Decke. Die beiden bestaunten das Baby ausgiebig und Viktor brabbelte ständig vor sich hin, als würde er den beiden Mädchen etwas erzählen.

„Auf jeden Fall ist dein Sohn gesprächiger als sein Vater", meinte Gabi lachend.

Leni lachte ebenfalls, als sie antwortete: „Wenn er später wirklich mal so viel redet, wie er jetzt immer am Brabbeln ist, dann kann das echt heiter werden." Nachdenklicher fügte sie hinzu: „Aber *einen* Stockfisch zu Hause zu haben, ist auch mehr wie genug."

Als Leni ihren Kaffee ausgetrunken und ihr Stück Kuchen aufgegessen hatte, verabschiedete sie sich. Als sie beide Kinder auf den Arm nehmen wollte, bot Susanne ihre Hilfe an.

„Komm, du kannst die beiden nicht mehr alleine die Treppe runtertragen, dafür sind sie langsam zu groß. Ich komme rasch mit zu dir rüber." Leni nickte dankbar und ging mit Cora auf dem Arm voraus.

Drüben angekommen hielt Susanne es nicht mehr aus und fragte Leni ganz direkt: „Was ist zwischen dir und Paul?"

Leni sah sie erstaunt an. „Nichts, wie kommst du denn darauf?"

„Ich kenne meinen Mann und ich sehe, wie er dich anschaut."

„Hör zu, Mutti", sagte Leni ernsthaft. „Ich bin mit Johannes verheiratet und ich habe kein Interesse an einem anderen, weder an Max noch an Paul. Egal wie sie mich anschauen, das kommt für mich gar nicht in Frage. Ich liebe Johannes und ich spring mit keinem anderen in die Kiste, nur weil mein Mann momentan außer Gefecht ist." Sie schwieg einen Augenblick und fuhr dann fort: „Paul war mir in der letzten Zeit wirklich eine große Hilfe." Die Annäherungsversuche im Auto verschwieg sie, denn ihre Schwiegermutter hatte so schon genug Probleme mit ihrem Mann.

„Na ja, dann ist es ja gut", meinte Susanne, es klang aber wenig überzeugt.

Am nächsten Tag fuhr Leni gleich nach dem Mittagessen zu Johannes und wurde freudig von ihm begrüßt. So aufgekratzt hatte sie ihn seit Monaten nicht mehr erlebt.

Sie lachte ihn an: „Hey Liebling, was ist los, du strahlst ja wie ein Honigkuchenpferd?"

„Ja, Lene, stell dir vor, das Fernsehen hat bei mir angerufen. Die bieten mir eine Stelle in ihrer Rechtsabteilung an. Eventuell wollen sie sogar eine kleine Serie drehen, in der ich Rechtsfragen der Zuschauer beantworte."

„Wow. Cool." Sie umarmte ihn spontan, stellte sich auf die Zehenspitzen und küsste ihn.

„Ich hab auch schon mit meinem Therapeuten gesprochen. Ich könnte ein paar Tage Ausgang haben, um mich in Hamburg vorzustellen. Allerdings darf ich nicht alleine fahren. Du kommst doch mit, oder?"

„Ja klar, komm ich mit. Wann soll es denn losgehn?"

„Sie melden sich nochmal. Ich habe darum gebeten, dass sie mir einen Termin an einem Freitag oder Montag geben, dann könnten wir das Wochenende dazu nehmen."

Leni freute sich mit ihm. Das war doch endlich mal eine erfreuliche Nachricht. Sie gab ihm das Laptop, das sie aus Leipzig mitgebracht hatte, und erzählte ihm, dass sie zusammen mit seinem Vater alles eingepackt hatte.

„Wir haben ganz schön geschuftet. Aber jetzt ist es erledigt. Ich hoffe, dass du bis zum Umzugstermin fit bist und mitkommen kannst." Er sah sie fragend an. „Na ja, ich wäre schon gerne dabei, wenn sie den Möbelwagen packen. Und außerdem müssen wir dann am nächsten Tag die Schlüssel abgeben."

„Ach so, ja klar", meinte er, aber sie merkte, dass ihm das absolut nicht klar war. Er war nun mal kein praktisch veranlagter Mensch und verstand auch nicht, warum man beim Umzug vor Ort sein sollte. Sie lächelte ihn nachsichtig an.

„Ich freu mich so für dich. Ich hoffe wirklich, dass das mit dem Sender klappt", wechselte sie das Thema. „Wie sind die denn auf dich gekommen?"

„Sie haben wohl einige Artikel von mir gelesen und ich glaube, Henrik hat etwas nachgeholfen", erklärte er. „Es ist gut, dass ich mein Laptop jetzt habe, dann kann ich eine meiner aufgenommenen Vorlesungen hinschicken."

Sie verbrachten einen entspannten Nachmittag im Park miteinander und als die Kinder in ihrem Wagen eingeschlafen waren, ging Johannes mit ihr zu seinem Zimmer zurück. Auch wenn es bei ihm noch nicht so richtig klappte, war er zärtlich und befriedigte sie ausgiebig. Der Abschied fiel ihr danach entsprechend schwer. Er nahm sie sanft in den Arm und sagte ihr, wie sehr er sie liebte und dass er sicher bald wieder bei ihr zu Hause sei.

„Gib mir aber gleich Bescheid, wenn du Nachricht aus Hamburg hast. Nicht dass es mit einem Handwerkertermin kollidiert."

„Ja klar, mach ich", versprach er und drückte sie nochmals fest an sich, bevor sie ins Auto stieg.

14

Die Zukunft sah für Leni und Johannes wieder rosiger aus. Leni war mit Johannes nach Hamburg gefahren, als er seinen Vorstellungstermin hatte. Sie konnten bei Henrik im Gästezimmer übernachten und Johannes konnte tatsächlich nach seiner Entlassung aus der Klinik eine Teilzeitstelle in der Rechtsabteilung eines Senders in Hamburg antreten. Er konnte vieles im Homeoffice erledigen und einige Tage pro Monat war er in Hamburg für die Aufnahmen einer Serie mit kurzen Beiträgen, in denen Rechtsfragen, die von Zuschauern gestellt wurden, beantwortet und erklärt wurden. Und erklären konnte Johannes gut, deshalb hatte ihm die Tätigkeit als Gastdozent auch so gut gefallen.

Leni begleitete ihn so oft es ging mit den Kindern nach Hamburg, wo ihnen Henrik jedes Mal sein Gästezimmer zur Verfügung stellte. Da es sich nur um eine Teilzeitstelle handelte, war der Verdienst nicht sehr hoch, aber für Johannes war es ideal. Für eine Vollzeitstelle fehlte ihm die Konzentration und so hatte er auch Zeit für die Kinder.

Was Leni allerdings weiterhin Sorgen bereitete, war der Gemütszustand ihres Mannes. Er nahm relativ starke Psychopharmaka und wirkte oft dementsprechend passiv. Außerdem hatte sie Probleme damit, dass es bei ihm im Bett einfach nicht mehr klappte. Er befriedigte sie zwar, wenn er merkte, dass sie es brauchte, aber das fühlte sich mittlerweile eher mechanisch an. Die Leidenschaft, mit der er sie früher geliebt hatte, fehlte ihr sehr. Sie wusste einfach nicht wie sie damit umgehen sollte und war öfters schlecht gelaunt. Sie schimpfte dann zwar mit sich selber, weil Johannes damals, als sie nach der Entführung derart traumatisiert war, dass sie monatelang nicht mit ihm schlafen konnte, verständnisvoll gewesen war und sie nie gedrängt hatte. Sie befand sich in einer Zwickmühle. Einerseits war sie froh, dass er seine Medikamente einnahm, andererseits litt sie unter den Folgen.

Johannes verließ nie das Grundstück, außer wenn er einen Arzttermin oder sonstige Verpflichtungen hatte. Er ging nie ins Dorf und auch nicht in die nahegelegene Kreisstadt. Selbst nach Münster wollte er nicht mit Leni fahren. Sie erledigte alle Einkäufe alleine und zum Markt in die Kreisstadt fuhr sie entweder mit Gabi oder Susanne.

Leni fiel auf, dass Johannes, nachdem er die Stelle beim Fernsehsender angetreten hatte, wenn sie zusammen in Hamburg waren, weniger passiv und auch liebevoller war. Außerdem gingen sie dort zusammen in Restaurants zum Essen, auch wenn das mit den beiden Kindern nicht immer problemlos verlief, aber das schien ihn nicht aus der Ruhe zu bringen. Sie hatte den Verdacht, dass er an diesen Tagen sein Medikament nicht einnahm. Das wiederum bereitete ihr Sorgen und sie fürchtete, dass er wieder einen Rückfall erleiden würde. Sie mochte ihn aber auch nicht darauf ansprechen, weil sie keinen Wutanfall auslösen wollte. Manchmal war sie deshalb total verzweifelt. Sie hatte das Gefühl, sie lebte auf einem Pulverfass, das jeden Moment explodieren könnte, was ihre eigene Laune auch nicht unbedingt besserte.

Sie hatte sich so sehr eine gemeinsame Zukunft mit Johannes gewünscht, aber im Moment hatte sie keine Ahnung, wie es weitergehen sollte. Sie konnte nicht wirklich behaupten, dass sie glücklich war. Die Ehe mit ihrem Traummann entwickelte sich allmählich zu einem Alptraum.

Während der letzten Monate war aus ihr eine nachdenkliche und in sich gekehrte Frau geworden. Einzig an ihren Kindern hatte sie Freude. Die beiden waren sowohl äußerlich wie auch charakterlich total unterschiedlich. Viktor war seinem Vater wie aus dem Gesicht geschnitten und hatte auch dessen kräftige Statur. Aber im Gegensatz zu seinem Vater entwickelte er sich zu einem richtigen Plappermaul. Cora konnte schon mit elf Monaten laufen. Sie war eher klein und zierlich. Ihr lockiges Haar wurde allmählich dunkler und sie hatte die grünen Augen ihrer Mutter geerbt, schien aber vom Charakter Lenis Mutter ähnlich zu sein. Sie wollte stets im Mittelpunkt stehen und war unbestritten Papas Liebling. An seinem Sohn zeigte Johannes wenig Interesse.

Wenn Leni mit Gabi zusammen zum Markt fuhr, dann leisteten die beiden sich nach dem Einkaufen immer einen Besuch in einem gemütlichen Café. Ohne die Kinder genossen sie es, endlich mal ein Stündchen für sich zu haben und zu plaudern. Als sie eines Tages wieder in dem Café saßen, ging Gabi zur Toilette. Kaum war sie vom Tisch aufgestanden, trat eine Frau auf Leni zu und sprach sie an.
„Sagen Sie, sind Sie die Frau von Maximilian oder von Johannes?"
Leni sah die Frau verwirrt an und sagte kurz angebunden: „Ich bin mit Johannes verheiratet." Die Frau machte den Mund auf, um etwas zu sagen, als Leni sie fragte: „Und wer sind Sie?"
„Ich bin Frau Metzger, die Mutter von Melanie."
Leni sah die Frau erschrocken an und wusste nicht, wie sie sich verhalten sollte.
„Haben Sie Kinder?", fragte Frau Metzger neugierig weiter.
„Ja, wir haben Zwillinge", antwortete sie, obwohl sie sicher war, dass das allgemein bekannt war.
„Oh, Sie Arme, hat er Sie auch vergewaltigt bis Sie endlich schwanger waren?", bedrängte die Frau Leni jetzt.
„Nein, ganz sicher nicht!" Sie wurde jetzt nervös und hätte am liebsten ergänzt, dass sie aus Liebe und nicht aus Berechnung geheiratet hatte. Aber zum Glück kam Gabi an den Tisch zurück und begrüßte Frau Metzger kühl, woraufhin diese sich zurückzog.
„Was wollte die alte Schnepfe von dir?" Sie sah, dass Leni blass geworden war.
„Sie hat mich doch tatsächlich gefragt, ob Johannes mich auch vergewaltigt hätte, bis ich schwanger war." Sie zitterte jetzt vor Wut und Nervosität.

Gabi schnaubte wütend. „Lass dich bloß nicht auf ein Gespräch mit der ein, das ist genau so eine falsche Schlange, wie ihre Tochter war."

Als sie nach Hause kam, war Leni sehr niedergeschlagen und Johannes fragte sie, was los sei.

„Wir haben im Café Frau Metzger getroffen und sie war reichlich unverschämt zu mir", erzählte sie. Johannes hob fragend die Augenbrauen und Leni wollte eigentlich nicht mit der Sprache rausrücken, aber als er sie drängte, sagte sie ihm, was sie gefragt worden war. Sie sah, wie er blass wurde und die Fäuste ballte und blickte ihn fragend an. Aber wie üblich schwieg er. Sie ging auf ihn zu und versuchte, ihn zu umarmen, aber er stand stocksteif da. Das war zu viel für sie und brachte das Fass endgültig zum Überlaufen. Sie brach in Tränen aus und trommelte mit ihren kleinen Fäusten auf seine mächtige Brust.

„Verdammt noch mal, Johannes!!" schluchzte sie. „Was ist los??!!" Sie ließ ihre geballten Fäuste auf seiner Brust liegen und suchte seinen Blick. „Ich bin deine Frau. Red endlich mit mir!!!"

Er packte sie unsanft an den Oberarmen und schob sie auf Armeslänge von sich weg. Er wich ihrem Blick aus und sagte zornig: „Lene, solange ich das Zeugs schlucken muss, kann ich nicht mit dir schlafen."

„Das ist doch gar nicht das Thema!", sagte sie laut, denn sie war nun richtig wütend geworden. „Klar, es fehlt mir, aber zu einer Ehe gehört mehr als nur Sex. Zum Beispiel Vertrauen und füreinander da sein."

Er unterbrach sie barsch: „Ich war ja wohl immer für dich da."

Resigniert ließ sie die Hände sinken und sprach zunächst leise weiter: „Ja, das warst du und dafür bin ich dir auch sehr dankbar. Aber du gibst mir keine Chance, für dich da zu sein." Sie holte tief Luft und fuhr fort: „Du redest kaum noch etwas mit mir. Du gehst nirgends mit mir hin, selbst zum Kinderarzt musste ich letzte Woche allein gehen, obwohl ich nicht wusste, wie ich die Kiddies dort die Treppe hoch- und wieder runterbringen sollte. Sie sind mittlerweile so groß und schwer, dass ich sie nicht mehr beide zusammen tragen kann." Sie wurde lauter: „Ich baue uns ein Haus, aber es interessiert dich nicht. Egal ob ich uns eine Hundehütte oder ein Schloss baue, das geht dir doch glatt am Arsch vorbei!"

„Werde jetzt nicht ordinär", unterbrach er sie.

Aber sie war noch wütender geworden und brüllte ihn an: „Ich bin ordinär, wann ich will. Und egal wie viel Pillen du einwirfst, solange du nicht über deine Probleme redest, hilft das doch alles nichts." Sie holte tief Luft und er sah sie verdattert an. Sie fuhr resigniert fort: „Wo ist der Johannes geblieben, den ich geheiratet habe? Der stolz und glücklich neben mir in der Hochzeitskutsche durch das ganze Dorf gefahren ist? Und der im Frühjahr mit stolzgeschwellter Brust am Taufbecken in der Dorfkirche stand?" Sie sah ihn fragend an.

„Es war ein Fehler, ich hätte dich nicht heiraten dürfen", Johannes steckte die Hände in die Hosentaschen und wandte sich von ihr ab.

Leni war zutiefst erschüttert. Das hätte sie nicht erwartet und sie wollte gerade etwas erwidern, als sein Geschäftshandy klingelte. Er meldete sich relativ barsch und hoffte, dass er jetzt nicht zu einer Liveschaltung aufgefordert wurde. Es meldete sich eine Frau Hansen und er verstand nur etwas von Personal, da er noch wütend auf Leni war, hatte er nur mit halbem Ohr zugehört. Sie fragte dann, ob er Johannes von Moeltenhoff sei, was er bejahte. Mit der freien Hand gab er Leni ein Zeichen, ruhig zu sein, da sie verärgert auf seine letzte Bemerkung antworten wollte, woraufhin sie schmollend schwieg. Er wurde gefragt, ob er an einem Job als Nachrichtensprecher interessiert sein. Er gab zu bedenken, dass er Jurist und kein Journalist sei. Aber wie die Anruferin ihm mitteilte, war man durch seine Tätigkeit in der Rechtabteilung und durch die kurzen Filme, die man mit ihm drehte, auf ihn aufmerksam geworden. Sie erwähnte, dass seine äußere Erscheinung und seine

Stimme sehr gut ankommen würden. Er fühlte sich geschmeichelt, bekundete sein Interesse und vereinbarte einen Termin für ein Interview. Die Anruferin gab ihm eine E-Mail-Adresse, an die er seinen Lebenslauf und seine Refrenzen schicken sollte und verabschiedete sich.

Leni hatte in der Zwischenzeit den Kindern, die unruhig geworden waren, Schuhe und Jacken angezogen und war mit ihnen nach draußen gegangen, damit Johannes sein Telefonat in Ruhe beenden konnte. Sie setzte die Kinder in den Kinderwagen und lief zunächst mit ihnen zur Baustelle, um sich zu vergewissern, dass alles nach Plan verlief. Danach schob sie den Wagen in Richtung Pferdehof und ließ sich dort auf eine Bank sinken. Traurig hing sie ihren Gedanken nach, als ihr Schwiegervater dazukam und sich zu ihr setzte.

„Na, was ist, Leni? Du siehst nicht glücklich aus."

Sie hob langsam die Schultern und ließ sie wieder sinken, wobei ihr wieder Tränen in die Augen stiegen.

„Ich weiß nicht, was mit ihm los ist", begann sie zögerlich zu reden. Eigentlich wollte sie ihren Kummer nicht bei anderen abladen, aber ihr war so schwer ums Herz, dass sie sich einfach jemandem anvertrauen musste.

„Warum, spinnt er wieder?"

„Ja also, *wieder* ist gut", schnaubte sie. „Ich trau mich doch gar nichts mehr zu sagen, bloß damit er nicht wütend wird. Er lässt mich mit allem allein. Wenn du nicht wärst, müsste ich mich ganz alleine um den Bau kümmern. Es ist ihm total egal, wie unser Haus wird. Ich könnte ihm genauso gut eine Hundehütte hinstellen." Sie seufzte tief. „Ach Paul, er ist mir so fremd geworden, ich erkenne ihn nicht wieder. Dabei waren wir doch so glücklich, als wir geheiratet haben und als die Kinder kamen. Was ist nur passiert?"

Sie weinte und er legte ihr sanft einen Arm um die Schultern und überlegte, wie er sie trösten konnte. „Das wir schon wieder", war dann das Einzige, das er sagte.

Leni schüttelte leicht den Kopf und sagte verzagt: „Er hat gesagt, es war ein Fehler, dass er mich geheiratet hat."

Sie ließ ihren Tränen jetzt freien Lauf und er drückte sie fester an sich.

„Arme Leni. Eine Bessere als dich hätte er doch gar nicht kriegen können. Du tust ihm gut. Wir haben ihn noch nie so glücklich gesehen wie mit dir zusammen." Paul dachte kurz nach, bevor er fortfuhr: „Er muss wohl tatsächlich vollkommen von der Rolle sein." Sie saßen beide einige Minuten schweigend da. „Meinst du, es war ein Fehler, dass wir hierhergezogen sind?", wollte Leni dann wissen.

„Ehrlich gesagt, Leni, es wundert mich, dass er damit einverstanden war."

„Aber warum denn? Ich versteh das nicht. Von Anfang an war doch die Rede davon."

„Ja schon, aber er war nie so wirklich begeistert davon. Ich hab dir doch schon mal gesagt, dass er hier einen gewissen Ruf hat und dass es mich wundert, dass er zurückgekommen ist", erwiderte Paul.

„Wie meinst du das?" Ihr wurde unbehaglich zumute. „Ich kenne nur den Ruf von dir und Max als Casanovas, aber was ist mit Johannes?"

„Na ja", Paul wand sich. „Er hatte wohl keine besonderen Fähigkeiten als Liebhaber entwickelt und nachdem er mit einigen Mädchen ziemlich grob umgesprungen war, hat sich das natürlich rumgesprochen. Und als Melanies Mutter dann rumerzählt hat, dass er Melanie in den Tod getrieben hat, weil sie ständig vergewaltigt hat, da war es mit seinem Ruf endgültig vorbei." Leni schwieg zunächst betroffen. „Ich dachte, es war ein Unfall", sagte sie dann zögernd.

„Das war es auch. Das Gegenteil konnte nie bewiesen werden. Es gab ja auch keinen Abschiedsbrief oder so. Aber die Alte will es einfach nicht wahrhaben und gibt Joe die Schuld."

Sie hingen beide für einige Minuten schweigend ihren Gedanken nach.

„Das versteh ich trotzdem nicht", meinte Leni dann kopfschüttelnd. „Er ist doch gar kein schlechter Liebhaber", fügte
sie hinzu und errötete leicht.

Paul zuckte die Schultern. „Wenn du das sagst, dann wird es
wohl so sein. Vielleicht hat er ja was dazugelernt. Ihr habt ja
früher auch immer einen sehr glücklichen Eindruck gemacht."
Er schwieg einen kurzen Augenblick. „Aber zurzeit scheinst
du nicht wirklich glücklich zu sein."

Leni seufzte. „Na ja, die Medikamente haben so ihre Neben-
wirkungen und bei ihm geht momentan gar nichts mehr. Aber
das eigentliche Problem ist, dass er mich nicht mehr an sich
rankommen lässt. Wir leben wie zwei Fremde zusammen."
Wieder hatten sich Tränen in ihre Augen gedrängt.

„Tja Leni, in solchen Sachen bin ich leider kein guter Ratgeber."

„Es war nicht meine Absicht, mich bei dir auszuheulen, aber
manchmal hilft es doch, wenn man mal mit jemandem reden
kann", meinte sie seufzend.

Er zog sie fester an sich und sagte: „Hör zu Leni, ich bin jederzeit für dich da, wenn du Bedarf hast."

Zunächst verstand sie nicht, wie er das gemeint hatte, dann
wurde ihr bewusst, dass sie von Johannes' momentaner Schwä-
che gesprochen hatte.

„Oh Mann, Paul", seufzte sie kopfschüttelnd. „Könnt ihr immer nur an das Eine denken?"

„Es war nur ein unverbindliches Angebot", erwiderte er grin-
send.

„Ich habe weder die Absicht, mit Max noch mit dir in die Kiste zu springen. So schlimm steht es jetzt auch wieder nicht um
mich", sagte sie wütend.

In diesem Moment kam Johannes dazu.

„Ich habe dich überall gesucht", sagte er vorwurfsvoll. „Ich
habe allerdings nicht erwartet, dass du es jetzt auch noch mit
meinem Vater treibst", fügte er eiskalt hinzu.

Leni sprang auf und funkelte ihn wütend an: „Pass auf was du
sagst!! Ich treib es mit niemandem und das weißt du ganz genau!!!"

„Ach und warum sitzt ihr hier so engumschlungen?", bohrte er nach.

Paul mischte sich ein: „Jetzt beruhig dich erst mal, Joe. Leni musste einfach mal ihr Herz ausschütten und ich habe sie getröstet. Es ist wohl kein Verbrechen, seine Schwiegertochter zu trösten, wenn man sieht, wie der eigene Sohn sie unglücklich macht." Johannes schnaubte und stapfte wütend davon. Er reagierte nicht mal auf die Rufe seiner kleinen Tochter. Leni seufzte und wollte sich von ihrem Schwiegervater verabschieden, aber der wollte sie nach Hause begleiten. „Meinst du, ich lasse dich jetzt mit ihm alleine? Wer weiß, was da in seinem Kopf rumgeht."

„Hm, ja, wir hatten vorhin eine heftige Diskussion. Ich hatte endlich mal den Mut, den Mund aufzumachen und da hat plötzlich sein blödes Handy geklingelt. Es war geschäftlich und deshalb bin ich mit den Kindern rausgegangen."

Sie gingen langsam zurück zu dem Gebäude mit den Ferienwohnungen und Paul begleitete sie in ihr Apartment, aber Johannes war nicht da.

„Na dann komm doch erst mal mit zu uns. Vielleicht heult er sich ja bei seiner Mutter aus."

Als sie im Haupthaus ankamen, saß Johanes tatsächlich im Esszimmer der elterlichen Wohnung. Alle vier blickten sich unsicher an. Susanne sah sofort, dass Leni geweint hatte und dass ihr Mann sie wohl tatsächlich nur getröstet hatte. Da hatte ihr Sohn wohl wirklich übertrieben mit seinem Verdacht. Sie traute ihrem Mann zwar vieles zu, aber sie glaubte nicht, dass Leni ihrem Mann untreu wurde, auch wenn sie gerade eine schwere Zeit durchmachte.

Leni ließ sich mit ihrem Sohn auf dem Arm auf einen Stuhl sinken und Paul setzte Johannes seine Tochter auf den Schoss. Die fing dann auch gleich an, mit ihrem Papa zu schmusen, was ihm endlich mal wieder ein kleines Lächeln ins Gesicht zauberte.

„Hört zu, Kinder", fing Susanne an zu sprechen. „Ich weiß nicht genau, was ihr für Probleme habt, aber so kann das nicht weitergehen. Wenn ihr hier nachmittags zum Kaffeetrinken kommt, dann tut ihr zwar so, als wenn nichts wäre, aber dabei seht ihr beide sowas von unglücklich aus, das ist unbeschreiblich. Seht zu, dass ihr das auf die Reihe kriegt. Ihr habt zwei kleine Kinder, für die ihr verantwortlich seid." Leni zuckte mit den Schultern, es war ihr mittlerweile schon peinlich, dass sie sich bei Paul ausgeheult hatte. Und auch Johannes sagte keinen Ton.

Leni erhob sich von ihrem Stuhl. „Ich denke, ich gehe jetzt zurück in unsere Wohnung, ich muss kochen. Ihr wollt sicher auch gleich essen." Sie drückte ihren Sohn liebevoll an sich, verabschiedete sich halbherzig und verließ das Haus. Johannes blieb noch einen Augenblick schweigend sitzen und folgte ihr kurz darauf mit dem Hinweis, dass seine Tochter eine frische Windel bräuchte.

Paul, der sich normalerweise nie in Familienangelegenheiten einbrachte, rief ihm nach: „Bring das in Ordnung, Joe, Leni liebt dich. Und denk doch an die Kinder."

Johannes grummelte etwas Unverständliches vor sich hin und ging.

„Was ist das mit dir und Leni?", fragte Susanne ihren Mann barsch.

„Was soll denn sein?", fragte Paul erbost zurück. „Das Mädchen saß weinend auf einer Bank beim Pferdehof und hat mir schließlich ihr Herz ausgeschüttet. Da hab ich versucht, sie zu trösten. Joe hat gesehen, dass ich den Arm um sie gelegt hatte. Sie hat mir so leidgetan", versuchte er, sich zu verteidigen.

„Es ist wirklich ein Elend mit dem Jungen, warum macht er sie bloß so unglücklich?"

„Ich denke, die beiden müssen alleine damit klarkommen, sie sind ja wohl alt genug."

Paul sah seine Frau erstaunt an. So kannte er sie eigentlich nicht. Normalerweise stand sie jedem mit Rat und Tat zur Seite.

„Aber das Mädchen ist wirklich total verstört", wand er ein.
„Er hat ihr gesagt, es wäre ein Fehler gewesen, dass er sie geheiratet hat."
„Oh Gott, das wusste ich nicht. Mir hat er erzählt, dass er nicht weiß, was mit ihr los ist, dass sie total spinnt und ihn sogar angebrüllt hat."
„Ich weiß echt nicht, wie lange das noch gut geht. Sie scheint mit den Nerven am Ende zu sein. Aber du hast Recht, es macht wenig Sinn, wenn wir uns da einmischen."

Missmutig hantierte Leni in der Küche, als Johannes aus dem Bad kam, wo er Cora eine frische Windel angelegt hatte.
„Der Windeleimer ist voll", sagte er vorwurfsvoll.
Leni ging seine Pedanterie schon seit einiger Zeit ziemlich auf die Nerven. Nicht nur, dass er erwartete, dass sie stets wie aus dem Ei gepellt aussah, er meckerte ständig mit ihr herum, wenn irgendwo etwas nicht aufgeräumt oder der Wäschekorb zu voll war. Aber mit zwei kleinen Kindern, die mittlerweile laufen konnten und wie Kobolde ständig alles durcheinanderbrachten, war das nicht immer so einfach. Deshalb antwortete sie genervt: „Dann bring ihn raus."
Er sah sie entgeistert an und fragte sie überrascht, während er mit dem Zeigefinger auf seine Brust tippte: „Wer? Ich?"
„Ich seh hier sonst niemanden. Du siehst doch, dass ich am Kochen bin."
Er versuchte einzulenken: „Lene, du weißt, dass ich keine Hausmann bin."
„Um den Müll rauszubringen, braucht man kein Hausmann zu sein", erwiderte sie aufgebracht. „Du knotest die Tüte zu und schmeißt sie in die Mülltonne. Das kann ja wohl auch für einen promovierten Juristen keine unlösbare Aufgabe sein."
Sie funkelte ihn wütend an und er stapfte daraufhin missmutig Richtung Badezimmer. Dort passierte natürlich, was in so einer Situation das Dümmste war: Die Mülltüte platzte und die schmutzigen Windeln quollen daraus hervor. Er musste

vor Ekel würgen. „Verdammt, wo sind die neuen Mülltüten?", schimpfte er leise vor sich hin. Da er sich in ihrem Haushalt nicht auskannte, musste er wohl oder übel seine Frau fragen und rief: „Lene, wo finde ich die Mülltüten?"

„Im Wandschrank im Flur", kam die kurze Antwort. Leni war erstaunt, dass er wohl tatsächlich bereit war, die Mülltüte mit den schmutzigen Windeln rauszubringen. Das besänftigte sie etwas und sie grinste vor sich hin, da sie sicher war, dass er nicht mal wusste, wo die Mülltonnen standen. Sie hörte ihn einige Minuten im Flur und im Bad rumoren und dann aus der Tür gehen. Keine zwei Minuten später klopfte er von draußen ans Küchenfenster und fragte nach den Mülltonnen. Wehmütig dachte Leni an den Beginn ihrer Beziehung und die erste Zeit ihrer Ehe zurück. Wenn sie ihn am Wochenende besucht hatte, dann ließ er sie nicht in die Küche. Entweder er bereitete selber eine Kleinigkeit zum Essen zu oder er ließ etwas kommen. Manchmal gingen sie auch in ein Restaurant. Auch noch während ihrer Schwangerschaft verhielt er sich so fürsorglich. Aber seit die Kinder da waren, entwickelte er sich immer mehr zum Macho. Er war wirklich nicht mehr der Mann, in den sie sich verliebt und den sie geheiratet hatte. Sie seufzte betrübt und hoffte, dass es ihr trotzdem irgendwie gelingen würde, ihre Ehe zu retten.

Als sie dann am Mittagstisch saßen, räusperte Johannes sich kurz und fing zögerlich an zu sprechen: „Hm, also Lene, ich werde dieses Mal etwas länger in Hamburg bleiben." Sie hatte zwar gehört, dass er nur von sich gesprochen und nicht „wir" gesagt hatte, aber sie tat so, als hätte sie das nicht gehört. Sie vermutete, dass es mit dem Anruf zusammenhing, den er erhalten hatte, und sah in interessiert an, während sie fragte: „Warum?"

„Du hast ja mitbekommen, dass ich heute Morgen einen Anruf bekommen habe." Als sie nickte, fuhr er fort: „Ich bin gefragt worden, ob ich an einem Job als Nachrichtensprecher interessiert sei."

„Cool. Jo, das ist ja super." Sie freute sich wirklich für ihn und lächelte ihn an.

„Ich bin ja nächste Woche von Mittwoch an in Hamburg und das Interview wäre dann am Montag darauf. Deshalb dachte ich, ich bleibe so lange in Hamburg." Er mied ihren Blick und fuhr fort. „Ich habe auch mit Henrik telefoniert und ihm gesagt, dass ich die Einliegerwohnung in seinem Haus, die er uns letztes Mal angeboten hat, gerne mieten möchte."

Obwohl ihr wieder aufgefallen war, dass er nur von sich und nicht von wir sprach, sagte sie begeistert: „Das ist eine gute Idee, dann haben wir es nicht mehr so eng, wenn wir in Hamburg sind. Mit den beiden Kleinen zusammen in einem Zimmer zu hausen, wird immer schwieriger."

Sie sah ihn an und merkte, wie unbehaglich ihm zumute war. Er schwieg einen Moment, bevor er den Mut aufbrachte und sagte: „Lene, ich dachte, ich fahre dieses Mal alleine nach Hamburg, damit wir in Ruhe darüber nachdenken können, wie es mit uns weitergehen soll."

„Schade, ich hatte mich schon so auf Hamburg gefreut", sagte sie traurig und fuhr seufzend fort: „Dort bist du immer viel lockerer als hier, da ist alles fast wie früher." Tränen traten ihr in die Augen, als sie weitersprach. „Als ich vorhin so alleine auf der Bank saß, kamen plötzlich einige Erinnerungen zurück. Ich kann mich jetzt wieder an unseren Umzug in die große Wohnung erinnern. Wie unsere ganzen Möbel aus Freiburg gebracht wurden und wir dann einen neuen Kleiderschrank ausgesucht haben, weil deiner nur für deine Kleidung ausgereicht hat." Sie schwieg einen tiefen Atemzug lang still und erzählte lächelnd leise weiter: „Und wie du mich hochgehoben und dabei gestöhnt hast, weil ich so schwer geworden war. Du hast mich über die Türschwelle und weiter bis ins Schlafzimmer getragen, wo wir dann sofort dein schönes Bett eingeweiht haben." Sie lächelte ihn unter Tränen an.

Johannes sah seine Frau an und kam sich plötzlich wie ein Idiot vor. Sein Vater hatte Recht, sie liebte ihn und er wusste, dass er ohne sie nicht leben konnte. Und bei der Erinnerung an die von ihr geschilderte Szene musste er ebenfalls lächeln. „Willst du wirklich mit so einem blöden Sturkopf wie mir mitkommen?", fragte er deshalb versöhnlich.

Sie nickte unter Tränen. „Natürlich möchte ich mit dir mitkommen. Egal wohin und wie lange." Er drückte zärtlich ihre Hand.

An diesem Abend schmiegte Johannes sich im Bett an Leni und verwöhnte sie mit Zärtlichkeiten. Er hatte das schon so lange nicht mehr getan, deshalb genoss Leni es in vollen Zügen und sagte ihm, wie sehr sie ihn liebe.

„Ja, meine kleine Kaiserin, ich liebe dich auch sehr." Er küsste sie erst sanft und zärtlich und dann leidenschaftlicher und spürte tatsächlich endlich mal wieder eine gewisse Erregung, die er dann in die Tat umsetzte. Glücklich schliefen sie engumschlungen miteinander ein.

Als die Eltern in den nächsten Tagen sahen, dass die beiden sich endlich wieder verliebte Blicke zuwarfen, atmeten sie erleichtert auf und hofften, dass ihr Sohn endlich kapiert hatte, was er an seiner Frau hatte.

Johannes fing auch an, sich für das Haus zu interessieren und Leni führte ihn stolz durch das fast fertige Gebäude. Es mussten nur noch der Maler und der Bodenleger kommen und der Schreiner sollte danach noch die Zimmertüren einsetzen. Wenn dann auch noch die Küche montiert war, konnten sie einziehen. Die rote Klinkerfassade und die Terrasse konnten auch nach dem Bezug noch fertiggestellt werden. Johannes lobte seine Frau und sagte ihr, dass ihm ihr neues Zuhause sehr gut gefiel. Er freute sich vor allem darauf, dass sie dann endlich genug Platz und wieder ihre eigenen Möbel haben würden und dass er nicht länger das Arbeitszimmer seines Vaters nutzen musste.

„Hör mal, Lene, ich habe doch morgen den Arzttermin", wechselte er das Thema.

„Hm, ja, warum?" Sie sah ihn fragend an.

„Möchtest du mitkommen? Wir könnten die Kinder bei Mutti lassen und du könntest in der Stunde, die ich beim Therapeuten bin, doch shoppen und wir gehen hinterher zusammen essen", schlug er vor.

„Ja gerne, das ist eine gute Idee, die Kinder brauchen neue Kleidung für das Frühjahr. Vor allem Viktor ist schon wieder aus allem rausgewachsen." Sie lächelte ihren Mann dankbar an und freute sich, dass ihr Ausbruch vor ein paar Tagen doch Gehör gefunden hatte.

„Prima, dann reserviere ich einen Tisch beim Thai."

Während seiner Therapiestunde beklagte sich Johannes über den Ausbruch seiner Frau. Der Therapeut hörte zunächst schweigend zu und fragte dann, ob sie denn so Unrecht gehabt hätte. Johannes schwieg einen Moment und überlegte, bevor er gestand: „ Na ja, so ganz Unrecht hatte sie vielleicht doch nicht. Ich verlasse den Hof wirklich nur, wenn ich nach Hamburg muss oder zu Ihnen komme. Außerdem habe ich mich nicht für das Haus interessiert, das stimmt schon. Aber sie ist die Architektin und ich wollte ihr nicht reinreden." Der Therapeut hob kurz die Augenbrauen.

„Aber ich habe mir das Haus gestern angesehen und habe meine Frau heute auch mitgenommen."

„Ihre Frau ist hier?"

„Ja, sie ist shoppen gegangen und nachher gehen wir zusammen Mittagessen." Johannes seufzte leise und ergänzte: „Ich hoffe, dass sie dann erst mal Ruhe gibt."

„Ich würde Ihre Frau gerne sprechen. Könnten Sie sie herbitten?"

„Wie? Jetzt?" Johannes sah seinen Arzt erstaunt an.

„Ja, warum nicht? Oder haben Sie ein Problem damit?"

Johannes rief Leni an und bat sie, zur Praxis zu kommen. Er gab ihr die Adresse und beschrieb ihr den Weg und knapp 20 Minuten später war sie da.

„Sorry, es ging nicht schneller, an der Kasse war eine Schlange", entschuldigte sie sich noch ganz außer Atem und mit leicht geröteten Wangen vom schnellen Laufen.

Der Therapeut sah sie bewundernd an. Sie trug ein graublaues Strickkleid mit einem dunkelblauen Plisseebesatz am Saum, dazu schmale hochhackige graue Stiefel und eine flauschige, knapp hüftlange dunkelblaue Jacke. Ihr schulterlanges rotblondes Haar hatte sie mit zwei Spangen über den Ohren zurückgenommen. Als Johannes den Blick des Arztes sah, schwankten seine Gefühle zwischen Stolz und Eifersucht. Er begrüßte Leni mit einem kleinen Küsschen und half ihr aus der Jacke. Nachdem der Therapeut sich wieder gefangen hatte, bot er Leni einen Stuhl an.

„Es freut mich, Frau von Moeltenhoff, dass Sie gekommen sind", begann er das Gespräch.

„Entschuldigen Sie, wenn ich Sie unterbreche, aber mein Name ist Kaiser-von Moeltenhoff", klärte Leni ihn freundlich über ihren Namen auf.

Wieder war er etwas verwirrt und entschuldigte sich bei ihr.

„Kein Problem, das können Sie ja nicht wissen." Leni lächelte ihn wieder an und er verlor vollends den Faden. Er musste sich für ein paar Sekunden sammeln, bevor er weitersprach: „Ja, also Ihr Mann hat mir erzählt, dass Sie wohl in der letzten Zeit nicht so zufrieden mit ihm waren."

Leni sah ihn fragend an, sie wusste nicht, wie sie diese Frage einordnen sollte. Meinte er das Verhalten von Johannes in den letzten Monaten oder seine Impotenz?

„Ja also, Sie hatten wohl eine etwas heftigere Auseinandersetzung", half er ihr auf die Sprünge.

„Ja, das stimmt, ich hab leider irgendwie die Nerven verloren", antwortete sie zögernd.

„Warum? Können Sie mir das näher erklären?"

Leni sah Johannes fragend an und als er nickte, erzählte sie: „In der letzten Zeit habe ich das Gefühl, dass mein Mann meilenweit von mir entfernt ist. Er redet kaum mit mir und begleitet mich nirgends hin. Er verkriecht sich auf dem Hof und verlässt das Grundstück nie, außer wenn er beruflich nach Hamburg fahren muss, zu Ihnen fährt oder mal zum Joggen geht." Sie seufzte leicht, bevor sie fortfuhr: „Das macht mir Sorgen und ich frage mich, ob es richtig war, hierherzuziehen." Sie schwieg einen Moment und als der Arzt auffordernd nickte, ergänzte sie zögernd: „Ich habe es auch manchmal einfach satt, ständig aufzupassen, was ich sage oder tue, um ja keinen Wutanfall zu provozieren." Sie hörte, wie Johannes scharf die Luft einsog und sah ihn entschuldigend von der Seite an.

„Das sind schwere Vorwürfe, die Sie da vorbringen."

Leni zuckte leicht mit den Schultern. „Ich weiß ja, dass er Probleme hat. Zuerst dachte ich, er hätte nur Komplexe und die wären inzwischen ausgeräumt. Aber ich fürchte, seine Probleme liegen doch wesentlich tiefer. Aber es ist nicht immer einfach, damit umzugehen, wir haben schließlich auch noch zwei kleine Kinder." Sie schwieg einen Augenblick, bevor sie fortfuhr: „Ich weiß, ich bin ungerecht. Als es mir schlecht ging, war er auch geduldig für mich da. Aber Geduld ist nun mal nicht unbedingt meine Stärke." Sie hob nochmals entschuldigend die Schultern.

Der Therapeut sah sie einen Moment schweigend an und nickte, bevor er sich an Johannes wandte: „Tja Herr von Moeltenhoff, wie ist denn Ihre Meinung zu den Vorwürfen Ihrer Frau?"

Johannes wand sich und gab dann aber schließlich kleinlaut zu, dass seine Frau es wohl nicht immer leicht mit ihm habe. Der Therapeut merkte, dass Johannes in Gegenwart seiner Frau nicht bereit war, mehr zu sagen. Er sah auf die Uhr und beendete die Sitzung mit dem Hinweis, dass er jetzt wisse, woran sie die nächste Zeit arbeiten müssten. Er verabschiedete sich herzlich von Leni, nicht ohne ihr nochmals einen bewundernden Blick zuzuwerfen.

Etwas verunsichert verließ Leni an der Seite von Johannes die Praxis, denn sie befürchtete, dass es ihm nicht recht war, dass sie so offen geredet hatte. Sie sah ihn fragend an, aber er gab ihr einen kleinen Kuss und meinte: „Ich fürchte, du hast jetzt noch einen Bewunderer mehr." Sie lächelte ihn an und meinte neckisch: „Du bist doch nicht etwa eifersüchtig, mein

Schatz?" Nach einer kurzen Pause meinte sie: „Ich hoffe, ich habe jetzt nicht zu viel erzählt. Aber als dein Therapeut sollte er ja wissen, was los ist."

Johannes nickte nur. Sie legten die Einkäufe ins Auto und gingen zu Fuß zum Restaurant, wobei Johannes ihr den Arm um die Schultern legte und sagte: „Weißt du eigentlich, dass du heute umwerfend aussiehst?" Sie lächelte ihn dankbar an, schmiegte sich enger an ihn, legte den Arm um seine Taille und dachte: *Warum kann er nicht immer so nett sein?*

Während des Essens beschlossen sie, der Familie vorerst nichts über das Vorstellungsgespräch zu sagen. Sie wollten erst abwarten, ob Johannes den Job bekam, denn es gab noch mehrere Kandidaten.

In Hamburg wohnten sie wieder bei Henrik im Gästezimmer und der freute sich, dass Leni Tag für Tag ein leckeres Essen auf den Tisch brachte. Wenn Leni nicht da war, dann war das einzige Gerät, das in seiner schönen Küche benutzt wurde, die Mikrowelle.

„Hannes, du bist so ein Glückspilz. Warum finde ich nicht so eine patente Frau, die zu alledem auch noch so lecker kochen kann?", sprach er Johannes eines Tages während des Essens an.

„Ich denke, du suchst am falschen Ort. In Bars oder in irgendwelchen Clubs findest du doch nur Partygirls", bekam er zur Antwort.

„Ich hab es ja auch mit Hausbau probiert, aber meine Architektin war eine Kettenraucherin kurz vor der Rente", stöhnte Henrik und alle drei mussten lachen.

Als Leni das nächste Mal in der Küche beschäftigt war, saßen die beiden Männer auf der Terrasse und beaufsichtigten die Kinder.

„Sag mal, Hannes, stimmt bei euch etwas nicht?", fragte Henrik plötzlich.

„Warum? Wie kommst du darauf?" Johannes sah seinen Freund verwirrt an.

„Na ja, Lene sieht irgendwie angespannt aus und als wir letzte Woche telefoniert haben, meintest du, dass du die Einliegerwohnung für dich mieten möchtest. Das klang so komisch. Ich hatte das Gefühl, du wolltest alleine hier einziehen. Also, mein Freund, was ist los?"

Johannes zuckte erst mal nur die Achseln und fuhr sich mit der Hand durch die Haare, bevor er zögerlich antwortete: „Ja, also, ich habe tatsächlich überlegt, ob ich mich von ihr trennen soll."

„Das ist jetzt aber nicht dein Ernst, oder? Du spinnst wohl!"

„Na ja, ich denke, ich mach sie einfach nur unglücklich."

„Dann ändere das und mach sie glücklich, so wie sie das verdient hat. Und was soll denn aus den Kindern werden? Hast du das mal überlegt?"

„Ich dachte, an meinen freien Tagen fahre ich nach Hause und kümmere mich um sie."

„Kennt Lene deine Pläne?"

„Ich denke, sie ahnt es und fängt an zu klammern. Sie hat darauf bestanden, diese Woche mitzufahren und ich konnte es ihr nicht abschlagen." Johannes sah seinen Freund nicht an, sondern beschäftigte sich auffallend intensiv mit seiner Tochter.

„Hör zu, Hannes, was ist wirklich dein Problem?" Als Henrik keine Ruhe gab, gestand Johannes, dass es wegen der Medikamente bei ihm im Bett nicht mehr so richtig klappte.

„Dann besprich das Problem mit deinem Arzt und lass dir die blauen Pillen oder ein anderes Medikament verschreiben. Aber schick um Gottes willen deine wunderbare Frau nicht in die Wüste. Ihr passt doch so gut zusammen und die Kinder brauchen ihren Vater."

„Na ja, mal sehn. Aber du hast Recht, irgendwas muss ich unternehmen, denn jetzt ist nicht nur mein Bruder, sondern auch noch mein Vater scharf auf sie."

„Haue, haue, haue, das ist heftig. Bist du sicher?"

Johannes nickte. „Dass Max auf sie steht, weiß ich ja schon lange. Aber seit wir auf dem Hof wohnen, weicht mein Vater nicht mehr von ihrer Seite und ich kenne seine Blicke, wenn eine Frau ihm gefällt." Henrik hob fragend die Augenbrauen. „Außerdem saßen sie letzte Woche zusammen auf einer Bank, er hatte den Arm um sie gelegt und sie dann an sich gezogen. Meine Mutter ist auch schon ganz unruhig deswegen."

„Und wie steht Lene dazu? Hast du mit ihr darüber gesprochen?"

„Sie sagt, dass sie mit keinem der beiden etwas anfangen würde. Casanovas interessieren sie nicht." Johannes schwieg einen Moment, bevor er fortfuhr: „Aber Gelegenheit macht ja bekanntlich Diebe."

„Ja, aber dann solltest du sie erst recht nicht alleine dort lassen, du Dösbaddel."

Johannes zuckte die Schultern und murmelte: „Na, mal sehn." Lauter fragte er dann, ab wann die Wohnung denn frei sei und Henrik sagte ihm, dass das ab übernächsten Monat der Fall sei

„Ich nehme sie auf jeden Fall", sagte Johannes, „Egal wie es kommt. Falls mein Gespräch am Montag gut verläuft, hab ich dann wohl öfters in Hamburg zu tun und da brauchen wir so oder so eine größere Unterkunft."

„Na prima, dann brauch ich mir keinen neuen Mieter zu suchen."

„Stör ich, Jungs?", fragte Leni, die von beiden unbemerkt die Terrasse betreten hatte. „Das Essen ist fertig." Johannes sah sie etwas unsicher an, da er nicht wusste, wie viel sie von ihrem Gespräch mitgehört hatte, aber Leni ließ sich nichts anmerken. Erst als sie abends zusammen im Bett lagen, fragte sie ihn vorsichtig, wie er das mit der Wohnung gemeint hätte. Johannes wand sich und tat so, als ob er nicht wüsste, von was sie sprach.

„Johannes, hör endlich auf, mich für dumm zu verkaufen. Du weißt, dass ich das nicht mag." Sie sprach leise, aber er merkte, dass sie aufgebracht war.

„Lene, Schätz-chen, wir sollten doch erst mal alles auf uns zukommen lassen. Ich werde auf jeden Fall die Wohnung mieten und ich hoffe, dass ich den Job kriege. Ich weiß ja noch gar nicht, wie die Bedingungen sind, wie oft ich dann hier in Hamburg sein muss. Ich werden dann eben pendeln müssen."

„Also wenn ich das recht verstehe, dann möchtest du allein hier wohnen und mich und die Kinder im Münsterland zurücklassen", sagte sie mit erstickter Stimme.

„Ich weiß es wirklich noch nicht", seufzte Johannes. „In den letzten Tagen war es so entspannt wie schon lange nicht mehr mit uns und ich möchte nicht ohne dich sein. Aber manchmal muss ich einfach alleine sein", gestand er zögernd.

„Warum? Geh ich dir auf den Keks?", wollte Leni wissen.

„Ach Lene, nein, das ist es nicht. Ich fürchte, ich bin einfach nicht für die Ehe geschaffen. Ich mach dich doch nur unglücklich."

„So ein Blödsinn!" Sie klang jetzt leicht verärgert. „Du weißt, dass ich dich liebe, aber im Moment haben wir eben keine einfache Zeit." Ihre Stimme wurde zittrig: „Jo, bitte, ich möchte dich nicht verlieren." Sie fing an zu weinen und er zog sie tröstend an sich. Er begann, sie zärtlich zu streicheln und zu liebkosen, was sie, nachdem sie sich entspannt hatte, erwiderte. Es gelang ihm zwar nicht, richtig mit ihr zu schlafen, aber er brachte sie zum Höhepunkt, wonach sie glücklich und an ihn gekuschelt einschlief.

Johannes lag noch lange wach und überlegte, wie ihre Zukunft aussehen sollte, kam aber zu keinem Ergebnis. Einerseits liebte er sie und hatte Angst, sie zu verlieren, andererseits hatte er Bedenken. Er machte sich Vorwürfe, dass er sich auf eine Beziehung und sogar Ehe mit ihr eingelassen hatte. Aber er war zu Beginn ihrer Beziehung so glücklich mit ihr gewesen, dass er dachte, seine Liebe wäre stark genug, um seine dunkle Seite zum Verschwinden zu bringen. Er schalt sich selber einen Idioten, denn er hätte es besser wissen müssen. Auch dachte er daran, dass sie beim Arzt gesagt hatte, dass sie Angst vor einem erneuten Wutausbruch hatte. Was würde sein, wenn die Kinder einen solchen Ausbruch mitbekämen? Konnte er das wirklich verantworten? Und dann dieses vermaledeite Medikament, nicht nur, dass es ihn impotent machte, konnte er damit wirklich vor die Kamera treten? Fragen über Fragen gingen ihm durch den Kopf, bis er endlich in einen unruhigen Schlaf fiel. Als die Kinder ihn morgens weckten, war er entsprechend gerädert. Leni sah ihn fragend an und er gestand, dass er die ganze Nacht nicht geschlafen hätte. Sie streichelte zärtlich seine Wange und meinte, dass man ja nicht alle Fragen innerhalb von Stunden klären müsste. Es würde ihnen sicher eine Lösung einfallen. Er solle sich auf jeden Fall erst mal entspannen, vielleicht eine Runde Laufen gehen, damit er am nächsten Tag fit für das Interview sei. Er lächelte sie dankbar an, zog sich seine Sportsachen an und lief los.

Beim Frühstück fragte Henrik natürlich nach Johannes und Leni sagte ihm, dass er erst mal eine Runde Laufen gegangen sei. „Ich weiß wirklich nicht, was in letzter Zeit mit ihm los ist", sagte sie auf seinen fragenden Blick hin. „Er redet kaum mit mir und manchmal ist er mir richtig fremd." Sie sah ihn hilflos an: „Ich weiß echt nicht, wie es weitergehen soll. Ich fürchte, er will alleine zu dir ziehen." Sie ärgerte sich, dass ihr schon wieder Tränen in die Augen traten.

„Ja, ich weiß, er ringt irgendwie mit sich selber. Ich glaube, er kann nicht mit dir, aber auch nicht ohne dich sein. Ich habe gestern versucht, ihm auf den Zahn zu fühlen und ich denke, er macht sich selber das Leben schwer." Henrik legte tröstend seine Hand auf ihre. „Das wird schon. Er weiß doch, was er an dir hat und ich glaube auch nicht, dass er dich längere Zeit alleine bei sich zu Hause lassen wird. Dafür ist dort die Konkurrenz zu groß." Als Leni ihn fragend ansah, ergänzte er: „Er befürchtet, dass seine Verwandtschaft dir an die Wäsche will."

Leni nickte und meinte zögernd: „Ja, das ist mir auch so langsam unangenehm, zuerst Max und jetzt muss ich mich auch noch gegen meinen Schwiegervater wehren. Meine Schwiegermutter schaut mich schon immer so vorwurfsvoll an. Aber ich habe weder den einen noch den anderen zu irgendetwas ermuntert. Johannes ist mein Mann, ich liebe ihn und bin ihm treu, auch wenn er es mir im Moment nicht unbedingt einfach macht."

Sie frühstückten einige Minuten schweigend, weiter bis Leni fragte: „Du bist doch sein Freund, redet er mit dir über seine Probleme?"

„Nicht wirklich, Lene, wie gesagt, ich habe gestern versucht, ihn aus der Reserve zu locken. Er gab dann zwar zu, dass es bei ihm wegen der Medikamente im Bett nicht so richtig klappt und ich habe ihm gesagt, dass er was dagegen unternehmen soll. Darüber muss er mit seinem Arzt reden." Er sah Leni einen Moment kritisch an, die kurz genickt hatte und fuhr fort: „Aber da muss noch was anderes sein."

„Ja eben, aber darüber redet er weder mit seinem Therapeuten noch mit mir. Und solange er das nicht tut, da kann er doch Pillen einwerfen, so viel er will. Aber das kapiert er einfach nicht." Sie war jetzt heftiger geworden und Henrik sah sie bewundernd an.

„Er ist wirklich blöd, lieber setzt er eure Ehe aufs Spiel. Dabei hat er so eine wunderbare Frau."

„Es geht mir aber vor allem um die Kinder", versuchte Leni, ihn abzulenken. „Die brauchen doch ihren Vater, vor allem Cora hängt so sehr an ihm. Wenn er mal nicht da ist, dann ist sie ungenießbar."

„Lene, hör zu, ich kann nochmals versuchen, mit ihm zu reden. Es wäre mir sehr recht, wenn ihr beide zusammen hier einziehen würdet, aber ich kann ihn auch nicht zwingen."

„Ja klar, danke, Henrik."

„Aber gestern Abend war doch alles okay bei euch oder hab ich da was Falsches gehört?", fragte er forschend.

Leni wurde rot bis unter die Haarwurzeln.

„Sorry, ich wollte dich nicht in Verlegenheit bringen", sagte er, legte wieder seine Hand auf ihre und dachte: *Mein Gott, ist sie süß.*

Leni entzog ihm ihre Hand und fragte: „Sag mal, Henrik, hat er dir eigentlich gesagt, warum er in der Klinik war?"

„Nein, nicht wirklich. Ich habe ihn ja ein paar Mal besucht, aber er wollte nicht so richtig mit der Sprache rausrücken."

„Hm, das dachte ich mir. Er redet einfach mit niemandem über seine Probleme, er frisst alles in sich rein, bis es nicht mehr geht." Leni klang entmutigt und traurig.

„Ja und warum ist er denn jetzt dort gewesen? Das war doch eine psychiatrische Einrichtung, oder?" Henrik sah Leni fragend an.

Sie nickte und sagte zögernd: „Ich weiß eben nicht, ob es ihm recht ist, wenn ich es dir erzähle. Vielleicht sollte er das besser selber tun, sonst ist er sauer. Und ich möchte nicht, dass er sich aufregt."

„Hör mal, Lene, kann es sein, dass du Angst vor ihm hast?" Henrik sah Leni besorgt an. Sie schüttelte leicht den Kopf: „Nicht vor ihm, aber ich habe immer die Frage im Hinterkopf, was passiert als Nächstes? Wenn er sich aufregt, dann ist er manchmal unberechenbar." Sie fühlte, wie ihr Tränen in die Augen stiegen und Henrik versuchte wieder, sie zu trösten.

„Das habe ich nicht gewusst. Ich habe zwar im Laufe der Zeit gemerkt, dass er nicht gerne über sich spricht, aber wir haben uns trotz allem immer sehr gut verstanden. Ich dachte, er ist ein feiner Kumpel."

„Das ist er ja normalerweise auch, nur manchmal, da kommt er mit sich selber nicht zurecht." Sie hob die Schultern und murmelte: „Ach, ich weiß doch auch nicht, was ihn umtreibt. Nur, so habe ich mir unsere Ehe natürlich nicht vorgestellt."

Henrik nickte zustimmend: „Klar, das verstehe ich."

Johannes war, wie seine Frau ihm vorgeschlagen hatte, ein ganzes Stück gelaufen und hatte weiter nachgedacht, war aber, wie in der Nacht zuvor, zu keinem Ergebnis gekommen. Meistens machte das Laufen ihm den Kopf frei oder er konnte damit aufkommende Wutanfälle ausbremsen, aber dieses Mal kam er genauso frustriert zurück, wie er losgelaufen war. Er ging unter die Dusche und setzte sich dann zu Leni und Henrik an den Frühstückstisch. Um sich als guter Ehemann zu zeigen, begrüßte er Leni mit einem kleinen Küsschen, was sie dankbar erwiderte.

„Na, Hannes, alles klar?", versuchte Henrik ein Gespräch zu beginnen, aber Johannes zuckte nur die Schultern.

„Bist du aufgeregt wegen morgen?", fragte Leni teilnahmsvoll und erntete ebenso nur ein Schulterzucken.

„Was wollen wir denn heute machen?", versuchte Henrik es erneut. Leni dachte laut nach: „Die Stadt ist heute am Sonntag sicher voller Touristen, das müssen wir uns nicht unbedingt antun. Gibt es irgendwo einen schönen Park, wo wir mit den Kiddies spazieren gehen können und wo es nicht so viele Menschen hat?"

„Hm, ja, wir könnten zum Beispiel in den Altonaer Volkspark gehen. Der ist ziemlich groß und da finden wir sicher ein paar ruhige Wege oder ein Plätzchen zum Hinsetzen. Wir können da sicher auch irgendwo eine Kleinigkeit essen, dann musst du nicht dauernd am Herd stehn."

„Ja gut, dann machen wir das doch, wenn Jo fertig ist mit frühstücken." Sie wandte sich an ihren Mann: „Bist du einverstanden, Jo?"

„Hm, ja sicher. Warum nicht", kam die gemurmelte Antwort. Sie verbrachten einen gemütlichen Tag zusammen und am Abend schien es Leni, dass sie aufgeregter war wegen des Vorstellungsgespräches, das Johannes am nächsten Tag hatte, als er selber. Sie wurde einfach nicht schlau aus ihm. Manchmal strahlte er so eine Ruhe aus, dass sie sich vollkommen sicher und geborgen in seiner Gegenwart fühlte und ein andres Mal brachte ihn eine Kleinigkeit aus der Fassung.

Am nächsten Tag erwartete sie voller Unruhe seine Rückkehr. Er war lange fort, ohne sich zu melden und sie fing schon an, sich Gedanken zu machen. Als er am Nachmittag dann endlich zurückkam, sah sie ihn gespannt an und fragte, wie es gelaufen sei.

„Es war ganz interessant und ich musste viele Gespräche führen, vor der Kamera Nachrichten verlesen, während einige Leute im Studio dummes Zeug veranstaltet haben, um mich aus der Ruhe zu bringen und so weiter", berichtete er ungewöhnlich gesprächig.

„Ja und wie sind deine Chancen?", wollte Leni wissen.

„Ich weiß es noch nicht, es gibt wohl noch zwei Bewerberinnen, die sie sich ansehen wollen. Ich war der erste Kandidat und bekomme in den nächsten Tagen Bescheid. Aber ich habe kein schlechtes Gefühl." Und ohne dass Leni nachfragen musste, erzählte er von sich aus weiter: „Ich müsste dann jede Woche zwei oder drei Tage hier in Hamburg sein. Und als Anfänger wird man natürlich nur für die Nachrichten zu den Randzeiten, wie etwa morgens früh oder um Mitternacht, eingeteilt. Die 20-Uhr-Nachrichten verlesen die bewährten Sprecher, das ist ja klar."

„Und wie ist die Bezahlung?", fragte Leni vorsichtig.

„Ja also, man wird pro Sendung bezahlt, so um die 200 Euro. Aber das ließe sich im Moment noch gut mit dem Job in der Rechtsabteilung kombinieren, denn da haben wir demnächst genug Beiträge im Kasten, um das ganze Jahr senden zu können."

Leni war erstaunt, dass er tatsächlich so etwas wie Begeisterung ausstrahlte. Sie umarmte ihn und meinte lachend: „Ich drücke dir weiter ganz fest die Daumen, dass es klappt."

15

Johannes bekam tatsächlich den Job als Nachrichtensprecher, was ihm auch ganz gut gefiel. Die Wohnung bei Henrik im Haus hatten sie teilweise mit neuen Möbeln, aber größtenteils mit Sachen, die sich bei Ebay gekauft hatten, eingerichtet und auch im Münsterland hatten sie inzwischen ihr eigenes Haus bezogen. Johannes fühlte sich irgendwie befreiter, er fuhr teils alleine nach Hamburg, teils nahm er Leni und die Kinder mit, je nachdem, wie seine Termine lagen. Und als er endlich bei seinem Arzt wegen seiner Impotenz den Mund aufgemacht hatte, wurde die Dosierung des Medikaments angepasst, so dass sie auch wieder normalen Sex miteinander hatten. Es war zwar nicht mehr wie zu Beginn ihrer Beziehung, als Johannes mehrmals am Tag Sex haben wollte, aber mehrmals pro Woche war Leni wirklich genug.

„Papa, Papa", rief Cora und flitzte ihrem Vater wieselflink auf ihren kleinen Beinchen entgegen, während Viktor an der Hand seiner Mutter gemächlich hinterherwackelte. Leni hatte mit den Kindern im Vorraum eines kleinen Filmstudios auf ihren Mann gewartet, der in einem Werbespot für eine Versicherung mitgewirkt hatte.
Johannes breitete lachend die Arme aus und fing seine Tochter ein, hob sie hoch, herzte und küsste sie. Als Leni mit Viktor bei Johannes angekommen war, hob sie ihren Sohn hoch, damit er auch ein Küsschen vom Papa bekam. Nach wie vor musste Leni ihren Mann daran erinnern, dass er auch noch einen Sohn hatte.
„Der hat ja tolle Augen. Ist das Ihr Sohn?", fragte der Chef der Werbeagentur, der in diesem Augenblick dazugekommen war.
„Ja sicher", erwiderte Johannes, immer noch glücklich lächelnd.

„Haben Sie noch ein paar Minuten Zeit, ich würde gerne ein paar Aufnahmen von Ihnen und Ihrem Sohn machen." Während Leni mit Cora im Hintergrund wartete, wurden noch ein paar Fotos von Johannes mit Viktor auf dem Arm aufgenommen. Danach wurden die Daten von Viktor aufgenommen und er bekam tatsächlich eine kleine Gage überwiesen, für die Leni später ein Konto für ihren Sohn einrichtete. Sie war der Meinung, dass er das Geld später, wenn er groß war, sicher mal gut gebrauchen könnte.

Im September verbrachten Leni und Johannes zwei Wochen Urlaub in einem Ferienhaus in Dagebüll. Von dort aus war Johannes schnell in Hamburg und konnte seine Verpflichtungen trotzdem wahrnehmen. Die junge Familie genoss die Seeluft und die Ruhe. Mal verbrachten sie ihre Tage am Strand, mal unternahmen sie Ausflüge in die Umgebung oder zu den Inseln Föhr und Amrum. Am letzten Urlaubstag saßen Leni und Johannes zusammen auf einer Bank und beobachteten ihre beiden Kinder, die auf dem Spielplatz rumwuselten. Johannes hatte den Arm um Leni gelegt, sie lächelten sich glücklich an und stellten fest, dass sie die beiden doch prima hingekriegt hätten.
„Im November werden sie schon zwei Jahre alt", meinte Leni versonnen.
„Hm, ja, sie sind schon richtig groß geworden."
„Ja, sie sind schon richtige kleine Persönlichkeiten. Viktor ist ein echter Sonnenschein, aber Cora ist unausstehlich, wenn du nicht da bist. Sie bringt mich manchmal an den Rand der Verzweiflung", stöhnte Leni.
„Ist sie wirklich so schlimm?"
„Manchmal schon, da reizt sie ihre Grenzen aus bis zum Gehtnichtmehr."
„Von wem sie das nur hat?", fragte Johannes neckend.
Leni lächelte spitzbübisch und meinte: „Keine Ahnung."
„Da frag ich mal lieber nicht bei deiner Mutter nach", erwiderte Johannes lachend und gab ihr einen kleinen Kuss.

„Spielverderber." Sie boxte ihn leicht in den Arm. „Meinst du, wir sollten es nochmal versuchen?"

„Wie? Was meinst du?" Er sah sie total entgeistert an.

„Na ja, ich kann mich an eine Gelegenheit entsinnen, bei der du gesagt hast, du macht mir so viele Kinder, wie ich will." Sie lachte ihn strahlend an, während Johannes sie wie versteinert ansah.

„Nein Lene, das ist jetzt nicht dein Ernst. Die beiden genügen vollkommen."

Sie schmollte. „Aber damals hast du das gesagt."

„Ja Lene, da dachte ich auch noch, dass ich gesund bin. Es ist nicht erwiesen, ob meine Krankheit vererblich ist. Bis jetzt gab es in jeder Generation unserer Familie jemanden, der psychische Probleme hatte, und deshalb sollten wir es bei den beiden belassen und hoffen, dass sie gesund sind."

Leni schwieg beleidigt und die gute Stimmung war dahin. Doch je länger sie darüber nachdachte, umso mehr kam sie zu der Einsicht, dass er Recht hatte und beim Abendessen sagte sei ihm das dann auch.

„Ich bin froh, dass du das auch so siehst Lene", sagte er erleichtert. „Schau mal, den Bruder von meinem Großvater nannte man nur den irren Gustav, meine Tante hatte sich wegen psychischer Probleme das Leben genommen, ich hab Probleme und du siehst ja auch, wie der kleine Marvin sich gebärdet. Gabi und Mutti wissen sich manchmal nicht mehr zu helfen mit dem Burschen."

Als sie wieder zurück im Münsterland waren, besprach Johannes sich mit Max und die beiden beschlossen, sich sterilisieren zu lassen, um nicht mehr in Versuchung zu geraten, doch noch Kinder zu zeugen. Leni war zwar enttäuscht, dass er diese Entscheidung nicht mit ihr besprochen hatte, andererseits trug sie dann nicht mehr die Verantwortung für die Verhütung und konnte sich die Spirale entfernen lassen.

Ein paar Tage nachdem sie aus dem Urlaub zurück waren, kam Johannes mit einer Einladung vom Sender nach Hause.

Sie war für einen Ball zugunsten einer karitativen Einrichtung, der Mitte November stattfinden sollte. Die Eintrittskarten kosteten zwar ein Vermögen, aber da sie kaum irgendwo hinkamen, schlug er Leni vor, diesen Ball zu besuchen. Sie war außer sich vor Freude, denn mit ihm zu tanzen bedeutete ja vielleicht auch wieder mehr Nähe und sie erinnerte sich an die Schmetterlinge im Bauch, die sie früher immer bekam, wenn sie mit ihm tanzte. Johannes meinte, sie könne ja das schöne braune Kleid anziehen, das sie an ihrem ersten gemeinsamen Abend und bei ihrer standesamtlichen Trauung getragen hatte. Sie erklärte ihm aber, dass sie für einen Ball ein langes Kleid brauche, stand doch auf der Einladung: *Abendgarderobe erwünscht*. So zog sie, als sie das nächste Mal in Hamburg waren, los und erstand ein langes, bis zur Hüfte eng anliegendes, seegrünes Kleid mit einem tiefen herzförmigen Ausschnitt. Sie war froh und stolz, dass es ihr mit eisernem Training gelungen war, trotz der Schwangerschaft mit Zwillingen, ihre zierliche Figur wieder zurückzubekommen und die kam in diesem Kleid wunderbar zur Geltung. Sie kaufte sich einen passenden Body mit Push-up-BH, der ein schönes Dekolleté zauberte, und halterlose Strümpfe. Und natürlich durften passende Schuhe nicht fehlen. Sie hatten ziemlich hohe Absätze und Leni hoffte, dass sie sich damit nicht blamierte. Wenn Johannes nicht zu Hause war, trainierte sie damit in der Wohnung zu laufen.

Für Johannes kauften sie einen dunkelblauen Gehrock, der gut zu der Hose vom Hochzeitsanzug passte. Hemd, Fliege und Einstecktuch von der Hochzeit passten ebenfalls dazu.

Leni war total aufgeregt, als es endlich so weit war und sie nach Hamburg aufbrachen. Susanne fuhr mit und würde die Kinder betreuen, während sie auf dem Ball waren. Sie konnte im Gästezimmer bei Henrik übernachten.

Leni war am Nachmittag noch beim Frisör gewesen und hatte sich ihre knapp schulterlangen Haare in Form schneiden und mit Papilloten zu Korkenzieherlocken legen lassen, die sie über der Schläfe mit zwei kleinen glänzenden Spangen aus dem Gesicht gesteckt trug. Aber Johannes gefielen die Locken nicht. Wütend und enttäuscht bürstete Leni sie wieder aus, so dass ihr Haar trotzdem schön wellig fiel, was ihr selber auch ganz gut gefiel.

Da sie seit der Sterilisation von Johannes nicht mehr miteinander geschlafen hatten, machte Leni sich sorgfältig zurecht, denn sie wollten ihn an diesem Abend nach allen Regeln der Kunst verführen. Sie trug ein leichtes Make-up und ein wenig hellgrauen Lidschatten auf. Wie die Kosmetikerin ihr geraten hatte, tuschte sie ihre Wimpern kräftig, um ihre schönen grünen Augen zu betonen und benutzte einen dezenten terrakottafarbenen Lippenstift. Sie legte sich das schöne Kollier, das in der Mitte spitz zulief und mit drei Smaragden versehen war, um. Johannes hatte es ihr letztes Jahr zu Weihnachten geschenkt und es passte hervorragend zu ihrem Kleid. Sie legte sich noch eine hauchzarte Stola mit einem Seerosendruck im Stil von Claude Monet um die Schultern.

Sie stellten sich gemeinsam vor den Spiegel und fanden, dass sie gut aussahen. Susanne war ganz begeistert und machte mit ihrem Handy ein Foto von ihnen, bevor sie sich verabschiedeten. Der einzige Wermutstropfen war, dass Johannes die Nachrichten um kurz nach Mitternacht sprechen musste. Sie beschlossen, bis gegen halb elf auf dem Ball zu bleiben und dann gemeinsam zum Sender zu fahren. Leni würde sich schon irgendwie die Zeit vertreiben, während Johannes sich auf die Sendung vorbereitete. Danach wollten sie je nach Lust und Laune entweder zum Ball zurück oder nach Hause fahren.

Die Aufregung hatte Leni rosige Wangen verliehen, als sie am Veranstaltungsort eintrafen. Sie fand, dass Johannes fantastisch aussah und schritt stolz an seinem Arm über den roten Teppich. Dass sie an diesem Abend mit Frau von Moeltenhoff angesprochen wurde, störte sie nicht. Es war so ziemlich alles vertreten, was in Hamburg Rang und Namen hatte, aber Leni kannte trotzdem praktisch niemanden und

Johannes kannte eigentlich auch nur einige Kollegen vom Sender. So kamen sie sich anfangs etwas fremd und fehl am Platz vor. Johannes trank nur alkoholfreie Getränke, da er ja noch arbeiten musste und Leni genehmigte sich ein Gläschen Champagner. Sie schlenderten einige Zeit kreuz und quer durch den Saal, in der Hoffnung, dass sie jemanden zum Plaudern fanden. Leni lächelte in jede Kamera, die auf sie gerichtet wurde. Dies war eine ganz neue Welt für sie und sie dachte daran, dass ihre Mutter sie sicher beneiden würde. Sie trafen auf den früheren Chef von Johannes, in dessen Kanzlei er einige Zeit gearbeitet und wo er sich mit Henrik angefreundet hatte. Johannes stellte Leni seinem früheren Chef vor und der klopfte ihm anerkennend auf die Schulter und meinte jovial: „Guter Geschmack, Junge." Leni lächelte stolz und die beiden Männer redeten einige Minuten miteinander, wobei Herr Altenberger auf die juristischen Beiträge von Johannes zu sprechen kam, die wöchentlich ausgestrahlt wurden, und bestätigte ihm gute Recherchen, obwohl viele Fragen gar nicht sein Fachgebiet betrafen. Er bot ihm tatsächlich an, dass er jederzeit wieder bei ihm anfangen könnte, falls er mal genug vom Fernsehen hätte. Johannes bedankte sich artig und wollte es sich überlegen. Sie verabschiedeten sich und als sie ihre Gläser leergetrunken hatten, stellten sie sie irgendwo ab und Johannes fragte Leni, ob sie tanzen wolle. Und ob sie das wollte, darauf hatte sie sich schon seit Wochen gefreut. Sie bahnten sich an den Händen haltend einen Weg zur Tanzfläche, wobei sie noch das ein oder andere Mal stehen bleiben und in eine Kamera lächeln oder Leute begrüßen mussten.

Endlich war es so weit, Johannes legte den Arm um Leni und sie lächelte ihn glücklich an. Es wurde ein von ihnen geliebter langsamer Walzer gespielt und sie schwebten über die Tanzfläche, soweit der Platz es erlaubte.

Nach dem ersten Tanz flüsterte er ihr ins Ohr: „Weißt du, dass du heute ein ziemlich verführerisches Dekolleté hast, meine Liebe?" Sie war überglücklich, dass es ihm aufgefallen war und offensichtlich gefiel und schmiegte sich enger an ihn und flüsterte geheimnisvoll zurück: „Vielleicht hab ich ja noch mehr Überraschungen für dich." Er sah sie fragend an und sie lächelte nur spitzbübisch zurück. Sie wollte ihn auf die Folter spannen und hoffte, dass er genau so viel Lust auf sie bekam, wie sie schon den ganzen Abend auf ihn hatte.

Sie tanzten eng aneinandergeschmiegt weiter und Leni sah, dass sie oft verwunderte Blicke trafen. Da sie praktisch niemanden persönlich kannte, dachte sie, dass die anderen sie natürlich auch nicht kannten. Das Gesicht von Johannes war durch seine juristischen Beiträge und die Nachrichten natürlich bekannt, aber sie war bisher nie öffentlich in Erscheinung getreten.

Sie wollten gar nicht mehr aufhören zu tanzen und irgendwann spürte Leni, dass sich bei Johannes etwas regte und sie sah sich ihrem Ziel, ihn zu verführen, schon ein gewaltiges Stück näher gekommen und zudem spürte sie schon die ganze Zeit dieses wunderbare Kribbeln im Bauch.

„Sagen Sie mal, Frau Kaiser, haben Sie heute wieder Schmetterlinge im Bauch?", flüsterte er ihr heiser ins Ohr.

„Und ob", flüsterte sie glücklich zurück.

Sie lächelten sich an und küssten sich zärtlich. Nach einigen Minuten spürte Leni plötzlich, wie Johannes sich versteifte und sie ein paar Zentimeter von sich wegschob. Sie konnte sich keinen Reim darauf machen, dachte aber, dass er sich wohl mühevoll beherrschen müsste. Kurz darauf fragte er sie, ob sie damit einverstanden wäre, wenn sie nach Hause fuhren. Überglücklich stimmte sie sofort zu.

Sie bahnten sich einen Weg zum Ausgang, wo sie nochmals auf einen Kollegen von Johannes stießen, der fragte, warum sie denn schon gehen wollten und Johannes sagte, dass er noch Dienst habe. Leni strahlte vor Vorfreude und auch das verlegene Grinsen von Johannes wies darauf hin, was die beiden wirklich nach Hause trieb. Da hätte schon jemand blind oder total gefühlsarm sein müssen, wenn ihm das verborgen geblieben wäre.

Beim Weggehen hörte Johannes noch, wie der Kollege zu seiner Begleiterin sagte, dass er nicht verstehen könne, wieso Johannes es mit der Kaufmann trieb, wenn er so eine sexy Frau habe.

Sie hatten schon fast die Garderobe erreicht, als plötzlich wie aus dem Nichts eine Blondine auf sie zugeschwebt kam, Johannes am Arm packte und laut sagte: „Oh Darling, schön, dass du doch gekommen bist. Ich habe dich schon so vermisst." Sie umarmte ihn und wollte ihn küssen, als Johannes sie von sich wegdrückte und ihr Leni vorstellte. Die blonde Frau trug ein durchsichtiges, elfenbeinfarbenes Kleid und man sah, dass sie nichts darunter anhatte. Leni war einen kurzen Moment sprachlos, drängte sich dann aber enger an Johannes und wünschte lächelnd einen schönen Abend, obwohl sie innerlich vor Wut kochte.

„Willst du schon gehen, Liebling?", fragte die Blondine ihn verwundert.

„Ich bin nicht Ihr Liebling und ich habe noch Verpflichtungen", sagte Johannes steif.

Leni lächelte, denn sie dachte, er meinte seine *ehelichen Verpflichtungen*.

Sie holten ihre Mäntel, ließen sich ihr Auto vorfahren und redeten erst mal kein Wort miteinander. Als sie im Auto saßen, hatte Leni sich wieder gefangen und sie legte ihre Hand auf seinen Schenkel. Sie wollte sich nicht von ihrem Vorhaben abbringen lassen, ihn an diesem Abend zu verführen. Es war so herrlich gewesen, als sie miteinander tanzten und sie nicht nur ihre Schmetterlinge, sondern auch seine Erregung gespürt hatte. Das musste doch mit dem Teufel zugehen, wenn es ihr nicht gelingen sollte.

Als sie zu Hause angekommen waren, wunderte Susanne sich natürlich, dass die beiden schon so früh da waren, aber als sie Lenis Lächeln sah und dass sie hinter Johannes' Rücken auf das Schlafzimmer zeigte, wünschte sie den beiden noch einen schönen Abend und wollte in das obere Stockwerk ins Gästezimmer gehen. Johannes begleitete sie, damit sie sich besser in dem fremden Haus zurechtfand. Sie schickte ihn aber sofort wieder zurück, nachdem sie an ihrem Zimmer angekommen waren und sagte scherzend: „Na, jetzt lass deine Frau nicht so lange warten, ab mit dir." Er sah sie verdutzt an, woraus sie sich keinen Reim machen konnte.

Leni war in der Zwischenzeit zur Toilette gegangen und hatte erst überlegt, sich nackt auszuziehen und aufs Bett zu legen, aber dann würde er ja den reizvollen Body und die Strümpfe nicht sehen und noch bevor sie fertig mit ihren Überlegungen war, stand Johannes schon wieder da. Er zog seine Jacke, die Fliege und das Hemd aus und Leni wunderte sich etwas darüber, denn normalerweise zogen sie sich immer gegenseitig aus. Sie ging auf ihn zu, küsste ihn und begann sein Brusthaar zu kraulen und seine Brustwarzen zu liebkosen, was ihn früher immer sofort in die Knie gezwungen hatte.

Er nahm sachte ihre Hände beiseite und fragte: „Lene, was wird das?"

Sie sah ihn total verwirrt an. „Ja aber ich dachte, wir sind nach Hause gefahren weil wir, ähm, weil du …" Sie stockte, auch nach über dreijähriger Beziehung fiel es ihr manchmal noch schwer, ihm einfach zu sagen, dass sie Lust auf ihn hatte. Sie atmete tief durch und sagte: „Ich dachte, wir wollten miteinander schlafen."

Er sah sie mitleidig an und sagte: „Wir sind nach Hause gefahren, weil *Sie* da war."

„Ja aber …", weiter kam sie nicht. Er zog seine Hosen runter und präsentierte ihr sein schlaffes Glied: „Sieht das etwa so aus, als würde ich mit dir schlafen wollen? Da tut sich nix mehr."

„Das stimmt nicht", hielt sie dagegen. „Vorhin beim Tanzen, da war Little Joe ganz munter, ich hab es doch gespürt." Sie ließ sich nicht entmutigen, vor allem jetzt nicht, als er nackt vor ihr stand. Sie umarmte ihn, ging in die Knie und ließ ihre

Hände auf seinen Po gleiten. Sie begann, ihn vom Bauchnabel an abwärts sanft zu küssen. Als sie bei seinem Glied angekommen war, packte er sie plötzlich hart an den Oberarmen und zog sie hoch. Er brüllte: „Hör auf damit, du Nutte!", und stieß sie heftig von sich weg. Sie strauchelte auf ihren hohen Absätzen und taumelte rückwärts, wobei sie heftig mit dem Kopf gegen den Kleiderschrank stieß. Ihre Beine knickten ein wie Streichhölzer und sie sank am Kleiderschrank entlang, wie ein angeschlagener Boxer, zu Boden. Sie lag benommen da, den Kopf und die Schultern am Kleiderschrank abgestützt. Wie aus weiter Ferne hörte sie, dass Cora wach geworden war und weinte. Sie bekam wie durch einen Nebel mit, dass Johannes seine Hosen hochgezogen hatte und seine Tochter tröstete, die dann auch bald wieder eingeschlafen war. Sie merkte, dass er sich ein frisches Hemd nahm und im Bad verschwand. Bald darauf hörte sie ihn in der Küche rumoren. Immer noch am Boden liegend hatte sie die verflixten Schuhe ausgezogen. Sie war wie betäubt, zunächst mal durch den Zusammenstoß mit dem Kleiderschrank, dazu kam die Enttäuschung, aber vor allem wegen seiner brutalen Zurückweisung und der Beschimpfung.

Nach einer gefühlten Ewigkeit kam Johannes ins Schlafzimmer zurück, ohne Leni eines Blickes zu würdigen, band er sich die Krawatte und zog sein Jackett an.

„Ich geh dann mal."

Das war zu viel für Leni. „Dann geh doch!" Sie warf einen Schuh nach ihm und traf ihn im Rücken. Er sah sich erstaunt um.

„Dann geh doch zu deiner falschen Blondine mit den aufgespritzten Lippen und dem künstlichen Busen, wenn sie dir besser gefällt als ich!" Sie warf den zweiten Schuh, Trefferquote hundert Prozent! „Geh doch, du gottverdammtes Arschloch! Geh!"

Als sie das Klacken der Eingangstür hörte, warf sie sich auf den Boden und weinte bitterlich. Sie hatte das Gefühl, jemand hätte ihn ihr eine Flamme gelöscht und spürte, dass ihre Ehe wohl am Ende war. Sie dachte daran, was ihre Schwiegermutter ihr mal gesagt hatte, als sie sie gefragt hatte, wie sie das dauernde Fremdgehen ihres Mannes ertrug: „Eine Ehe wird im siebten Himmel geschlossen, muss aber auf der Erde gelebt werden und manchmal ist es die Hölle." Dies war jetzt eindeutig die Hölle. Sie hatte sich so auf diesen Abend gefreut, sie hatten fast einen ganzen Monatslohn für die Karten und ihre Kleidung ausgegeben und jetzt so ein bitteres Ende.

Leni wusste nicht, wie lange sie weinend auf dem Boden gelegen hatte. Irgendwann schaffte sie es, sich aufzuraffen, wobei ihr Schädel fürchterlich brummte. Sie nahm das Bettzeug von Johannes, packte es aufs Sofa und ging dann zur Toilette. Sie schloss die Schlafzimmertür und legte sich dann so wie sie war, geschminkt und im Abendkleid, ins Bett. Sie dachte über ihr Leben und ihre Ehe nach und zwischendurch fing sie immer wieder an zu weinen. Sie hörte, dass Johannes zurückkam und merkte, dass er keinerlei Versuch unternahm, ins Schlafzimmer zu kommen. Obwohl sie sein Bettzeug rausgelegt hatte, hatte sie gehofft, dass er sich doch zumindest entschuldigen würde. Aber nichts, er schlief wohl auf dem Sofa, obwohl es denkbar unbequem war.

Irgendwann fiel sie in einen unruhigen Schlaf und war total gerädert, als die Kinder sie ein paar Stunden später weckten. Sie nahm etwas zum Anziehen für sich und die Kinder in die Hand und ging mit ihnen ins Bad. Sie wusch die beiden und zog sie an, dann stellte sie sich kurz unter die Dusche. Sie erschrak, als sie ihr Gesicht im Spiegel sah, die verlaufene Mascara, die verquollenen, verweinten Augen. Sie nahm ein feuchtes Reinigungstuch aus der Packung und reinigte Gesicht und Dekolleté. Dann trug sie eine leichte Tagescreme auf und blieb ansonsten ungeschminkt. In der Nacht hatte sie beschlossen, gleich nach dem Frühstück nach Hause zu fahren. Sie wusste, dass Johannes am Mittag nochmals Nachrichten zu verlesen hatte und deshalb nicht mal ausschlafen konnte. Sie wollte ihn vorerst nicht mehr sehen und hoffte, schon weg zu sein, wenn er aufstand oder zumindest wenn er aus dem Bad kam.

Leni hatte festgestellt, dass Johannes sich inzwischen ins Schlafzimmer zurückgezogen hatte, während sie mit den Kindern im Bad war. Ihr Kopf dröhnte immer noch, als sie das Frühstück vorbereitete. Sie rief bei Susanne an und fragte, ob sie mit ins Münsterland zurückfahren oder lieber bis am Nachmittag bei Johannes bleiben wolle.

„Wann willst du denn losfahren?"

„Jetzt gleich, nach dem Frühstück"

„Gut, ich komme runter und esse eine Kleinigkeit mit euch und fahre dann mit dir zurück."

Susanne erschrak, als sie Leni sah, fragte aber vorerst nichts.

Sie frühstückten schweigend, deckten den Tisch ab und packten das Geschirr in die Spülmaschine.

Nach kurzem Suchen hatte Leni den Autoschlüssel gefunden, packte die Kinder und das Gepäck ins Auto und fuhr los.

„Was ist los?", fragte Susanne, nachdem sie einige Minuten schweigend gefahren waren. „Du sahst doch gestern Abend so glücklich aus und konntest es doch kaum erwarten, mit ihm ins Bett zu gehen?"

„Mutti, er ist halt auch so ein Moeltenhoff", sagte Leni seufzend. „Sie ist eine falsche Blondine, also mit fast weiß gefärbten Haaren, aufgespritzten Lippen und einem künstlichen Busen. Sie trug ein total durchsichtiges Kleid ohne was drunter und hat ihn mit ‚Mein Liebling' angeredet. Du kannst dir vorstellen, wie peinlich ihm das war. Als er mich während des Tanzens gefragt hat, ob es mir recht ist, wenn wir nach Hause fahren, dachte ich natürlich, dass er mit mir ins Bett will. Aber er wollte nur nach Hause, um eine Begegnung von uns beiden zu vermeiden."

Sie fasste an ihre schmerzende Beule am Kopf und verzog das Gesicht.

„Hat er dir was angetan?"

„Hm, also, ich wollte ihn trotzdem verführen, aber er hat mich weggestoßen, da bin ich volle Kanne gegen den Kleiderschrank geknallt."

„Ich hab euren Streit gehört, aber ich wollte mich nicht einmischen."

Leni nickte. „Das ist ja auch okay. Aber weißt du, Mutti, ich lass mir das nicht gefallen. Entweder dieses Flittchen oder die Kinder und ich. Er muss sich entscheiden."

„Leni, du bist jetzt aufgebracht, schlaf erst mal ein paar Nächte drüber."

„Weißt du, Mutti, ich lag die ganze Zeit benommen am Boden, aber er hat nicht mal gefragt, ob ich mir weh getan habe. Er hat Cora getröstet, ist ins Bad, um sich frisch zu machen, hat sich in der Küche was zu essen gemacht und wollte dann einfach gehen, obwohl er noch reichlich Zeit bis zu seiner Sendung gehabt hätte. Da bin ich ausgerastet, ich lag immer noch am Boden und habe meine Schuhe nach ihm geworfen und ihn angebrüllt." Sie schwieg einen Moment, weil sie sich auf den Verkehr konzentrieren musste. Dann sprach sie weiter: „Weißt du, was das Schlimmste ist, ich habe das Gefühl, irgendetwas ist gestern Abend in mir zerbrochen. Ich weiß nicht, ob es meine Achtung für ihn oder meine Liebe war. Ich fühle mich plötzlich total leer."

„Hm ja, dann stimmt es wohl doch. Ich habe neulich beim Frisör eine Zeitschrift gelesen und da war diese Moderatorin abgebildet und daneben ein kleines Bild von Johannes. In dem Bericht stand, dass er ihre neue große Liebe sei."

„Ja, ich weiß, er hat behauptet, dass das alles erfunden sei und Fabian hat wohl auch etwas dagegen unternommen. Aber unsere Begegnung gestern Abend war ihm so was von peinlich, da muss einfach was dran sein. Und warum schläft er seit Wochen nicht mehr mit mir?"

„Leni, Kindchen, ich weiß es nicht, ich denke, da solltet ihr in Ruhe drüber reden."

„Ja sicher, deshalb bin ich jetzt schon abgereist, um ihm aus dem Weg zu gehen und um in Ruhe über alles nachzudenken. Aber weißt du, er hat schon vor Monaten darüber nachgedacht, alleine nach Hamburg zu ziehen und ich war froh, als dann doch alles wieder in Ordnung zu sein schien. Wir hatten so schöne Ferien zusammen und jetzt habe ich das Gefühl, ich stehe vor einem Scherbenhaufen." Sie musste sich wieder auf den Verkehr konzentrieren und schwieg für ein paar Minuten.

„Aber was willst du tun, Leni?", fragte Susanne, als die Strecke wieder frei war.

Leni zuckte die Schultern, so gut es während des Fahrens ging und seufzte: „Ich habe keine Ahnung. Ich weiß nur, dass ich diese ständige Angst vor dem, was als Nächstes passiert, nicht mehr aushalte. Das macht mich kaputt."

„Ja sicher, es ist nicht einfach mit ihm. Paul geht zwar öfters fremd, aber bei ihm weiß ich trotzdem, wie ich dran bin. Johannes dagegen scheint mir immer unberechenbarer zu werden."

„Ja genau, das ist es, was mir Angst macht." Nach einigem Nachdenken fuhr sie fort: „Das Eigenartige ist, das er in manchen Situationen, die mir brenzlig erscheinen, total cool bleibt und wegen Kleinigkeiten rastet er aus. Gestern Abend zum Beispiel, er stößt mich brutal weg, brüllt mich an und nennt mich sogar eine Nutte. Er kümmert sich nicht darum, dass ich zu Boden gegangen bin und wenige Augenblicke später tröstet er Cora mit einer Seelenruhe, als wäre gar nichts passiert."

„Warum nennt er dich eine Nutte?"

„Ich habe doch keine Ahnung, das ist schon das zweite Mal. Ich habe mir absolut nichts zuschulden kommen lassen. Ich war ihm nie untreu, nicht mal in Gedanken, für mich gab es bis jetzt immer nur ihn. Und auch gestern Abend, ich hatte nur Augen für ihn, ich bin keinen Zentimeter von seiner Seite gewichen, hab mit niemandem anderen getanzt oder geflirtet. Nichts, absolut nichts." Sie spürte, wie die Tränen in ihr hochstiegen und fuhr die nächste Parkbucht an. Sie weinte und Susanne versuchte, sie zu trösten, so gut sie konnte. Nach einigen Minuten putzte Leni sich die Nase und fuhr weiter.

„Ich hab mir überlegt, ob ich vielleicht für einige Zeit nach Freiburg fahre. Ich habe meine Familie schon ewig nicht mehr gesehen."

„Ja, aber wollten die nicht zu Weihnachten kommen?"

„Hm, ja, schon, aber dann könnten sie mich ja wieder mit herbringen."

„Und die Kinder?"

„Die nehm ich natürlich mit. Ohne die beiden gehe ich nirgends hin, das ist doch klar." Sie schaute in den Rückspiegel und sah, dass die beiden immer noch friedlich schliefen. Sie lächelte und meinte: „Für die beiden gibt es kein besseres Schlafmittel als Autofahren."

Leni war erstaunt, als Johannes am Nachmittag anrief und sie bat, ihn am Bahnhof abzuholen. Sie sagte ihm, dass sie jemanden schicken würde und fragte anschließend in der Familie rum, wer zum Bahnhof fahren und Johannes abholen könnte. Alle waren ziemlich schockiert über das, was die Mutter berichtet hatte und hatten keine Lust, ihn zu sehen, bis schließlich Harald sich erbarmte.

Leni und Johannes verbrachten den Abend schweigend und im Bett lagen sie so weit auseinander, wie es möglich war, ohne dass einer aus dem Bett fiel. Auch die nächsten Tage sahen sie sich nur zu den Mahlzeiten, die sie dann schweigend einnahmen, dabei hätte es so viel zu sagen gegeben. Johannes hätte Leni erklären können, dass nichts an der Geschichte mit der Blondine dran war und dass ihm seine Entgleisung an dem Abend leid tat. Leni hätte sich ebenfalls bei ihm für ihren Ausbruch entschuldigen können. Aber beide schwiegen beharrlich. So war Leni erstaunt, als Johannes nach ein paar Tagen fragte, ob sie wieder mit nach Hamburg käme. Sie zuckte nur die Schultern und sagte: „Wenn du das willst." Sie überlegte sich, warum sie in dieser Situation mitkommen sollte, hatte seine Blondine keine Zeit oder hatte er Angst, dass sie doch mit Max oder Paul etwas anfing? Sie sagte aber keinen Ton in diese Richtung, sondern fragte nur sachlich, wann er fahren wollte und für wie lange. Eigentlich kannte sie seine Termine, aber es gab immer mal kurzfristige Änderungen. Aber so ruhig, wie sie vorgab, war sie keineswegs und als sie abends im Bett lag, überfiel sie ein Weinkrampf. Johannes tat zunächst, als würde er es nicht merken, aber das ging ihm nach einigen Minuten doch zu sehr unter die Haut und er zog sie sanft an sich.

„Sch, sch, Lene, was ist denn?", versuchte er, sie zu trösten.

„Johannes, ich kann einfach nicht mehr. Was ist aus uns und unserer großen Liebe geworden?", schniefte sie. Er hielt sie einfach schweigend im Arm und hing seinen Gedanken nach. Was sollte er ihr sagen? Genau das fragte er sich doch auch schon seit Monaten. Er liebte sie immer noch und es gab keine andere Frau für ihn, auch wenn sie das zu glauben schien. Aber statt ihr genau das zu sagen, schwieg er. Früher hatte ihr Anblick genügt, um sein Blut in Wallung zu bringen. Nachdem er seine Medikation angepasst hatte, hatten sie wenigstens hin und wieder miteinander geschlafen, aber seit der Sterilisation ging gar nichts mehr. Wie sollte er denn da mit einer anderen was haben? Manchmal waren Frauen doch ziemlich anstrengend. Klar, sie hatte ihn von Anfang an gewarnt, dass sie eifersüchtig sei, aber er hatte ihr, als die Gerüchte aufkamen, gleich gesagt, dass mit dieser dummen Kuh nichts lief, dass die das einfach nur erfand. Sie selber hatte ihm doch den Rat gegeben, dass Fabian etwas dagegen unternehmen sollte und das hatte er auch getan. Der Auftritt auf dem Ball war die Rache dieser doofen Zicke, da war er sich sicher. Er fand es ja auch schade, dass der Abend so zu Ende gegangen war, denn auf der Tanzfläche hatte er wirklich Lust auf seine Lene gehabt. Er streichelte sie sanft und hoffte, dass sie seine Gedanken lesen konnte, er war nun mal kein großer Redner, vor allem nicht, wenn es um Gefühle ging.

Leni weinte weiter leise vor sich hin und fragte sich, warum er einfach nichts zu ihr sagte. Er hatte sie doch gedemütigt und beschimpft, ganz abgesehen von der Beule, die sie am Kopf davongetragen hatte. Sie entwand sich ihm seufzend und nach einiger Überwindung fing sie stockend an zu sprechen: „Johannes, was ist los?"

„Warum, was soll sein?", grummelte er.

„Also entschuldige mal, was du dir am Samstagabend geleistet hast, das war ja wohl megakrass."

„Wieso, was meinst du?", fragte er erstaunt.

„Aber hallo! Erde an Johannes!" Sie wartete auf eine Reaktion, aber da kam nichts. Deshalb sprach sie weiter: „Also, weißt du, du stößt mich brutal von dir weg, als ich dich verwöhnen will und ich habe mir wirklich mächtig die Rübe angehauen. Und du lässt mich einfach da liegen, als ob dich das überhaupt nichts angeht. Du tröstest die Prinzessin, gehst ins Bad, ziehst dich um und verschwindest einfach, als wäre ich Luft."

„Na also, dass du keine Luft bist, habe ich ja spätestens gemerkt, als mich dein erster Schuh traf. Guter Wurf übrigens", versuchte er die Situation zu entschärfen und ins Lächerliche zu ziehen.

„Hör zu, Johannes, das ist kein Spaß, ich habe mir mächtig den Kopf angehauen und war ziemlich benommen. Du hättest wenigstens mal fragen können, ob mir was passiert ist."

„Lene, Liebes, ich war mächtig sauer."

„Aber warum denn? Was hab ich falsch gemacht?" Sie fing wieder an zu weinen. „Ich bin deine Frau und ich wollte mit dir schlafen, nachdem du mich auf der Tanzfläche so heiß gemacht hast. Was ist daran falsch?", schniefte sie.

Er zog sie wieder an sich und sagte: „Eigentlich ist daran gar nichts falsch, Schätz-chen. Der Abend ist nun mal total verkorkst gelaufen."

„Aber erst, als dieses Flittchen aufgetaucht ist." Sie regte sich schon wieder auf und löste sich erneut von ihm.

„Hör zu Lene, ich wollte ja auch mit dir schlafen, aber nach der Sendung, in aller Ruhe und nicht so auf die Schnelle."

„Und warum hast du das nicht gesagt, anstatt so brutal zu mir zu sein und mich dann auch noch zu beschimpfen?"

Johannes stöhnte: „Ich weiß es doch selber nicht. Manchmal steh ich mir eben selber im Weg."

„Johannes, so kann das nicht weitergehen, warum können wir nicht vernünftig miteinander reden? Dieser ganze Streit wäre doch total unnötig gewesen."

„Warum musst du auch an mir rumfummeln?", warf er ihr jetzt wieder vor.

„Und warum hast du mir nicht einfach gesagt, dass du bis nach dem Dienst warten willst, anstatt mich so brutal wegzustoßen?" Leni seufzte: „Ist das denn so schwer?"

„Kommst du denn jetzt morgen mit nach Hamburg oder nicht?", lenkte Johannes vom Thema ab.

„Ich habe dir doch gesagt, dass ich mitkomme, wenn du das möchtest, aber ich habe keine Lust dazu, mich die ganze Zeit mit dir zu streiten." Leni war jetzt total genervt.

Nach einem Moment des Schweigens fing sie wieder an zu nörgeln: „Es war aber trotzdem nicht richtig von dir, dass du mich da einfach am Boden hast liegen lassen, ohne nachzusehen, ob mir was fehlt."

„Ja, ja, ich hab es verstanden, das nächste Mal hole ich den Notarzt." Johannes war dieser ganzen Diskussion überdrüssig. „Herrgott nochmal, musst du jetzt gleich wieder so übertreiben?"

„Bitte Lene, gib jetzt einfach Ruhe! Ja, ich habe einen Fehler gemacht, für den ich mich in aller Form entschuldige. Aber sei jetzt bitte wieder normal."

Leni merkte, dass sie an einem Punkt angekommen waren, wo es nicht weiterging, selbst wenn sie die ganze Nacht im Kreis diskutierten und war still. Aber sie konnten beide nicht einschlafen und als Leni merkte, dass er auch nicht schlief, schmiegte sie sich einfach an ihn und er legte den Arm um sie. Sie seufzte leise, weil sie einfach nicht verstand, warum alles so verzwickt war.

Leni hatte gehofft, dass die Tage in Hamburg ihnen gut tun würden und dass sie vielleicht nachholen würden, was sie vergangenes Wochenende verpasst hatten, aber sie wagte es nicht, den Anfang zu machen. Sie hatte Angst vor einer erneuten brutalen Zurückweisung. Die Spannungen zwischen ihnen waren immer noch vorhanden und so war sie froh, als sie wieder in ihrem Haus waren, wo sie sich weitgehend aus dem Weg gehen konnten.

16

In der folgenden Woche hatte Cora eine Erkältung und Fieber und deshalb zog Leni es vor, mit den Kindern zu Hause zu bleiben. „Hamburg Ende November ist vielleicht nicht unbedingt das richtige Klima für das kranke Kind", meinte sie. Sie fuhr Johannes zum Bahnhof und er verabschiedete sich ungewöhnlich zärtlich von ihr. Er streichelte ihre Wange, küsste sie zärtlich und sagte ihr, dass er sie liebte. Sie hatte einen Kloß im Hals und nickte unter Tränen. Plötzlich fielen ihr so viele Dinge ein, die sie ihm sagen wollte, aber ihr Hals war wie zugeschnürt und dann kam auch schon der Zug. Sie küssten sich nochmals kurz und dann musste Johannes einsteigen. Sie winkte ihm weinend nach, denn sie hatte ein ungutes Gefühl, konnte aber nicht sagen, warum.

In Gedanken versunken fuhr Leni wieder nach Hause. Susanne, die so lange auf die Kinder aufgepasst hatte, merkte sofort, dass sie wieder geweint hatte.

„Was ist los, Mädchen? Gab es schon wieder Streit?"

„Nein." Leni schüttelte leicht den Kopf. „Ich weiß auch nicht, ich fühle mich plötzlich so traurig, irgendetwas stimmt nicht. Ich kann dir nicht sagen, warum, aber unser Abschied war so eigenartig."

Susanne sah ihre Schwiegertochter nachdenklich an. Als sie gegangen war, versuchte Leni, Johannes anzurufen, aber sein Handy schaltete sofort auf die Sprachbox um. Sie sagte: „Jo, ich liebe dich. Lass uns diese ganze Streiterei vergessen und wenn du übermorgen zurückkommst, versöhnen wir uns richtig und fangen neu an."

Johannes meldete sich kurz, als er in Hamburg angekommen war, erwähnte ihren Anruf aber mit keinem Wort. Sie war glücklich, seine Stimme zu hören und sagte ihm das auch. Aber das ungute Gefühl wollte einfach nicht weichen. Bevor sie zu Bett ging, versuchte sie nochmals, ihn zu erreichen, aber das Gespräch ging wieder direkt auf die Sprachbox. Sie sagte: „Schade, dass ich dich nicht erreiche, ich wollte nochmals deine liebe Stimme hören, bevor du zum Sender fahren musst und ich ins Bett gehe. Gute Nacht, mein Schatz." Sie hauchte noch ein Küsschen ins Gerät, bevor sie auflegte. Oftmals harrte sie vor dem Fernseher aus, wenn er die Nachrichten um Mitternacht verlas, aber in der letzten Nacht hatte sie wegen Cora wenig geschlafen und ging deshalb früher zu Bett.

Johannes hatte sein Privathandy ausgeschaltet, als er in den Zug gestiegen war. Er wollte einfach in Ruhe über seine Ehe nachdenken, war aber, als er in Hamburg ankam, immer noch zu keinem Ergebnis gekommen. Er wusste, dass er Leni liebte, aber manchmal war ihm alles zu viel. Es war ihm bewusst, dass er sich in der letzten Zeit oft falsch verhalten hatte, aber Leni war ihm manchmal zu empfindlich. Er war der Meinung, dass sie die Dinge oftmals übertrieb.

Er dachte auch über das Angebot seines ehemaligen Chefs nach, denn in der Hamburger Kanzlei hatte es ihm eigentlich gut gefallen, wenn nicht die Bedingung im Raum gestanden hätte, dass er Jessica, die Tochter des Chefs, heiraten sollte. Aber er war ja jetzt verheiratet und Leni schien akzeptiert zu sein, also konnte Jessica keine Bedingung mehr sein. Die beiden Jobs am Sender waren auf Dauer zu stressig für ihn und das ständige Pendeln stresste ihn zusätzlich.

Kaum hatte er die Wohnung betreten, da fehlte Leni ihm schon und er seufzte. Deshalb rief er sie kurz an, um ihr zu sagen, dass er gut angekommen war. Ihre Nachricht hatte er erst später abgehört und gelächelt. *Versöhnung klingt doch ganz gut,* dachte er. Kurz danach machte er sich auf den Weg zum Sender. Er hatte die Nachrichten am Nachmittag und um Mitternacht zu verlesen, dazwischen blieb er dort, um sich in Ruhe um seinen Job in der Rechtsabteilung zu kümmern. Deshalb hört er Lenis zweite Nachricht erst weit nach Mitternacht, als er wieder in der Wohnung war, ab. So spät wollte er sie nicht mehr stören und rief sie erst am nächsten Morgen an. Dieses Mal nahm sie das Gespräch nicht entgegen, da sie mit Cora beim Kinderarzt war. Er sprach ihr einen kurzen Guten-Morgen-Gruß aufs Band und beendete das Gespräch. Leni versuchte, ihn zurückzurufen, als sie wieder zu Hause war, erreichte aber wieder nur den Anrufbeantworter. Sie sah auf seinen Dienstplan und stellte fest, dass er vermutlich schon unterwegs zum Sender war. Sie wollte es am Nachmittag wieder versuchen, denn laut Dienstplan hatte er nach der Mittagssendung bis Mitternacht frei.

Leni legte Cora ins Bett und machte sich in ihrem Haushalt zu schaffen. Wenn Johannes nicht da war, dann kochte sie für sich und Kinder meistens nichts Aufwendiges. Da sie im Tiefkühler noch Hühnersuppe hatte, wärmte sie diese auf, weil sie dachte, dass die ihrer kranken Tochter sicher gut tun würde. Am Nachmittag versuchte sie vergeblich, Johannes zu erreichen. Das war ungewöhnlich, normalerweise stellte er das Handy nur aus, wenn er vor der Kamera war.

Als Johannes die Mittagsnachrichten verlesen hatte, wollte er sich auf den Heimweg machen, um den freien Nachmittag zu genießen. Er wollte ein kleines Versöhnungsgeschenk für Leni kaufen und noch ein paar Stunden schlafen, denn die letzten beiden Nächte waren ziemlich kurz für ihn gewesen. Gerade als er das Gebäude verlassen wollte, kam ihm ein Kollege entgegen, der ihn fragte, ob die hübsche Frau, mit der er auf den Fotos vom Ball zu sehen sei, wirklich seine Frau wäre. Johannes schaute zunächst verwirrt, da er gar nicht an die vielen Fotos gedacht hatte, die aufgenommen worden waren. Er nahm mit dem Kollegen an einem kleinen Tisch, in einer kleinen Sitzgruppe, die im Foyer stand, Platz und der Kollege zeigte ihm auf dem Laptop, wo er die Fotos im Internet finden konnte. Es waren wirklich ein paar schöne Aufnahmen von ihnen dabei und er sandte den Link an Leni.

„Sag mal ganz ehrlich, Johannes, du hast echt eine hübsche Frau. Was willst du denn dann mit der Kaufmann?", fragte der Kollege unverblümt.

Johannes schüttelte den Kopf. „Glaub mir, ich hab nichts mit der, das ist alles reine Erfindung. Ich würde meine Frau nie gegen so eine dumme Tussi eintauschen. Ich hab sogar schon einen Anwalt damit beauftragt zu unterbinden, dass sie dauernd Interviews gibt, in denen sie mich als den neuen Mann in ihrem Leben vorstellt. Und ich hab ihr schon hundert Mal gesagt, dass sie mich in Ruhe lassen soll, aber die ist wie vernagelt. Und ich hasse sowas. Allmählich wird meine Frau auch schon eifersüchtig, da kann ich beteuern, was ich will."

„Scheißsituation."

Johannes seufzte tief: „Du sagst es. Aber vielen Dank für den Link." Sie verabschiedeten sich und Johannes ging zu einem Juwelier, um, wie vorgesehen, eine Kleinigkeit für Leni zu besorgen. Zu Hause hatte er sein Privathandy ausgeschaltet, um in Ruhe schlafen zu können. Kaum war er eingeschlafen, als sein Geschäftshandy klingelte und er gefragt wurde, ob er für eine erkrankte Kollegin einspringen und zusätzlich die Nachrichten um 17 Uhr verlesen könnte. Er sagte zu, da er ja sowieso ohne Familie da war und so kam wieder etwas mehr Geld in die Kasse. Er stellte sich den Wecker, um rechtzeitig wach zu werden und schlief weiter. Obwohl er ein paar Stunden geschlafen hatte, fühlte er sich wie gerädert. Aber es half ja nichts, er hatte zugesagt und so duschte er sich ausgiebig und machte sich wieder auf den Weg. Er hatte es erst vergessen und dann keine Zeit mehr, um Leni zu informieren, dass er auch um 17 Uhr auf Sendung war. Nach getaner Arbeit überlegte er, was er denn jetzt mit der Zeit anfangen sollte, bis Mitternacht dauerte es noch lange und irgendwie hatte er keine Lust, in die leere Wohnung zurückzukehren. Und so beschloss er, erst mal was Anständiges essen zu gehen. Er hatte sich die letzten zwei Tage nur von Kleinigkeiten ernährt und er hatte Hunger. Er ging in die Garderobe, um Jackett, Hemd und Krawatte gegen ein Sweatshirt und seine Winterjacke einzutauschen, die er dort deponiert hatte. Er stand gerade mit nacktem Oberkörper da, als die Tür aufgerissen wurde und Corinna hereinspazierte. Der Anblick seiner mächtigen, durchtrainierten Brust machte sie fast schwindelig und sie stürzte auf ihn zu, um ihn zu liebkosen. Johannes erschrak und stieß sie von sich weg.

„Verschwinde endlich aus meinem Leben, du Flittchen", brüllte er sie an. „Ich will mit dir nichts zu tun haben, du ruinierst mir noch meine Ehe."

Sie lachte hämisch: „Was? Das kleine Frauchen, das wie ein Hündchen an deinem Arm hing, ist doch wohl nicht eifersüchtig? Was willst du denn mit der? So ein geiler Typ wie du braucht doch eine richtige Frau und nicht so ein braves Hausmütterchen." Sie lachte Johannes an, schloss die Tür zu und begann, sich auszuziehen.

Johannes hatte mittlerweile sein Sweatshirt angezogen, seine Jacke genommen und wollte die Garderobe verlassen, aber Corinna stellt sich nackt vor die Tür. „Du entkommst mir nicht, erst mal will ich wissen, was du drauf hast. Komm schon, fick mich." Sie hob ihre festen, kugelrunden Brüste, mit beiden Händen an und gurrte: „Na komm schon, mein Liebling. Machen die dich nicht an?"

Johannes verneinte und wollte sie zur Seite schieben. Er sah, dass sie ihre Scham rasiert hatte und fand, dass sie aussah sah wie ein gerupftes Huhn, und fragte sich, was daran schön sein sollte.

„Die haben verdammt viel Geld gekostet, also sollten sie dir auch gefallen." Sie hob ihm immer noch ihre Brüste entgegen, aber das widerte ihn an. Er dachte an seine süße, schamhafte Lene und versuchte jetzt energischer zur Tür zu gelangen, aber Corinna blieb hartnäckig.

„Erst ein Fick oder zwei, vorher kommst du hier nicht raus!"

„Geh mir aus dem Weg, du Nutte, du bist abscheulich, an so was werde ich mich sicher nicht vergreifen." Johannes spürte, wie ein Wutanfall sich seiner bemächtigte. Normalerweise hatte er solche aufdringlichen Frauen brutal genommen, aber er spürte keine Erregung, nur Abscheu. Als sie dann auch noch die Beine spreizte und aufreizend mit ihren Fingern begann, sich zu stimulieren, brannten bei ihm sämtliche Sicherungen durch. Er verprügelte sie nach Strich und Faden und als sie am Boden lag, trat er auch noch auf sie ein, bis er sich abreagiert hatte.

Sie lag heulend vor der Tür am Boden. Er schob sie so weit zur Seite, dass er die Tür öffnen konnte und verließ den Raum, ohne sich weiter um sie zu kümmern. Wie immer, wenn ihn ein Wutanfall heimgesucht hatte, rannte er einfach weg. Er lief kreuz und quer durch die Straßen und ließ sich, als er total erschöpft war, von einem Taxi nach Hause fahren. Er wusste, dass er dieses Mal zu weit gegangen war und dass Corinna ihn sicher anzeigen würde. Dann wäre er seinen Job los und würde wohl zu einer Freiheitsstrafe, wenn wohl auch auf Bewährung, verurteilt werden. Das konnte er seiner Familie nicht antun. Er dachte an Leni, setzte sich hin und schrieb ihr einen langen Brief.

Während des Schreibens musste er daran denken, wie Larissa, die aus Russland stammende Haushaltshilfe, ihn als Jugendlichen verführt hatte. Sie hatte dauernd die Finger an seiner Hose gehabt und hatte ihn dann eines Tages in ihr Zimmer gelockt. Sie hatte sein Glied so lange bearbeitet, bis es steif wurde. Dann hatte sie sich auf ihr Bett gelegt, ihren Rock hochgehoben und ihn gebeten, es zu machen. Aber er tat, als würde er nicht verstehen, was sie von ihm wollte. Ihre schwarzbehaarten Geschlechtsteile, die sie ihm entgegenhielt, stießen ihn ab und er lief aus dem Zimmer. Einige Tage später kam Marek, ein polnischer Saisonarbeiter, zu ihm und bat ihn mitzukommen, weil er ihm etwas zeigen müsse. Der Mann ging mit ihm zu Larissas Zimmer und führte ihm vor, was Larissa von ihm erwartete. Die Frau liebte es, heftig genommen zu werden und Johannes musste dabei zusehen, denn die Tür hatte Larissa abgeschlossen, so dass er nicht wieder entwischen konnte. Als der Mann fertig war, musste Johannes herhalten. Die Szene hatte ihn gleichzeitig abgestoßen und erregt und so fiel sein erster Geschlechtsakt ziemlich heftig aus, da beide ihn anspornten, so fest wie möglich zu stoßen.

Johannes fragte sich, woher er als Junge hätte wissen sollen, dass das nicht normal war. Larissa hatte ihn noch öfters verführt, was ihn jedes Mal gleichzeitig abstieß und doch erregte. Als Max dahinterkam, wollte er auch mal und war beleidigt, weil Larissa nichts von ihm wissen wollte. Aus Wut und Enttäuschung verpfiff er sie beim Vater. Daraufhin wurde sie fristlos entlassen und Johannes hatte seine Ruhe vor ihr.

Johannes steckte den Brief in einen Umschlag auf den er *Für Lene* schrieb und platzierte ihn auf den Küchentisch. Er legte das Schächtelchen mit den Ohrringen, die er ihr gekauft hatte, dazu.

Er wunderte sich, dass noch keine Polizei kam und fuhr, als es Zeit wurde, wieder zum Sender, um die letzten Nachrichten zu verlesen. Danach schrieb er eine kurze Nachricht an Henrik, schaltete sein Handy aus, fuhr mit dem Lift in das oberste Stockwerk, ging auf das Dach des Gebäudes und sprang in die Tiefe.

Leni war total beunruhigt, da sie Johannes den ganzen Tag nicht erreicht hatte. Es meldete sich immer nur die Sprachbox. Sie blieb bis Mitternacht auf und sah sich die Nachrichten an. Sie sah sofort an seinem Gesichtsausdruck, dass etwas nicht stimmte. Zum Abschluss der Sendung sagte er mit versteinerter Miene: „Meine sehr geehrten Damen und Herren, ich verabschiede mich hiermit von Ihnen und wünsche Ihnen eine gute Nacht."
Bei Leni schrillten sämtliche Alarmglocken und sie versuchte sofort, ihn anzurufen, aber sie erreichte wieder nur den Anrufbeantworter. Sie probierte es mehrmals, aber ohne Erfolg. Total beunruhigt rief sie ihre Schwiegereltern an.

Atemlos sagte sie, als Susanne sich mit verschlafener Stimme gemeldet hatte: „Mutti, ich glaube, er tut sich was an. Er war ganz komisch, als er die Nachrichten sprach und er hat sich verabschiedet, als wäre es seine letzte Sendung. Zudem habe ich ihn den ganzen Tag nicht erreicht." Sie war fast hysterisch, als sie fragte: „Was soll ich nur machen?"

Susanne sprach kurz mit ihrem Mann und Paul beschloss, mit Leni nach Hamburg zu fahren, in der Hoffnung, dass Johannes nicht den Mut gehabt hatte, sich etwas anzutun. Leni zog sich in Windeseile an und warte an der Tür, bis die Schwiegereltern kamen. Susanne blieb bei den Kindern und Paul raste mit Leni nach Hamburg.

Kaum saßen sie im Auto, als ein Anruf von Henrik kam: „Du Lene, ich hab da so eine komische Nachricht von Hannes bekommen, er schreibt, dass ich mich um dich kümmern soll." Leni heulte hysterisch auf und konnte kaum sprechen, als sie Henrik sagte, dass sie bereits mit Paul unterwegs nach Hamburg sei, weil Johannes sich nach den Nachrichten so komisch verabschiedet hatte. Sie bat ihn, rauszufinden, was passiert sei.

Das war leichter gesagt als getan. Die Polizei gab keine Auskunft und die Krankenhäuser beriefen sich auf Datenschutz und so schaute er erst mal ins Internet, ob er irgendwo etwas finden konnte. Er überlegte, welches Krankenhaus am nächsten beim Sender lag, rief nochmals dort an und gab sich als Bruder von Johannes aus. Und dort hatte er tatsächlich Glück, Johannes war vor wenigen Minuten dort eingeliefert worden, aber mehr Auskunft konnte man ihm am Telefon nicht geben. Henrik rief sofort bei Leni an und teilte ihr mit, in welchem Krankenhaus Johannes lag.

Mitten in der Nacht waren die Straßen fast menschenleer und Paul gab Gas wie ein Irrer. Am Krankenhaus angekommen mussten sie erst mal einen Eingang suchen. Sie hetzten wie Gejagte durch die Gegend, bis sie die Klingel für Notfälle fanden. Paul sagte, dass sein Sohn dort eingeliefert worden sei und dass sie zu ihm wollten. Man ließ sie ziemlich lange warten, bis man sie endlich einließ und in einen Warteraum führte. Leni war am Boden zerstört und konnte nicht mal mehr weinen. Nach über einer halben Stunde kam ein Arzt zu ihnen und sah sie ernst an. Leni sprang auf und stürmte dem Arzt entgegen: „Was ist mit meinem Mann?", flehte sie ihn an. „Es tut mir leid, Ihnen das sagen zu müssen, er lebt zwar noch, aber seine Verletzungen sind so stark, dass es ein Wunder wäre, wenn er den morgigen Tag noch erleben würde." „Kann ich zu ihm? Bitte!"

Der Arzt hob kurz die Schultern und sagte: „Er ist ohne Bewusstsein, aber bitte kommen Sie." Sie wurde steril eingekleidet und zu Johannes geführt, der mit unzähligen Schläuchen verbunden war. Sie setzte sich an sein Bett und nahm seine Hand in ihre beiden Hände und sagte leise: „Jo, Liebster, warum hast du das getan?"

Sie blieb einfach still bei ihm sitzen und streichelte von Zeit zu Zeit seine Hand.

Währenddessen hatte Paul bei Susanne angerufen und ihr erzählt, was der Arzt ihnen gesagt hatte, worauf sie Gabi und Max informierte. Paul hielt sie davon ab, nach Hamburg zu kommen, da sie nichts ausrichten konnten.

Henrik hatte sich wieder als Bruder ausgegeben und war zu Paul in den Warteraum geführt worden. Er war in der Zwischenzeit in der Wohnung von Johannes und Leni gewesen und hatte den Brief und das Geschenk gefunden. Den Brief hatte er mitgebracht.

Leni wusste nicht, wie lange sie dort gesessen hatte, als ein Arzt zu ihr trat. „Es tut mir leid Frau von Moeltenhoff, aber wir können für Ihren Mann nichts mehr tun, wir können ihn nur so lange am Leben erhalten, bis Sie uns die Erlaubnis erteilen, die Geräte abzustellen." Leni sah den Arzt groß an, sie brauchte eine Weile, bis ihr bewusst wurde, was er da gesagt hatte. Deshalb erklärte ihr der Arzt, dass die Kopfverletzungen zu stark seien und sie keine Gehirnströme mehr wahrnehmen könnten.

Leni bat darum, sich mit ihrem Schwiegervater zu besprechen und Paul wurde in den Raum geführt. Sie umarmten sich stumm, aber keiner von ihnen wollte die Entscheidung treffen. Paul gab ihr den Brief, den Henrik ihm in die Hand gedrückt hatte. Leni öffnete ihn und las mit zitternden Händen.

Meine geliebte Lene,

ich habe noch nie einen Menschen so geliebt wie dich und ich dachte, diese Liebe würde ausreichen, um den Dämon, der in mir sitzt, zu bezwingen.

Ich habe mich gleich bei unserem ersten Treffen auf der Baustelle in dich verliebt und ich habe die Visitenkarte, die du mir gegeben hast, mehrmals in die Hand genommen und war in Versuchung, dich anzurufen, aber ich war zu feige und nach meiner verkorksten ersten Ehe wollte ich auch keine Beziehung mehr eingehen. An deiner Geburtstagsparty war ich kurz davor, dich einfach in den Arm zu nehmen und zu küssen. Aber ich wusste, dass das nicht gut gehen kann und hab mich schweren Herzens von dir ferngehalten, auch wenn meine Gefühle für dich mich fast um den Verstand gebracht haben.

Als dann das Angebot kam, nach Hamburg zu gehen, habe ich sofort zugesagt, weil ich dachte, dass eine räumliche Trennung und eventuell eine andere Partnerin meine Gefühle für dich erkalten lassen würden. Dem war nicht so und als Max mich derart gedrängt hat, habe ich nachgegeben und mich mit dir getroffen. Als ich dich dann sah, in diesem schönen braunen Kleid, das dir so gut steht, war es vollends um mich geschehen. Obwohl ich ahnte, dass ich dich irgendwann unglücklich machen würde, habe ich mich Hals über Kopf in diese Beziehung gestürzt.

Ich sah, dass du glücklich mit mir warst und wollte wirklich, dass das ewig so bleiben sollte. Es ging ja auch eine Zeitlang gut, bis es wieder anfing, dass ich mich nicht immer im Griff hatte. Es tut mir unendlich leid, dass ich mich selbst bei dir nicht beherrschen konnte. Zum Glück ist den Kiddies damals nichts passiert.

Du solltest noch wissen, dass Max nicht unbedingt Schuld an meinen Problemen hat, auch wenn seine Hänseleien mir oft unangenehm wa-

ren und mir Komplexe verursacht haben. Die Wutanfälle hatte ich ja schon als kleines Kind und sie sind wohl Teil meines Charakters, aber dass ich mich Frauen gegenüber so grob verhalte, ist auf eine schlechte Erfahrung in meiner frühen Jugend zurückzuführen. Ich habe bis jetzt noch nie mit jemandem darüber gesprochen und so soll es auch bleiben. Ich will dich damit nicht belasten, außerdem kennst du die Leute nicht, die mir das damals angetan haben.

Lene, du bist die beste Frau, die man sich wünschen kann, und es tut mir unendlich leid, dass ich dir kein besserer Ehemann sein konnte. Ich liebe euch drei über alles, aber ich habe keine Kraft mehr, um dagegen anzukämpfen. Bitte verzeih mir, dass ich dir das antun muss, aber ich kann einfach nicht mehr!

Lebe dein Leben und finde einen guten Partner für dich und einen neuen Papa für die Kiddies.

In Liebe, dein Jo

PS: Ich habe noch zwei Wünsche:
Erstens, falls es mir nicht ganz gelingt, lasst mich bitte sterben, ich möchte nicht an irgendwelchen Apparaten künstlich am Leben erhalten werden oder als Krüppel weiterleben müssen.
Zweitens, zieh an meiner Beerdigung bitte das schöne braune Kleid an. Die Ohrringe sollten eigentlich ein Versöhnungsgeschenk sein, jetzt sind sie leider mein Abschiedsgeschenk für dich.

Leni sah ihren Schwiegervater an, nickte dann dem Arzt zu und sagte leise: „Er wünscht keine Lebensverlängerung, dann sollten wir ihm diesen Wunsch erfüllen." Der Arzt fragte dann aber gleich, ob sie einer Organspende zustimmen würden. Leni nickte, denn ihr versagte die Stimme.

Sie küsste Johannes ein letztes Mal liebevoll auf den Mund und hielt seine Hand, als die Geräte abgestellt wurden. Sie behielt seine Hand auch noch in ihren Händen, als längst auf allen Monitoren kein Lebenszeichen mehr zu erkennen war. Eine Krankenschwester kümmerte sich liebevoll um sie und brachte sie und Paul, nachdem auch er sich von Johannes verabschiedet hatten, in den Warteraum zurück. Sie wurden gebeten noch einen Moment zu warten, da noch Formalitäten zu erledigen seien. Der Arzt kam nochmals auf sie zu und sprach Ihnen sein Beileid aus. Sie musste noch einige Papiere unterschreiben und fragte dann aber geistesgegenwärtig, wie das denn weitergehen würde, da sie ihn zu Hause im Münsterland beisetzen wollten. Sie sollten sich mit einem Beerdigungsinstitut in Verbindung setzen, das dann alles für sie erledigen würde, wurde ihnen gesagt. Man drückte Leni noch einen Beutel mit den Wertgegenständen, die sie bei Johannes gefunden hatten, in die Hand. Sie fühlte sich total leer und kam sich vor wie ein Roboter. Paul informierte die Familie und fuhr dann hinter Henrik her zu dessen Haus. Er schlief bei Henrik im Gästezimmer und Leni in ihrer Wohnung auf dem Sofa, denn in das Ehebett würde sie sich keinesfalls mehr legen. Nach ein paar Stunden trafen sie sich zum Frühstück, aber keiner hatte geschlafen und es hatte niemand Appetit. Henrik hatte ein Beerdigungsinstitut in der Nähe ausgemacht und Paul vereinbarte einen Termin. Er sagte mit Nachdruck, dass sie nur an diesem Tag in Hamburg seien und so bekamen sie einen Termin am späten Vormittag. Sie vereinbarten, dass der Leichnam vom Krankenhaus abgeholt, eingeäschert und die Urne dann ins Münsterland überführt werden sollte. Paul nannte den Namen des dortigen Beerdigungsinstituts. Da er fürchtete, dass Leni bald zusammenklappen würde, bat er darum, dass alle Formalitäten über ihn laufen sollten, was Leni ihm später von Herzen dankte.

Leni hatte keine Ahnung, wie sie die letzten Tage überstanden hatte. Sie hatte sich mechanisch um die Kinder, den Haushalt und den Papierkram gekümmert. Sie fühlte sich innerlich vollkommen leer und hatte auch keine Tränen mehr. Sie schlief im Gästezimmer und ging nur ins Schlafzimmer, wenn sie unbedingt etwas holen musste, denn dieser Raum barg zu viele Erinnerungen.

Sie hatte, wie Johannes es sich gewünscht hatte, das braune Kleid angezogen, schwarze Stiefel dazu und einen warmen Mantel darüber und sie trug die Smaragdohrringe, die er ihr als Abschiedsgeschenk hinterlassen hatte. Nun stand sie, gestützt von Max und Tobias, am offenen Grab ihres Mannes und ließ einen Strauß aus drei roten Rosen, die mit einem roten Band auf einen kleinen Tannenzweig gebunden waren, hineingleiten.

Mein besonderer Dank gilt:

Meinem lieben Mann Dominique, der, während der heißen Phasen, in denen ich mich nicht vom PC trennen konnte, dafür gesorgt hat, dass weder wir noch unsere beiden Stubentiger den Hungertod erleiden mussten.

Meinem langjährigen Bekannten Avi, der mir für meinen Protagonisten Johannes mit psychologischem Rat zur Seite gestanden hat. Etwaige Unstimmigkeiten in Symptomatik, Diagnose und Therapie entsprangen meiner Fantasie und sind dem Verlauf der Geschichte geschuldet.

Allen Freunden und Verwandten, die mich immer wieder ermuntert haben nicht aufzugeben.

Frau Monika Grandits vom novum Verlag für ihre unermüdliche und kompetente Unterstützung.

Ganz besonders meiner Lektorin, Frau S. Schilp, die sich wieder einmal durch meine fehlerhaften Satzzeichen und mein südbadisches Deutsch quälen musste.

Die Autorin

Ulla Garden, 1952 in Baden-Württemberg geboren, besuchte die Realschule und absolvierte eine Ausbildung zur Chemielaborantin. Anschließend arbeitete sie in der Pharmaindustrie und war in Basel in verschiedenen Positionen tätig. Heute lebt Ulla Garden bei Bad Bellingen, wo sie sich seit ihrer Pensionierung in diversen Vereinen und Gruppen engagiert. Sie ist im örtlichen Museumsverein tätig und kämpft mit den Schlossparkfreunden für den Erhalt der Parkanlage. Seit 1990 mit einem Franzosen verheiratet, gilt ihr besonderes Interesse den Landschaften und der Kultur des Nachbarlandes. Die Freizeit verbringt die zweifache Mutter und sechsfache Oma am liebsten mit der Familie. Außerdem reist und liest sie gern, beschäftigt sich mit Handarbeiten, bastelt und dekoriert.

novum 🐦 VERLAG FÜR NEUAUTOREN

Der Verlag

*Wer aufhört
besser zu werden,
hat aufgehört
gut zu sein!*

Basierend auf diesem Motto ist es dem novum Verlag
ein Anliegen neue Manuskripte aufzuspüren, zu ver-
öffentlichen und deren Autoren langfristig zu fördern.
Mittlerweile gilt der 1997 gegründete und mehrfach
prämierte Verlag als Spezialist für Neuautoren in
Deutschland, Österreich und der Schweiz.

**Für jedes neue Manuskript wird innerhalb
weniger Wochen eine kostenfreie, unverbind-
liche Lektorats-Prüfung erstellt.**

Weitere Informationen zum Verlag und
seinen Büchern finden Sie im Internet unter:

www.novumverlag.com

Bewerten
Sie dieses Buch
auf unserer
Homepage!

www.novumverlag.com

Ulla Garden

Frau Kaiser und die Steine auf ihrem Weg

ISBN 978-3-99107-470-0
176 Seiten

Als die junge Architektin Leni auf ihrer Geburtstagsparty ihren ehemaligen Auftraggeber Johannes trifft, ist es Liebe auf den zweiten Blick – anscheinend für beide. Doch der Weg zum gemeinsamen Glück ist mit Stolpersteinen gepflastert.